Ian McEwan

Ein Kind zur Zeit

Roman

Aus dem Englischen von Otto Bayer

Diogenes

Titel der Originalausgabe:
›The Child in Time‹
Jonathan Cape Ltd., London 1987

Umschlagillustration:
David Hockney,
›A More Realistic Still Life‹, 1965
(Ausschnitt)

150/88/8/1
ISBN 3 257 01776 6

Für Penny

Den folgenden Autoren und Büchern fühle ich mich zu Dank verpflichtet: Christina Hardyment, *Dream Babies*, Jonathan Cape Ltd., 1983; David Bohm, *Wholeness and the Implicate Order*, Routledge & Kegan Paul, 1980 (Deutsch: Die implizite Ordnung, Goldmann, 1987); Joseph Chilton Pearce, *Magical Child*, E. P. Dutton and Co., 1977 (Deutsch: Die magische Welt des Kindes, Diederichs, 1978).

Eins

»... und jenen Eltern, die allzu lange durch den blassen Relativismus selbsternannter Kindererziehungsexperten irregeleitet wurden ...«

Autorisierter Leitfaden zur Kindererziehung
Her Majesty's Stationary Office (HMSO)

Förderung öffentlichen Nahverkehrs wurde von der Regierung und der Mehrheit der von ihr Regierten seit langem als Beschneidung der persönlichen Freiheit angesehen. Zweimal täglich brachen zur Stoßzeit die verschiedenen Netze zusammen, und Stephen fand, er kam zu Fuß schneller von seiner Wohnung nach Whitehall, als wenn er ein Taxi nahm. Es war Ende Mai, und die Temperatur ging kurz vor halb zehn schon auf fünfundzwanzig Grad. Er näherte sich der Vauxhall Bridge, vorbei an den Zweier- und Dreierreihen im Stau bebender Autos, jedes nur mit seinem Fahrer besetzt. Das persönliche Freiheitsstreben hörte sich eher resigniert als passioniert an. Beringte Finger trommelten geduldig auf den Rinnen heißer Blechdächer, weißärmelige Ellbogen ragten aus offenen Fenstern. Zeitungen waren auf Lenkrädern ausgebreitet. Stephen schritt schnell durch die Menge, durch Lärmschichten plärrender Autoradios – Dudelmusik, dynamische Frühstücksmoderationen, Nachrichtenfetzen, Verkehrs-»Warnungen«. Soweit die Fahrer nicht lasen, hörten sie teilnahmslos zu. Das stetige Vorwärtsdrängen des Fußvolks mußte ihnen ein Gefühl relativer Bewegung vermitteln: eines langsamen Rückwärtsgleitens.

Während Stephen im Zickzack überholte, hielt er wie immer, wenn auch kaum noch bewußt, Ausschau nach Kindern, einem fünfjährigen Mädchen. Es war mehr als eine Gewohnheit, denn Gewohnheiten kann man ablegen. Es war eine tiefe Neigung, seinem Wesen durch Erfahrung aufgeprägt. Es war nicht in erster Linie ein Suchen, wie es das früher einmal gewesen war, zwanghaft und lange Zeit. Zwei Jahre später waren davon nur noch Rudimente übrig; es war jetzt ein Sehnen, ein trockener Hunger. Eine biologische Uhr, leidenschaftslos in ihrer Unaufhaltsamkeit, ließ seine Tochter wachsen, erweiterte und komplizierte ihren einfachen Wortschatz, machte sie kräftiger, ihre Bewegungen sicherer. Die Uhr, unermüdlich wie ein Herz, hielt Wort mit einem immerwährenden Konjunktiv: Sie *würde* malen, zu lesen anfangen, einen Milchzahn verlieren. Sie *wäre* ein vertrauter Anblick, eine Selbstverständlichkeit. Es schien, als könne die Vielzahl der Anlässe diesen Konjunktiv verschleißen, die dünne, halbdurchsichtige Wand, deren feines Gespinst aus Zeit und Möglichkeit zwischen ihm und ihr stand: Sie *ist* aus der Schule gekommen und müde, ihr Zahn *liegt* unterm Kissen, sie *sucht* ihren Daddy.

Jedes fünfjährige Mädchen – Jungen aber auch – nährte den Fortbestand ihrer Existenz. In Läden, auf Spielplätzen, bei Freunden suchte er unfehlbar Kate in anderen Kindern, übersah er nicht die allmählichen Veränderungen, die zuwachsenden Fähigkeiten, fühlte er stets die ungenutzte Energie der Wochen und Monate, der Zeit, die eigentlich die ihre war. Kates Wachsen war zum Wesen der Zeit selbst geworden. Ihr Scheinwachstum, Produkt obsessiven Leides, war nicht nur unausweichlich – nichts vermochte die unermüdliche Uhr anzuhalten –, es war auch notwendig. Ohne den Traum von ihrer fortbestehenden Existenz wäre er verloren gewesen, die Zeit stehengeblieben. Er war Vater eines unsichtbaren Kindes.

Aber hier auf der Millbank gab es nur Exkinder, die sich zur Arbeit schleppten. Weiter vorn, knapp vor dem Parliament Square, sah er eine Gruppe konzessionierter Bettler. Im Parlaments- und Regierungsviertel oder auch nur in Sichtweite des Platzes waren sie nicht zugelassen. Ein paar wenige aber nutzten den Zusammenfluß der Pendlerströme. Er sah ihre blitzenden Abzeichen aus einigen hundert Meter Entfernung. Dies war ihr Wetter, und sie trugen ihre Freiheit keck zu Schau. Die Brotverdiener mußten ausweichen. Ein Dutzend Bettler graste beide Straßenseiten ab, näherte sich ihm stetig gegen den Strom. Jetzt beobachtete Stephen ein Kind, kein fünfjähriges, sondern ein spindeldürres, etwa zehnjähriges Mädchen. Sie hatte ihn schon auf einige Entfernung erspäht. Sie ging mit schlafwandlerischer Langsamkeit, die amtliche schwarze Schale vor sich ausgestreckt. Vor ihr teilte sich der Strom der Büroangestellten und floß hinter ihr wieder zusammen. Im Näherkommen blieb ihr Blick auf Stephen geheftet. Er fühlte sich wie immer im Dilemma. Gab er Geld, verhalf er dem Programm der Regierung zum Erfolg. Nichts zu geben bedurfte entschlossener Abwendung von privater Not. Einen Ausweg gab es nicht. Es ist die Kunst schlechter Regierung, das Seil zwischen offizieller Politik und persönlichem Empfinden, dem Gefühl für das Richtige, zu kappen. Neuerdings überließ er die Entscheidung dem Zufall. Hatte er Kleingeld in der Tasche, so gab er es. Hatte er keins, gab er nichts. Scheine gab er nie.

Die Kleine war gebräunt von sonnigen Tagen auf der Straße. Sie trug eine schmuddelige gelbe Baumwollbluse und das Haar ganz kurz. Vielleicht war sie entlaust worden. Als der Abstand kleiner wurde, sah er, daß sie hübsch war, sommersprossig und keck, mit spitzem Kinn. Sie war kaum noch fünf Meter entfernt, als sie plötzlich nach vorn schoß und einen noch feucht glänzenden Kaugummi vom Pflaster aufhob. Sie steckte ihn in den Mund und begann zu kauen. Trotzig warf sie den kleinen Kopf zurück, als sie wieder in seine Richtung blickte.

Jetzt stand sie vor ihm, die amtliche Bettelschale in der ausgestreckten Hand. Sie hatte ihn schon vor Minuten erwählt, solche Tricks beherrschten sie. Bestürzt fischte er in seiner Tasche nach einer Fünfpfundnote. Sie sah mit unbewegtem Gesicht zu, wie er sie auf den Münzen ablegte.

Kaum war seine Hand wieder weg, schnappte sie sich den Schein, knüllte ihn fest in ihrer Faust zusammen und sagte: »Alter Wichser.« Schon versuchte sie sich an ihm vorbeizudrücken.

Stephen packte die harte, schmale Schulter. »Was hast du da gesagt?«

Das Mädchen riß sich im Umdrehen los. Ihre Augen waren klein geworden, ihre Stimme kratzig. »Danke, Mister, hab ich gesagt.« Erst als sie außer Reichweite war, rief sie ihm nach: »Reicher Stinker!«

Stephen zeigte ihr vorwurfsvoll seine leeren Hände. Er lächelte mit geschlossenen Lippen, um zu zeigen, daß er gegen die Kränkung immun war. Doch das Mädchen schlafwandelte schon weiter die Straße hinunter. Eine volle Minute lang schaute er ihr nach, bis er sie in der Menge aus den Augen verlor. Sie sah sich nicht um.

Die Offizielle Kommission für Kindererziehung, bekannt als des Premierministers Lieblingskind, hatte vierzehn Unterausschüsse gezeugt, deren Aufgabe es war, dem Muttergremium Empfehlungen zu unterbreiten. Ihre eigentliche Funktion, so hieß es zynisch, war die Befriedigung der unvereinbaren Wunschvorstellungen ungezählter Interessengruppen – Zucker- und Fast-food-Lobbys, Bekleidungs-, Spielwaren-, Babynahrungs- und Feuerwerksindustrie, Wohlfahrtsverbände, Frauenorganisationen, Bürgerinitiativen für fußgängerkontrollierte Überwege –, die von allen Seiten Druck ausübten. Wenige aus den meinungsbildenden Schichten verweigerten ihre Dienste. Nach allgemeiner Übereinkunft war das Land von lauter falschen Leuten bevölkert. Man hatte seine festen Vorstellungen von einer wünschenswerten Gesellschaft und was mit Kindern anzustellen sei, um eine solche für die Zukunft zu bewerkstelligen. Jedermann saß in irgendeinem Unterausschuß. Sogar Stephen Lewis, seines Zeichens Kinderbuchautor, saß in einem und verdankte dies allein dem Einfluß seines Freundes Charles Darke, der, nachdem die Ausschüsse ihre Arbeit aufgenommen hatten, sogleich zurücktrat. Stephen saß im Unterausschuß für Lesen und Schreiben, der unter dem tückischen Lord Parmenter tagte. Während der ganzen dürren Monate dieses Sommers, der sich als der letzte richtige Sommer dieses Jahrhunderts erweisen sollte, erschien Stephen allwöchentlich zu den Sitzungen in einem düsteren Zimmer in Whitehall, wo dem Vernehmen nach 1944 die nächtlichen Bombenangriffe auf Deutschland geplant worden waren. Zu anderen Zeiten in seinem Leben hätte er viel zum Thema Lesen und Schreiben zu sagen gehabt, aber in diesen Sitzungen legte er am liebsten die Arme auf den großen polierten Tisch, neigte zum Zeichen respektvoller Aufmerksamkeit den Kopf und sagte nichts. Er war in diesen Tagen sehr viel allein. Ein Zimmer voller Leute hemmte indessen seine Selbstbetrachtungen nicht, wie er gehofft hatte, sondern förderte sie eher und gab ihnen ein Gerüst.

Meist dachte er an Frau und Tochter und was er mit sich anfangen sollte. Oder er rätselte über Darkes plötzlichen Abschied aus dem politischen Leben. Ihm gegenüber befand sich ein großes Fenster, durch das selbst im Hochsommer nie ein Sonnenstrahl hereindrang. Davor umrahmte ein kurzgeschorenes Rasenrechteck einen Hof, Platz für ein halbes Dutzend ministerieller Limousinen. Dienstfreie Chauffeure lungerten rauchend dort herum und schauten desinteressiert zu dem Ausschuß herein. Stephen hing seinen Erinnerungen und Tagträumen nach, was war und was hätte sein können. Oder hingen sie ihm nach? Manchmal hielt er zwanghafte imaginäre Reden, Anklagen voll Bitterkeit und Trauer, jedesmal in einer sorgsam redigierten Neufassung. Derweil hörte er mit einem halben Ohr dem Fortgang der Sitzung zu. Der Ausschuß teilte sich in die Theoretiker einerseits, die alles Denken schon lange vorher besorgt hatten oder besorgen ließen, und die Pragmatiker andererseits, die erst beim Reden zu entdecken hofften, was sie eigentlich dachten. Die Grenzen der Höflichkeit wurden strapaziert, aber nie überschritten.

Lord Parmenter präsidierte würdevoll und mit gekonnter Banalität, erteilte mit einer zuckenden Drehung seiner überwölbten, wimpernlosen Augen das Wort, unterdrückte Leidenschaften mit federleichter Geste und ließ, einem Plumplori ähnlich, mit trockener, fleckiger Zunge seine seltenen Kommentare zuschlagen. Nur sein dunkler Zweireiher bezeugte humanoide Abkunft. Er handhabte Gemeinplätze in aristokratischer Manier. So beendete er eine lange, zänkische Diskussion um Theorien zur Kindesentwicklung mit dem gewichtigen Einwurf: »Jungen sind Jungen.« Daß Kinder gegen Wasser und Seife allergisch seien, schnell lernten und allzuschnell groß würden, kam ebenfalls in einem Ton heraus, als handle es sich um schwer erfaßbare Axiome. Parmenters wegwerfend vorgetragene Banalitäten kündeten furchtlos den Mann, der viel zu bedeutend, viel zu intakt war, als daß es ihn gekümmert hätte, wie dumm sie klangen. Er brauchte niemanden zu beeindrucken. Er ließ sich nicht herab, auch nur interessant sein zu wollen. Stephen zweifelte nicht, daß er ein sehr gescheiter Mann war.

Die Ausschußmitglieder hielten es nicht für nötig, einander näher kennenzulernen. Wenn die langen Sitzungen vorbei waren und Papiere und Bücher wieder in Aktentaschen verstaut wurden, begannen höfliche Unterhaltungen, die auf den zweifarbigen Korridoren weitergingen und auf den Betonstufen der Wendeltreppe verhallten, während die Teilnehmer sich auf die vielen unterirdischen Parkebenen des Ministeriums verteilten.

Den ganzen drückenden Sommer lang, und danach, machte Stephen diesen wöchentlichen Gang nach Whitehall, der sein einziges Engagement in einem von sonstigen Verpflichtungen freien Leben war. Viel von dieser Freiheit verbrachte er in Unterwäsche auf dem Sofa liegend, schwermütig an einem Scotch pur nippend, Zeitschriften von hinten nach vorn lesend oder im Fernsehen die Olympischen Spiele beobachtend. Abends stieg der Whiskykonsum. Er aß allein in einem nahen Restaurant. Er unternahm nichts, um mit Freunden Verbindung zu halten. Nie beantwortete er die Anrufe, die sein automatischer Anrufbeantworter aufzeichnete. Der Dreck in seiner Wohnung und die dicken Fliegen auf ihrer gemächlichen Patrouille ließen ihn meist gleichgültig. Wenn er außer Haus war, fürchtete er die Rückkehr in die tödliche Ordnung vertrauter Gegenstände, die geduckte Haltung der leeren Sessel mit den schmutzigen Tellern und alten Zeitungen zu ihren Füßen. Alle Dinge – Toilettenbrille, Bettwäsche, Fußbodenschmutz – hatten sich verschworen, genauso zu bleiben, wie er sie zurückgelassen hatte. Auch zu Hause waren ihm seine Themen nie fern: Tochter, Frau, was tun. Nur mangelte es ihm hier an der Konzentration zu anhaltendem Denken. Er tagträumte in Bruchstücken, unkontrolliert, fast unbewußt.

Die Ausschußmitglieder ließen sich Pünktlichkeit angelegen sein. Lord Parmenter kam stets als letzter. Während er sich auf seinem Platz niederließ, rief er die Versammelten mit einem leisen Gurgeln zur Ordnung, das geschickt in seine Begrüßungsworte überleitete. Zu seiner Rechten saß

Peter Canham, der Schriftführer, den Stuhl zum Zeichen seiner Unparteilichkeit ein wenig vom Tisch abgerückt. Man verlangte hier von Stephen nichts weiter, als daß er zweieinhalb Stunden lang halbwegs aufmerksam tat. Der hilfreiche Rahmen war ihm aus Schulzeiten vertraut, aus Hunderten oder Tausenden Unterrichtsstunden, die dem Phantasieren gewidmet waren. Der Raum selbst war vertraut. Er kannte die Lichtschalter aus braunem Bakelit, die Leitungen in verstaubten, plump an die Wand gedübelten Rohren. In seiner Schule hatte der Geschichtssaal so ähnlich ausgesehen: der gleiche abgenutzte, großzügige Komfort, der gleiche zerkratzte lange Tisch, den sogar immer noch einer polierte, die verkümmerte Erhabenheit und dösige Bürokratie, die sich schlaffördernd vermengten. Wenn Parmenter mit tückischer Leutseligkeit das jeweilige Morgenpensum umriß, hörte Stephen den besänftigenden walisischen Singsang seines Lehrers den Glanz am Hofe Karls des Großen oder die Zyklen von Entartung und Reform des mittelalterlichen Papsttums daherleiern. Vor dem Fenster sah er keinen umfriedeten Parkplatz voll schmorender Limousinen, sondern wie aus zwei Stockwerk hoch einen Rosengarten, Spielplätze, eine fleckige graue Balustrade, dann unkultiviertes rauhes Land, absinkend zu den Eichen und Buchen, hinter denen sich weit das Küstenvorland mit dem blauen Tidenstrom erstreckte, anderthalb Kilometer breit von Ufer zu Ufer. Es war eine verlorene Zeit, eine verlorene Landschaft – einmal war er zurückgekehrt und hatte die Bäume restlos gefällt, das Land gepflügt und die Flußmündung von einer Autobahn überbrückt gefunden. Und da Verlust sein Thema war, führte ein kleiner Schritt weiter zu einem frostigen Sonnentag vor einem Supermarkt im Süden Londons. Er führte seine Tochter an der Hand. Sie trug einen roten Wollschal, den seine Mutter gestrickt hatte, und hielt einen zerfransten Esel an die Brust gedrückt. Sie näherten sich dem Eingang. Es war Samstag, es herrschte Gedränge. Er hielt sie ganz fest bei der Hand.

Parmenter war fertig, und einer der Akademiker plädierte nun zögerlich für die Vorzüge eines neu entwickelten phonetischen Alphabets. Damit sollten Kinder bereits in jüngerem Alter und mit mehr Freude lesen und schreiben lernen, und der Übergang zum herkömmlichen Alphabet sei mühelos. Stephen hielt einen Bleistift in der Hand, wie zum Mitschreiben bereit. Er hatte die Stirn gerunzelt und wiegte leicht den Kopf, ob aber zustimmend oder ungläubig, war schwer zu sagen.

Kate war in einem Alter, in dem ihre erblühende Sprechfähigkeit und das Denken, das sie ihr erschloß, ihr Alpträume bescherten. Sie konnte sie ihren Eltern noch nicht erzählen, aber eindeutig enthielten sie Elemente, die sie aus ihren Märchenbüchern kannte – einen sprechenden Fisch, einen großen Felsen mit einer Stadt darin, ein einsames Ungeheuer, das sich danach sehnte, geliebt zu werden. Die ganze letzte Nacht hatte sie Alpträume gehabt. Julie war ein paarmal aufgestanden, um sie zu beruhigen, und hatte danach bis in den frühen Morgen wachgelegen. Jetzt holte sie den Schlaf nach. Stephen machte Frühstück und zog Kate an. Trotz der schlimmen Nacht war sie voll Tatendrang und konnte es kaum erwarten, einkaufen zu gehen und im Supermarkt im Einkaufswagen zu sitzen. Daß an einem frostkalten Tag die Sonne schien, fand sie merkwürdig und faszinierend. Beim Anziehen machte sie sogar ausnahmsweise mit. Sie stand zwischen seinen Knien, während er ihre Glieder in die Winterunterwäsche praktizierte. Ihr Körper war so kompakt, so makellos. Er hob sie hoch und drückte sein Gesicht an ihren Bauch, tat, als wollte er sie beißen. Der kleine Körper roch nach Bettwärme und Milch. Sie quiekte und zappelte, und als er sie absetzte, bettelte sie, er solle es noch einmal tun.

Er knöpfte ihr Wollhemd zu, half ihr in einen dicken Pullover und zog die Träger ihrer Latzhose fest. Sie stimmte einen undefinierbaren Gesang an, eine Zusammensetzung aus Eigenkomposition, Kinder- und Weihnachtsliedern. Er setzte sie in seinen Sessel, zog ihr die Socken an und schnürte ihre Schuhe. Als er sich vor sie hinkniete, strich sie ihm übers Haar. Wie so viele kleine Mädchen zeigte sie im Umgang mit ihrem Vater eine drollige Fürsorglichkeit. Ehe sie die Wohnung verließen, würde sie sich noch vergewissern, daß er nur ja seinen Mantel bis oben zuknöpfte.

Er brachte Julie eine Tasse Tee. Sie schlief noch halb, die Knie an die Brust gezogen. Was sie sagte, verlor sich im Kissen. Er schob die Hand unter die Bettdecke und massierte ihr das Kreuz. Sie drehte sich herum und zog sein Gesicht auf ihre Brüste. Als sie sich küßten, war in ihrem Mund der dumpfe, metallische Geschmack tiefen Schlafs. Von außerhalb des schummrigen Schlafzimmers tönte immer noch Kates Potpourri. Stephen war einen Augenblick versucht, das Einkaufen bleibenzulassen und Kate mit ein paar Büchern vor den Fernseher zu setzen. Er könnte zu seiner Frau zwischen die schweren Decken schlüpfen. Sie hatten sich noch in der Morgendämmerung geliebt, aber verschlafen, nicht recht überzeugend. Sie streichelte ihn jetzt, hatte ihren Spaß an seinem Dilemma. Er küßte sie wieder.

Sie waren sechs Jahre verheiratet, eine Zeit der langsamen Feinabstimmung konkurrierender Prinzipien der körperlichen Freuden, häuslichen Pflichten und der Notwendigkeit des Alleinseins. Kam das eine zu kurz, drohte bei den anderen Verfall oder Chaos. Noch während er Julies Brustwarze sanft zwischen Zeigefinger und Daumen drückte, kalkulierte er weiter. Nach der unruhigen Nacht und dem Einkauf würde Kate gegen Mittag wieder Schlaf brauchen. Dann wäre ihnen eine störungsfreie Zeit sicher. Später, in den Monaten und Jahren der Trauer, würde Stephen alle Anstrengungen machen, wiedereinzutreten in diesen Augenblick, sich durch die Falten der Ereignisse einen Rückweg zu graben, zwischen die Decken zu kriechen und seine Entscheidung umzukehren. Doch die Zeit – nicht unbedingt wie sie ist, denn wer weiß das schon, sondern wie das Denken sie darstellt – gewährt in ihrer Monomanie keine zweite Chance. Wie seine Freundin Thelma ihm bei Gelegenheiten gesagt hatte, gab es keine absolute Zeit, keine unabhängige Wesenheit. Nur unsere persönliche blasse Vorstellung von ihr. Er vertagte das Vergnügen und ergab sich der Pflicht. Er drückte Julies Hand und stand auf. Auf dem Flur kam ihm laut plappernd Kate entgegen und hielt den zerfransten Spielzeugesel hoch. Er bückte sich, um ihr den roten Schal zweimal um den Hals zu schlingen. Sie stand auf Zehenspitzen und kontrollierte seine Mantelknöpfe. Sie gingen schon Hand in Hand, noch ehe sie zur Wohnungstür hinaus waren.

Sie kamen nach draußen wie in ein Gewitter. Die Hauptstraße war eine Durchgangsader nach Süden, durch die der Verkehr mit adrenalem Hochdruck rauschte. Der kalte, wolkenlose Tag sollte ein zwanghaftes Gedächtnis bestens bedienen mit einem Licht von strahlender Bestimmtheit, einem zynischen Auge für Details. Neben der Treppe lag in der Sonne eine plattgetretene Cola-Dose, noch mit dem Strohhalm, der dreidimensional geblieben war. Kate war dafür, den Halm zu bergen; Stephen verbot es. Neben einem Baum hockte, wie von innen erleuchtet, ein Hund und kackte mit bebenden Flanken und einem Ausdruck verträumter Erbauung. Der Baum war eine müde Eiche, deren Rinde wie frisch geschnitzt aussah, die Erhebungen scharf und glänzend, die Rinnen in schwärzestem Schatten.

Zum Supermarkt waren es zwei Minuten, mit Fußgängerüberweg über die vierspurige Straße. Nicht weit von dem Überweg, an dem sie warten mußten, war ein Motorradgeschäft, internationaler Treffpunkt für Zweiradfahrer. Melonenbäuchige Männer in abgetragenem Leder saßen rittlings auf ihren stehenden Maschinen oder lehnten sich daran. Kate zeigte hin, und die tiefstehende Sonne beleuchtete einen dampfenden Finger, an dem sie eben noch gelutscht hatte. Sie fand jedoch kein Wort, um auszudrücken, was sie sah. Endlich überquerten sie die Straße vor einem ungeduldigen Rudel Autos, die grollend vorwärtsschossen, kaum daß sie die Insel in der Mitte erreicht hatten. Kate hielt nach der Lollipop-Lady Ausschau, von der sie sonst immer erkannt wurde. Stephen erklärte ihr, heute sei Samstag. Das Gedränge war groß, und er hielt sie fest bei der Hand, als sie sich dem Eingang näherten. Im Gewirr von Stimmen und Rufen und dem elektromechanischen Rattern der Kassen fanden sie einen Einkaufswagen. Kate machte es sich mit hochzufriedenem Lächeln auf dem Kindersitz bequem.

Die Kundschaft des Supermarkts teilte sich in zwei Gruppen, unterscheidbar wie Stämme oder Völker. Die einen wohnten in umliegenden renovierten viktorianischen Reihenhäusern, die ihnen gehörten. Die andern wohnten in umliegenden Hochhäusern und Sozialbauten. Die aus der ersten Gruppe kauften vorzugsweise frisches Obst und Gemüse, braunes Brot, Kaffeebohnen, frischen Fisch von einer Sondertheke, Wein und Spirituosen, während die aus der zweiten Gruppe Dosen- oder Tiefkühlgemüse, gebakkene Bohnen, Tütensuppen, weißen Zucker, Napfkuchen, Bier, Spirituosen und Zigaretten kauften. Zur zweiten Gruppe gehörten Rentner, die Fleisch für ihre Katzen und Zwieback für sich selbst kauften. Und junge Mütter, abgemagert vor Erschöpfung, die Lippen um Zigaretten gepreßt, verloren an der Kasse manchmal die Nerven und verdroschen ihre Kinder. Zur ersten Gruppe gehörten kinderlose junge Paare, auffallend gekleidet, die höchstens etwas in Eile waren. Und Mütter, die mit ihren Au-pairs zum Einkaufen kamen, und Väter wie Stephen, die frischen Lachs kauften und ihren Beitrag leisteten.

Was kaufte er noch? Zahnpasta, Papiertücher, Spülmittel, feinsten Speck, eine Lammkeule, Steaks, grünen und roten Paprika, Endiviensalat, Kartoffeln, Alufolie, eine Literflasche Scotch. Und wer war immer da, wenn seine Hand nach diesen Dingen griff? Jemand, der ihm folgte, während er Kate an den Regalen entlangschob, der ein paar Schritte abseits stehenblieb, wenn er stehenblieb, interessiert ein

Etikett studierte und weiterging, wenn er weiterging? Tausendmal war er wieder dagewesen, hatte seine Hand gesehen, ein Regal, die sich stapelnden Waren, hatte Kate plappern gehört und versucht, die Augen zu bewegen, den Blick zu heben gegen das Gewicht der Zeit, um jene nebelhafte Gestalt am Rande seines Gesichtsfelds zu finden, die immer schräg hinter ihm blieb, erfüllt von abwegigen Gelüsten, Chancen abwägend oder einfach nur wartend. Doch die Zeit hielt seinen Blick für immer gefangen auf seinen irdischen Besorgungen, und rings um ihn her kamen und gingen konturlose Gestalten, die sich nicht einordnen ließen.

Fünfzehn Minuten später waren sie an den Kassen. Es waren acht in einer Reihe. Er stellte sich in eine kurze Schlange, der Tür am nächsten, weil er wußte, daß diese Kassiererin flink war. Drei Leute waren vor ihm, als er seinen Einkaufswagen anhielt, und niemand hinter ihm, als er sich umdrehte, um Kate aus dem Sitz zu heben. Sie freute sich ihres Lebens und wollte sich den Spaß nicht verderben lassen. Sie quengelte und hakte einen Fuß in den Sitz. Er mußte sie ganz hochheben, um sie herauszubekommen. Er sah ihre Quengeligkeit mit geistesabwesender Befriedigung – ein sicheres Zeichen, daß sie müde war. Als der kleine Kampf vorbei war, standen nur noch zwei Kunden vor ihm, und der eine ging soeben. Stephen ging um den Wagen herum, um die Waren aufs Band zu legen. Am anderen Ende hatte Kate die Hände an der breiten Stange und tat, als wollte sie schieben. Niemand war hinter ihr. Der Kunde vor Stephen, ein Mann mit gekrümmtem Rücken, bezahlte soeben ein paar Dosen Hundefutter. Stephen lud die ersten Sachen aufs Band. Im Aufrichten gewahrte er vielleicht eine

Gestalt im dunklen Mantel hinter Kate. Aber im Grunde war es kaum eine Wahrnehmung, eher der Hauch eines Verdachts, von einem verzweifelten Gedächtnis ins Leben gerufen. Der Mantel hätte auch ein Kleid sein können, eine Einkaufstasche oder seine eigene Erfindung. Er war ganz auf seine Aufgabe konzentriert, wollte fertig werden. Er war sich eines Denkens kaum bewußt.

Der Mann mit dem Hundefutter ging. Die Kassiererin war schon bei der Arbeit, die Finger ihrer einen Hand huschten über die Tasten, während sie mit der andern Stephens Einkäufe zu sich heranzog. Als er den Lachs aus dem Wagen nahm, sah er kurz zu Kate und zwinkerte ihr zu. Sie ahmte ihn nach, aber ungeschickt, die Nase gekräuselt und beide Augen geschlossen. Er legte den Fisch aufs Band und bat die Kassiererin um eine Tragetasche. Sie griff in ein Fach und holte eine hervor. Er nahm sie und drehte sich um. Kate war weg. Es stand niemand hinter ihm in der Schlange. Ohne Eile schob er den Wagen beiseite, weil er dachte, sie habe sich wohl hinter der Kasse versteckt. Dann machte er ein paar Schritte und sah den einzigen Gang hinunter, den sie in der Zeit hätte erreichen können. Er kam wieder zurück und schaute nach links und rechts. Auf der einen Seite standen Kundenschlangen, auf der andern war freier Raum, dann das verchromte Drehkreuz, dann die automatische Tür zur Straße. Möglich, daß da eine Gestalt im Mantel weglief, aber im Moment hielt Stephen Ausschau nach einem dreijährigen Kind, und seine unmittelbare Sorge galt dem Straßenverkehr.

Seine Besorgnis war theoretisch, vorbeugend. Schon während er sich an Kunden vorbeidrängte und auf den breiten Gehweg trat, wußte er, daß er sie dort nicht sehen würde. Kate war nicht abenteuerlustig auf diese Art. Sie war keine Ausreißerin. Sie war zu gesellig, blieb lieber in der Nähe dessen, mit dem sie gerade zusammen war. Und vor der Straße fürchtete sie sich. Er kehrte um und beruhigte sich erst einmal. Sie mußte noch im Laden sein, und da konnte ihr nichts wirklich Schlimmes passieren. Er erwartete, sie hinter einer Kundenschlange an den Kassen hervorkommen zu sehen. Allzu leicht konnte man in der ersten aufflackernden Sorge ein Kind übersehen, zu angestrengt suchen, zu schnell. Dennoch spürte er im Zurückgehen eine leichte Übelkeit, eine Enge in der Kehle, eine unangenehme Leichtigkeit in den Füßen. Nachdem er an allen Kassen vorbei war, ohne die unwirschen Versuche seiner Kassiererin, ihn auf sich aufmerksam zu machen, zur Kenntnis zu nehmen, stieg ihm ein kalter Schauer im Magen hoch. In verhaltenem Laufschritt – es war ihm noch nicht egal, wie albern er wirkte – eilte er durch alle Gänge, vorbei an Gebirgen von Orangen, Toilettenpapier und Dosensuppen. Erst an den Ausgangspunkt zurückgekehrt, ließ er alle Würde fahren, blies die eingeschnürten Lungen auf und schrie Kates Namen.

Mit langen Schritten rannte er jetzt, ihren Namen brüllend, einen Gang hinunter und wieder zum Ausgang. Gesichter drehten sich nach ihm um. Nein, man konnte ihn nicht mit einem dieser Betrunkenen verwechseln, die hier hereinwankten, um Apfelwein zu kaufen. Seine Angst war zu deutlich, zu eindringlich, sie füllte den unpersönlichen, neonbeleuchteten Raum mit einer menschlichen Wärme, die nicht zu ignorieren war. Schlagartig wurde nicht mehr eingekauft. Körbe und Wagen wurden beiseite gestellt, Leute liefen zusammen und sagten Kates Namen, und irgendwie wußten augenblicklich alle, daß sie drei Jahre alt und zuletzt an der Kasse gesehen worden war, daß sie eine grüne Latzhose trug und einen Spielzeugesel bei sich hatte. Mütter machten bestürzte, gespannte Gesichter. Mehrere Leute hatten die Kleine im Einkaufswagen sitzen sehen. Irgendwer kannte die Farbe ihres Pullovers. Die Anonymität des Großstadt-Supermarkts erwies sich als zerbrechlich, eine dünne Kruste, unter der die Menschen beobachteten, urteilten, sich erinnerten. Eine Gruppe um Stephen herum begab sich zur Tür. Neben ihm ging die Kassiererin, das Gesicht starr vor Entschlossenheit. Andere aus der Supermarkthierarchie waren da, Leute in braunen und weißen Kitteln und blauen Anzügen. Sie waren plötzlich keine Lageristen, Abteilungsleiter oder Firmenvertreter mehr, sondern Väter, potentielle oder wirkliche. Alle waren jetzt draußen auf dem Gehsteig, einige drängten sich um Stephen, fragend und tröstend, während andere, sinnvoller, in verschiedene Richtungen aufbrachen und in die Eingänge der umliegenden Geschäfte sahen.

Das vermißte Kind war jedermanns Eigentum. Aber Stephen war allein. Er sah durch die freundlichen, ihn bedrängenden Gesichter hindurch. Sie waren unerheblich. Ihre Stimmen erreichten ihn nicht, und sie nahmen ihm nur die Sicht. Sie behinderten seine Suche nach Kate. Er mußte durch sie hindurchrudern, sie wegstoßen, um zu ihr zu kommen. Er bekam keine Luft, konnte nicht denken. Er hörte aus seinem eigenen Mund das Wort *geraubt*, und es wurde aufgegriffen und breitete sich aus bis an die Peripherie, zu den von der Unruhe angelockten Passanten. Die Kassiererin mit den flinken Fingern weinte, dabei hatte sie so stark gewirkt. Stephen fand Zeit, einen Augenblick von ihr enttäuscht zu sein. Wie von dem Wort herbeigerufen, das er ausgesprochen hatte, lenkte ein dreckbespritztes weißes Polizeiauto an den Straßenrand und hielt. Die amtliche Bestätigung des Unglücks machte ihm übel. Etwas stieg ihm in die Kehle, und er klappte vornüber. Vielleicht übergab er sich, aber er hatte keine Erinnerung daran. Das nächste war wieder der Supermarkt, und diesmal hatten die Regeln der Schicklichkeit und Rangordnung die Auswahl der Menschen an seiner Seite getroffen – einen Geschäftsführer, eine junge Frau, die seine Assistentin sein mochte, einen Abteilungsleiter und zwei Polizisten. Es war plötzlich still.

Sie begaben sich schnell zur Rückseite des riesigen Verkaufsraums. Erst nach einigen Augenblicken wurde Stephen bewußt, daß man ihn eher führte als ihm folgte. Die Kunden waren alle hinausgeschickt worden. Rechts sah er draußen vor dem Schaufenster einen weiteren Polizisten, von Kunden umringt und in sein Notizbuch schreibend. Der Geschäftsführer sprach schnell in das Schweigen hinein, halb spekulierend, halb jammernd. Das Kind – er kennt ihren Namen, dachte Stephen, aber sein Status erlaubt ihm nicht, ihn zu benutzen – das Kind könne sich in den Wareneingang verirrt haben. Daran hätten sie zuerst denken sollen. Die Kühlraumtür bleibe manchmal offen, sooft er seinen Leuten auch deswegen Vorhaltungen mache.

Sie gingen schneller. Eine unverständliche Stimme sprach abgehackt aus dem Funkgerät eines Polizisten. Neben der Käsetheke gingen sie durch eine Tür in einen

Bereich, wo aller schöne Schein ein Ende hatte, wo der Kunststoffboden blankem Beton mit kalt blitzenden Glimmersteinchen Platz machte und das Licht von nackten Glühbirnen an einer hohen, unsichtbaren Decke kam. Ein Gabelstapler stand neben einem Berg plattgedrückter Kartons. Der Geschäftsführer stieg über eine schmutzige Milchpfütze und eilte zur Kühlraumtür, die weit offen stand.

Sie folgten ihm in einen niedrigen, vollgepfropften Raum, in dem zwei Gänge ins Halbdunkel führten. An den Seiten waren Regale mit unordentlich hineingeräumten Dosen und Schachteln, in der Mitte hingen riesige Tierleiber an Fleischerhaken. Die Gruppe verteilte sich auf die beiden Gänge. Stephen ging mit den Polizisten. Die kalte Luft, die ihm trocken bis in den hinteren Nasenraum drang, roch nach gekühltem Blech. Sie gingen langsam an den Regalen vorbei und spähten in alle Leerräume hinter den Kartons. Einer der Polizisten wollte wissen, wie lange ein Mensch hier überleben könne. Stephen sah durch die Lücken in dem trennenden Fleischvorhang den Geschäftsführer seinen Untergebenen anschauen. Der räusperte sich und antwortete taktvoll, solange man sich bewege, habe man nichts zu fürchten. Der Dampf quoll ihm aus dem Mund. Stephen wußte, wenn sie Kate hier fänden, wäre sie tot. Doch die Erleichterung, die er empfand, als die beiden Gruppen sich am anderen Ende wieder trafen, war abstrakt. Er war auf eine nachdrückliche, berechnende Weise auf Abstand gegangen. Wenn sie gefunden werden sollte, würde man sie finden, denn er gedachte nichts anderes mehr zu tun, als sie zu suchen; wenn sie nicht gefunden werden sollte, dann erst nach einer Zeit, der man sich auf verständige, rationale Weise stellen mußte. Aber nicht jetzt.

Sie traten in eine illusorische tropische Wärme hinaus und gingen ins Büro des Geschäftsführers. Die Polizisten zückten ihre Notizbücher, und Stephen erzählte seine Geschichte, dynamisch im Aufbau und exakt im Detail. Er hatte genügend Abstand von seinen Gefühlen, um sich am treffsicheren Ausdruck und der geschickten Darstellung relevanter Fakten zu freuen. Er beobachtete sich dabei und sah einen Mann unter Streß mit bewundernswerter Selbstbeherrschung agieren. Er konnte Kate über der peniblen Aufzählung ihrer Kleidungsstücke, der genauen Beschreibung ihres Gesichts vergessen. Er bewunderte auch die beharrlichen, routinierten Fragen der Polizisten, den Öl- und Ledergeruch ihrer glänzenden Pistolentaschen. Sie und er standen geeint vor der unsäglichen Schwierigkeit. Einer der Polizisten gab Kates Beschreibung über Funk weiter, und von einem Streifenwagen in der Umgebung kam eine verzerrte Antwort. Das war alles sehr beruhigend. Stephen geriet fast in Hochstimmung. Die Assistentin des Geschäftsführers redete mit einer Besorgnis auf ihn ein, die er als gänzlich unangebracht empfand. Sie legte ihm die Hand auf den Arm und nötigte ihn, den Tee zu trinken, den sie ihm gebracht hatte. Der Geschäftsführer stand vor seiner Bürotür und klagte einem Untergebenen sein Leid, daß Supermärkte ein bevorzugtes Betätigungsfeld für Kindesentführer seien. Die Assistentin stieß mit dem Fuß energisch die Tür zu. Die unvermittelte Bewegung ließ den Falten ihrer strengen Kleidung Parfümduft entsteigen, der Stephen an

Julie denken ließ. Er stand vor einer Schwärze, die hinter seiner Stirn entsprang. Er klammerte sich an die Armlehne seines Stuhls und wartete, leerte sein Gehirn, und als er sich dann wieder in der Gewalt zu haben glaubte, stand er auf. Die Vernehmung war beendet. Die Polizisten steckten ihre Notizbücher ein und standen ebenfalls auf. Die Assistentin bot ihm an, ihn nach Hause zu begleiten, aber Stephen schüttelte heftig den Kopf.

Dann war er ohne erkennbaren Übergang, ohne ein verbindendes Ereignis, draußen vor dem Supermarkt und wartete mit einem halben Dutzend anderer Leute am Fußgängerüberweg. In der Hand hielt er eine volle Tragetasche. Er erinnerte sich, daß er nicht bezahlt hatte. Lachs und Alufolie waren Geschenke, eine Art Entschädigung. Der Verkehr wurde widerstrebend langsamer und stockte. Er überquerte mit den anderen Einkäufern die Straße und versuchte, mit der kränkenden Normalität der Welt zurechtzukommen. Er sah, wie unerbittlich einfach alles war – er war mit seiner Tochter einkaufen gegangen, hatte sie verloren und kehrte nun ohne sie zurück, um es seiner Frau zu sagen. Die Motorradfahrer waren noch da, ein Stück weiter auch die Cola-Dose mit dem Strohhalm. Sogar der Hund war noch unter demselben Baum. Auf dem Weg nach oben machte er vor einer losen Treppenstufe kurz halt. Laute Musik hämmerte in seinem Kopf, ein Ohrensausen für großes Orchester, dessen Dissonanz verklang, solange er dastand und sich am Geländer festhielt, aber sogleich wieder einsetzte, als er weiterging.

Er öffnete die Wohnungstür und lauschte. Luft und Licht in der Wohnung sagten ihm, daß Julie noch schlief. Er zog seinen Mantel aus. Als er ihn aufhängen wollte, krampfte sich sein Magen zusammen, und ein Strahl Morgenkaffee – er stellte ihn sich als einen schwarzen Donnerkeil vor – schoß ihm in den Mund. Er spie ihn in die hohle Hand und ging in die Küche, um sich zu waschen. Dabei mußte er über Kates abgelegten Schlafanzug steigen. Das schien relativ einfach. Er ging ins Schlafzimmer, ohne sich zu überlegen, was er dort tun oder sagen würde. Er setzte sich auf die Bettkante. Julie drehte sich zu ihm um, öffnete aber die Augen nicht. Sie fand seine Hand. Die ihre war heiß, unerträglich heiß. Sie sagte schläfrig etwas über die Kälte der seinen und zog sie an sich, drückte sie unter ihr Kinn. Noch immer machte sie die Augen nicht auf. Sie aalte sich in der Sicherheit seiner Gegenwart.

Stephen starrte auf seine Frau hinunter, und die abgedroschenen Phrasen – »aufopfernde Mutter«, »mit Leib und Seele für ihr Kind da«, »liebendes Herz« – blähten sich mit neuem Sinn; nützliche, schickliche Phrasen, dachte er; über die Zeiten bewährt. Auf ihrer Wange, dicht unter dem Auge, lag eine hübsche schwarze Locke. Sie war eine ruhige und aufmerksame Frau, sie hatte ein hübsches Lächeln, sie liebte ihn stürmisch und sagte es ihm gern. Er hatte sein Leben um ihrer beider Vertrautheit aufgebaut und verließ sich ganz darauf. Sie war Geigerin und unterrichtete in der Guildhall. Mit drei Freunden hatte sie ein Streichquartett gegründet. Sie bekamen Engagements und waren einmal kurz in einer überregionalen Zeitung lobend erwähnt worden. Ihre Zukunft war glänzend – gewesen. Mit den harten Fingerkuppen ihrer linken Hand streichelte sie ihm über den Arm. Er sah jetzt aus großer Höhe auf sie hinab, hundert Meter oder mehr. Er sah das Schlafzimmer, den um die Jahrhundertwende gebauten Wohnblock, die Teerdächer der Anbauten mit ihren schiefen, verkrusteten Regentonnen, das Gewimmel des Londoner Südens, die dunstige Erdkrümmung. Julie war kaum noch ein Stäubchen im zerwühlten Bettzeug. Immer höher stieg er, immer schneller. Von hier oben, wo die Luft dünn war und die Stadt dort unten geometrische Formen bekam, sähe man ihm wenigstens seine Gefühle nicht an, dachte er, glaubte er, ein wenig Haltung bewahren zu können.

Eben jetzt schlug sie die Augen auf und fand sein Gesicht. Sie brauchte ein paar Sekunden, um zu lesen, was darin stand, bevor sie sich im Bett aufrichtete und einen ungläubigen Ton ausstieß, mehr ein erschrockenes Bellen nach scharfem Atemholen. Erklärungen waren im Augenblick nicht möglich und nicht nötig.

Im großen und ganzen war der Ausschuß einem phonetischen Alphabet nicht wohlgesinnt. Colonel Jack Tackle von der Initiative ›Gegen Gewalt in der Familie‹ hatte gesagt, er finde das vollkommen blödsinnig. Eine junge Frau namens Rachael Murray hatte eine scharfe Erwiderung vorgetragen, deren streng sprachwissenschaftliche Terminologie nicht über ihre zornbebende Verachtung hinwegtäuschen konnte. Jetzt strahlte Tessa Spankey in die Runde. Sie war Kinderbuchverlegerin, eine stattliche Frau mit Grübchen an allen Fingerwurzeln. Ihr Gesicht über dem Doppelkinn war freundlich und voller Sommersprossen und Krähenfüße. Sie achtete darauf, daß ihr gütiger Rundblick jeden einschloß. Sie sprach langsam und beruhigend wie zu einer Gruppe zappeliger Kleinkinder. Es gebe auf der ganzen Welt nicht eine Sprache, sagte sie, in der das Lesen- und Schreibenlernen nicht mühsam sei. Wenn das Lernen Spaß mache, schön und gut. Aber der Spaß sei nebensächlich. Lehrer und Eltern sollten sich damit abfinden, daß Sprachenlernen stets vor allem schwierig sei. Über Schwierigkeiten zu triumphieren, gebe Kindern ihre Würde und ein Gefühl für geistige Disziplin. Unsere Sprachen seien wahre Minenfelder an Unregelmäßigkeiten, sagte sie, mit mehr Ausnahmen als Regeln. Aber diese gelte es zu überwinden, und das Überwinden sei nun einmal mit Arbeit verbunden. Die Lehrer hätten zuviel Angst, sich unbeliebt zu machen, hielten zuviel von Zuckerglasur. Sie sollten Schwierigkeiten akzeptieren, zelebrieren, und ihre Schüler ebenfalls dazu anhalten. Rechtschreibung lerne man nur durch Erfahrung, durch Eintauchen in das geschriebene Wort. Wie solle man denn sonst die richtige Schreibweise von Wörtern wie – und sie ratterte eine wohleinstudierte Liste herunter – *Lied* oder *Lid*, *Leib* oder *Laib*, *Lehre* oder *Leere* kennenlernen? Mrs. Spankeys mütterlicher Blick sah forschend in die aufmerksamen Gesichter. Durch Gewissenhaftigkeit, sagte sie, Fleiß, Disziplin und harte Arbeit.

Beifälliges Gemurmel. Der Akademiker, der das phonetische Alphabet propagiert hatte, sprach von Dyslexie, dem Verkauf staatlicher Schulen, der Wohnungsknappheit. Spontanes Stöhnen war die Antwort. Der sanftmütige Mann ließ sich nicht beirren. Zwei Drittel aller Elfjährigen an innerstädtischen Schulen seien Analphabeten, sagte er. Parmenter griff mit eidechsengleicher Behendigkeit ein. Die Bedürfnisse einzelner Gruppen gingen über die Aufgabenstellung des Ausschusses hinaus. Canham an seiner Seite nickte. Mittel und Zwecke, nicht Krankheitsbilder seien die Anliegen des Ausschusses. Die Diskussion verzettelte sich. Aus unerfindlichem Grund wurde eine Abstimmung beantragt.

Stephen hob die Hand für ein Alphabet, von dessen Sinnlosigkeit er überzeugt war. Es war kaum von Belang, denn er überquerte soeben einen breiten, rissigen Asphaltstreifen voller Schlaglöcher, der zwei Wohnsilos voneinander trennte. Bei sich trug er eine Mappe mit Fotos und Adressenlisten, alle säuberlich getippt und alphabetisch geordnet. Die Fotos – vergrößerte Urlaubsschnappschüsse – zeigte er jedem, den er dafür interessieren konnte. Die Listen, in der Bibliothek aus alten Lokalzeitungen zusammengestellt, enthielten die Namen von Eltern, denen im letzten halben Jahr ein Kind gestorben war. Nach seiner Theorie, einer von vielen, war Kate als Ersatz für ein verlorenes Kind geraubt worden. Er klopfte an Türen und sprach mit Müttern, die zuerst verdutzt, dann feindselig reagierten. Er besuchte Babysitter. Er ging, die Fotos offen herumzeigend, die Einkaufsstraßen auf und ab. Er trieb sich vor dem Supermarkt und dem benachbarten Drugstore herum. Er weitete sein Suchgebiet aus, bis es einen Durchmesser von fünf Kilometern hatte. Er betäubte sich mit Rührigkeit.

Er ging überallhin allein, machte sich jeden Morgen kurz nach der späten winterlichen Dämmerung auf den Weg. Die Polizei hatte nach einer Woche das Interesse an dem Fall verloren. Krawalle in einem nördlichen Stadtbezirk bänden ihre Kräfte, sagte sie. Und Julie blieb zu Hause. Sie hatte vom College Sonderurlaub bekommen. Wenn er morgens fortging, saß sie im Schlafzimmer in einem Sessel, das Gesicht zum kalten Kamin. Dort fand er sie auch abends, wenn er nach Hause kam und das Licht anknipste.

Am Anfang hatte ödeste Betriebsamkeit gestanden: Gespräche mit Polizeioffizieren, Suchtrupps, Spürhunde, ein gewisses Interesse der Zeitungen, weitere Erklärungen, panisches Leid. In dieser Zeit hatten sich Stephen und Julie aneinandergeklammert, einander verstört die immer gleichen rhetorischen Fragen gestellt, die ganze Nacht wachgelegen, hoffnungsvoll spekulierend und im nächsten Augenblick verzweifelnd. Das war jedoch, bevor die Zeit, diese herzlose Anhäufung von Tagen, die absolute und bittere Wahrheit klärte. Schweigen zog herein und verdichtete sich. Kates Kleider und Spielsachen lagen noch in der Wohnung verstreut, ihr Bett war noch ungemacht. Und eines Nachmittags war dann aufgeräumt. Stephen fand das Bett abgezogen und drei zum Bersten volle Plastiksacke hinter ihrer Zimmertür. Er war wütend auf Julie, fühlte sich abgestoßen von diesem aus seiner Sicht weiblichen Selbstzerstörungstrieb, ihrem mutwilligen Defätismus. Aber er konnte nicht mit ihr darüber reden. Für Zorn war kein Platz, kein Anlaß. Sie schleppten sich wie durch einen Sumpf und hatten keine Kraft zur Konfrontation. Plötzlich hatte jeder sein eigenes Leid, isoliert und nicht mehr mitteilbar. Sie gingen getrennte Wege, er mit seinen Listen und der täglichen Lauferei, sie in ihrem Sessel, tief versunken in ihre private Trauer. Es gab kein gegenseitiges Trösten mehr, keine Zärtlichkeit, keine Liebe. Die alte Vertrautheit, die selbstverständliche Annahme beider, daß sie auf derselben Seite stünden, war tot. Sie kauerten jedes über dem eigenen Verlust, und unausgesprochener Groll begann zu wachsen.

Wenn Stephen am Ende eines auf den Straßen zugebrachten Tages den Heimweg antrat, schmerzte ihn nichts so sehr wie das Wissen, daß seine Frau dort im Dunkeln saß und seine Heimkehr mit kaum einer Geste zur Kenntnis nehmen würde, und daß er weder den guten Willen noch die Geschicklichkeit besaß, dieses Schweigen zu durchbrechen. Er argwöhnte – und wie sich später zeigte, hatte er recht damit –, daß sie seine Bemühungen als typisch männliches Ausweichen ansah, als Versuch, Gefühle hinter einer Entfaltung von Kompetenz, Übersicht und körperlichem Einsatz zu verstecken. Der Verlust hatte sie in die Extreme ihrer Persönlichkeiten getrieben. Sie hatten ein Ausmaß wechselseitiger Intoleranz entdeckt, das Trauer und Erschütterung unüberwindbar machte. Sie ertrugen es nicht mehr, gemeinsam zu essen. Er aß stehend in Imbißstuben, um nur ja keine Zeit zu verlieren, vermied es, sich hinzusetzen und seinen Gedanken zu lauschen. Sie aß seines Wissens überhaupt nichts. Anfangs brachte er ihr noch Brot und Käse mit nach Hause, die dann im Laufe der Tage in der nie aufgesuchten Küche vor sich hinschimmelten. Gemeinsame Mahlzeiten wären gleichbedeutend mit Anerkennung und Hinnahme ihrer verkleinerten Familie gewesen.

Es kam soweit, daß Stephen es nicht mehr über sich brachte, Julie anzusehen. Nicht nur, daß er abgehärmte Züge von Kate oder ihm selbst in ihrem Gesicht gespiegelt sah. Es war die Passivität, der Zusammenbruch ihres Willens, ihr fast ekstatisches Leiden, das ihn abstieß und seine Bemühungen zu untergraben drohte. Er würde seine Tochter finden und ihren Entführer ermorden. Er mußte nur weiter herumlaufen, Augen und Ohren offenhalten, dann würde er gewiß einmal in das Kraftfeld eintreten, das ihm ihre Nähe anzeigte. Er mußte nur dem richtigen Impuls folgen und ihr Foto der richtigen Person zeigen, und man würde ihn zu ihr führen. Wenn der Tag doch nur mehr Stunden hätte, wenn er der allmorgendlich größeren Versuchung widerstehen könnte, den Kopf unter der Decke zu lassen, wenn er schneller gehen und sich länger konzentrieren könnte, daran denken, sich hin und wieder umzusehen, weniger Zeit mit Sandwichessen vertun, seiner Intuition vertrauen, in Seitenstraßen hineingehen, sich schneller bewegen, größere Bezirke absuchen, rennen, ja, rennen ...

Parmenter stand; er zögerte noch, während er seinen silbernen Füller in die Innentasche seines Jacketts steckte. Auf dem Weg zur Tür, die Canham ihm aufhielt, lächelte der alte Herr ein generelles Lebwohl. Die Ausschußmitglieder rafften ihre Papiere zusammen und begannen die üblichen verhaltenen Gespräche, unter denen sie das Haus verlassen würden. Stephen ging mit dem Akademiker, der so überzeugend niedergestimmt worden war, den heißen Flur hinunter. Der Mann hieß Morley. In seiner kultivierten, zögerlichen Art erklärte er, wie die diskreditierten alphabetischen Systeme der Vergangenheit ihm die Arbeit nur noch schwerer machten. Stephen wußte, daß er bald wieder allein sein würde. Dennoch kam er auch jetzt nicht gegen das Abschweifen an, konnte nicht umhin, darüber nachzudenken, wie die Situation sich immer weiter verschlechtert hatte, bis er nicht einmal mehr etwas Besonderes empfand, als er an einem späten Februarnachmittag von seiner Suche nach

Hause kam und Julies Sessel leer fand. Ein Zettel auf dem Boden nannte ihm Adresse und Telefonnummer eines Heims in den Chilterns. Sonst keine Mitteilung. Er ging durch die Wohnung, knipste Lichter an, sah in verwahrloste Zimmer, kleine Bühnenkulissen kurz vor dem Abriß.

Schließlich kam er wieder an Julies Sessel, zauderte kurz, die Hand leicht auf der Rückenlehne, als kalkuliere er die Risiken eines gefährlichen Vorhabens. Schließlich bewegte er sich wieder, ging mit zwei Schritten um den Sessel herum und setzte sich. Er starrte in den düsteren Kamin, wo abgebrannte Zündhölzer kreuz und quer neben einem Stück Alufolie lagen; Minuten vergingen, Zeit, zu fühlen, wie die verformte Polsterung Julies Konturen für die seinen preisgab, leere Minuten wie alle anderen. Dann sank er in sich zusammen, hielt zum erstenmal seit Wochen still. So blieb er stundenlang, die ganze Nacht, döste manchmal kurz ein, und wenn er wach war, rührte er sich nicht, wandte den starren Blick nicht vom Kamin. Und in der ganzen Zeit schien sich in der Stille rings um ihn her etwas aufzubauen, stieg langsam mit geschmeidiger Gezeitenkraft eine Woge des Verstehens, die nicht brach, nicht donnernd sich entlud, ihn vielmehr in den frühen Morgenstunden zur ersten Hochflut der Erkenntnis über die wahre Art seines Verlustes trug. Alles davor war Phantasie gewesen, eine routinierte, rasende Mimikry des Leides. Kurz vor Morgengrauen begann er zu weinen, und mit diesem Augenblick im Dämmerlicht begann für ihn die eigentliche Zeit der Trauer.

Zwei

»Machen Sie ihm klar, daß die Uhr nicht mit sich handeln läßt, und wenn es Zeit für die Schule wird, für Vati zur Arbeit zu gehen, für Mutti ihre Pflichten zu erledigen, so sind diese Wechsel unanfechtbar wie die Gezeiten.«

Autorisierter Leitfaden zur Kindererziehung, HMSO

Daß Stephen Lewis viel Geld hatte und bei Schulkindern in hohem Ansehen stand, war die Folge eines Schnitzers, einer momentanen Unaufmerksamkeit bei der Postverteilung im Verlagshaus Gott, die eine Manuskripteinsendung auf dem falschen Schreibtisch landen ließ. Daß Stephen von diesem Irrtum – er lag viele Jahre zurück – nicht mehr sprach, lag einerseits an den Tantiemen und Vorschüssen, die seitdem aus dem Verlagshaus Gott und vielen ausländischen Verlagshäusern an ihn geflossen waren, andererseits an jener Schicksalsergebenheit, die sich mit den ersten Alterserscheinungen einzustellen pflegt. In seinen Mittzwanzigern war es ihm als eine merkwürdige Schicksalslaune erschienen, daß er ein erfolgreicher Kinderbuchautor sein sollte, denn da gab es noch soviel anderes, was er immer noch hätte werden können. Heutzutage konnte er sich nicht mehr vorstellen, etwas anderes zu sein.

Was könnte er anderes sein? Die alten Freunde aus Studententagen, die ästhetischen und politischen Experimentierer, die visionären Drogenschlucker, hatten sich alle mit noch weniger begnügen müssen. Ein paar seiner Bekannten, einstmals wahrhaft freie Menschen, durften für den Rest ihres Lebens Ausländern Englisch beibringen. Einige sahen sich in reiferen Jahren widerwilligen Jugendlichen in weit verstreuten höheren Schulen bis zum Umfallen Nachhilfeunterricht in Englisch oder »Lebenskunde« erteilen. Das waren die Glücklichen, die eine Stelle gefunden hatten. Andere durften in Krankenhäusern Fußböden putzen oder Taxis fahren. Eine hatte sich für ein Bettlerabzeichen qualifiziert. Stephen fürchtete den Augenblick, da er ihr einmal auf der Straße begegnen würde. Alle diese vielversprechenden Geister, gehegt und zu angeregtem Leben erweckt durch das Studium der englischen Literatur, dem sie ihre flinken Sprüche verdankten – Energie ist ewiges Entzükken; Verdamme Riemen, segne Lockerungen – waren Ende der sechziger und Anfang der siebziger Jahre von den Bibliotheken ausgespien worden, erpicht auf die Reise nach innen – oder in buntbemalten Bussen nach Osten. Sie waren heimgekehrt, als die Welt kleiner und ernster wurde, um in die Dienste der Bildung zu treten, inzwischen ein anrüchiges Schrumpfgewerbe; Schulen standen zum Verkauf an private Investoren, und die Schulpflicht sollte demnächst verkürzt werden.

Der Glaube, je gebildeter ein Volk sei, desto leichter werde es mit seinen Problemen fertig, hatte sich in aller Stille verabschiedet. Das ging Hand in Hand mit der Verabschiedung des allgemeineren Grundsatzes, daß insgesamt das Leben für immer mehr Menschen immer besser werde und es Aufgabe der Regierungen sei, dieses Drama verwirklichter Potentiale und stets sich erweiternder Möglichkeiten in Szene zu setzen. Einst war das Rollenangebot für

Weltverbesserer immens gewesen, und Leute wie Stephen und seine Freunde hatten immer Arbeit gefunden. Lehrer, Museumskuratoren, Maskenbildner und Schauspieler, reisende Geschichtenerzähler – ein Riesenensemble, und alle im Sold des Staates. Jetzt waren die Regierungsaufgaben in schlichteren, klareren Begriffen neu definiert: Ordnung zu halten und den Staat gegen seine Feinde zu verteidigen. Eine Zeitlang hatte Stephen noch verschwommen davon geträumt, Lehrer an einer staatlichen Schule zu werden. Er sah sich, groß und unerschütterlich, an der Tafel stehen, vor ihm eine respektvoll schweigende Klasse, eingeschüchtert durch seinen Hang zu plötzlichem Sarkasmus, angespannt lauschend, um jedes seiner Worte mitzubekommen. Jetzt wußte er, welches Glück er gehabt hatte. Lieber wollte er Kinderbuchautor bleiben und halb vergessen, daß alles nur ein Irrtum gewesen war.

Ein Jahr nach Verlassen der Universität war Stephen von einer verhaschten Reise durch die Türkei, Afghanistan und die nordwestliche Grenzprovinz mit einer Amöbenruhr nach London zurückgekehrt, um zu entdecken, daß die Arbeitsethik, die zu zerstören er und seine Generation sich solche Mühe gegeben hatten, in ihm noch immer stark war. Er sehnte sich nach Sinn und Ordnung. Er mietete sich ein billiges Zimmer, fand Arbeit als Ausschneider bei einem Pressedienst und fing an, einen Roman zu schreiben. Jeden Abend arbeitete er vier bis fünf Stunden, angetan von der Romantik, dem Adel seines Unterfangens. Er war immun gegen die Langeweile seines Brotberufs; er hatte ein Geheimnis, das um tausend Wörter täglich wuchs. Und er hatte die üblichen Träume. Er war Thomas Mann, James

Joyce, vielleicht gar William Shakespeare. Um den Spaß an seinem Tun noch zu steigern, arbeitete er im Schein zweier Kerzen.

Er hatte vor, von seinen Reisen zu erzählen, in einem Roman mit dem Titel *Haschisch* von Hippies zu berichten, die in ihren Schlafsäcken erstochen wurden, von einem Mädchen aus gutem Hause, das in der Türkei zu lebenslänglich Gefängnis verurteilt wurde, von mystischer Anmaßung, drogengewürztem Sex, Amöbenruhr. Zuallererst mußte er dazu die Vorgeschichte seiner Hauptfigur schildern, etwas über seine Kindheit, um die physische und moralische Distanz zu zeigen, die er zurückzulegen hatte. Aber das erste Kapitel ging und ging nicht zu Ende. Es gewann ein Eigenleben, so daß Stephen nun einen Roman über einen Sommerurlaub schrieb, den er in seinem elften Lebensjahr mit zwei Kusinen verbracht hatte, ein Buch von Jungen mit kurzen Hosen und Haaren, Mädchen mit Haarbändern und ins Höschen gestopften Kleidern, von unausgesprochenen Sehnsüchten, scheu verschlungenen Fingern statt manischem Sex, von Fahrrädern mit Korbträgern statt buntschillernder VW-Busse, und er spielte nicht in Dschalalabad, sondern am Stadtrand von Reading. Nach drei Monaten war er damit fertig, und er gab ihm den Titel *Limonade*.

Eine Woche lang blätterte und ordnete er in seinem Manuskript herum und sorgte sich, es sei zu kurz. Dann meldete er sich eines Montagmorgens krank, fertigte eine Fotokopie an und lieferte sie bei dem berühmten Literaturverlag Gott in Bloomsbury persönlich ab. Wie üblich hörte er dann sehr lange nichts. Als endlich der Brief kam, war er nicht von Charles Darke, dem jungen Cheflektor, über den die Sonntagszeitungen berichteten, dem Mann, der den angeschlagenen Ruf des Verlagshauses Gott gerettet hatte, sondern von einer Miss Amanda Rien, deren Name nichts mit dem französischen Wort gleicher Schreibweise zu tun habe, wie sie ihm mit quiekendem Lachen versicherte, als sie ihn in ihr Büro bat, sondern sich einfach auf »Wien« reime.

Stephen saß in Miss Riens Büro, einer ehemaligen Besenkammer, die Schienbeine an ihren Schreibtisch gepreßt. Fenster gab es hier keine. An den Wänden hing statt gerahmter Schwarzweißfotos der Titanen, die zu Beginn des zwanzigsten Jahrhunderts den Namen des Verlags großgemacht hatten, ein Porträt – nein, nicht von Evelyn Waugh – von einem Frosch im Dreiteiler, der, auf einen Stock gestützt, neben der Balustrade eines Landhauses stand. Sonst hingen an der winzigen Wandfläche Bilder von Teddybären, mindestens ein halbes Dutzend, die ein Feuerwehrauto anschoben; von einer Maus im Bikini, die sich eine Pistole an den Kopf hielt; und einer grimmig dreinblickenden Krähe mit Stethoskop um den Hals, die einem blassen, offenbar von einem Baum gefallenen Jungen den Puls fühlte.

Miss Rien, von der ihn kaum ein Meter trennte, musterte ihn voll Besitzerstaunen. Er lächelte verlegen zurück und schlug die Augen nieder. Ob dies wirklich sein Erstling sei, wollte sie wissen. Alle im Verlag seien hingerissen, einfach hingerissen. Er nickte und vermutete einen schrecklichen Irrtum. Er wußte über Verlage nicht gut genug Bescheid, um frei daraufloszureden, und er wollte sich auf keinen Fall blamieren. Er beruhigte sich, als Miss Rien ihm sagte,

Charles wisse, daß er hier sei, und brenne darauf, ihn kennenzulernen. Minuten später flog die Tür auf, und Darke steckte, ohne den Korridor zu verlassen, den Kopf zur Tür herein und schüttelte Stephen die Hand. Er redete schnell und ohne sich vorzustellen. Es sei ein glänzendes Buch, und er wolle es natürlich bringen. Natürlich. Doch jetzt müsse er auf der Stelle fort. Er habe New York und Frankfurt am Apparat. Sie würden aber einmal essen gehen. Bald. Und herzlichen Glückwunsch. Die Tür klappte zu, und Stephen drehte sich um und sah, wie Miss Rien sein Gesicht nach Anzeichen von Verklärung absuchte. Sie sprach feierlich und mit leiser Stimme. Ein großer Mann. Ein großer Mann und ein großer Verleger. Da blieb ihm nur Zustimmung.

Erregt und gekränkt kehrte er auf seine Bude zurück. Als potentieller Joyce, Mann oder Shakespeare gehörte er ohne Frage zur europäischen Kulturtradition, der erwachsenen. Gewiß hatte er von Anfang an großen Wert darauf gelegt, verstanden zu werden. Er hatte ein schlichtes, präzises Englisch geschrieben. Er hatte zugänglich sein wollen, aber doch nicht für jedermann. Nach langem Nachdenken beschloß er, nichts zu unternehmen, bevor er Darke wiedergesehen hatte. Inzwischen traf zu seiner weiteren Verwirrung ein Brief mit einem Vertrag ein, in dem ihm zweitausend Pfund Vorschuß geboten wurden, was etwa zwei Jahresgehältern entsprach. Er erkundigte sich und erfuhr, daß dies für einen Erstlingsroman außergewöhnlich viel war. Seit er das Buch fertig hatte, war ihm die Arbeit im Pressedienst zu einer unerträglichen Plackerei geworden. Acht Stunden am Tag schnippelte er Artikel aus Zeitungen, stempelte das Datum darauf und heftete sie ab. Die Leute hier waren von der Arbeit, die sie taten, völlig abgestumpft. Er wollte nichts sehnlicher als kündigen. Ein paarmal zückte er seinen Füller und schickte sich an, zu unterschreiben und das Geld einzustreichen, doch dann sah er aus dem Augenwinkel eine johlende, feixende Horde von Teddybären, Mäusen und Krähen, die ihn in ihren Reihen willkommen hießen.

Und als endlich die Stunde kam, da er den eigens zu diesem Zweck gekauften Schlips anlegen sollte, den ersten, den er sich seit Verlassen der Schule umband, um in der diskreten Stille eines Restaurants, beim teuersten Essen, das Stephen je zu sich genommen hatte, Darke seine Verwirrung zu erklären, war noch gar nichts geklärt. Darke hörte zu und nickte jedesmal ungeduldig, wenn Stephen sich dem Ende eines Satzes näherte. Noch ehe Stephen fertig war, ließ Darke seinen Suppenlöffel sinken, legte dem Jüngeren seine kleine, geschmeidige Hand auf den Arm und erklärte in freundlichem Ton, wie einem Kind, daß die Unterscheidung zwischen Erwachsenen- und Kinderliteratur eine Fiktion sei. Sie sei völlig falsch, eine bloße Konvention. Das könne ja auch gar nicht anders sein, hätten doch gerade die größten Schriftsteller allesamt eine kindliche Sicht, eine, so kompliziert sie auch immer ausgedrückt sein mochte, schlichte Betrachtungsweise, die den erwachsenen Genius eins werden ließe mit dem Kleinkind. Und umgekehrt – Stephen zog seine Hand frei – seien die größten sogenannten Kinderbücher gerade diejenigen, die sich an Kinder und Erwachsene gleichermaßen wendeten, an den keimenden Erwachsenen im Kind, an das vergessene Kind im Erwachsenen.

Darke hatte an seiner Rede richtig Spaß. In berühmten Restaurants zu sitzen und jungen Autoren bombastische Vorträge zu halten, gehörte zu den erfreulicheren Begleiterscheinungen seines Berufs. Stephen war mit seinem Krabbencocktail fertig und lehnte sich zurück, um zu sehen und zu hören. Darke hatte rötliches Haar, das hinter dem Wirbel als ungebärdiger Helmbusch in die Höhe ragte. Es war seine Angewohnheit, dieses Krönchen beim Reden mit der Hand plattzudrücken. Immer wenn er es losließ, sprang es wieder hoch.

Bei aller Weltgewandtheit, dunklem Anzug und maßgeschneidertem Hemd war Darke nur sechs Jahre älter als Stephen. Es waren allerdings entscheidende sechs Jahre, bildeten sie doch die Wasserscheide zwischen Darkes Reverenz vor Alter und Erfahrung einerseits, die in ihm den kindlichen Wunsch weckte, doppelt so alt auszusehen, wie er war, und Stephens Überzeugung, daß Alter und Erfahrung Verrat bedeuteten, Furchtsamkeit, Müdigkeit, Jugend dagegen ein seliger Zustand sei, den es beizubehalten gelte, solange Gesellschaft und Biologie es erlaubten. Zur Zeit ihres ersten gemeinsamen Essens war Darke bereits seit sieben Jahren mit Thelma verheiratet. Ihr großes Haus am Eaton Square war fertig eingerichtet. Die damals fast wertvollen Ölgemälde von Seeschlachten und Jagdszenen waren bereits an ihrem Platz. Ebenso die dicken, sauberen Handtücher im Gästezimmer und die Putzfrau, die ein paar Stunden täglich kam und kein Englisch sprach. Während Stephen und seine Freunde sich mit ihren Frisbees und Haschpfeifen in Goa und Kabul herumtrieben, hatten Charles und Thelma jemanden, der ihren Wagen in die

Garage stellte, einen automatischen Anrufbeantworter, Dinnerpartys und gebundene Bücher. Sie waren Erwachsene. Stephen hauste in einem möblierten Zimmer, und seine gesamte Habe paßte in zwei Koffer. Sein Buch war gerade recht für Kinder.

Und es war mehr als das Haus am Eaton Square. Darke hatte schon eine Schallplattenfirma besessen und wieder verkauft. Zu der Zeit, als er von Cambridge abging, war allen außer den ganz Gewitzten klar gewesen, daß Popmusik ausschließlich etwas für die Jugend sei. Nur die Gewitzten dachten auch an die Mittelschicht, die Elterngeneration, die eine Wirtschaftskrise mitgemacht und in einem Weltkrieg gekämpft hatte. Nach solchen Alpträumen brauchten die Leute in ihrer Musik das Süße, Warme, gelegentlich auch Wehmütige. Darke spezialisierte sich auf »leichte Hörkost«, volkstümliche Klassik und Evergreens, orchestriert für zweihundert Streicher.

Er hatte auch ganz unmodernes Glück mit der Wahl seiner Frau, die zwölf Jahre älter war als er. Thelma lehrte in Birkbeck Physik und hatte kürzlich eine vielbeachtete Arbeit vorgelegt, die sich – soweit es die Klatschkolumnisten begriffen – mit dem Wesen der Zeit befaßte. Sie war nicht die geborene Frau für einen jungen Millionär aus der Kitschmusikbranche, zumal er, wie manche es herzlos ausdrückten, ihr Sohn hätte sein können. Thelma überredete ihren Mann, einen literarischen Buchklub zu gründen, und dessen Erfolg führte ihn in das angestaubte Verlagshaus Gott, das er in zwei Jahren erstmals seit einem Vierteljahrhundert wieder in die schwarzen Zahlen brachte. Darke war das vierte Jahr dort, als er Stephen zum Essen ausführte, aber weitere fünf Jahre vergingen – Darke war inzwischen Chef einer unabhängigen Fernsehgesellschaft, und auch Stephen war begrenzt erfolgreich –, ehe sie enge Freunde wurden und Stephen, der sich inzwischen auch nicht mehr ans Jungsein klammerte, regelmäßiger Gast am Eaton Square wurde.

Darke ließ sich in seinem beschwörenden, liebenswürdigen, selbstverliebten Redeschwall nicht einen Moment stören, als frische Teller kamen und er pflichtschuldigst den neuen Wein kostete. Er sprach schnell, mit einer Art hektischer Zuversicht, als rede er vor einer skeptischen Aktionärsversammlung, auch als fürchte er die Stille, die ihn wieder seinen eigenen Gedanken überantworten würde. Stephen brauchte lange, ehe er begriff, aus welch tiefem Gefühl heraus Darke sprach. Damals kam es ihm vor wie ein Verkaufsgespräch, in dem der Verleger sich geschäftstüchtig des Vornamens seines Autors bemächtigte.

»Stephen. Hören Sie, Stephen: Sprechen Sie zu einem Zehnjährigen im Hochsommer von Weihnachten. Ebensogut könnten Sie mit einem Halbwüchsigen über seine Pläne fürs Alter, seine Pensionierung reden. Kindheit ist für Kinder zeitlos. Sie ist immer die Gegenwart. Alles findet in der Gegenwart statt. Natürlich haben sie Erinnerungen. Natürlich vergeht auch für sie ein wenig die Zeit, und dann ist es Weihnachten. Aber sie *fühlen* es nicht. Das Heute ist es, was sie fühlen, und wenn sie sagen: ›Wenn ich mal groß bin …‹, schwingt da immer ein wenig Ungläubigkeit mit – wie könnten sie je etwas anderes sein, als das was sie jetzt sind? Nun sagen Sie mir, *Limonade* sei nicht für Kinder geschrieben, und ich glaube es Ihnen, Stephen. Wie alle guten

Schriftsteller haben Sie es für sich selbst geschrieben. Und darauf will ich hinaus. Es war Ihr zehnjähriges Ich, an das Sie sich da gewandt haben. Dieses Buch ist nicht für Kinder, es ist für *ein* Kind, und dieses Kind sind Sie. *Limonade* ist eine Botschaft von Ihnen an Ihr früheres Ich, das nie zu existieren aufhören wird. Und die Botschaft ist bitter. Deshalb macht es einen so betroffen, wenn man das Buch liest. Als Mandy Riens Tochter es las, hat sie geweint – bittere Tränen, aber auch nützliche Tränen, Stephen. Andere Kinder haben ebenso reagiert. Sie haben unmittelbar zu Kindern gesprochen. Ob Sie es wollten oder nicht, Sie haben sich mit ihnen über die Kluft hinweg unterhalten, die das Kind vom Erwachsenen trennt, und ihnen eine erste, gespenstische Ahnung von ihrer Sterblichkeit vermittelt. Wenn Kinder Ihr Buch lesen, dämmert ihnen das Wissen, daß sie als Kinder endlich sind. Sie bekommen es nicht nur gesagt, sie verstehen auch wirklich, daß es nicht immer so bleiben wird, nicht bleiben kann, daß sie früher oder später am Ende sind, erledigt, daß ihr Kindsein nicht von Dauer ist. Sie bringen ihnen etwas Erschreckendes und Trauriges über die Erwachsenen bei, über Menschen, die aufgehört haben, Kinder zu sein. Etwas Vertrocknetes, Ohnmächtiges, Langweiliges, ein Sichabfinden. Von Ihnen erfahren sie, daß dies alles auch einmal auf sie zukommen wird, so sicher wie Weihnachten. Es ist eine traurige Botschaft, aber wahr. Dieses Buch ist ein Buch für Kinder durch die Augen eines Erwachsenen.«

Charles Darke nahm einen herzhaften Schluck von dem Wein, den er vor wenigen Minuten mit solch geistesabwesender Kennerschaft gekostet hatte. Er legte den Kopf schief und ließ sich den tieferen Sinn seiner eigenen Worte auf der Zunge zergehen. Dann hob er sein Glas, leerte es und wiederholte: »Eine traurige Botschaft, aber wahr, sehr wahr.« Stephen sah abrupt auf, als er ein kurzes Stocken in den Worten des Verlegers zu vernehmen glaubte.

Bis auf die zwei Wochen, von denen der Roman handelte, war Stephens Kindheit angenehm langweilig verlaufen, trotz der exotischen Orte. Wenn er nun eine Botschaft zurückschicken müßte, wäre es eine Botschaft säuerlicher Ermunterung: Alles wird besser werden – sehr langsam. Aber gab es auch eine Botschaft für Erwachsene?

Darke hatte den Mund voll Bries. Er beschrieb mit der Gabel enge Kreise in der Luft, wollte unbedingt etwas sagen; endlich brachte er einen knoblauchduftenden Seufzer heraus, der Stephen momentan den Lachsgeschmack verdarb. »Gewiß. Aber sie wird niemandes Leben verändern. Ich verkaufe dreitausend Exemplare, und Sie bekommen ein paar freundliche Besprechungen. Aber wenn wir das für Kinder aufmachen ...« Darke ließ sich gegen die Stuhllehne fallen und hob sein Glas.

Stephen schüttelte den Kopf und sagte leise: »Das werde ich nicht zulassen. Nie werde ich das zulassen.«

Turner Malbert illustrierte das Buch mit geschmackvollen, zarten Aquarellen. In der Erscheinungswoche trat ein berühmter Kinderpsychologe im Fernsehen auf und griff das Buch vehement an. Es sei mehr, als man einem Kind zumuten dürfe, es sei dazu angetan, latent labile Gemüter zu verstören. Andere Experten nahmen es in Schutz; einige Bibliothekare förderten den Absatz, indem sie sich weigerten, das Buch in ihre Bestände aufzunehmen. Ein bis zwei

Monate lang lieferte es Gesprächsstoff auf Dinnerpartys. *Limonade* verkaufte sich eine viertelmillionmal gebunden und schließlich mehrere millionenmal in aller Welt. Stephen gab seine Stelle auf, kaufte sich einen schnellen Wagen, eine geräumige Altbauwohnung im Londoner Süden und reichte eine Einkommensteuererklärung ein, die ihn zwei Jahre später nötigte, auch seinen zweiten Roman als Kinderbuch herauszubringen.

Im Rückblick wollte es scheinen, als wären alle Ereignisse in diesem Jahr, Stephens Jahr im Ausschuß, auf ein einziges Ziel ausgerichtet gewesen. Doch während er das Jahr durchlebte, empfand er es als leere Zeit, bar jeder Bedeutung oder Zielrichtung. Sein gewohnter Fatalismus steigerte sich ins Unermeßliche. Zum Beispiel drohte am zweiten Tag der Olympischen Spiele plötzlich die globale Vernichtung; für zwölf Stunden waren die Dinge außer Kontrolle geraten, und Stephen, der wegen der Hitze in Unterwäsche auf dem Sofa lag, war es so oder so egal.

Zwei Sprinter, ein Russe und ein Amerikaner, beide nervös wie Windhunde, hatten sich in den Startlöchern angerempelt und die Nerven verloren. Der Amerikaner schlug mit geballter Faust zu, der andere schlug zurück und verletzte den ersten böse am Auge. Gewalt und die Idee der Gewalt pflanzten sich über ein verzwicktes Befehlssystem nach außen und dann nach oben fort. Zuerst griffen Mannschaftsgefährten, dann die Betreuer ein, verloren die Beherrschung und wurden in Prügeleien verwickelt. Die wenigen russischen und amerikanischen Zuschauer auf den Rängen suchten und fanden einander. Es kam zu einer üblen Szene mit einer zerbrochenen Flasche, und Minuten später war ein junger Amerikaner – unglücklicherweise ein Soldat auf Urlaub – verblutet. Auf der Laufbahn packten sich zwei hohe Funktionäre, Vertreter der kontrahierenden Mächte, bei den Blazern, und ein Revers kam arg zu Schaden. Eine Startpistole wurde ins Gesicht einer Russin abgefeuert, und ein zweites Auge ging verloren, Auge um Auge. In den Presseboxen gab es Rangeleien und Zähnefletschen.

Eine halbe Stunde später hatten beide Equipen ihre Sportler von den Spielen zurückgezogen und tauschten auf getrennten Pressekonferenzen Beleidigungen von skatologischer Deftigkeit aus. Der Mörder des Soldaten war bald ergriffen, und es wurde behauptet, er habe Verbindungen zum KGB und militärische Motive. Zwischen den jeweiligen Botschaften wurden scharf formulierte Noten ausgetauscht. Der amerikanische Präsident, frisch im Amt und gewissermaßen selbst von der Konstitution eines Sprinters, wollte um jeden Preis demonstrieren, daß er nicht der außenpolitische Schwächling war, als den seine Gegner ihn gern hinstellten, und suchte fieberhaft nach Möglichkeiten zum Handeln. Er suchte immer noch, als die Russen die Welt damit überraschten, daß sie den Grenzübergang Helmstedt schlossen.

In den Vereinigten Staaten legte man diesen Akt dem Zaudern eines zahmen Präsidenten zur Last, der nun seine Kritiker dadurch zum Schweigen brachte, daß er die Nuklearstreitkräfte seines Landes in die höchste Alarmbereitschaft versetzte. Die Russen folgten diesem Beispiel. Atom-U-Boote glitten leise in die ihnen zugewiesenen Feuerstellungen, Silos klafften auf, Raketen starrten im heißen

Gesträuch des ländlichen Oxfordshire und in den Birkenwäldern der Karpaten. In Zeitungen und auf Fersehschirmen erklärten Bekenner der Abschreckung in beschwörendem Ton, wie wichtig es sei, die Raketen in die Luft zu bringen, ehe sie am Boden zerstört würden. Binnen Stunden waren in Großbritannien die Supermärkte von Zucker, Tee, gebackenen Bohnen und weichem Toilettenpapier geräumt. Die Konfrontation dauerte einen halben Tag, bis die blockfreien Länder eine überwachte, gleichzeitige Entschärfung der nuklearen Bereitschaft initiierten. Das Leben auf der Erde sollte schließlich doch weitergehen, und unter lautstarker Beschwörung des olympischen Geistes lebte das Hundertmeterfieber wieder auf, und es herrschte planetare Erleichterung, als ein neutraler Schwede siegte.

Vielleicht lag es an dem launenhaft schönen Sommer oder am Scotch, den er vom frühen Morgen an trank, daß Stephen sich besser fühlte, als es ihm seines Wissens wirklich ging, aber er hatte ehrlich nichts dagegen, daß das Leben auf der Erde weitergehen sollte. Es war so ähnlich wie bei einem Fußballendspiel zwischen zwei ausländischen Mannschaften. Das Geschehen fesselte ihn, solange es lief, aber am Ergebnis lag ihm nichts; für ihn durfte es so oder so ausgehen. Das Universum ist riesig, dachte er müde, intelligentes Leben ist gewiß dünn gesät, und doch sind die betroffenen Planeten wahrscheinlich nicht zu zählen. Etliche von denen, die auf die Konvertierbarkeit von Materie und Energie stießen, würden sich zweifellos selbst in die Luft jagen, und sehr wahrscheinlich waren das jene, die es nicht wert waren, zu überleben. Es ist kein menschliches Dilemma, dachte er träge, während er sich durch die Unterhose kratzte; es liegt in der Struktur der Materie selbst, und dagegen ist wohl nicht viel zu machen.

Ähnlich faszinierten ihn andere, persönlichere, teils recht seltsame oder eindrucksvolle Ereignisse nur, solange sie stattfanden, wenn auch aus einem gewissen Abstand, als ginge es um jemand anderen, nicht um ihn, und hinterher verschwendete er kaum noch einen Gedanken daran und sah ganz gewiß keinen Zusammenhang zwischen ihnen. Sie waren Kulisse für das wahre Leben, das darin bestand, auf dem Rücken zu liegen und unentwegt zu trinken, Freunden und Arbeit aus dem Weg zu gehen, es an Konzentration fehlen zu lassen, wann immer er in ein Gespräch verwickelt wurde, und keine zwanzig Zeilen Gedrucktes lesen zu können, bevor die Gedanken wieder abschweiften, phantasierten, Erinnerungen nachhingen.

Und als Darke zurücktrat – die offizielle Meldung kam zwei Tage, nachdem der Parmenter-Ausschuß die Arbeit aufgenommen hatte –, ging Stephen zum Eaton Square, weil Thelma ihn angerufen und darum gebeten hatte. Er wurde einbezogen, nicht weil er ein alter Freund und selbstverständlich interessiert war, auch nicht, weil er Charles und Thelma etwas geschuldet hätte. Er selbst, so schien es jedenfalls, traf in der Angelegenheit gar keine Entscheidung; seine Freunde brauchten einen Zeugen, einen, dem sie sich erklären konnten, der die Außenwelt vertrat. Obwohl man ihm diese Rolle zugedacht hatte, sollte er das Maß seiner eigenen Passivität dennoch später in Frage stellen; die Darkes hatten schließlich viele Freunde, aber vielleicht war Stephen für das, was Charles inszenieren würde, der einzige geeignete Beobachter.

Zwei Stunden nach Thelmas Anruf machte Stephen sich zu Fuß auf den Weg von Stockwell über die Chelsea Bridge zum Eaton Square. Die warme Frühabendluft war mild in der Kehle, und auf den Gehsteigen vor den Pubs drängten sich die Biertrinker, dunkelhäutig und redselig, offenbar sorgenfrei. Eine zweimonatige Hitzewelle hatte den Nationalcharakter verändert. Mitten auf der Brücke blieb er stehen, um die Abendzeitung zu lesen. Der Rücktritt hatte es auf die Titelseite geschafft, aber nicht in die Schlagzeilen. In einem Kasten unten auf der Seite war von schlechtem Gesundheitszustand die Rede, wurde sensationslüstern über einen Zusammenbruch spekuliert. An höchster Stelle, hieß es, sei man über den unangekündigten Rücktritt »leicht irritiert«. In der Klatschspalte wurde Darke in einem kurzen Absatz als zu unpolitisch, zu lasch bezeichnet, um je auf ein hohes Amt hoffen zu können. Seine frühere Beziehung zu Büchern stoße höheren Orts auf Mißtrauen. Nur gute Freunde, schloß der Beitrag, würden von seinem Abschied sehr betroffen sein. Als Stephen zwei Bettler auf sich zukommen sah, trotz der Wärme in langen Mänteln, faltete er die Zeitung zusammen und setzte seinen Weg über die Brücke fort.

Er dachte an einen Abend in einem griechischen Restaurant, vor vielen Jahren, als Darke ein Spielchen in Gang gesetzt hatte. Er denke daran, sich aus dem Fernsehmanagement, wo er bedingt erfolgreich gewesen war, zurückzuziehen und in die Politik zu gehen. Aber welcher Partei solle er beitreten? In bester Laune schenkte Darke, der neben Julie saß, allen Wein ein, kommandierte demonstrativ den Kellner herum, übernahm für alle die Bestellungen. Der allgemeine Ton war scherzhaft und gespielt zynisch, aber alles was gesagt wurde, enthielt ein Körnchen Wahrheit. Darke besaß keine politische Überzeugung, nur Organisationstalent und großen Ehrgeiz. Er konnte jeder Partei beitreten. Eine New Yorker Freundin von Julie nahm die Sache ernst und wollte ihm klarmachen, daß es darauf ankomme, ob er mehr an die Kollektivität von Erfahrung oder deren Einzigartigkeit glaube. Darke spreizte die Finger und meinte, es gebe für beides Argumente. Für die Unterstützung der Schwachen, für die Förderung der Starken. Entscheidender sei die Frage – und hier verstummte er, und irgend jemand anders vollendete den Satz für ihn – *Wen kennst du, der deine Kandidatur durchsetzen kann*? Darke lachte von allen am lautesten.

Bis der Kaffee kam, war es beschlossene Sache, daß er seine Karriere auf der Rechten machen solle. Die Begründungen waren simpel. Die Rechte war an der Macht und würde es wohl auch bleiben. Aus seinen Unternehmertagen kannte Darke eine Reihe von Leuten mit Beziehungen zur Parteimaschinerie. Bei den Linken war die Nominierungsprozedur so umständlich demokratisch und machte es Leuten, die nie in der Partei gewesen waren, unsinnig schwer. »Die Sache ist ganz einfach, Charles«, sagte Julie, als sie das Restaurant verließen. »Das einzige, was du zu fürchten hast, ist die lebenslange Verachtung aller deiner Freunde.« Und wieder lachte Darke aus vollem Hals.

Es gab Anlaufschwierigkeiten, doch es dauerte nicht

allzu lange, bis er eine Kandidatur im ländlichen Suffolk angeboten bekam, wo es ihm gelang, mit ein paar gedankenlosen Bemerkungen über Schweine die Mehrheit seines Vorgängers zu halbieren. Er und Thelma verkauften ihr Wochenendhaus in Gloucestershire und kauften sich ein Wochenendhaus am Rande seines Wahlkreises. Die Politik förderte etwas in Darke zutage, woran Schallplattenindustrie, Verlagswesen und Fernsehen kaum gerührt hatten. Binnen Wochen trat er selbst im Fernsehen auf, vorgeblich um irgendeine Mißhelligkeit in seinem Wahlkreis zu kommentieren – ein alter Rentner, dem man den Strom gesperrt hatte, war an Unterkühlung gestorben. Unter Mißachtung einer ungeschriebenen Regel sprach er mehr in die Kamera als zu seinem Interviewer und brachte es fertig, in Kurzfassung noch schnell die jüngsten Regierungserfolge einzuflechten. Er war ein Schnellredner. Zwei Wochen später widerlegte er in einem Studio gekonnt eine selbstverständliche Wahrheit. Die Freunde, die ihm geholfen hatten, waren beeindruckt. In der Parteispitze wurde man auf ihn aufmerksam. In einer Zeit, da die Regierung es mit den eigenen Hinterbänklern schwer hatte, trat Darke als ihr vehementer Verteidiger auf. Es klang durchdacht und gutgemeint, wenn er Selbsthilfe für die Armen und Anreize für die Reichen predigte. Nach langem Überlegen und weiteren Spielchen beim Abendessen beschloß er, auf einer Parteikonferenz zur alljährlich wiederkehrenden Debatte über die Todesstrafe das Wort gegen den Galgen zu ergreifen. Gerecht aber fürsorglich, sei die Devise, gerecht *und* fürsorglich. In einer Rundfunkdiskussion über »Gesetz und Ordnung«

vertrat er diese These so gut, daß er von den Studiogästen dreimal Szenenapplaus bekam und in einem Leitartikel der *Times* zitiert wurde.

Die nächsten drei Jahre besuchte er Diners und machte sich kundig auf Gebieten, wo er glaubte, daß dort demnächst Arbeitsplätze verlorengehen würden: Erziehung, Verkehr, Landwirtschaft. Er blieb am Ball. Er sprang für einen guten Zweck mit dem Fallschirm ab und brach sich das Schienbein. Das Fernsehen war dabei. Er saß in der Jury für einen angesehenen Literaturpreis und machte indiskrete Bemerkungen über den Vorsitzenden. Er wurde ausersehen, eine Gesetzesvorlage gegen die Kriminalisierung des Autostrichs einzubringen. Wegen Zeitmangels wurde nichts daraus, aber es machte ihn bei den Illustrierten beliebt. Und immerzu redete er und redete, stach mit dem Zeigefinger in die Luft, gab Ansichten von sich, die zu haben er selbst nie vermutet hatte, und legte sich den schwülstigen Stil eines Sprechers für die Allgemeinheit zu: »Ich glaube für uns alle zu sprechen, wenn ich sage...«, und: »Es wird doch niemand bestreiten...« und: »Die Regierung hat sich dazu klar geäußert...«

In einem Artikel für die *Times*, den er Stephen im prunkvollen Salon am Eaton Square vorlas, zog er die Bilanz aus den ersten zwei Jahren des konzessionierten Bettlertums: »Durch Beschneidung des Wildwuchses aus der Zeit vor der Verabschiedung dieses Gesetzes, und durch Hinarbeiten auf eine Verschlankung und Gesundung des öffentlichen Wohlfahrtswesens, hat die Regierung sich im Kleinen mit einem Ideal versehen, dem ihre Wirtschaftspolitik entgegenstreben sollte. Es wurden zweistellige Millionensummen an Sozialhilfe eingespart, und zahlreiche Männer, Frauen und Kinder haben die Fährnisse und die befriedigende Mühsal der Eigenverantwortlichkeit kennengelernt, die dem Unternehmertum dieses Landes längst vertraut sind.«

Stephen zweifelte nie daran, daß sein Freund früher oder später von der Politik genug haben und ein neues Abenteuer beginnen würde. Er gab sich nach wie vor ironisch distanziert und verspottete Charles wegen seines Opportunismus.

»Wenn du dich für die andere Seite entschieden hättest«, sagte Stephen, »würdest du jetzt genauso leidenschaftlich für die Verstaatlichung der Aktienbörse, Senkung der Verteidigungsausgaben und Abschaffung der Privatschulen plädieren.«

Darke schlug sich an die Stirn und tat erstaunt ob der Naivität des Freundes. »Du Trottel! Ich habe *dieses* Programm vertreten. Dafür hat mich die Mehrheit gewählt. Was ich glaube, spielt doch gar keine Rolle. Ich habe ein Mandat – freiere Finanzmärkte, mehr Waffen, gute Privatschulen.«

»Dann stehst du gar nicht dahinter.«

»Natürlich nicht. Ich diene!« Und sie lachten beide in ihre Gläser.

In Wahrheit verbarg Stephen hinter seinem Zynismus nur die Faszination, mit der er Charles' Karriere verfolgte. Stephen kannte keine anderen Parlamentarier. Und dieser eine, den er nun kannte, erfreute sich bereits einer bescheidenen Berühmtheit und erzählte Insidergeschichten von Trunkenheit und sogar Gewalttätigkeiten in der Unterhausbar, von den kleinen Absurditäten des parlamentarischen Rituals, von bösartigem Kabinettsklatsch. Und als Darke, nach dreijähriger Plackerei in Fernsehstudios und Speisesälen, schließlich zum Staatssekretär aufrückte, war Stephen aufrichtig stolz. Einen alten Freund in hohem Amt zu haben, machte das Regieren fast zu etwas Menschlichem und gab Stephen ein Gefühl der Weltläufigkeit. Jetzt fuhr allmorgendlich eine Limousine – wenn auch recht klein und verbeult – am Eaton Square vor, um den Herrn Staatssekretär zur Arbeit abzuholen, und in sein Gebaren hatte sich so etwas wie eine müde Bestimmtheit eingeschlichen. Stephen fragte sich manchmal, ob sein Freund den Ansichten, die er sich so mühelos zugelegt hatte, am Ende selbst erlegen war.

Als Stephen hinkam, öffnete ihm Thelma.

»Wir sind in der Küche«, sagte sie, während sie ihn durch die Diele führte. Dann überlegte sie es sich anders und kehrte um.

Sie zeigte auf die leeren Wände, wo statt der Bilder schmutziggraue Rechtecke hingen.

»Ja, die Möbelpacker haben heute nachmittag angefangen.« Sie hatte ihn in den Salon geführt und sprach schnell und leise. »Charles ist in einem labilen Zustand. Stell ihm bitte keine Fragen, und mach ihm kein schlechtes Gewissen, weil er dich mit diesem Ausschuß sitzengelassen hat.«

Seit Darkes Aufstieg in der Politik hatte Stephen viel häufiger Thelma gesehen als ihn. Er hatte ihr abends Gesellschaft geleistet und dabei ein wenig theoretische Physik zu lernen versucht. Sie gab gern vor, daß er ihr näher stehe als ihr Mann, daß ein besonderes, verschwörerisches Einverständnis sie verbinde. Das war kein Verrat, mehr Schmeichelei. Es machte ihn verlegen und zog ihn unwiderstehlich an. Jetzt nickte er, wie immer froh, wenn er ihr gefällig sein konnte. Charles war ihr Sorgenkind, und sie hatte schon viele Male Stephens Hilfe in Anspruch genommen: bei einer Gelegenheit, um den Herrn Staatssekretär am Vorabend einer Parlamentsdebatte vom Trinken abzuhalten; bei einer anderen, um ihn bei einem Abendessen abzulenken, damit er nicht so sehr auf einem jungen Physikerkollegen von ihr herumhackte, der Sozialist war.

»Erzähl mir mal, was passiert ist«, sagte Stephen, aber sie ging schon wieder in die leer hallende Diele zurück und schlug einen scherzhaft strengen Ton an.

»Bist du eben erst aufgestanden? Du bist so furchtbar blaß.« Sie nickte kurz, als er aufbegehrte, was heißen sollte, sie werde die Wahrheit später noch aus ihm herausbekommen. Sie gingen durch die Diele zurück, ein paar Stufen hinunter und durch eine grünbespannte Tür, die Charles hatte einbauen lassen, kurz nachdem ihm der Regierungsposten angeboten worden war.

Der Exstaatssekretär saß am Küchentisch und trank ein Glas Milch. Er stand auf und wischte sich mit dem Handrücken den Milchbart von der Oberlippe, während er auf Stephen zukam. Seine Stimme klang unbeschwert und sonderbar melodisch. »Stephen ... Stephen, es hat sich so vieles verändert. Ich hoffe, du wirst tolerant sein.«

Es war lange her, daß Stephen seinen Freund zuletzt ohne dunklen Anzug, gestreiftes Hemd und seidene Krawatte gesehen hatte. Jetzt trug er eine saloppe Cordhose und ein weißes T-Shirt. Er wirkte elastischer, jünger; ohne die Polster eines maßgeschneiderten Jacketts erschienen seine Schultern zarter. Thelma schenkte Stephen ein Glas Wein ein, und Charles führte ihn zu einem Holzstuhl. Alle setzten sich, die Ellbogen auf dem Tisch. Eine stille Erregung lag in der Luft, wie von schwer zu eröffnenden Neuigkeiten. Thelma sagte: »Wir haben beschlossen, dir nicht alles auf einmal zu sagen. Wir sind überhaupt der Meinung, daß wir es dir eher zeigen als erzählen sollten. Also gedulde dich, früher oder später wirst du alles wissen. Du bist der einzige, den wir ins Vertrauen ziehen, darum ...«

Stephen nickte.

Charles fragte: »Hast du die Fernsehnachrichten gesehen?«

»Ich habe nur die Abendzeitung gelesen.«

»Es heißt, ich hätte einen Nervenzusammenbruch.«

»Und?«

Charles sah Thelma an, die sagte: »Wir haben ein paar wohlüberlegte Entscheidungen getroffen. Charles gibt seine Karriere auf, und ich gehe in Pension. Wir verkaufen das Haus und ziehen ins Cottage.«

Charles ging zum Kühlschrank und goß sich ein neues Glas Milch ein. Er setzte sich nicht wieder, sondern blieb hinter Thelmas Stuhl stehen und legte ihr leicht die Hand auf die Schulter. Seit Stephen sie kannte, war es Thelmas Wunsch, das Lehren an der Universität aufzugeben, irgendwohin aufs Land zu ziehen und ihr Buch zu schreiben. Wie hatte sie Charles herumgekriegt? Sie sah Stephen an und wartete auf seine Reaktion. Es war schwierig, in ihr leises Lächeln keinen Triumph hineinzulesen, schwierig auch, ihren Anweisungen zu folgen und keine Fragen zu stellen.

Stephen sprach an Thelma vorbei zu Charles. »Was willst du nun in Suffolk tun? Schweine züchten?«

Charles lächelte verschmitzt.

Es war still. Thelma strich ihrem Mann über die Hand und sagte ohne sich zu ihm umzudrehen: »Du hattest dir vorgenommen, früh zu Bett zu gehen.« Er hatte sich schon aufgerichtet. Es war kaum halb neun. Stephen beobachtete seinen Freund aufmerksam und wunderte sich, wieviel kleiner er wirkte, wieviel leichter gebaut. Hatte das hohe Amt ihn wirklich größer gemacht?

»Ja«, sagte er, »ich gehe schon.« Er gab seiner Frau einen Kuß auf die Wange und sagte an der Tür zu Stephen: »Wir würden uns wirklich freuen, wenn du uns in Suffolk besuchen kämst. Das ist leichter als alles Erklären.« Er salutierte spöttisch und ging.

Thelma füllte Stephens Glas auf und kräuselte die Lippen zu einem abgeklärten Lächeln. Sie wollte etwas sagen, überlegte es sich anders und stand auf. »Bin gleich wieder da«, sagte sie, schon auf dem Weg durch die Küche. Sekunden später hörte er sie Charles etwas die Treppe hinauf nachrufen und eine Tür auf- und wieder zugehen. Dann war es still im Haus, bis auf das Baritongesumm der Küchengeräte.

Am Tag, nachdem Julie sich in die Chilterns zurückgezogen hatte, war Thelma im Schneegestöber angefahren gekommen, um Stephen abzuholen. Während er im Schlafzimmer seine Kleider zusammensuchte und in eine Tasche packte, brachte sie die Küche in Ordnung, sammelte den Abfall ein und trug ihn zu den Mülltonnen hinunter. Sie raffte einige Handvoll ungeöffneter Rechnungen zusammen und stopfte sie in ihre Handtasche. Dann beaufsichtigte sie Stephen im Schlafzimmer beim Packen. Sie arbeitete flink und mit mütterlicher Gründlichkeit und sprach ihn nur an, wenn es nötig war. Hatte er genug Socken dabei? Unterwäsche? War dieser Pullover wirklich dick genug? Sie zog ihn ins Bad und ließ ihn die Sachen für seinen Kulturbeutel zusammensuchen. Wo war seine Zahnbürste? Wollte er sich einen Bart wachsen lassen? Wenn nicht, wo war seine Rasierseife? Stephen konnte für keine dieser Handlungen irgendein Motiv erkennen. Er sah keinen Sinn darin, sich warm anzuziehen oder Socken zu haben, oder Zähne. Er konnte einfache Befehle befolgen, solange er nur nicht über ihren Sinn nachdenken mußte.

Er folgte Thelma zum Wagen, wartete, daß sie ihm die Beifahrertür öffnete, und saß reglos auf dem duftenden Ledersitz, während sie noch einmal in die Wohnung hinaufging, um Wasser und Gas abzustellen. Er sah starr nach vorn, wo die dicken Schneeflocken bei der Berührung mit der Windschutzscheibe schmolzen. Dickenssche Szenen rasten ihm durch den Kopf, Bilder, auf denen seine vor Kälte zitternde dreijährige Tochter sich durch den Schnee nach Hause kämpfte, nur um die Wohnung zugeschlossen und verlassen zu finden. Sollten sie nicht einen Zettel an die Tür hängen? fragte er Thelma, als sie wieder herunterkam. Statt einzuwenden, daß Kate nicht lesen könne und sowieso nie mehr wiederkommen werde, ging Thelma noch einmal nach oben und heftete ihre Adresse und Telefonnummer an seine Wohnungstür.

Vergessene Wochen vergingen im Darkeschen Gästezimmer, in der Beschaulichkeit von Teppichboden, Marmor und Mahagoni. In der makellosen Ordnung, zwischen monogrammbestickten Handtüchern, Potpourris auf gewachsten, staublosen Flächen und heißgemangelten, lavendelduftenden Laken durchlebte er ein Chaos von Gefühlen. Als er später wieder etwas besser beieinander war, erzählte Thelma ihm ganze Abende lang Geschichten von Schrödingers Katze, rückwärts fließender Zeit, Gottes Rechtshändigkeit und anderem Quantenzauber.

Sie gehörte zu einer ehrwürdigen Tradition von Frauen in der theoretischen Physik, sagte aber von sich selbst, daß sie nie eine einzige Entdeckung gemacht habe, auch keine unbedeutende. Ihre Aufgaben seien Reflexion und Lehre. Entdeckungen seien zum neuen Fingerhakeln der Wissenschaft geworden und außerdem etwas für die Jungen. Es habe in diesem Jahrhundert eine wissenschaftliche Revolution gegeben, und fast niemand, auch unter Wissenschaftlern, denke sie zu Ende. Während der kalten Abende eines enttäuschenden Frühlings saß sie mit ihm am Feuer und erklärte ihm, wie die Quantenmechanik die Physik und überhaupt alle Wissenschaft weiblicher, sanfter machen werde, weniger hochmütig unbeteiligt, zugänglicher für eine Teilhabe an der Welt, die sie beschreiben wolle. Sie hatte ihre Lieblingsthemen, feste kleine Vorträge, die sie immer wieder neu hielt. Über den Luxus und die Herausforderung der Einsamkeit, die Ignoranz sogenannter Künstler, und daß informiertes Staunen zum integralen Bestandteil des intellektuellen Rüstzeugs aller Wissenschaftler werden müsse. Die Wissenschaft war Thelmas Kind (ihr zweites war Charles), für das sie große, leidenschaftliche Hoffnungen hegte, dem sie nettere Manieren und ein freundlicheres Wesen beibringen wollte. Das Kind war an der Schwelle zum Erwachsenwerden und lernte, weniger für sich selbst zu fordern. Die Phase seines frenetischen, kindlichen Egoismus – vierhundert Jahre! – ging nun zu Ende.

Unter Zuhilfenahme von Metaphern statt Mathematik führte sie ihn Schritt für Schritt durch die grundlegenden Paradoxa, Dinge, deren Kenntnis bei ihren Erstsemestern vorausgesetzt werde, sagte sie: Wie im Labor demonstriert werden könne, daß etwas eine Welle und zugleich ein Partikel sei, wie die Partikel anscheinend voneinander »wüßten« und dieses Wissen – in der Theorie zumindest – ohne Zeitverlust über riesige Entfernungen mitteilen könnten; wie Raum und Zeit keine voneinander trennbaren Begriffe seien, sondern jedes nur ein Aspekt des anderen, ebenso Materie und Energie, Materie und der von ihr eingenommene Raum, Bewegung und Zeit; daß Materie nicht aus winzigen, harten Teilchen bestehe, sondern eher so etwas wie geordnete Bewegung sei; je mehr man über eine Sache im Detail wisse, desto weniger wisse man darüber im allgemeinen. Lebenslange Lehrerfahrung hatte nützliche pädagogische Gewohnheiten hervorgebracht. Sie machte regelmäßige Pausen, um zu sehen, ob er ihr noch folgte. Beim Sprechen forschte sie in seinem Gesicht nach den Zeichen ungeteilter Konzentration. Unfehlbar entdeckte sie dann, daß er nicht nur nichts verstanden hatte, sondern seit einer Viertelstunde tagträumte. Das wiederum konnte einen neuen Vortrag auslösen. Dann preßte sie Daumen und Zeigefinger an die Stirn – ein bißchen Schauspielerei war ja ganz in Ordnung.

»Du Ignorant!« begann sie, während Stephen Zerknirschung mimte. Vielleicht waren das die Augenblicke ihrer größten Vertrautheit. »Eine wissenschaftliche, nein, eine intellektuelle Revolution, eine emotionale, sinnliche Explosion, eine fabelhafte Geschichte beginnt da vor uns abzulaufen, und du und deinesgleichen habt nicht eine ernsthafte Minute Zeit dafür. Früher glaubten die Leute, die Welt würde von Elefanten getragen. Das ist gar nichts! Die Wirklichkeit, was immer das Wort bedeutet, entpuppt sich als noch tausendmal sonderbarer. Wer darf es sein? Luther? Kopernikus? Darwin? Marx? Freud? Keiner von ihnen hat die Welt und unseren Platz darin so radikal und bizarr neu erfunden wie die Physiker dieses Jahrhunderts. Wer die Welt mißt, kann sich selbst nicht länger davon ausnehmen. Er muß auch sich selbst messen. Materie, Zeit, Raum, Kraft – lauter schöne, verzwickte Illusionen, auf die wir uns jetzt verständigen müssen. Welch gewaltiger Umschwung, Stephen. Shakespeare hätte die Wellenfunktionen begriffen, Donne hätte die komplementäre und relative Zeit verstanden. Sie wären begeistert gewesen. Welche Fülle! Sie hätten diese neue Wissenschaft für ihre Bilder ausgeschlachtet. Und sie hätten auch ihr Publikum dazu erzogen. Aber ihr Künstler, ihr habt nicht nur keine blasse Ahnung von diesen großartigen Dingen, ihr seid sogar noch stolz auf eure Ahnungslosigkeit. Soviel ich sehe, haltet ihr irgendwelche örtlich begrenzten, vorübergehenden Modeerscheinungen wie den Modernismus – Modernismus! – für *die* intellektuellen Errungenschaften unserer Zeit. Zum Heulen! Nun hör schon auf zu feixen und hol mir was zu trinken.«

Sie erschien zehn Minuten später an der Küchentür und gab ihm zu verstehen, er solle ihr in den Salon folgen. Zwei wuchtige Chesterfieldsofas standen dort einander gegenüber, dazwischen ein niedriger Tisch mit narbiger Marmorplatte. Thelma oder die Haushälterin hatte eine fest verschlossene Thermoskanne und Kaffeetassen daraufgestellt. Auch die Seeschlachten waren durch graue Rechtecke ersetzt. Sie folgte seinem Blick und sagte: »Bilder und Kunstgegenstände werden getrennt befördert. Hat was mit der Versicherung zu tun.«

Sie setzten sich nebeneinander, wie immer, wenn Charles noch spät im Ministerium oder im Unterhaus zu tun hatte. Seine politische Karriere hatte sie nie sehr ernst genommen. Sie hatte aus wohlwollender Distanz das Treiben im Haus toleriert, solange er seine Position ausbaute und festigte. Als er seinen Regierungsposten bekam, hatte sie wieder häufiger zu sprechen angefangen, die Lehrtätigkeit aufzugeben, ihr Buch zu schreiben, das Cottage zu einem richtigen Zuhause zu machen. Aber wie konnte sie Charles dazu bewegen, jetzt, da er zu einem Rädchen im staatlichen Getriebe avanciert war, jetzt, da ein *Times*-Kommentator ganz nebenbei ihn als »Stoff, aus dem die Premierminister sind« bezeichnet hatte? Welche weibliche Quantenmagie hatte sie da ins Werk gesetzt?

Sie schlenkerte mit der Unbekümmertheit eines Teenagers ihre Schuhe von den Füßen und zog die schlanken

Beine unter sich. Sie wurde bald einundsechzig. Immer noch zupfte sie sich die Augenbrauen. Die hohen Wangenknochen gaben ihr ein waches, keckes Aussehen, das Stephen an ein hochintelligentes Eichhörnchen denken ließ. Aus ihrem Gesicht strahlte Klugheit, und ihre Strenge war stets spielerisch und voll Selbstironie. Sie hatte das graumelierte Haar zu einem üppigen Knoten zurückgekämmt – für Physikerinnen *de rigueur*, behauptete sie – und mit einem antiken Kamm festgesteckt.

Sie schob sich ein paar lose Strähnen hinters Ohr, zweifellos ordnete sie ihre methodischen Gedanken. Die Fenster standen weit offen, und herein drang das ferne Rauschen von starkem Verkehr und das Heulen von Streifenwagen.

»Sieh es mal so«, sagte sie endlich. »Auch wenn niemand es auch nur eine Sekunde lang glauben würde, Charles hat ein Innenleben. Es ist sogar mehr als ein Innenleben – eine innere Besessenheit, eine eigene Welt. Du mußt mir das einfach mal so glauben. Die meiste Zeit streitet er das ab, aber er trägt es die ganze Zeit in sich, es zehrt ihn auf, macht ihn zu dem, was er ist. Wonach Charles sich sehnt, wenn dies das richtige Wort ist – was er braucht, steht in ziemlichem Widerspruch zu dem, was er tut, was er getan hat. Diese Widersprüche sind es, die ihn so hektisch machen, so ungeduldig auf Erfolg erpicht. Und unser Entschluß hat, jedenfalls was ihn betrifft, mit deren Auflösung zu tun.« Sie beeilte sich zu lächeln. »Dann sind da auch noch meine Bedürfnisse, aber das ist eine andere Sache, und das kennst du schon alles.« Sie ließ sich zurücksinken, offenbar überzeugt, nun alles geklärt zu haben.

Stephen ließ eine halbe Minute verstreichen. »Gut, und wie sieht dieses Innenleben aus?«

Sie schüttelte den Kopf. »Tut mir leid, wenn das jetzt etwas obskur klingt, aber es wäre uns lieber, du kämst uns besuchen. Sieh es dir mit eigenen Augen an. Ich möchte es dir nicht gern vorweg erklären.«

Sie erzählte, wie sie ihre Arbeit aufgegeben habe und sich nun darauf freue, ihr Buch zu schreiben. Sie wolle ihre vielen Lieblingsthemen darin ausarbeiten. Er sah sie beide: Thelma im oberen Arbeitszimmer, dem mit den knarrenden Dielen, an ihrem Schreibtisch sitzend, wo Sonnenlicht auf ihre verstreuten Papiere strahlte und sie durch das offene Sprossenfenster zusehen konnte, wie Charles in Hemdsärmeln eine Schubkarre herumschob. Außerhalb des Gartens klingelten Telefone, brausten Minister in ihren Limousinen durch die Stadt, unterwegs zu wichtigen Arbeitsessen. Charles kniete derweil auf dem Boden und drückte geduldig die Erde um die Wurzeln eines kränkelnden Strauches fest.

Später brachte sie ein Tablett mit Häppchen. Beim Essen erzählte Stephen ihr von den Ausschußsitzungen und versuchte sie amüsanter zu schildern, als sie waren. Der Abend verflachte, das Gespräch zerrann zur Plauderei über gemeinsame Freunde. Thelma glaubte sich gegen Ende fast entschuldigen zu müssen, aus Angst, er könne denken, daß er sich den Weg hätte sparen können. Sie wußte ja kaum, wie er sonst die meisten seiner Abende verbrachte.

Da er das Haus vor dem Verkauf nicht wieder besuchen würde, nahm er ihre Einladung an, über Nacht zu bleiben.

Lange vor Mitternacht saß er vor einer vertrauten Kornblumentapete auf der Bettkante und zog sich die Schuhe aus. Er betrachtete die Dinge in diesem Zimmer als seine eigenen. Zu oft und zu lange hatte er darauf gestarrt – die blauglasierte Vase mit Strohblumen auf einer bronzebeschlagenen Eichenkommode, eine kleine Dante-Büste aus Zinn, eine Glasschale mit Deckel zur Aufbewahrung von Manschettenknöpfen. Drei, vier Wochen der Katatonie hatte er hier zugebracht. Als er jetzt die Socken auszog und ans Fenster ging, um es weiter zu öffnen, rechnete er mit Erinnerungen der schlimmsten Art. Es war falsch gewesen, hierzubleiben. Der stetige Stadtlärm konnte die drückende Stille nicht mildern, die dem dicken Flor des Teppichs entströmte, den flauschigen Handtüchern auf dem Holzständer, den steifen Falten der Samtvorhänge. Noch angezogen, lag er ausgestreckt auf dem Bett. Er wartete auf die Bilder, jene, die er nur verjagen konnte, indem er den Kopf hin und herwarf.

Aber dann erschien nicht seine Tochter, um ihm ihren Purzelbaum vorzuführen, sondern seine Eltern zu irgendeinem Zeitpunkt während seines letzten Besuchs bei ihnen. Seine Mutter stand in der Küche und spülte, die Hände in Gummihandschuhen. Sein Vater stand neben ihr, ein sauberes Bierglas in der einen, ein Geschirrtuch in der anderen Hand. Sie drehten sich um und sahen zur Tür, wo er stand. Seine Mutter stand leicht verdreht, die Hände weiter im Spülbecken. Sie wollte Pfützen auf dem Boden vermeiden. Es passierte nichts weiter Wichtiges. Er glaubte, sein Vater wolle etwas sagen. Seine Mutter legte in ihrer unbequemen Stellung den Kopf schief, um zuzuhören. Das war eine Angewohnheit, die Stephen übernommen hatte. Er sah ihre Gesichter, faltige Mienen der Zärtlichkeit und Sorge. Es war das Altern; ihr Wesen blieb, während die Körper dahinwelkten. Er fühlte das Drängen schwindender Zeit, unerledigter Dinge. Es gab Gespräche, die er noch nicht mit ihnen geführt hatte, von denen er immer glaubte, es sei noch Zeit dafür.

Er hatte zum Beispiel eine zusammenhanglose Erinnerung, irgend etwas Unbedeutendes, was nur sie ihm erklären konnten. Er saß im Kindersitz eines Fahrrads. Vor ihm der breite Rücken seines Vaters, auf dem die Falten und Kniffe seines weißen Hemdes mit dem Auf und Ab der Pedale hin und her rutschten. Links seine Mutter auf ihrem Fahrrad. Sie fuhren über eine Betonstraße. In regelmäßigen Abständen holperten sie über die schmalen Teerstreifen in den Fugen der Betonplatten. An einem großen Geröllhang stiegen sie ab. Auf der anderen Seite war das Meer; als sie den steilen Aufstieg begannen, hörte er das Donnern der Wellen und das Prasseln von Steinen. An das Meer selbst hatte er keine Erinnerung, nur an die furchtsame Erwartung, als sein Vater ihn am Arm nach oben zerrte. Aber wann war das gewesen, und wo? Sie hatten nie in Meeresnähe gewohnt oder an einem solchen Strand Urlaub gemacht. Seine Eltern hatten auch nie Fahrräder besessen.

Wenn er sie jetzt besuchte, bewegte sich die Unterhaltung in vertrauten Bahnen. Es war schwierig, auszubrechen und den unnützen, wichtigen Details nachzugehen. Seine Mutter hatte Kummer mit den Augen und litt nachts Schmerzen. Sein Vater hatte Herzgeräusche und Rhythmusstörungen. Kleinere Krankheiten häuften sich, Grippen, von denen er erst erfuhr, wenn sie vorbei waren. Unerbittlicher Verfall war am Werk. Er könnte das Telegramm bekommen, den bleiernen Anruf, und würde sich der Frustration, der Schuld eines nie begonnenen Gesprächs gegenübersehen.

Erst wenn du selbst erwachsen bist, vielleicht erst wenn du selbst Kinder hast, wird dir richtig klar, daß deine Eltern schon ein richtiges, vielschichtiges Leben führten, bevor du zur Welt kamst. Stephen kannte nur die groben Umrisse und einzelne Details aus Erzählungen – daß seine Mutter im Kaufhaus für die schöne Schleife gelobt wurde, die sie sich hinterm Rücken zu binden verstand; wie sein Vater durch eine zerstörte deutsche Stadt ging oder auf dem Vorfeld eines Flugplatzes dem Staffelführer die offizielle Siegesmeldung überbrachte. Sogar als ihre Geschichten sich um ihn selbst zu drehen begannen, wußte Stephen noch so gut wie nichts darüber, wie seine Eltern sich kennengelernt hatten, was sie zueinander hingezogen hatte, wie sie beschlossen hatten zu heiraten oder wie er selbst zustande gekommen war. Es ist schwierig, aus dem Augenblick eines beliebigen Tages herauszutreten und die unnötigen, wesentlichen Fragen zu stellen oder zu begreifen, daß Eltern, so vertraut sie einem sein mögen, ihren Kindern doch auch Fremde sind.

Er war es seiner Liebe zu ihnen schuldig, sie nicht einfach dahingehen und ihr Leben vergessen sein zu lassen. Er war drauf und dran, aufzustehen, sich auf Zehenspitzen aus dem Darkeschen Haus zu schleichen und die lange Taxifahrt durch die Nacht zu ihrem Haus zu machen, dort anzukommen, seine Fragen unterm Arm wie eine Anklagevollmacht gegen die vandalistische Tilgungswut der Zeit. Ja, er war bereit, er nahm bereits einen Stift, wollte für Thelma eine Nachricht hinterlassen und noch in dieser Minute aufbrechen; er griff nach seinen Socken und Schuhen. Was ihn zurückhielt, war nur noch das Bedürfnis, die Augen zu schließen und sich Zeit zu nehmen zu weiterem Nachdenken.

Drei

»Es gibt jedoch Anzeichen dafür, daß ein Vater, je inniger er mit der täglichen Pflege eines Kleinkindes befaßt ist, um so weniger als Autoritätsperson wirken kann. Wenn ein Kind sich von einem Vater geliebt fühlt, der die richtige Balance zwischen Zuwendung und Distanz zu wahren weiß, ist es auf dem guten Wege, sich emotional auf künftige Trennungen vorzubereiten, Trennungen, die unverzichtbar zum Erwachsenwerden gehören.«

Autorisierter Leitfaden zur Kindererziehung, HMSO

Nach einigen neutral formulierten Postkarten zwischen ihm und seiner Frau machte Stephen sich eines Morgens Mitte Juni auf, sie zu besuchen. Er hatte sie ein paar Monate nicht gesehen. Sie war aus dem Heim in den Chilterns – einem Kloster, das auch kummerbeladene Außenstehende vorübergehend aufnahm – zurückgekehrt und hatte binnen Wochen die Wohnung geräumt und sich etwas Eigenes gekauft. Zum erstenmal seit April war der Himmel bewölkt. Es hatte einen Hauch von Neuheit, gewissermaßen vom Wiedergewinn guten Geschmacks, überall im kühlen Schatten zu gehen. Er hatte eine hingekritzelte Wegbeschreibung bei sich. Da er seine Motive keiner allzu genauen Prüfung unterziehen mochte, konzentrierte er sich statt dessen auf die Reise selbst, deren Verlauf sich als äußerst angenehm entpuppte, indem sie planvoll und stetig aus dem Getöse der Londoner Innenstadt weg und allmählich zu einem Cottage inmitten einer Nadelholzplantage führte, kaum fünfzig Kilometer weit entfernt. Auf jedem Abschnitt der Reise begegnete er weniger Menschen. Eine Fahrt in der überfüllten U-Bahn brachte ihn zuerst zur Victoria Station. Von dort rumpelte der Zug hinaus über die weite, weiße Flußlandschaft. Er ging durch alle Wagen und suchte nach dem abgeschiedensten Platz. Eine störende Minderheit des Menschengeschlechts betrachtete Reisen, auch kurze, als Gelegenheit zu netten Begegnungen. Da gab es Leute, die nur darauf warteten, Fremden ihre Intimitäten aufzudrängen. Diesen galt es aus dem Weg zu gehen, wenn man zur Mehrheit derer gehörte, die Reisen als Gelegenheit zu Stille, Nachdenklichkeit und Tagträumen ansahen. Dazu brauchte es nicht viel: ein ungehinderter Blick auf die sich verändernde Landschaft, so eintönig sie sein mochte, und Verschonung vom Atem anderer Fahrgäste, ihrer Körperwärme, ihren Sandwichs, ihren Gliedmaßen.

Er fand ein leeres Erste-Klasse-Abteil und machte die Tür fest zu. Sie reisten aus der Vergangenheit in die Gegenwart. Sie fuhren vorbei an den Hintergärten viktorianischer Reihenhäuser und ihren Anbauten, deren offene Türen Blicke in Küchen gewährten, dann an Doppelhäusern der Jahrhundertwende und der Vorkriegszeit, und schließlich schlängelten sie sich durch die Vorstädte, erst süd-, dann ostwärts, vorbei an Kolonien neuer Fertighäuser mit wohlbegradigten Streifen schmutziger Landschaft dazwischen. Der Zug wurde über einem Weichenknäuel langsamer und kam zitternd zum Stehen. In der plötzlichen, erwartungsvollen Stille, die den Schienen entströmte, merkte er erst, wie eilig er es mit der Ankunft hatte. Sie hatten neben einer neuen Kolonie unverputzter, winziger Doppelhäuser angehalten, Ersthäuser für Erstkäufer. Die Baufahrzeuge waren noch im Einsatz. Die Vorgärten bestanden aus zerwühlter Erde; an den Rückseiten kündeten flatternde weiße Windeln von geometrischen Aluminiumbäumen herab die Kapitulation vor neuem Leben. Zwei kleine Kinder tapsten Hand in Hand unter der Wäsche herum und winkten dem Zug.

Kurz vor seiner Station, kaum mehr als einer Haltestelle für Pendler, begann es zu regnen. Sie lag gleich hinter dem Ende eines langen Tunnels aus Nesseln. Trotz des Regens nahm er sich die Zeit, von der Fußgängerbrücke aus dem schwarzgenieteten Dach seines Zuges nachzusehen, der durch ein spärliches Proszenium von Signalen glitt und in perspektivischer Verkürzung ratternd aus dem Gesichtsfeld kurvte. Danach herrschte wieder samtene ländliche Stille, vor der sich andere kleine Geräusche gestochen scharf abhoben: die flink enteilenden Schritte eines Mitreisenden, vielstimmiger Vogelgesang und eintönigeres menschliches Pfeifen. Er blieb auf der Fußgängerbrücke stehen und freute sich wie ein Kind – wie ein kleiner Junge – an den blitzenden Schienen, die sich in beiden Richtungen spitz zulaufend in die Stille entfernten. Als Junge hatte er einmal mit seinem Vater auf einer größeren Brücke gestanden und auf die Durchfahrt eines Zuges gewartet. Stephen hatte die in die Ferne entschwindenden Gleise angeschaut und gefragt, warum sie sich verengten, wenn sie weiter weg seien. Sein Vater hatte ihn von oben angeschaut, die Augen zusammengekniffen, ganz ernst getan, und in die Ferne geblinzelt, wo Frage und Antwort zusammenliefen. Er schien immer und überall strammzustehen. Er hielt Stephen an der Hand, ihre Finger waren ineinander verschlungen. Die seines Vaters waren kurz und kräftig, die Knöchel dicht und schwarz behaart. Im Spiel klemmte er manchmal Stephens Finger scherenartig mit den seinen ein, bis der Junge zappelte vor Schmerz und Verzückung ob solch ungebärdiger Kraft. Stephens Vater blickte vom Horizont wieder zurück und erklärte, die Züge würden ja auch immer kleiner, wenn sie sich entfernten, und die Schienen täten eben dasselbe, damit sie noch darunter paßten. Sonst würden die Züge ja entgleisen. Kurz darauf ließ ein Schnellzug, der unter ihren Füßen hindurchjagte, die Brücke erzittern. Da staunte Stephen über die komplizierte Beziehung der Dinge untereinander, die Weisheit des Unbeseelten, die tiefe Symmetrie, die da heimlich am Werk war, um die Spurweite der Gleise entsprechend der Verkleinerung des Zuges zu verengen; so schnell er auch dahinbrauste, die Schienen waren allzeit bereit.

Er stand vor der Station und las Julies Wegbeschreibung. Der Regen war zu einem feinen Nebel zerstoben, und die Handschrift war verschmiert, fast unleserlich. Er folgte der Straße zum Dorf hinaus, entlang der von ihr so bezeichneten alten Busstrecke. Er kam an einem Hypermarkt mit einem vier Hektar großen, vollgestopften Parkplatz vorbei und überquerte auf einer elegant geschwungenen Betonbrücke eine Autobahn. Nach anderthalb Kilometern bog er auf eine befestigte Nebenstraße ein, die schnurgerade durch einen Wald schnitt. Jetzt, da er sich in wirklich offener Landschaft befand, wurde ihm leicht ums Herz. Beiderseits standen Kiefern in Reih und Glied, deren parallaktische Verschiebung beim Übergang von der einen Reihe zur nächsten die angenehme Wirkung hatte, ein falsches Gefühl von Tempo zu vermitteln. Es war ein geometrisch angelegter Wald, in dem kein Unterholz und kein Vogelgezwitscher störte. Die Straße schimmerte weiß im Regen. Ihre Geradlinigkeit gefiel ihm, und er wäre am liebsten gerannt. Nach knapp tausend Metern kam er an eine Lichtung in der Plantage, wo hoher Stacheldraht einen nickenden Esel einzäunte. Träge hob und senkte das Tier mit eintönigem Schnurren den stumpfen, schweren Kopf. Es gab mehrere davon, in regelmäßigen Abständen entlang der Straße. Neben einem stand ein Öltankwagen, trank sich aus dem Reservoir satt. Der Fahrer saß in seiner Kabine, die Füße auf dem Armaturenbrett, schlürfte Bier aus der Dose und las Zeitung. Er hob lächelnd die Hand, als Stephen vorbeiging, und das munterte Stephen noch mehr auf. Er hatte vergessen, wie freundlich die Leute auf dem Lande waren.

Wie Julie versprochen hatte, endete die Straße nach einer halben Wegstunde. Der Nadelwald wich abrupt einer grenzenlosen Weizenprärie. Stephen lehnte sich zum Ausruhen an ein fünfstängiges Aluminiumgatter. Daß diese gelbe Weite, die einer Wüste glich, irgendwo doch ein Ende hatte, verriet nur ein Strich am Horizont, wo die Aufforstung wieder begann. Vielleicht war es ja eine Fata Morgana. Ein Zufahrtsweg, Fortsetzung der Teerstraße und ebenso gerade, schnitt die Prärie sauber in zwei Teile. Er ging weiter, und nach einigen Minuten fand er Genugtuung an dieser neuen Landschaft. Er durchquerte ein Nichts. Alles Gefühl für Vorwärtsbewegung schwand, und mit ihm alles Gefühl für Zeit. Die Bäume auf der anderen Seite kamen nicht näher. Es war eine obsessive Landschaft – sie hatte nur

Weizen im Sinn. Diese Uneile, das Schwinden jeder echten Orientierung auf ein Ziel, war ihm gerade recht.

Julie war nach sechs Wochen aus ihrem Kloster in den Chilterns zurückgekommen. Stephen zog am Eaton Square aus und richtete es so ein, daß er gleichzeitig mit ihr in die Wohnung kam. Sie begrüßten sich zaghaft. Ein Hauch der alten, selbstverständlichen Zärtlichkeit stellte sich ein. Sie standen nebeneinander in der Mitte des Wohnzimmers, die Finger leicht ineinander verschlungen. Wie schnell eine Wohnung doch durch Vernachlässigung herunterkam, wie wenig greifbar; es war nicht der Staub, nicht die abgestandene Luft, nicht die vorzeitig vergilbten Zeitungen, nicht die verwelkten Zimmerpflanzen. Sie sagten das alles, während sie Staub wischten, Fenster öffneten und Müll zu den Tonnen hinaustrugen. Stephen hatte das Gefühl, daß sie eigentlich von ihrer Ehe sprachen. Die nächsten ein, zwei Wochen bewegten sie sich behutsam umeinander, manchmal höflich, dann wieder richtig zärtlich und liebevoll, und einmal schliefen sie sogar miteinander. Eine Weile sah es so aus, als könnten sie bald auch die Themen anschneiden, die sie so mühsam vermieden.

Es konnte aber auch anders kommen, und es kam anders. Aus Stephens Sicht hieß das Problem Begehren. Sie brauchten keinen Trost voneinander, keinen Rat. Ihr Verlust hatte sie getrennte Wege geschickt. Es gab nichts miteinander zu teilen. Julie hatte abgenommen und sich das Haar kurz geschnitten. Sie las mystische oder heilige Texte – St. John of the Cross, Blakes längere Dichtungen, Laotse. Ihre bleistiftgeschriebenen Anmerkungen füllten die Ränder. Mehrere Stunden täglich arbeitete sie an einer Bach-Partita. Das Schnarren der Doppelgriffe, das Rasen der Läufe gebot ihm Abstand. Er selbst war auf dem besten Wege zum Gewohnheitstrinker und vergrub sich in die Bücher seiner Jugend, las von freien, einsamen Männern, deren Sorgen die Sorgen der Welt waren. Hemingway, Chandler, Kerouac. Er spielte mit dem Gedanken, einen leichten Koffer zu pakken, mit dem Taxi zum Flughafen zu fahren, ein Reiseziel zu wählen und ein paar Monate allein mit seiner Melancholie durch die Welt zu ziehen.

Daß sie zusammen waren, ließ sie den Verlust noch stärker empfinden. Wenn sie sich zu Tisch setzten, war Kates Fehlen ein Faktum, über das sie weder reden noch hinwegsehen konnten. Trost konnten sie weder geben noch annehmen, und darum gab es kein Begehren. Ihr einziger Versuch in dieser Richtung war Routine, unecht, für beide bedrükkend. Hinterher zog Julie ihren Bademantel an und ging in die Küche. Er hörte sie weinen und wußte, daß er nicht zu ihr gehen konnte. Er wäre ihr ohnehin nicht willkommen. Fünf Wochen hielten sie durch. Die einzigen ernsthaften Gespräche in dieser Zeit führten sie gegen Ende, als sie mit dem Gedanken an eine Trennung zu spielen begannen; natürlich war nicht von Scheidung die Rede, auch nicht von dauernder Trennung, sondern von »vorübergehendem Getrenntleben«. Und schließlich kam jemand von einem Immobilienbüro, um die Wohnung zu schätzen. Er war ein großer, schwerer Mann von freundlicher, bestimmter Art, der beim Ausmessen der Zimmer und der Aufnahme des Inventars verständige Kommentare von sich gab.

Sie baten den Mann, flehten ihn an, zum Tee zu bleiben.

Über seiner zweiten Tasse erzählten sie ihm von Kate, dem Supermarkt, der Polizei, dem Kloster und wie schwierig es sei, wieder hier zu sein. Er legte die Ellbogen auf den Tisch und stützte den Kopf auf die Hände. Er nickte ernst zu allem – was er hörte, bestätigte nur, was er schon immer befürchtet hatte. Als sie fertig waren, tupfte er sich mit seinem Taschentuch die Lippen ab. Dann streckte er die Arme über den Tisch und faßte sie beide an den Händen. Die seinen waren warm und trocken, ihr Druck kräftig. Nach einem Augenblick des Schweigens sagte er ihnen, sie hätten einander nichts vorzuwerfen. Einen Augenblick waren sie richtig froh, befreit.

Doch der Augenblick verging. Ein Häusermakler konnte mehr für sie tun, als sie füreinander tun konnten. Was hatte das zu bedeuten? Später erfuhren sie, daß der Mann einmal Priester gewesen war und seinen Glauben verloren hatte. Der Wert der Wohnung wurde geschätzt, und Stephen gab Julie einen Scheck über zwei Drittel der Summe. Sie fand ihr Cottage, zog aus und nahm ihre Geigen, das gemeinsame Bett und noch eine Handvoll anderer Sachen mit. Telefon wollte sie keins. Sie hielten mit Postkarten lose Verbindung und trafen sich ein-, zweimal in einem Restaurant in London, wo sie sich nicht viel zu sagen hatten. Wenn es noch Liebe gab, war sie vergraben und unerreichbar.

Der Regen kam in feinen Nebelsäulen über die große Weite auf ihn zu. Seit zwanzig Minuten ging es fast unmerklich bergab, und bald waren die fernen Bäume versunken, und sein ganzer Horizont bestand nur noch aus Weizen. Neugier und Unruhe führten ihn über diese regengetränkte Prärie, während er sich den Zehntausendmeterlauf der

Männer hätte ansehen können. Julie konnte ihre Wandlung in Angriff nehmen, zielstrebig eine neue Auffassung vom Leben und ihrem Platz darin entwickeln. Gewiß hatte sie lange Spaziergänge durch diesen symmetrischen Nadelwald gemacht und über ihre Vergangenheit, beider Vergangenheit nachgedacht, Prioritäten vertauscht, für eine neue Zukunft vorgesorgt; die Wanderschuhe, die er ihr einmal zum Geburtstag geschenkt hatte, waren über diese schnurgerade Betonstraße gestapft. Ehe er seine eigenen Gefühle auch nur ergründen konnte, und ohne daß er Zeuge des Prozesses geworden wäre, konnte sie sich in eine wildfremde Person verwandeln, mit der er nicht einmal mehr zu reden wußte. Er wollte nicht zurückgelassen werden, wollte seinen Platz in ihrer Geschichte nicht verlieren.

Verwirrung und Unvernunft waren ihr nicht fremd, aber sie wußte auf unantastbar nützliche Weise ihre Bedrängnisse im Sinne einer emotionalen oder spirituellen Weiterbildung zu verstehen und darzustellen. Frühere Gewißheiten wurden bei ihr weniger über Bord geworfen als eingearbeitet, etwa so, wie wissenschaftliche Revolutionen laut Thelma früheres Wissen eher neudefinierten als aussonderten. Was er bei Julie oft als Widersprüchlichkeit ansah (*Das hast du aber letztes Jahr noch anders gesagt*!), nannte sie Weiterentwicklung (*Weil ich es letztes Jahr noch nicht verstanden hatte*!). Sie bewohnte nicht einfach ihr Innenleben, sie führte es, lenkte es; der Weg vor ihr war abgesteckt. Der Gang ihres Studiums sollte nicht dem blinden Zufall überlassen bleiben, sie ließ nichts einfach auf sich zukommen. Andererseits leugnete sie keineswegs die Rolle des Schicksals. Seiner Bestimmung nachzukommen war jedermanns Aufgabe und Verantwortung.

Diesen Glauben an eine endlose Wandelbarkeit, an das Sichändern durch zunehmendes Wissen oder eine neue Betrachtungsweise hatte er mit der Zeit als eine Seite ihrer Weiblichkeit zu sehen gelernt. Hatte er einst geglaubt, oder gemeint, glauben zu müssen, Männer und Frauen seien bis auf die offensichtlichen körperlichen Unterschiede im wesentlichen gleich, so argwöhnte er nun, daß eines ihrer vielen Unterscheidungsmerkmale gerade diese Einstellung zum Wandel war. Jenseits eines bestimmten Alters erstarrten Männer, wähnten sich auch unter widrigen Umständen eins mit dem Schicksal. Sie waren, was sie zu sein glaubten. Entgegen ihren Worten glaubten Männer an das, was sie taten, und verharrten darin. Das war eine Schwäche und eine Stärke. Mochten sie aus Schützengräben springen, um sich zu Tausenden abknallen zu lassen, oder selbst schießen, oder letzte Hand an einen Symphonienzyklus legen, nur selten kam es ihnen in den Sinn, oder es kam nur den seltenen Ausnahmen unter ihnen in den Sinn, daß sie jetzt ebensogut etwas völlig anderes tun könnten.

Frauen war dieser Gedanke selbstverständlich. Er quälte oder tröstete sie immer und überall, wie erfolgreich sie auch für sich selbst oder für andere waren. Auch das war eine Schwäche und eine Stärke. Gelebte Mutterschaft schloß berufliche Erfüllung aus. Eine berufliche Karriere nach Männerbegriffen untergrub mütterliche Fürsorge. Beides zu versuchen hieß, sich durch Erschöpfung aufzureiben. Zielstrebigkeit fiel nicht so leicht, wenn man nicht glaubte, daß man war, was man tat, sondern sich oder einen Teil seiner selbst auch durch irgendein anderes Bemühen verwirklichen zu können glaubte. Darum waren Frauen nicht so leicht mit Posten und Hierarchien, Uniformen und Orden zu locken. Dem Vertrauen der Männer in Institutionen, die von ihnen selbst und nicht von Frauen geschaffen waren, setzten Frauen ein anderes Prinzip des Ichseins entgegen, in dem das Sein mehr war als das Tun. Vor langer Zeit hatten Männer darin etwas Aufsässiges erblickt. Frauen umgaben einfach den Raum, den Männer zu durchdringen suchten. Die Feindschaft der Männer war geweckt.

Endlich erreichte er die Bäume auf der anderen Seite. Er überstieg ein zweites Aluminiumgatter und kam, wie die Wegskizze versprach, auf einen schmaleren Betonweg zwischen Stacheldrahtzäunen, die sich durch grünes Dämmerlicht wanden. Hinterher versuchte Stephen sich zu erinnern, was ihm durch den Kopf gegangen war, als er diese dreihundert Meter zwischen dem Gatter und einer vielbefahrenen Nebenstraße zurücklegte. Es blieb ihm jedoch verschlossen, ein mentales weißes Rauschen. Vielleicht dachte er an seine nassen Sachen. Vielleicht überlegte er, wie er sie trocknen würde, wenn er ankäme.

Um so anfälliger war er für alles, was dann geschah, als er aus der Kiefernpflanzung trat und die neue Umgebung in sich aufnahm. Reglos blieb er stehen, verzaubert. Ein kurzer Seufzer entrang sich ihm. Die Straße knickte im rechten Winkel ab und führte in ungefähr derselben Richtung weiter wie der Pfad. Ein kleiner Autokonvoi fuhr vorbei, scheinbar geräuschlos. Stephen kannte diese Stelle, kannte sie so genau, als wäre sie ihm schon lange vertraut. Die

Bäume ringsum entfalteten ihre Blätter, ihre Äste und Blüten. Ein Besuch vor langer Zeit würde dieses Gefühl nicht erklären, fast eine Art Schmerz, eine Vertrautheit, als wäre er an einen Ort gekommen, der auch ihn kannte, ihn in dem Schweigen zu erwarten schien, das die vorbeifahrenden Autos verschlang. Ein bestimmter Tag stand vor ihm, ein Tag, den er schmecken konnte. Hier war es, gerade wie es sein sollte, die schwere, grünliche Luft eines feuchten Frühsommertages, der diesige stille Regen, die dicken Tropfen, die sich auf den unbefleckten Blättern der Roßkastanien sammelten und herunterfielen, dieses Gefühl, daß die Bäume größer und reiner erschienen durch den Regen, der so fein war, daß er die Luft verdrängte. Er wußte, daß es genau so ein Tag war, an dem dieser Ort seine Bedeutung erlangt hatte.

Er blieb ganz still stehen, denn jede Bewegung hätte die Weite, diese unermeßliche Ruhe zerstören können, die er um sich fühlte, diese unbestimmte Sehnsucht in ihm. Er war hier noch nie gewesen, nicht als Kind, nicht als Erwachsener. Aber diese Gewißheit wurde erschüttert von dem Wissen, daß er sich alles genauso vorgestellt hatte. Dabei konnte er sich nicht erinnern, es sich überhaupt vorgestellt zu haben. Und er wußte zudem, daß er nur von diesem Grasstreifen herunterzutreten und nach links zu schauen brauchte, um dort eine Telefonzelle und gegenüber einen Pub mit einem geschotterten Parkplatz davor zu sehen. Schnell trat er vor.

Er mußte bis zur Straßenmitte gehen, bevor er um die Biegung sehen konnte. Was den ersten Anflug von Angst in ihm hervorrief, war die Art, wie der kompakte rote Ziegelbau seinen Erwartungen entsprach. Das ging alles viel zu schnell. Wie konnte er etwas erwarten, wenn er keine Erinnerung hatte? Er war noch hundert Schritte entfernt und sah drei Viertel der Fassade. Das gepflegte Haus sah genauso aus, wie es aussehen sollte: ein schlichter, rechteckiger spätviktorianischer Bau mit rotgedecktem Schrägdach und einem Hinteranbau, der dem Ganzen die Form eines T gab. Hinter dem Haus stand ein baufälliger, ehemals weißer Wohnwagen, der jetzt als Gartenschuppen diente. Auf einer durchhängenden Leine trockneten ein paar Tischtücher. Vor dem Pub, gleich neben dem Vordach, stand eine kaputte, aber noch benutzbare Holzbank.

Es stimmte alles. Die Vertrautheit narrte ihn. Ein freistehender, hoher weißer Pfosten trug ein Schild mit dem Namen des Pubs in Wort und Bild: »The Bell«. Der Name sagte ihm nichts. Minutenlang stand er da und schaute, war versucht, umzukehren, ein andermal wiederzukommen und sich genauer zu erkundigen. Aber was sich ihm hier bot, war nicht nur ein Ort, sondern auch ein bestimmter Tag, *dieser* Tag. Er hatte den vom Regen freigesetzten Staubgeschmack des Schotters im Mund. Er wußte, daß der sanfte, durchdringende Sprühregen eine andere Landschaft für ihn erschaffen hatte, eine Landschaft mit vormals alltäglichen Bäumen – Ulmen, Kastanien, Eichen, Buchen, uralten Riesen, die den Nutzholzplantagen weichen mußten, prächtigen Bäumen, die einmal mehr das Bild der Gegend bestimmten, deren Blättermeer ungehindert den North Downs entgegenwogte.

Stephen stand neben einer kleinen Straße in Kent, an einem Regentag im Juni, und versuchte Ort und Tag mit einer Erinnerung zu verbinden, einem Traum, einem Film, einem vergessenen Besuch in der Kindheit. Er suchte nach einer Verbindung, die vielleicht eine Erklärung einleiten und seine Angst beschwichtigen würde. Doch die Anziehung des Ortes, sein geheimes Wissen, das Verlangen, das er kundtat, die wurzellose Bedeutung – all dies gab ihm, noch ehe er wußte warum, die sichere Gewißheit, daß die Lautheit dieses Ortes – ein anderes Wort fiel ihm dafür nicht ein – ihren Ursprung außerhalb seiner eigenen Existenz hatte.

Er wartete eine Viertelstunde, dann ging er langsam auf den Pub zu. Eine plötzliche Bewegung konnte diese zarte Rekonstruktion einer anderen Zeit in nichts auflösen. Er vermochte nur schwer die chaotische Fülle so vieler vollbelaubter Bäume zu erfassen, zu deren Füßen die blitzenden Farne im feinen Sprühregen zu tropischer Größe zu wachsen schienen und Kerbel und Nesseln zu seltenen Arten wurden. Einmal kräftig den Kopf geschüttelt, und er stünde wieder zwischen wohlgeordneten Kiefern. Er starrte unverwandt auf das Haus vor ihm. Es war gerade zwölf Uhr vorbei. »The Bell« hatte bestimmt offen und erwartete die ersten Mittagsgäste, aber auf dem Parkplatz draußen standen keine Autos, die den Eindruck, daß hier alles stimmte, alles haargenau einer Originalvorlage entsprach, beeinträchtigt hätten.

Es gab keine Autos, aber dafür lehnten neben der Holzbank zwei altmodische schwarze Fahrräder am Haus. Das eine war ein Damenfahrrad, und beide hatten Korbträger. Angst machte seine Schritte leicht, seinen Atem flach. Er hätte umkehren können. Julie erwartete ihn, er mußte etwas wegen seiner nassen Kleider unternehmen. Er mußte auch bald wieder nach Hause und sich die Leseliste für den Ausschuß vornehmen. Er ging langsamer, blieb aber nicht stehen. Autos fuhren dicht an ihm vorbei. Wenn er ihnen in den Weg träte, würden sie ihn nicht berühren. Der Tag, in dem er sich jetzt befand, war nicht der Tag, an dem er aufgewacht war. Er war bei klarem Verstand, zum Weitergehen entschlossen. Er befand sich in einer anderen Zeit, aber das überwältigte ihn nicht. Er war ein Träumer, der seinen Traum als solchen erkannte und ihn, obwohl er Angst hatte, aus Neugier sich entfalten ließ.

Er kam dem stillen Haus näher. Er war ein Störenfried. Der Ort ging ihn an und schloß ihn zugleich aus, es war ein heikler Widerstreit, dessen Ausgang er nur ungünstig beeinflussen konnte. Jetzt ging er über den Parkplatz, behutsam einen Fuß vor den andern setzend. Von einer Ecke des Hauses hörte man Wasser in die Regentonne plätschern. Auf zehn Meter Entfernung waren die Fenster des Pubs ganz schwarz. Das Haus wirkte verlassen, bis er aus einem anderen Winkel die trüben Lampen im Innern sah. Er stand vor dem überdachten Eingang. Die Fahrräder lehnten an der Wand, durch die Dachtraufe vor dem Regen geschützt. Mit den Hinterrädern berührten sie gerade noch die Seitenlehne der kaputten Bank. Das Herrenfahrrad stand unmittelbar an der Hauswand, das Damenfahrrad lehnte sich in linkischer Vertrautheit daran. Die Vorderräder wiesen voneinander fort, die Pedale waren täppisch ineinander verhakt. Beide Gefährte waren schwarz und neu, der Herstellername stand in makellos goldenen gotischen Lettern auf den Rahmen. Die Körbe an den Lenkstangen waren aus Weide, die Sättel waren breit und gut gefedert und verströmten den zarten Fäkalgeruch von gutem Leder. Die Lenkstangen hatten weißliche Gummigriffe, und auf dem Chrom standen schwarze Regenperlen. Er rührte die Fahrräder nicht an. Im Schankraum bewegte sich etwas, eine Gestalt ging vor einer Lampe vorbei. Er stellte sich an die eine Fensterseite, wissend, daß Leute ihn sehen konnten, die er nicht sah.

Der Regen hatte aufgehört, aber das Geräusch des Wassers wurde lauter. Es lief aus der rissigen, bemoosten Dachrinne, plätscherte ins Regenfaß, tröpfelte durch das Laub der Bäume. Er stand dicht an der Wand des Pubs und sah schräg durch das Fenster in den Schankraum. Ein Mann ging mit zwei Krügen Bier von der Theke zu einem kleinen Tisch, wo eine junge Frau saß und wartete. Der Tisch stand in einer Nische, durch deren Fenster Licht hereinfiel und das Paar zu Schattenrissen machte. Der Mann schickte sich an, sich hinzusetzen, und bevor er an die junge Frau heranrückte, zupfte er gesittet die Falten seiner weiten grauen Flanellhose zurecht. Sie saßen auf einer Bank, die an den drei Wänden der Nische entlanglief. Es war eher der Schatten eines Erkennens, weniger ein bekannter Ton als ein kurzer Widerhall, der Stephen nötigte, sich an der trockenen Hauswand abzustützen. Vor seinen Augen pochte es im Rhythmus seines Herzschlags. Hätte das Paar die Köpfe gehoben und zu dem Fenster neben der Tür geschaut, vielleicht hätte es hinter dem fleckigen Glas ein Phantom gesehen, starr von der Angespanntheit unartikulierten Erkennens. Ein Gesicht, von Erwartung gestrafft, als ob ein Geist, schwebend zwischen Sein und Nichtsein, der Entscheidung entgegenbangte, ob man ihn rufen oder fortschicken werde.

Doch die jungen Leute waren ganz vertieft. Er stürzte sein Bier hinunter, ein großes neben ihrem kleinen Glas, das unberührt blieb, und redete mit ernstem Gesicht. Sie hörte ebenso ernst zu, während sie am Ärmel ihres Kattunkleids zupfte und mit unbewußter Präzision die hübsche Spange zurechtrückte, die ihre glatte, adrette Frisur hielt, damit sie ihr nicht ins Gesicht rutschte. Sie berührten sich bei den Händen und wechselten ein entschlossenes, mattes Lächeln; dann zogen beide ihre Hände zurück und redeten gleichzeitig. Die Sache – denn offenbar handelte es sich um eine ganz bestimmte Sache – war noch nicht geklärt.

Soweit Stephen sah, waren keine anderen Gäste da. Der breitschultrige, behäbige Barkellner hatte den Rücken gekehrt und hantierte mit irgend etwas auf einem Regal. Das Nächstliegende war, hineinzugehen, ein Bier zu bestellen und genauer hinzusehen. Der Gedanke hatte nichts Verlockendes. Stephen hielt sich weiter an der Mauer fest, die sich warm und beruhigend anfühlte. Ganz plötzlich, wie eine Katastrophe aus heiterem Himmel, veränderte sich alles. Ihm wurde flau in den Beinen, ein kalter Schauer lief ihm durch den ganzen Bauch hinunter. Er sah in die Augen der Frau und wußte, wer sie war. Sie hatte aufgeschaut und zu ihm hergeblickt. Der Mann redete, wollte unbedingt etwas klarstellen, während die Frau weiter herüberstarrte. Ihre Miene verriet weder Neugier noch Erschrecken; sie erwiderte nur Stephens Blick, während sie ihrem Begleiter zuhörte. Sie nickte abwesend, wandte einmal den Kopf, um zu antworten, sah dann wieder zu Stephen her. Doch sie konnte ihn nicht sehen. Nichts ließ darauf schließen, daß sie ihn überhaupt wahrgenommen hatte. Sie ignorierte ihn nicht, sie schaute durch ihn hindurch zu den Bäumen auf der anderen Straßenseite. Und sie schaute nicht einmal, sie hörte nur zu. Er hob einfältig die Hand, machte eine verlegene Geste, etwas zwischen Winken und Gruß. Keine Erwiderung kam von der jungen Frau, die er ohne jeden Zweifel als seine Mutter erkannt hatte. Sie konnte ihn nicht sehen. Sie hörte zu, was sein Vater sagte – wie vertraut ihm dieses Öffnen der Hand war, wenn sein Vater etwas erklärte –, und konnte ihren Sohn nicht sehen. Eine kalte, kindliche Verzagtheit überkam ihn, ein bitteres Gefühl des Ausgeschlossenseins und des Sehens

Vielleicht weinte er, als er von dem Fenster zurücktrat, vielleicht heulte er wie ein Baby, das in der Nacht aufwachte; auf einen Beobachter mochte er nur stumm und resigniert gewirkt haben. Die Luft, durch die er sich bewegte, war dunkel und feucht; er war leicht, aus nichts gemacht. Er sah sich nicht die Straße zurückgehen. Er fiel rückwärts, stürzte hilflos durch leeren Raum, taumelte stumm durch unsichtbare Windungen und erhob sich über die Bäume, sah den Horizont unter sich, noch während er durch winklige Tunnel von Unterholz gerissen wurde, naßkalte Muskelschleusen. Seine Augen wurden groß und rund, lidlos vor verzweifelter, protestierender Unschuld, seine Knie hoben sich und berührten sein Kinn, seine Finger waren schuppige Flossen, Kiemen pochten im Takt zu hastigen, hoffnungslosen Schwimmstößen durch das salzige Meer, das die Baumwipfel umschlang und zwischen ihren Wurzeln wogte; und bei allem Schreien und Rufen, das er sein eigenes wähnte, hatte er nur diesen einen Gedanken: Er konnte nirgendwohin, kein Augenblick war da, ihn aufzunehmen, er wurde nicht erwartet, kein Ziel, kein Zeitpunkt wurde ihm genannt; denn während er sich rasend vorwärts bewegte, blieb er unbeweglich, wirbelte um einen festen Punkt. Und dieser Gedanke legte eine Traurigkeit bloß, die nicht die seine war. Sie war Jahrhunderte, Jahrtausende alt. Sie fegte durch ihn und zahllose andere hindurch wie der Wind durch das Gras einer Wiese. Nichts war sein, nicht das Strampeln und Streben, nicht das Rufen, nicht einmal die Traurigkeit, nichts war dem Nichts zu eigen.

Als Stephen die Augen öffnete, lag er in einem Bett, Julies Bett, eine Daunendecke über sich und eine feuchte Wärmflasche auf der Brust. Aus dem kleinen Zimmer, das fast ganz von dem Bett eingenommen wurde, führte eine offene Tür ins Bad, aus dem eine Dampfwolke quoll, gelblich im elektrischen Licht, und das Grollen einlaufenden Wassers zu hören war. Er schloß die Augen. Das Bett war ein Hochzeitsgeschenk von Freunden gewesen, die er seit Jahren nicht mehr gesehen hatte. Er versuchte sich an ihre Namen zu erinnern, aber sie waren dahin. In oder auf ihm hatte seine Ehe begonnen und sechs Jahre später geendet. Er erkannte das musikalische Quietschen wieder, wenn er die Beine bewegte, konnte Julie auf dem Laken und den aufgetürmten Kissen riechen, ihr Parfüm und den intimen Seifenduft, der so typisch für ihre frische Wäsche war. Hier hatte er die längsten, aufschlußreichsten und später die trostlosesten Gespräche seines Lebens geführt. Hier hatte er den schönsten Sex erlebt und die schlimmsten Nächte durchwacht. Er hatte hier soviel gelesen wie sonst nirgends – *Anna Karenina* und *Daniel Deronda* in einer einzigen Krankheitswoche fielen ihm ein. Nirgendwo sonst hatte er sich so völlig gehenlassen, nie mehr war er ein so zärtlicher Beschützer und Tröster gewesen, seit frühester Kindheit nirgends so umsorgt worden. Hier wurde seine Tochter empfangen und geboren. Auf dieser Bettseite. Tief in den Matratzen waren die Pipispuren ihrer frühmorgendlichen Besuche. Sie war immer zwischen sie geklettert und hatte noch ein bißchen geschlafen, um sie dann aufzuwecken mit ihrem Geplapper, ihrem Beharren, daß es Tag sei. Während sie sich an die letzten Fetzen ihrer Träume klammerten, forderte Kate das Unmögliche: Geschichten, Gedichte, Lieder, selbsterfundene Fragespiele, Raufen, Kitzeln. Fast alle Zeugnisse ihrer Existenz, außer den Fotos, hatten sie vernichtet oder verschenkt. Alles, was ihm widerfahren war an Schlimmstem und Schönstem, war ihm hier widerfahren. Hier gehörte er hin. Unbeschadet aller Augenblickserwägungen wie der, daß seine Ehe mehr oder weniger beendet war, hatte er ein Anrecht darauf, jetzt in diesem Ehebett zu liegen.

Als er das nächstemal die Augen öffnete, saß Julie auf der Bettkante und sah auf ihn herab. Im Zimmer war es still, nur aus dem Bad hallte das akzentuierte Tropfen des Wasserhahns. Verhaltene Belustigung spielte um ihre Lippen, die sie fest zusammenpreßte gegen die Versuchung, etwas herzlos Ironisches zu sagen. Ihre klaren grauen Augen zuckten unaufhörlich in regellosen Dreiecken umher, von seinem linken Auge zum rechten und zurück, vergleichend und an den feinen Unterschieden, die sie entdeckte, Wahrheit messend, dann zu seinem Mund, um dessen Ausdruck auszuloten und um weitere Vergleiche anzustellen. Er stützte sich auf, und als er saß, griff er nach ihrer Hand, die sich kühl anfühlte, aber der seinen entgegenkam.

Er sagte: »Entschuldige, daß ich solche Umstände mache.«

Sie lächelte sofort. »Schon gut.« Ihre Lippen schlossen sich wieder, und wieder blähten sie sich von der frechen Bemerkung, die sie dahinter gefangen hielt. Es war nicht ihre Art, ihn direkt zu fragen, warum er im Schock zu ihr gekommen war. Fragen aus gewöhnlicher Neugier waren ihr nicht gegeben. Wenn sie etwas fragte, bestand sie nie auf einer Antwort. Sie fragte vielleicht einmal, und wenn die Antwort ausblieb, schwieg sie ebenfalls. Ihr Schweigen hatte etwas angenehm Tiefes. Es fiel schwer, ihr nicht einfach etwas zu erzählen, nur um sie aus ihrer dauernden Beschäftigung mit sich selbst herauszureißen, sie näherzuholen.

Er sagte: »Es ist schön, mal wieder in diesem Bett zu liegen.«

»Mich macht es verrückt«, sagte Julie prompt. »Es hängt in der Mitte durch und quietscht bei jeder Bewegung.«

Ohne es eigentlich zu wollen, sagte er obenhin: »Dann nehme ich es«, und Julie zuckte die Achseln.

»Wenn du willst. Nimm es.«

Das war zu lieblos. Ihre Hände lösten sich voneinander, und sie schwiegen. Stephen wollte zurück in die Intimität seines Aufwachens und war versucht, ihr alles zu erklären, so gut er konnte. Aber er wagte keine lange Erklärung, die sie ebenso leicht wieder weiter auseinanderbringen konnte.

Er stieß die Bettdecke weg, beugte sich vor und legte ihr mit festem Druck, wie um sich zu vergewissern, daß sie da war, die Hände auf die Schultern. Sie fühlte sich zart an, er spürte ihre Körperwärme heiß und lockend durch die Baumwollbluse. Sie war wachsam, aber ihr unterdrücktes Lächeln verging nicht.

»Ich erkläre mal, was passiert ist«, sagte er.

Er ließ ihre Schultern los und wollte aus dem Bett steigen, da legte sie ihm die Hand auf den Arm. »Du stehst nicht auf«, sagte sie bestimmt. »Ich habe dir Tee gekocht. Und einen Kuchen für dich gebacken.« Sie legte ihm die Decke wieder über die Beine, bis zu den Hüften, und stand auf, um ihn fest einzupacken. Er sollte das Ehebett nicht verlassen. Sie nahm ein Tablett vom Boden und setzte es ihm vor. »Tu doch wenigstens einmal nicht so«, sagte sie, »als wäre alles in Ordnung. Du bist mein Patient.«

Sie schnitt den Kuchen auf und schenkte Tee ein. Die Tassen waren aus feinstem Porzellan. Sie hatte sich die Mühe gemacht, passende Untertassen zu den Kuchentellern zu finden. Es war unbestreitbar ein besonderes Ereignis. Sie stießen mit den Tassen an und sagten: »Prost.« Als er fragte, wie spät es sei, sagte sie: »Zeit fürs Bad.« Sie zeigte auf die angetrockneten Schmutzstreifen an seinem Arm. Immer wieder leuchtete im Halbdämmer des Schlafzimmers das Weiß ihrer Augen auf, wenn sie von ihrem Teller aufsah und sein Gesicht musterte, wie um es mit einer Erinnerung zu vergleichen. Nur in die Augen sah sie ihm jetzt nicht. Wenn er sie anlächelte, senkte sie den Blick. Sie trug lange Ohrringe aus buntem Kristall. Ganz entgegen ihrer Art konnte sie die Hände nicht ruhig halten.

Es war nicht leicht, einfach nur zu plaudern. Nach einer Weile sagte Stephen: »Du siehst sehr gut aus.«

»Du auch«, antwortete sie sofort in ruhigem Ton. Dann lächelte sie ihn an. »So...«, seufzte sie und räumte die Teesachen weg. Sie stand hinter dem Bett und strich ihm übers Haar. Er hielt den Atem an, der Augenblick hielt den Atem an. Sie hatten zwei Möglichkeiten, gleichgewichtig, auf feingestimmtem Balken ausbalanciert. Sowie sie sich der einen zuneigten, würde die andere, auch wenn sie nie zu existieren aufhörte, unwiederbringlich verschwinden. Er konnte jetzt aufstehen und mit freundlichem Lächeln an ihr vorbei ins Bad gehen. Er würde die Tür hinter sich abschließen, seine Unabhängigkeit und seinen Stolz in Sicherheit bringen. Sie würde unten warten, und sie würden ihr vorsichtiges Geplänkel fortsetzen, bis er den Weg durch die Felder zurückgehen müßte, um seinen Zug zu erreichen. Oder es galt etwas zu wagen, ein anderes Leben zu entfalten, das sein Unglück verdoppeln oder tilgen mochte.

Es war ein kurzes, köstliches Zögern vor dem Scheideweg. Hätte er an diesem Tag nicht schon zwei Gespenster gesehen und die Hüllen gestreift, mit denen die Geschehnisse und die Zeiten und Orte, an denen sie geschahen, einander umschlossen, er wäre nicht imstande gewesen, so ohne Überlegung und mit einer Unverzüglichkeit, die ebenso weise wie verwegen schien, zu wählen, wie er es jetzt tat. Ein gespenstischer, schwindender Stephen erhob sich, ging lächelnd durchs Zimmer und schloß die Badezimmertür hinter sich ab, und ungezählte unsichtbare Ereignisse wurden in Gang gesetzt. Stephen ergriff Julies Hand, und als die geschmeidige Willfährigkeit ihres Körpers sich ihm durch die Länge ihres Armes mitteilte und er sie auf seinen Schoß zog und sie küßte, zweifelte er nicht, daß alles, was jetzt und als Konsequenz dieses Jetzt geschehen würde, von dem, was er heute schon erlebt hatte, nicht losgelöst zu sehen war. Er fühlte dunkel die Fortsetzung einer Argumentationskette. Hier aber war nichts als Wonne, als er Julies Kopf, den lieben Kopf zwischen den Händen hielt und ihre Augen küßte, wo er doch vorhin, vor dem Pub, noch Entsetzen gefühlt hatte; aber die beiden Augenblicke waren unbestreitbar miteinander verknüpft, beiden war die unschuldsvolle Sehnsucht gemeinsam, die sie weckten, der innige Wunsch, anzugehören.

Die vertrauten erotischen Schablonen der Ehe sind nicht leicht abgelegt. Sie knieten voreinander in der Bettmitte und zogen einander langsam aus.

»Du bist so dünn«, sagte Julie. »Du gehst noch vor die Hunde.« Sie fuhr ihm mit den Händen am Schlüsselbein entlang und den Gitterkäfig seiner Rippen hinunter, dann nahm sie ihn, erfreut über seine Erregung, fest in beide Hände und beugte sich über ihn, um ihn mit einem langen Kuß zurückzufordern.

Auch er fühlte zärtliche Besitzerfreude, kaum daß sie nackt war. Er sah die Veränderungen, die Hüften voller, die schweren Brüste etwas kleiner. Vom Alleinleben, dachte er, als er die Warze der einen zwischen die Lippen nahm und die andere an seine Wange drückte. Einen vertrauten nackten Körper zu sehen und zu fühlen, war ihnen so neu, daß sie minutenlang fast nichts anderes tun konnten, als einander auf Armeslänge zu halten und zu sagen: »So...«, und: »Da wären wir wieder...« Ein Übermut lag in der Luft, eine unterdrückte Heiterkeit, die das Begehren zu ersticken drohte. Alles Kühle zwischen ihnen war jetzt ein vollendeter Jux, bei dem sie sich nur noch fragen konnten, wie sie ihn so lange durchgehalten hatten. Es war so lächerlich einfach: Sie mußten nichts weiter tun als sich ausziehen und einander ansehen, um frei zu sein und die unkomplizierten Rollen zu übernehmen, in denen sie ihr gegenseitiges Verstehen nicht leugnen konnten. Nun waren sie wieder ihr kluges Selbst und konnten gar nicht mehr mit Grinsen aufhören.

Später schien ein Wort sich stets zu wiederholen, als die langlippige Öffnung sich teilte und ihn aufnahm, als er die bekannte Tiefe füllte und an den wohlvertrauten Ort gelangte, ein weiches, klangvolles Wort, von Fleisch an wollüstigem Fleisch gezeugt, ein warmes, stimmhaftes Wort mit sanften Konsonanten und runden Vokalen ... *daheim*, er war daheim, geborgen, sicher, und damit fähig zu geben; daheim, wo er besaß und besessen wurde. Daheim, wozu woanders sein? War's nicht Vergeudung, jemals etwas anderes zu tun als dies? Die Zeit war aufgewogen, Zeit bekam wieder ganz und gar einen neuen Sinn, sie war Medium zur Erfüllung des Begehrens. Die Bäume draußen rückten näher; ihre Nadeln streichelten die kleinen Fensterscheiben und verdunkelten das Zimmer, in dem gefiltertes Licht sich kräuselte. Schwerer tönte der Regen auf dem Dach und ließ dann später nach. Julie weinte. Wie so oft schon fragte er sich, wie etwas so Schönes, Einfaches überhaupt erlaubt sein konnte, warum sie sich das einfach so erlauben durften, wieso die Welt diesem Erleben schon so lange Rechnung trug und immer noch sein konnte, wie sie war.

Nicht Regierungen, nicht Werbeagenturen oder Forschungsinstitute, sondern Biologie, Sein, Materie selbst hatte sich dies ausgedacht zur eigenen Freude und Erhaltung, und ebendies war ihnen zugedacht, sie sollten Freude daran haben. Seine Arme und Beine entschwebten. Hoch oben in reiner Luft hing er mit den Fingerspitzen an einer Felskante; zwanzig Meter unter ihm war der lange, glatte Geröllhang. Er verlor den Halt. Wenn dem aber so ist, dachte er, als er rücklings in die herrliche, schwindlige Leere stürzte und den unglaublich steilen Hang hinuntersauste, wenn dem so ist, dann ist dieser Ort gewiß im Herzen wohlgesinnt, er liebt uns, will, daß wir ihn lieben, liebt sich selbst.

Dann war alles anders. Sie quetschten sich in die enge, laue Wanne und tranken den mitgebrachten Wein aus der Flasche. Erfülltes Begehren brachte rasche, unbekümmerte Klarheit. Sie redeten und lachten laut, gingen sorglos miteinander um. Julie erzählte eine längere Anekdote aus dem Leben im nahen Dorf. Stephen steuerte eine überspitzte Beschreibung der Ausschußmitglieder bei. Sie redeten herzlos über gemeinsame Freunde und was diese in letzter Zeit getrieben hatten. Noch während dieser angeregten Unterhaltung wurde ihnen unbehaglich, weil sie wußten, daß nichts ihr herzliches Einvernehmen untermauerte, daß sie keinen Grund hatten, zusammen zu baden. Es stand eine Unentschiedenheit im Raum, die beide nicht in Worte zu fassen wagten. Sie redeten frei drauflos, doch diese Freiheit war freudlos und ohne Fundament. Bald begannen sie zu stocken, der Redefluß versiegte. Das verlorene Kind war wieder zwischen ihnen. Die Tochter, die sie nicht hatten, wartete draußen auf sie. Stephen wußte, daß er bald wieder gehen würde. Die Verlegenheit wuchs, als sie wieder in den Kleidern waren. Die Gewohnheiten der Trennung sind nicht leicht abgelegt. Ihre Stimmen kamen ihnen abhanden, sie waren verzweifelt. Die alte vorsichtige Höflichkeit stellte sich wieder ein, und sie waren machtlos dagegen. Zu leichtfertig hatten sie sich entblößt, zu schnell; sie hatten gezeigt, daß sie verwundbar waren.

Unten sah er zu, wie Julie sich vor das rauchende Holzfeuer kniete und ein nasses Handtuch davor ausbreitete. Ein zärtliches Wort hätte ihm einfallen sollen, es durfte nur weder frivol sein noch weiter entblößen. Aber es blieb nur oberflächliches Gerede. Als einziges hätte er ihre Hand nehmen können, doch er tat es nicht. Sie hatten ihre Möglichkeiten, den Kitzel der Berührung, ausgeschöpft, waren an die Grenzen gegangen. Für den Augenblick war alles neutralisiert. Wären sie noch zusammen gewesen, sie hätten andere Mittel zu Hilfe nehmen können, einander eine Zeitlang nicht beachten, eine Aufgabe anpacken oder irgendwie dem Verlust ins Auge sehen. So aber gab es nichts. Ein jämmerlicher Stolz pflockte sie an Nichtigkeiten über einer letzten Tasse Tee. Er bekam einen kurzen Einblick in das Leben, das sie führte. Die Kiefern wuchsen bis ans Haus heran, das Cottage hatte kleine Fenster, so daß die Zimmer selbst an Sonnentagen düster waren. Sie hatte wegen der Feuchtigkeit den ganzen Sommer ein Feuer brennen. In einer Zimmerecke stand ein gescheuerter Küchentisch mit ihren ordentlich gestapelten Notenheften, Kerzen zum Lesen bei Nacht und an Wolkentagen, und einem Marmeladenglas mit etwas Grün und ein paar Wildblumen, die sie am Rand der Kiefernschonung fand. Ein anderes Glas enthielt gespitzte Bleistifte. In einer Ecke lagen ihre Violinen auf dem Boden, in ihre Kästen eingesperrt, und ein Notenständer war nicht zu sehen. Er stellte sich vor, wie sie über die betonierten Feldwege wanderte und an Kate dachte oder versuchte, nicht an sie zu denken, und dann nach Hause kam und in der zischelnden Stille übte.

Er mußte sich bald auf den Weg machen und über die maschinengerechte Prärie zurückkehren in seine eigene Einsiedelei. Er saß ihr gegenüber, sah sie über ihren Tee gebeugt, die Hände an der Tasse wärmend, und fühlte nichts. Er konnte nun lernen, auf Abstand zu gehen von seiner Frau. Ihre Fingernägel waren abgeknabbert, ihr Haar ungewaschen, ihr Gesicht verkniffen. Er konnte lernen, sie nicht zu lieben, wenn er sie nur von Zeit zu Zeit sehen konnte, um sich daran erinnern zu lassen, daß sie sterblich war, eine Enddreißigerin, bedacht auf Einsamkeit, um ihrem leidgeplagten Leben einen Sinn zu geben. Später würde ihm vielleicht der Anblick ihrer dünnen nackten Arme nachgehen, die aus dem verschlissenen, viel zu großen Pullover ragten, den er als den seinen wiedererkannte, und die Heiserkeit in ihrer Stimme, wenn sie ihre Gefühle niederhielt.

Als er aufstand, war ihr Abschied zwangsläufig nur ganz kurz. Sie öffnete ihm die Tür, sie gaben sich kurz die Hand, und ehe er noch drei Schritte gegangen war, hörte er hinter sich die Haustür wieder zuklappen. Am Törchen drehte er sich noch einmal um und sah zurück. Es war ein Haus wie von Kinderhand gemalt. Es hatte die Form einer Schachtel, die Haustür genau in der Mitte, vier kleine Fenster an den Ecken, und war aus dem gleichen roten Ziegelstein gebaut wie »The Bell«. Ein aus übriggebliebenen Ziegeln angelegter Weg zwischen Haustür und Gartentörchen beschrieb ein gestrecktes S. Das Cottage stand auf einer Lichtung von knapp fünfzehn Meter Durchmesser. Von allen Seiten drängte die Nadelholzplantage heran. Er dachte einen Augenblick an Umkehr, hätte aber nicht gewußt, was er eigentlich sagen wollte.

So vergingen dank trauter Einigkeit im Unglück viele Monate, ehe sie sich wiedersahen. In seinen besseren Momenten sagte sich Stephen, daß dies alles zu früh geschehen war; sie waren nicht dafür bereit gewesen. In seinen schlimmsten war er wütend auf sich selbst, weil er alles, was er als behutsamen Fortschritt in ihrer Trennung ansah, wieder zunichte gemacht hatte. Noch Jahre danach verstand er nicht, warum er sich so dagegen sperrte, hinzufahren und sie wiederzusehen. Damals begründete er es damit, daß Julie ihn nie gerufen hatte. Er hatte den ersten Schritt zu diesem Besuch getan. Sie hatte sich wohl gefreut, ihn wiederzusehen, war jedoch ebenso froh gewesen, als er ging und ihr einsames Leben weitergehen konnte. Wenn das, was geschehen war, ihr überhaupt etwas bedeutete, würde sie ihr Schweigen brechen. Wenn er nichts hörte, konnte er davon ausgehen, daß sie weiter in Ruhe gelassen werden wollte.

Der Regen hatte lange aufgehört. Beim Pub ging Stephen schnell über die Straße, entschlossen, sich weiterer Dramatik oder Symbolik zu widersetzen. Er eilte über den betonierten Weg dem großen Weizenfeld entgegen. Er war von einem Ehepaar in London, das für seine erlesenen Diners und interessanten Freunde berühmt war, zum Abendessen eingeladen und würde schon jetzt zu spät hinkommen.

Vier

»Wir sind gewiß nicht schlecht beraten, wenn wir, wie schon viele vor uns, folgern, daß aus der Liebe und Achtung vor dem Elternhaus unsere wahre Treue zu Volk und Heimat erwächst.«

Autorisierter Leitfaden zur Kindererziehung, HMSO

Es war später Vormittag und beeindruckend heiß, und der Ausschuß hörte Experten an. Tags zuvor war die Temperatur auf fast vierzig Grad geklettert und hatte in den Massenblättern patriotischen Jubel ausgelöst. Wohlinformierte Kreise beurteilten das Wetter als gut für die Regierung, und für heute wurden noch höhere Temperaturen erwartet. Zehn Minuten nach Beginn der morgendlichen Sitzung hatte ein Beamter auf Canhams Geheiß einen elektrischen Ventilator gebracht und in der Nähe des Vorsitzenden angeschlossen, auf den er ehrerbietig gerichtet wurde. Übers Wochenende hatten Arbeiter die Schiebefenster wieder beweglich gemacht, und nun standen sie weit offen und ließen das Dröhnen des schleppenden Verkehrs von Whitehall herein. Zwischen den heißen Scheiben eines Doppelfensters hatte sich eine Schmeißfliege gefangen und summte in Intervallen. Die Intervalle wurden länger, je weiter der Morgen voranschritt. Auf dem großen Tisch, dessen Platte sich feucht anfühlte, zitterten lose Blätter träge in einem schwachen Srom warmer Luft.

Seit über einer Stunde starrte Stephen auf seine Hände im

Schoß. In letzter Zeit wurden in ihm, wann immer er bei dieser Hitze seine eigene Haut roch und fühlte, Erinnerungen an seine Einzelkindheit in heißen Ländern geweckt – an Schweiß und den durchdringend süßen Duft von Mangofrüchten, englisches Gemüse auf dem Küchenherd und Gewürze in Dosen, die mit Drachen und Palmen bemalt waren und von der Amah im Hinterhaus aufbewahrt wurden. Einmal hatte er einen Deckel abgenommen und die Würze einer flockigen braunen Substanz inhaliert. Als er wieder ins Haus ging und im leeren Wohnzimmer unter dem langsam rotierenden Deckenventilator stand, hatte er den bitteren, fauligen Geruch wie ein Geheimnis von den lavendelpolierten Royal-Air-Force-Möbeln fernhalten müssen.

Dies war sein Osten: der männliche Geruch nach Zigaretten und Flit, dem Fliegentöter; wuchtige Sessel mit geblümten Bezügen; der seines Vaters mit einem bronzenen Aschenbecher, mit lederumwickelten Riemen befestigt; der seiner Mutter umgeben vom Duft nach rosa Seife, dem Strickzeug, an dem sie in der klebrigen Hitze herumwerkelte, und *Woman's Realm*; an den Wänden raffinierte Schattenbilder aus schwarzbemaltem Blech, mit Palmen und Sonnenuntergängen; die hübsche Amah, die angeblich nachts am Fußende seines Bettes schlief, wo er sie allerdings nie sah; die Wasserschlangen, die in seinem Bettzeug hausten und durch Beten in Schach gehalten wurden; sein erstes Klassenzimmer, wo die Hitze den Zederndu ft aus dem Bleistift zwischen seinen Fingern sog; und der Tiger unter der Palme, Emblem seiner Schule und Markensymbol des Biers, das sein Vater trank.

Eines schwülen Nachmittags folgte er seiner Mutter die Treppe hinauf und legte sich neben ihr auf die gerippte Weite der dochtwollenen Tagesdecke, auf die Seite mit dem Aschenbecher, wo der Wecker tickte. Ihr abwegiges Ansinnen war, daß sie am hellichten Tag schlafen sollten, Stunden vor der Schlafenszeit. Er legte sich auf den Rücken und sah dem Ventilator zu.

»Mach die Augen zu, mein Junge«, sagte sie zu ihm. »Mach die Augen zu.« Er tat es, und als er aufwachte, war es sehr viel später. Sie war nicht mehr da, und er hörte sie unten mit Freundinnen reden und Tee trinken. Er war tief beeindruckt; Schlaf mußte nicht unbedingt von selbst kommen, man konnte ihn steuern, einfach indem man die Augen schloß. Was konnten Menschen noch alles steuern?

Er hörte seiner Mutter und ihren Freundinnen gern zu. Sie redeten immer von Dingen, die verkehrt liefen, von Leuten, die das Verkehrte sagten und taten, und von Krankheiten und was die Ärzte alles verkehrt machten. Mit Kindern redete keiner von Dingen, die verkehrt liefen. Das Teegeschirr war schon abgeräumt, und die Frauen gingen, bevor sein Vater nach Hause kam. Er hatte weite Shorts an und nasse Flecken auf dem Khakihemd. Kaum zu Hause, suchte er Stephen und spielte Menschenfresser, der ihn jagte und dazu knurrte: »Fi, Fei, Fo, Fann, ich wittre das Blut von 'nem englischen Mann!« Und dann kitzelte er ihn und warf ihn gefährlich hoch in die Luft. Nachdem Oberfeldwebel Lewis geduscht und ein Bier aus Tigerblut getrunken hatte, das Stephen einschenken durfte, setzten sie sich zum Tee und redeten weiter von interessanten Sachen, die verkehrt liefen: von einem jungen Offizier, der zuwenig wußte; was ein anderer Oberfeldwebel verkehrt gemacht hatte; oder wie die Politiker der Royal Air Force lauter verkehrte Dinge befahlen. Dann erzählte seine Mutter von den verkehrten Sachen, die sie nachmittags erfahren hatte. Hinterher hatte Stephen die Aufgabe, beim Tischabräumen zu helfen, während seine Mutter spülte und sein Vater abtrocknete.

Stephen kam dabei auf die Idee, wenn er die Dinge so steuern könnte, wie seine Mutter den Schlaf steuern konnte, würde er seine Eltern zu König und Königin der ganzen Welt machen, dann könnten sie alles Verkehrte, von dem sie so klug redeten, richtig machen. War denn sein Vater nicht sogar stärker als ein Menschenfresser? Beim Geschwadersportfest wirbelten seine Beine so schnell, daß man sie kaum noch sah, und sein Dreisprung war schon fast ein motorloser Flug; er trug Stephen auf dem Rücken zum Strand hinunter, wo es, wie sie später hörten, Haie gab, und kam, ein brüllendes Seeungeheuer, schaumspritzend aus der Brandung, Kopf und Schultern mit Tang bekränzt; die jungen Offiziere fragten ihn immer, wie sie etwas tun sollten, obwohl er »Sir« zu ihnen sagen mußte, und die Männer unter seinem Kommando fürchteten seinen Zorn, genau wie Stephen und seine Mutter.

Und war sie nicht schöner als die Königin von England, nur daß sie außerdem die Gabe hatte, an jedem Geburtstag einundzwanzig zu werden, beim Kleinkaliberschießen ins Schwarze zu treffen und nachts Geräusche zu hören, die sonst niemand hörte, und jedesmal zu wissen, wann er schlecht träumte, denn immer, wenn er im Dunkeln aufwachte, war sie da. Oft gingen sie zum Feiern in die Unteroffiziersmesse. Dann trug seine Mutter lange Satinkleider, die sie selbst nähte. Sein Vater trug Uniform und trank immer ein Bier, bevor sie gingen. Manchmal tanzten sie zur Musik des Soldatensenders im Wohnzimmer einen Walzer, Foxtrott oder Twostep, drehten sich kühn zwischen den Möbeln, die Rücken gerade und zierlich die Füße setzend. Dann sahen sie aus wie das elegante Tänzerpaar, das sich zum klimpernden »Für Elise« auf dem Schmuckkästchen seiner Mutter drehte, Traumgestalten, deren Gesichter sich in rosa Kleckse auflösten, wenn man mit den Augen ganz nah heranging.

Träume waren gefährlich; war es nur ein böser Traum, als zur Mittagszeit der Teller mit Kartoffelbrei den Kopf seines Vaters verfehlte und an der Wand zerschellte, als seine Mutter später weinte, während sie die Scherben in ihrer Schürze einsammelte und die Wand mit einem nassen Tuch abwischte? Träumte er nachts die lauten Stimmen unten, war es ein Alptraum, als er durch die offene Küchentür seinen Vater mit einem Tranchiermesser sah, als er sein rotes, zorniges Gesicht ganz nah an Stephens Gesicht schob und sagte, er sei ein Muttersöhnchen, oder schlimmer, ihn vor Gästen hochhob und wie ein Baby in den Armen wiegte und beruhigte?

Vielleicht war er ein Muttersöhnchen. Noch ein paar Jahre später schlief er immer in ihrem Bett, wenn sein Vater, inzwischen Stabsfeldwebel, zu Übungen fort war. Das war nach ihrer Verlegung nach Nordafrika. Als Stephen den Wölflingen beitrat und seine Abschlußprüfung im Basteln machen sollte, half ihm seine Mutter beim Herstellen der Spielzeugmöbel. Es endete damit, daß sie alles allein machte. Das Ergebnis – eine blaue Couchgarnitur, eine Streichholzschachtel als Sideboard, eine Stehlampe – trug er in ihrem Schuhschachtel-Wohnzimmer zur wöchentlichen Versammlung in die Nissenhütte, vollkommen überzeugt, daß ihre Arbeit rechtmäßig die seine sei.

Sie war eine zarte, an Schlaflosigkeit leidende Schöne, die sich still um jeden sorgte, außer um sich selbst; deren Sorge eine subtile Art von Besitzergreifung war, doch wie es schien, von Liebe nicht zu trennen, wenn sie auf ihn gerichtet war. Sie führte ihn in eine gefahrenreiche Welt voll unsichtbarer Krankheitskeime ein, voll Luftzug in bestimmten Räumen, der Lungenentzündung in sich trug. Sie warnte ihn, wie gefährlich es sei, ungelüftete Sachen anzuziehen, sich ums Essen zu drücken und abends keinen Pullover zu tragen. Während er sich aus Loyalität verpflichtet fühlte, auf ihre Vorhaltungen einzugehen, lernte er zugleich, sich wie sein Vater über sie lustig zu machen.

Denn Stephen war auch ein Vatersöhnchen. Während der Suezkrise wurden die Familien alle in die Kasernen verlegt, um sie vor den Arabern zu schützen. Mrs. Lewis besuchte gerade Verwandte in England, und es folgten aufregende Wochen, herausgerissen aus dem Leben zwischen Schule und Strand. Es war ein neues Gefühl, nicht mehr der Dreh- und Angelpunkt elterlicher Aufmerksamkeit zu sein, mit seinen Freunden in großen Zelten zu wohnen, in der Erinnerung lauter sommersprossige, kurzhaarige, henkelohrige Jungen wie er selbst. Da gab es den Geruch von Motoröl auf heißem Sand, die Militärlastwagen, getreuliche Nachbildungen seiner Spielzeugautos, die gekalkten Steine, die ordentlich jeden Weg markierten, Stacheldraht und MG-Nester hinter Wällen aus Sandsäcken. Und vor allem war da dieser Offizier, der für die Familien unmittelbar verantwortlich war – sein Vater, eine ferne, von einer Besprechung zur nächsten schreitende Gestalt mit Dienstrevolver um die Hüfte.

Als das vorbei war, gab es andere Vergnügungen. Sie ließen seine Mutter zu Hause und rasten mit dem schwarzen Morris Oxford über leere Straßen durch die Halbwüste, landeinwärts zum Flugplatz, nur um zu sehen, wie schnell der neue Wagen fuhr. Sie zogen mit einem Marmeladenglas los, einen Skorpion zu fangen. Sein Vater rollte einen Stein weg, und da war er, gelb und fett, die Zangen flehend zu ihnen erhoben. Sein Vater scheuchte ihn mit dem Fuß ins Glas, und Stephen stand mit dem durchlöcherten Deckel bereit. Sie lachten – Stephen etwas unsicher –, als seine Mutter sagte, sie könne nachts nicht schlafen vor Angst, das Tier könnte entweichen und sich in der Dunkelheit im Haus herumtreiben. Später wurde der Skorpion in die Schule mitgenommen und in Formaldehyd gelegt.

Jeden Morgen vor der Schule nahm sein Vater ihn mit ins Bad, fischte zwei Fingervoll Haarcreme aus dem Glas und rieb sie Stephen mit fanatischem Eifer in die Topffrisur. Dann nahm er seinen Stahlkamm, packte den Jungen fest am Kinn, kämmte die fügsamen Haare platt und zog einen geraden grauen Scheitel von militärischer Präzision. Nach einer Stunde war das Kunstwerk an der Sonne weggeschmolzen. Die meisten Nachmittage des neunmonatigen Sommers verbrachten sie am Strand, wo die Offiziere mit ihren Familien am einen Ende saßen, die Mannschaften, Unteroffiziere und Feldwebel, Stabsfeldwebel eingeschlossen, am anderen. Sein Vater stand dann bis zur Brust im Wasser und zählte langsam, während Stephen freihändig auf seinen Schultern stand, bis Lachen oder die schlüpfrige Haarcreme unter seinen Füßen ihn zu Fall brachte. Immer wenn eine Welle über seines Vaters Kopf spülte, wurde das Zählen unterbrochen, aber nur für einen Augenblick. Als das Spiel zu Ende ging, nicht lange bevor Stephen ins Internat sollte, stand der Rekord bei Dreiundvierzig.

Nordafrika war eine fünfjährige Idylle. Zornige Stimmen störten nicht länger seine Träume. Er teilte seine Zeit zwischen der Schule, die mittags endete, und dem Strand, wo er seine Freunde traf, alles Söhne von Kollegen seines Vaters, Männern, die sich hochgedient hatten. Dort traf auch seine Mutter ihre Freundinnen, die Frauen dieser Männer. Wie seine kleine Familie ihn mit ihrer unbedingten, besitzergreifenden Liebe umgab, so umgab die Royal Air Force seine Familie, wählte und bestimmte für sie Freunde und Unterhaltung, Ärzte und Zahnärzte, Schulen und Lehrer, Wohnung, Möbel, selbst Besteck und Wäsche. Wenn Stephen eine Nacht bei einem Freund zu Hause verbrachte, schlief er zwischen Laken, die ihm vertraut waren. Es war eine sichere, geordnete Welt, hierarchisch und fürsorglich. Kinder hatten ihren Platz zu kennen und sich, genau wie ihre Eltern, den Erfordernissen und Beschränkungen des Militärlebens zu unterwerfen. Stephen und seine Freunde – nicht aber deren Schwestern – waren gehalten, die Kollegen ihrer Väter mit »Sir« anzureden, wie die amerikanischen Jungen vom Luftstützpunkt. Man lehrte sie, Damen an Türen den Vortritt zu lassen. Aber großzügig gönnte man ihnen, verordnete ihnen geradezu ihren Spaß. Immerhin waren ihre Eltern in der Weltwirtschaftskrise aufgewachsen, und so durfte es nun an Limonade, Eiskrem, Käseomelettes und Pommes frites nicht fehlen. Auf der Terrasse des Strandclubs saßen die Eltern um die Eisentische voller Biergläser und bestaunten die Unterschiede zwischen ihrem Leben damals und heute, zwischen ihrer Kindheit und der ihrer Kinder.

Stephens erste Zeit im Internat war ein Nebel von komplizierten Riten, Brutalität und ewigem Lärm, aber sonderlich traurig war er nicht. Er war zu still und zu wachsam, um sich zum Prügelknaben erwählen zu lassen. Eigentlich wurde er sogar kaum beachtet. Im Herzen gehörte er nach wie vor in seine kleine Familie und zählte die einundneunzig Tage bis zu den Weihnachtsferien, zum Überleben entschlossen. Endlich wieder zu Hause, wo das Licht strahlte und sein Blick aus dem Schlafzimmerfenster auf die Dattelpalmen fiel, die sich in den blaßblauen Winterhimmel stemmten, nahm er seinen Platz im Dreieck ohne weiteres wieder ein. Erst als es am Tag nach seinem zwölften Geburtstag Zeit wurde, nach England zurückzufahren, wieder unten anzufangen vor einem neuen Berg von Tagen, begann er schmerzlich zu empfinden, was er nun hinter sich lassen würde. Eine kurze Überschlagsrechnung ergab, daß er von nun an drei Viertel seines Lebens in der Ferne verbringen würde. Genaugenommen war er schon aus dem Elternhaus. Seine Eltern mußten dieselben Berechnungen angestellt haben, denn als sie über die Wüstenpiste zum Flugplatz fuhren, war die Unterhaltung unnatürlich fröhlich und voller Pläne für die nächsten Ferien, und dazwischen gab es lange Schweigepausen, die sie auch nicht dadurch beenden konnten, daß sie sich wiederholten.

Im Flugzeug rückte eine ältere Dame freundlich beiseite und überließ ihm den Fensterplatz, damit er seinen Eltern zuwinken konnte. Er sah sie besser als sie ihn. Sie standen ein Dutzend Schritte von der Flügelspitze entfernt, Arm in Arm, dort wo die Piste an den Sand grenzte. Sie lächelten, winkten wie wild, ruhten ihre Arme aus und winkten wieder. Die Propeller auf seiner Seite des Flugzeugs begannen zu wirbeln. Er sah seine Mutter sich umdrehen und an ihren Augen tupfen. Sein Vater steckte die Hände in die Taschen und nahm sie wieder heraus. Stephen war alt genug, zu wissen, daß ein Abschnitt seines Lebens, eine Zeit unproblematischer Zuneigungen, vorbei war. Er drückte sein Gesicht ans Fenster und begann zu weinen. Seine Haarcreme verschmierte die ganze Scheibe. Als er sie sauberwischen wollte, mißverstanden seine Eltern diese Bewegung seiner Hand und winkten wieder. Das Flugzeug rollte an, und sie glitten plötzlich nach rechts aus seinem Gesichtsfeld. Als er sich wieder in die Kabine umdrehte, sah er seine schlimmsten Befürchtungen bestätigt, denn die alte Dame, die ihn beobachtet hatte, weinte auch.

Die Gegenwart eines Fremden im Zimmer, eines hageren jungen Mannes, der es offenbar abgelehnt hatte, sich auf den ihm angebotenen Stuhl zu setzen, hatte Stephen aus seinen bedrückenden Tagträumen geweckt. Der Mann redete bereits seit einer halben Stunde. Er stand gebeugt wie ein Büßer, die bläulich-blassen Finger vor dem Körper ineinandergekrallt. Kinn und Oberlippe waren dunkel von glattrasiertem Bartwuchs, was ihm das kummervolle, ehrliche Aussehen eines Schimpansen gab, verstärkt noch durch die großen braunen Augen und die schwarze Brustbehaarung, die durch sein dünnes weißes Nylonhemd schimmerte, dicht wie Schamhaar, und respektlos zwischen den Knöpfen hervorsproß. Nach Stephens Eindruck hielt er beim Sprechen nur deshalb die Hände still, damit die unnatürliche Länge seiner Arme nicht sichtbar wurde, deren Ellbogen ein paar Zentimeter zu früh in Erscheinung traten. Seine Stimme war ein gequetschter Tenor, seine Aussprache so präzise und vorsichtig, als wäre Sprache eine gefährliche Waffe, die erst kürzlich in seinen Besitz gekommen war und ihrem Benutzer jeden Moment ins Gesicht explodieren konnte. Stephen, noch ganz benommen von seinen Selbstbetrachtungen, war vom Aussehen des Mannes so betroffen, daß er erst noch erfassen mußte, wovon er eigentlich redete. Die übrigen Ausschußmitglieder saßen stumm und scheinbar aufmerksam da, höflich keine Miene verziehend. Rachael Murray und einer der Akademiker machten sich Notizen. Lord Parmenter hatte, um sich besser konzentrieren zu können, die Augen geschlossen und atmete langsam und rhythmisch durch die Nase.

Nachdem Stephen das Äußere des Mannes in sich aufgenommen hatte, gewahrte er Bewegung unter den Ausschußmitgliedern, eine Unruhe, die sich nicht auf Langeweile oder die Hitze zurückführen ließ. Köpfe wandten sich in seine Richtung. Blicke, die dem seinen begegneten, zuckten rasch wieder weg, und bei dem einen oder anderen – Rachael Murray, Tessa Spankey – sah man ein unterdrücktes Lächeln. Sogar Lord Parmenter hatte sich geregt und den ledrigen Kopf in Stephens Richtung geneigt. Wurde etwas von ihm erwartet? War ihm schon das Wort erteilt worden? Mit Gewalt richtete er seine widerspenstige Aufmerksamkeit auf die gequetschte Monotonie, den angestrengt flehenden Tonfall seines *Sie werden mir doch sicher, ganz sicher zustimmen, daß dem so ist.* Unversehens blickte er voll in die ehrlichen braunen Augen. Wurde von ihm Widerspruch erwartet? Sofort? Er nickte leicht und verzog ein wenig den lächelnden Mund, um einerseits völliges Verstehen, andererseits verständige Zurückhaltung zum Ausdruck zu bringen.

»Es wurde zweifelsfrei bewiesen« – *und bitte*, schienen die Augen zu sagen, *stellt das nicht in Frage* –, »daß wir nur einen Bruchteil unserer unbegrenzten intellektuellen, emotionalen und intuitiven Fähigkeiten nutzen. Vor kurzem erst kam der Fall eines jungen Mannes ans Licht, der an der Universität Hervorragendes leistete und dabei, wie sich herausstellte, so gut wie gar kein Gehirn besaß, nur eine waffeldünne Schicht Neocortex an der Innenwand der Schädelhölung. Erwiesenermaßen kommen wir mit sehr wenig aus, und als Folge dieser Abstinenz sind wir abgespalten, zutiefst abgespalten von uns selbst, von der Natur und ihren Myriaden Vorgängen, von unserem Universum. Sehr geehrte Ausschußmitglieder, wir lassen unsere Fähigkeit zu empathischer und magischer Teilnahme an der Schöpfung verhungern, wir sind durch Abstraktion sowohl entfremdet als gehemmt, haben uns des tiefen, unmittelbaren Verstehens – das den ganzheitlichen Menschen kennzeichnet – begeben, uns entfernt von der ständigen wechselseitigen Durchdringung des Physischen und Psychischen, von ihrer letztendlichen Untrennbarkeit.«

Der Mann, der einem Affen ähnelte, verstummte und

musterte seine Zuhörer mit glänzenden Augen. Er zupfte sich am Ohrläppchen. »Wenn dies nun die strafenden Folgen sind, was ist dann die Ursache, was hindert den heranwachsenden Verstand, Ganzheitlichkeit zu erlangen? Wir haben gesehen, daß unser Gehirn als physisches Organ eine eigene, klar definierbare Entwicklung durchläuft. Wie die Backenzähne oder die sekundären Geschlechtsmerkmale bei allen Individuen etwa im gleichen Lebensalter zum Durchbruch kommen, genauso gibt es Wachstumsschübe auch für das Gehirn, und es kann keinem Zweifel unterliegen, daß diese wiederum mit klar definierbaren Schüben in der geistigen Entwicklung und Leistungsfähigkeit einhergehen. Wenn wir Kinder zwischen fünf und sieben Jahren zwingen, lesen zu lernen, bringen wir ein Maß an Abstraktion ins Spiel, das die Einheitlichkeit der kindlichen Weltsicht zerstört, treiben einen tödlichen Keil zwischen das Wort und die Sache, die das Wort benennt. Denn wie wir gesehen haben, hat das menschliche Gehirn in diesem Alter einfach noch nicht die höheren logischen Fähigkeiten entwickelt, die es leicht und fröhlich mit dem geschlossenen System der geschriebenen Sprache umgehen lassen. Lesen und Schreiben sollten einem Kind erst beigebracht werden, nachdem es von sich aus und im Einklang mit der genetischen Programmierung des Gehirnwachstums die entscheidende Trennung zwischen dem Ich und der Welt vollzogen hat. Aus diesem Grunde, Herr Vorsitzender, plädiere ich eindringlich dafür, Kindern erst im Alter von elf bis zwölf Jahren das Lesen und Schreiben beizubringen, wenn ihr Gehirn und ihr Verstand jenen wichtigen Wachstumsschub erhalten, der diese Trennung ermöglicht.«

Stephen streckte den Rücken, eine Instinkthandlung aller Säugetiere, sich größer zu machen. Er war gefordert, sich als Kinderbuchautor, als Zerstörer kleiner Welten zu rechtfertigen.

Der Sprecher hatte seine Finger wieder ineinander verkrallt, weiß standen ihre Knöchel vor. »Tanz und Bewegung jeder Art«, sagte er, »die sinnliche Erforschung der Welt, Musik – denn so sehr es erstaunen mag, sind musikalische Symbole nicht so sehr Abstraktionen wie vielmehr präzise Anweisungen für körperliche Bewegungen –, Malen, mit den Händen entdecken, wie Dinge funktionieren, Mathematik, die ja mehr logisch als abstrakt ist, sowie alle Formen intelligenten Spiels – dies sind für das jüngere Kind angemessene, wesentliche Tätigkeiten, die es seinem Verstand erlauben, in Harmonie mit den Kräften der Schöpfung zu bleiben, mit ihnen zu fließen. In diesem Alter Literarisierung zu erzwingen, die verwunschene Identität von Wort und Ding, von Ich und Welt, aufzulösen, bedeutet das verfrühte Hervorrufen eines Ich-Bewußtseins, eine schroffe Isolierung, die wir uns selbst so gern als Individualität einreden.

Letztendlich, Herr Vorsitzender, ist dies nichts weniger als eine Vertreibung aus dem Paradies, denn es hat Folgen für das ganze Leben. Verfrühte Literarisierung schafft Erwachsene, deren ungezwungenes, intelligentes Einfühlen in die natürliche Welt, in ihre Mitgeschöpfe, in soziale Prozesse verkümmert ist; Erwachsene, denen die Einheit der Schöpfung eine schwer zu begreifende, nicht nachvollziehbare Idee ist, der sie, wenn überhaupt, nur durch das Studium mystischer Texte einigermaßen nahekommen. Wohingegen« – und hier ließ der Fremdling die Stimme sinken und richtete seinen Blick erneut auf Stephen – »wohingegen dieses Begreifen uns in der Kindheit geschenkt wird. Wir dürfen unsern Kindern dieses Geschenk nicht entreißen durch unsere ängstlich auf Wettbewerb ausgerichtete Erziehung, mit unseren beflissenen, zudringlichen Büchern.«

Während dieser letzten Bemerkung ging ein Lächeln durch die Runde. Der Ausschuß hatte den Eindruck gewonnen, ein Original vor sich zu haben, und amüsierte sich. Canham, dem es oblag, die Referenzen der zum Vortrag Eingeladenen zu prüfen, schaute betreten drein, während er etwas auf seinen Notizblock kritzelte. Einer der Akademiker, nicht Morley, schneuzte sich mit einem Papiertaschentuch die Nase, damit man sein Lachen nicht sah. Colonel Jack Tackle hatte die Arme über der Brust verschränkt und den Kopf gesenkt. Man sah sein leichtes Beben. Diese verstohlenen Zeichen weckten Stephens Sympathie für den Redner. Nachdem er jetzt mit seinem Vortrag fertig war, schien er zu bereuen, daß er auf einen Stuhl verzichtet hatte. Verlegen stand er am Kopfende des Tisches, ließ die Arme herunterbaumeln und wartete darauf, daß man ihm Fragen stellte oder ihn entließ. Er sollte nie erfahren, daß ein magisch inspiriertes Volk nicht im Sinne der Regierung war. Das Herausfordernde war aus seinem Blick gewichen, während er auf einen Punkt etwa einen Meter über dem Kopf des Vorsitzenden starrte. Stephen hätte dem Mann am liebsten die Hand gedrückt, im Geiste der Gegensätzlichkeit den Arm geboten. Aber jetzt galt es, die eigene Ecke zu verteidigen. Lord Parmenter hatte schon fragend seinen Nachnamen gegurgelt.

»Nur ein Zyniker«, sagte Stephen, in die Runde funkelnd, »könnte bestreiten, daß es wünschenswert wäre, in dem geschilderten Sinne ganzheitlich zu leben oder alle unsere Möglichkeiten wahrzunehmen. Umstritten können nur die Mittel sein.«

Er machte eine Pause und hoffte, ihm möge noch etwas einfallen, dann fing er noch einmal an, nicht sicher, was er überhaupt sagen wollte. »Ich bin kein Philosoph, aber mir will scheinen ... daß es hier einige Probleme zu bedenken gibt.«

Er stockte wieder, um dann mit einem Seufzer der Erleichterung fortzufahren: »Man könnte doch Schrift in ganz genau demselben Sinne definieren, in dem Sie vorhin musikalische Symbole erklärt haben – in diesem Falle als eine Folge von Anweisungen für den Gebrauch von Lippen, Zunge, Kehlkopf, Stimme. Kinder lernen ja erst später, stumm für sich allein zu lesen. Ich bin indessen nicht sicher, ob beide Definitionen, die der musikalischen Notation wie die der Schrift, auch wirklich stimmen. Beides erscheint mir in hohem Grade abstrakt, und vielleicht ist ein bestimmtes Maß der Abstraktion genau das, worauf wir uns vom ersten Tag an sehr gut verstehen. Probleme gibt es erst, wenn wir über diesen Vorgang nachzudenken und ihn zu definieren versuchen. Eine Melodie hat eine bestimmte Bedeutung. Schwer zu sagen, was für eine Bedeutung, aber ein Kind hat keinerlei Schwierigkeiten, sie zu verstehen. Lesen und Schreiben sind abstrakte Tätigkeiten, aber nur in demselben Maß wie Sprechen. Das Zweijährige, das ganze Sätze zu sprechen beginnt, benutzt ein fabelhaft kompliziertes System grammatischer Regeln.

Ich erinnere mich an meine Tochter Kate ... aber nein ... das geschriebene Wort kann genau das Mittel sein, wodurch das Ich und die Welt sich verbinden, und ebendarum hat die beste Kinderliteratur die Qualität der Unsichtbarkeit, sie führt geradewegs hin zu den Dingen, die sie benennt, und kann durch Metaphern und Bilder Gefühle hervorrufen, Gerüche, Eindrücke, für die es gar keine Wörter gibt. Ein Neunjähriges kann das sehr stark empfinden. Das geschriebene Wort ist nicht minder als das gesprochene Wort Bestandteil dessen, was es benennt – denken Sie an die Zauberformeln auf dem Rand der Nekromantenschale, die eingemeißelten Gebete auf den Grabmälern der Toten, den Drang, den manche Leute verspüren, an öffentlichen Orten Obszönitäten an die Wände zu schmieren, oder auf der anderen Seite Bücher mit obszönem Inhalt zu verbieten, oder Pronomina, die sich auf Gott beziehen, groß zu schreiben. Oder denken Sie an die besondere Bedeutung der persönlichen Unterschrift. Warum soll man Kindern das alles vorenthalten?«

Stephen sah dem stehenden Mann unverwandt in die Augen. Lord Parmenter hatte die seinen wieder geschlossen. Canham war aufgestanden und flüsterte durch die offene Tür mit jemandem auf dem Flur.

»Das geschriebene Wort ist Teil der Welt, in die Sie das kindliche Ich eingehen lassen wollen. Auch wenn es die Welt beschreibt, ist es nichts von ihr Losgelöstes. Denken Sie an den Spaß, mit dem ein Kind Straßenschilder zu erkennen versucht, oder die völlige Hingabe eines Zehnjährigen an einen Abenteuerroman. Es sind nicht Wörter, die er sieht, oder Interpunktionen oder grammatische Regeln, sondern das Schiff, die Insel, die verdächtige Gestalt hinter der Palme.«

Er blinzelte, um ein Bild seiner Tochter zu vertreiben, älter, als er sie je gekannt hatte, aufrecht im Bett sitzend und in ein Buch vertieft. Sie blätterte eine Seite um, runzelte die Stirn und blätterte wieder zurück. Es hätte ein Buch sein können, das er für sie geschrieben hatte. Er formulierte schon ein Schlußwort; da verblaßte das Bild, und er fuhr fort.

»Das literate Kind liest und hört dabei in seinem Kopf eine Stimme. Sie spricht unmittelbar zu ihm, vertraulich, gibt seiner Phantasie Nahrung, macht es unabhängig von den Launen und Vorlieben der Erwachsenen, die vielleicht, vielleicht aber auch nicht, die Zeit haben, ihm vorzulesen.« Er saß auf Kates Bettkante und las ihr vor. Er wußte nicht, welches der beiden Bilder ihm lieber war. Er war nicht einmal sicher – vielleicht war es ja sogar eine feine Sache, die ersten elf Jahre seines Lebens nur Akkordeon zu spielen, zu tanzen, alte Uhren auseinanderzunehmen, sich Geschichten erzählen zu lassen. Letzten Endes lief es so oder so wahrscheinlich auf das gleiche hinaus, und eine Möglichkeit, das festzustellen, gab es nicht. Es war das alte Spiel des Theoretisierens: Man nahm eine Position ein, pflanzte die Flagge seiner Identität und Selbstachtung auf und bekämpfte jeden, der da kam, bis zum bitteren Ende. Beweise gab es weit und breit nicht, es war alles nur eine Frage der argumentativen Geschicklichkeit und Beharrlichkeit.

Und für Spekulationen, die sich mit Nachdruck als Fakten präsentieren ließen, gab es wohl kein lohnenderes Feld als die Kindererziehung. Er hatte das Begleitmaterial gelesen, die von Canhams Dienststelle zusammengestellten Auszüge. Drei Jahrhunderte lang hatten Generationen von Experten, Priestern, Moralisten, Sozialwissenschaftlern, Ärzten – fast nur Männer – Belehrungen und immer wieder neue Fakten zum Wohle der Mütter abgesondert. Niemand zweifelte je an der absoluten Wahrheit seiner Einsichten, und jede Generation wußte sich auf der Höhe der Vernunft und wissenschaftlichen Erkenntnis, nach der ihre Vorfahren immer nur gestrebt hatten.

Er hatte feierlich verkündet gesehen, daß man Neugeborenen unbedingt die Gliedmaßen an ein Brett binden müsse, um Bewegungen und Selbstverletzungen zu verhindern; wie gefährlich das Stillen sei oder, an anderer Stelle, wie physisch notwendig und moralisch überlegen; welch verderbliche Wirkung Zuneigung oder Anregung auf kleine Kinder habe; wie wichtig Abführmittel und Einlaufe, strenge korperliche Züchtigung, kalte Bäder und, zu Anfang dieses Jahrhunderts, der ständige Aufenthalt an frischer Luft sei, mochte es noch so viele Umstände machen; wie erstrebenswert wissenschaftlich kontrollierte Abstände zwischen den Mahlzeiten seien oder, im Gegensatz dazu, das Baby zu füttern, wann immer es hungrig sei; wie gefährlich es sei, ein Kind jedesmal auf den Arm zu nehmen, wenn es schreie (gibt ihm ein gefährliches Gefühl der Macht) oder es nicht auf den Arm zu nehmen, wenn es schreie (gefährliches Gefühl der Ohnmacht); welche Bedeutung eine geregelte Darmtätigkeit habe, die Topfdressur mit drei Monaten, die ständige Bemutterung bei Tag und Nacht und das ganze Jahr über, oder an anderer

Stelle, wie notwendig Ammen, Kindermädchen und ganztägige staatliche Kinderheime seien; welch gravierende Folgen die Mundatmung, das Nasenbohren, Daumenlutschen und das Entbehren der mütterlichen Nähe habe; wie schädlich es sei, nicht fachgerecht unter hellen Lampen zu gebären, beziehungsweise nicht den Mut zu haben, das Kind daheim im Badezimmer zu bekommen, es nicht beschneiden oder ihm die Mandeln herausnehmen zu lassen, oder später dann, wie verächtlich alle diese Modetorheiten seien; daß man Kinder tun lassen solle, was sie wollten, damit ihr göttliches Wesen sich entfalten könne, und daß es nie zu spät sei, einem Kind den Willen zu brechen; daß Onanie zu Schwachsinn und Erblindung führe oder wieviel Freude und Trost das heranwachsende Kind darin finde; daß man Kinder unter Hinweis auf Kaulquappen, Klapperstörche, Blumenfeen und Eicheln oder am besten gar nicht aufkläre, beziehungsweise nur mit rückhaltloser, detaillierter Offenheit; welches Trauma es für das Kind bedeute, seine Eltern nackt zu sehen, welche chronischen Schäden, genährt durch sonderbarste Verdächtigungen, es davontrage, wenn es sie nur bekleidet zu sehen bekäme; und daß man seinem neunmonatigen Baby einen Vorsprung fürs Leben verschaffe, wenn man ihm Mathematik beibringe.

Und hier saß nun Stephen, ein Fußsoldat in diesem Expertenheer, und versicherte so inbrünstig, wie er es verstand, daß die richtige Zeit fürs Lesen- und Schreibenlernen das Alter zwischen fünf und sieben Jahren sei. Warum glaubte er das? Weil es seit langem herrschende Praxis war, und weil er davon lebte, daß zehnjährige Kinder Bücher lasen. Er argumentierte wie ein Politiker, ein Minister, leidenschaftlich und scheinbar jeden Eigeninteresses unverdächtig. Der Fremdling hörte mit höflich schiefgelegtem Kopf zu, während die Fingerspitzen seiner rechten Hand leicht über den Tisch fuhren.

»Ein Kind, das lesen kann«, sagte Stephen, »hat Macht, und durch sie gewinnt es Selbstvertrauen.«

Während er so daherredete und eine störende Stimme ihm dazwischensprach, daß sein Agnostizismus nur ein anderer Aspekt seines eigenen verdorrten Gefühlslebens sei, kam Canham durchs Zimmer geeilt und flüsterte dem Vorsitzenden etwas ins Ohr. Ein Gurgeln ertönte, und Stephen unterbrach sich mitten im Satz und sah zu Lord Parmenter, der einen müden Finger hob. »In Kürze wird der Premier hier vorbeikommen und möchte kurz hereinschauen und die Ausschußmitglieder begrüßen. Gibt es dagegen Einwände?«

Canham trat von einem Fuß auf den andern, die linke Hand am Krawattenknoten. Er machte ein paar Schritte durchs Zimmer, als wolle er die Möbel umstellen, überlegte es sich anders und ging zur Tür zurück. Endlich ertönten um den Tisch herum die gehauchten *Neins*. Natürlich gab es keine Einwände. Die Ausschußmitglieder korrigierten den Sitz ihrer Kleidung, man stopfte Hemden in Hosen, fingerte an Frisuren, hantierte am Make-up. Colonel Tackle zog seine Tweedjacke wieder an.

Zwei Männer in blauen Blazern schoben sich ins Zimmer und musterten auf dem Weg zu den Fenstern die Gesichter mit neutral funkelnden Blicken. Sie bezogen mit den Rükken zum Zimmer ihre Posten und starrten finster nach draußen, wo ein paar herumlungernde dienstfreie Chauffeure sich abwandten und unbekümmert weiterrauchten. Dreißig Sekunden vergingen, dann kamen drei müde Männer in zerknautschten Anzügen herein und nickten dem Ausschuß zu. Gleich danach trat das Regierungsoberhaupt ein, gefolgt von weiteren Begleitern, die zum Teil keinen Platz mehr fanden und in der Tür stehenblieben. In der Tischrunde machte man Anstalten, sich zu erheben, was Lord Parmenter jedoch mit einer Handbewegung unterband. Canham bot stumm und ernst einen Stuhl an, wurde aber ignoriert. Der Premier zog es vor, stehenzubleiben, und nahm gleich neben dem Vorsitzenden Aufstellung, der auf diese Weise geschickt in Beschlag genommen wurde.

Genau gegenüber, am anderen Tischende, stand der Mann, der einem Affen ähnlich sah, mit nichts als freundlicher Neugier im Blick. Canham sah in dieser Haltung eine Protokollverletzung und versuchte den Fremdling mit Gesten und Mundbewegungen zu veranlassen, zur Seite zu treten oder sich zu setzen, aber er wurde abermals ignoriert, und dann begann Lord Parmenter mit der Vorstellung.

Wie die Bevölkerung es sich im Laufe der Jahre angewöhnt hatte, ohne Rücksicht auf das Geschlecht des jeweiligen Regierungsoberhauptes immer nur »der Premier« zu sagen, so hatte Stephen gehört, daß es in den höheren Beamtenrängen ein ungeschriebenes Gesetz sei, sich nicht einmal durch den Gebrauch eines Personalpronomens in dieser Frage festzulegen. Ursprünglich hatte dem zweifellos eine beleidigende Absicht zugrunde gelegen, doch im Laufe vieler Jahre hatte es sich zu einem Ausdruck des Respekts wie auch zum Prüfstein für verbale Geschicklichkeit und Zeichen guten Geschmacks gewandelt. Stephen gewann bei Parmenters untadeliger Begrüßungsrede den Eindruck, daß auch der Vorsitzende diese Kunst perfekt beherrschte. Er würdigte es, daß die derzeit laufende Überprüfung vorherrschender Erziehungsmethoden durch zahlreiche Expertenausschüsse einzig dem persönlichen Interesse ihres erlauchten Besuchs an dieser Frage zuzuschreiben sei, wofür noch Generationen von Eltern und Kindern sicherlich dankbar sein würden.

Dann stellte er der Reihe nach die Ausschußmitglieder vor, erinnerte sich ohne Stocken an jeden Vor- und Zunamen, Titel und Lebenslauf. Der Premier quittierte jeden Namen mit einem minimalen Nicken. Stephen wurde als letzter vorgestellt und konnte in der Zwischenzeit bemerken, wie Rachael Murray bei der Nennung ihres Namens errötete. Colonel Jack Tackle saß stramm. Stephen erfuhr, daß es sich bei dem Fremdling um einen Professor Brody vom Institut für Entwicklung handelte, und daß ein Ausschußmitglied, Mrs. Hermione Sleep, schon einmal die Ehre gehabt hatte, aber wohl nicht in Erinnerung geblieben war. Als Emma Carew, eine heitere, anorektische Schulleiterin, wiedererkannt und laut beim Namen genannt wurde, spannten sich ihre Halssehnen wie die Speichen eines Regenschirms.

Selbst die Welterfahrensten unter den Ausschußmitgliedern wurden ein wenig von Ehrfurcht ergriffen. Stephen hatte jahrelang nur beißende Verachtung übrig gehabt, stets nur die zynischsten Absichten unterstellt und bei zahlreichen Gelegenheiten reinen Haß versprüht. Doch die

Gestalt, die da jetzt vor ihm stand, ohne Studiobeleuchtung und ungerahmt durch einen Fernsehschirm, war weder Institution noch Legende und hatte wenig Ähnlichkeit mit den Werken politischer Karikaturisten. Sogar die Nase unterschied sich kaum von anderen. Er sah ein fünfundsechzigjähriges, leicht eingefallenes Gesicht mit verschleiertem Blick, eine gepflegte, leicht gebeugte Figur, ein eher freundliches als autoritäres Wesen von bestürzender Verletzlichkeit. Stephen wollte sich am liebsten verstellen. Sein erster Impuls war, höflich zu sein, einen guten Eindruck zu machen, sein Gegenüber mit seinen kritischen Ansichten zu verschonen. Schließlich stand hier das Regierungsoberhaupt vor ihm, das Zentrum kollektiver Phantasie. Und als die Reihe jetzt an ihn kam, von Parmenter vorgestellt zu werden, nickte er schon eifrig und lächelte sogar beflissen wie ein Vasall in einem Shakespeare-Stück. Da er der letzte in der Runde war, wurde er mit einer Frage beehrt.

»Sind Sie der Kinderbuchautor?«

Er nickte, sprachlos.

»Die Enkel unseres Außenministers sind Leseratten.«

Er bedankte sich, noch ehe er merkte, daß ihm gar kein Kompliment gemacht worden war. Der Premier richtete ein paar nichtssagende Worte an den Ausschuß, erinnerte ihn an die Wichtigkeit seiner Aufgabe und ermunterte ihn, weiterhin so gut zu arbeiten.

Die Männer in den blauen Blazern traten von den Fenstern zurück, das Begleitpersonal und zwei der drei Männer in den zerknautschten Anzügen gingen zur Tür, die weit aufgehalten wurde. Der Ausschuß hörte das Husten und

Füßescharren derer, die auf dem Korridor hatten warten müssen. Der dritte Mann zwängte sich hinter den Stühlen vorbei zu Stephen, um ihm eine Botschaft zu überbringen. Sein Atem roch nach Schokolade. »Der Premier möchte Sie draußen kurz sprechen, wenn es Ihnen recht ist.«

Stephen folgte dem Mann unter den Blicken der Ausschußkollegen nach draußen. Das Gros des Gefolges entfernte sich in Richtung der Treppe am anderen Ende des Korridors. Die übrigen standen in einem Grüppchen ein paar Schritte abseits und warteten. Ein Beamter von sichtlich hohem Rang legte ein Dokument zur Unterschrift vor und erhielt einen Katalog von Anweisungen. Jede quittierte er mit einem Summton. Endlich hatte er seine Unterschrift und zog sich zurück. Der Schokoladenesser schubste Stephen vorwärts. Es gab keinen Händedruck, keine einleitenden Worte.

»Ich höre, Sie sind mit Charles Darke persönlich befreundet.«

»Ja«, sagte Stephen, und weil ihm die Antwort zu lakonisch vorkam, ergänzte er: »Ich kenne ihn aus seiner Zeit als Verleger.«

Sie hatten kehrt gemacht und gingen mit nachdenklich gemessenen Schritten den Korridor entlang. Dicht hinter ihnen ertönten die Schritte der beiden Leibwächter.

Die nächste Frage kam nach einigem Zögern. »Und was wissen Sie Neues über ihn?«

»Er ist mit seiner Frau aufs Land gezogen. Sie haben ihr Haus verkauft.«

»Ja, ja. Aber hatte er nun einen Nervenzusammenbruch, ist er krank?«

Stephen widerstand der Versuchung, sich wichtig zu machen, indem er das Wenige, was er wußte, haarklein berichtete. »Seine Frau hat mir eine Postkarte geschickt und mich zu ihnen eingeladen. Sie schreibt, sie seien sehr glücklich.«

»Hat seine Frau ihn zum Rücktritt veranlaßt?«

Sie waren bei der Treppe angekommen, wo sie stehenblieben, flankiert von den beiden Leibwächtern, und in das weiträumige marmorne Treppenhaus hinuntersahen.

Einen Augenblick sah er dem Premier geradewegs ins Gesicht, wußte nicht, ob dieses Gespräch wichtig oder nur Geplänkel war. Er schüttelte den Kopf. »Charles war lange im öffentlichen Leben.«

»Eben. Niemand gibt das ohne triftigen Grund auf.«

Als sie zum Sitzungszimmer zurückgingen, änderte sich der Ton. »Ich mochte Charles Darke. Mehr als die meisten Leute sich vorstellten. Er ist ein talentierter Mann, und ich hatte große Hoffnungen in ihn gesetzt.« Sie waren jetzt fast in Hörweite des wartenden Begleitpersonals und gingen langsamer. »Bevor eine persönliche Information mich erreicht, ist nicht mehr viel daran, wenn Sie verstehen, was ich meine.«

»Sie möchten ihn überreden, zurückzukommen?« Aber es war nicht an Stephen, hier Fragen zu stellen.

Der Premier hob eine kleine Hand, an einem Finger steckte ein schlichter Goldreif. Einer der Begleiter löste sich aus der Gruppe. »Vielleicht lassen Sie mich nach Ihrem Besuch wissen, wie Sie ihn angetroffen haben.« Der Begleiter hatte in eine lederne Mappe gegriffen und reichte Stephen ein Kärtchen.

Er wollte gerade sagen, daß er nicht viel versprechen

könne, aber er hatte das Signal verstanden, daß ihre Unterredung beendet sei. Jemand anders aus dem Gefolge war herangetreten und klappte einen Terminkalender auf, während sie schon alle mit raschen Schritten zur Treppe eilten.

Stephen kehrte unter allgemeinem Schweigen an seinen Platz zurück. Nur Lord Parmenter schien aufrichtig desinteressiert, sogar ein bißchen ärgerlich über die Störung. Er wartete, bis Stephen saß, dann meinte er, Professor Brody möchte vielleicht noch einmal das Wort ergreifen.

Der hagere junge Mann nickte und ließ mit geschickten, kaum bewußten Fingerbewegungen ein paar schwarze Büschel zwischen seinen Hemdknöpfen verschwinden, bevor er seine Hände wieder vor sich ineinander verschlang und verkündete, er wolle auf die einzelnen Punkte in der Reihenfolge eingehen, in der sie zur Sprache gebracht worden seien.

Wasserrationierungen hatten die Vorgärten im Londoner Westen in Staub verwandelt. Die ewigen Ligusterhecken waren braungebacken. Das einzige, was Stephen auf dem langen Weg von der U-Bahn-Endstation noch an Blumen sah, waren heimliche Geranien auf Fensterbrettern. Die kleinen Rasenvierecke waren Flecken verkrusteter Erde, von denen sogar das verdorrte Gras abgeblättert war. Ein Spaßvogel hatte eine Reihe Kakteen ausgepflanzt. Ländlicher präsentierten sich da noch die Gärten, die zubetoniert und grün angestrichen worden waren. Die kleinen Männchen in roten Röcken, die mit aufgekrempelten Ärmeln Windmühlen drehten, standen reglos, wie vom Hitzschlag getroffen.

Die Straße, in der seine Eltern wohnten, hatte auf zweieinhalb Kilometern schnurgerader Länge nicht einen einzigen Laden. Die Siedlung stammte aus den dreißiger Jahren, einst verachtet von jenen, die viktorianische Reihenhäuser vorzogen, heute dank der Stadtflucht begehrt. Es waren niedrige, lieblos hingestellte Häuser, die unter heißen Dächern vom offenen Meer träumten; jede Haustür hatte ein Bullauge, und die oberen, metallgerahmten Fenster versuchten Schiffsbrücken zu imitieren. Er ging langsam durch die dunstige Stille auf Nummer 763 zu. Unter seinem Fuß zerkrümelte ein Kegel Hundedreck. Wie jedesmal, wenn er hierherkam, fragte er sich, wie in einer Straße, in der so viele Häuser dicht an dicht standen, so wenig los sein konnte – keine Kinder beim Ball- oder Hüpfspiel auf dem Gehsteig, niemand, der sein Auto reparierte, nicht einmal jemand beim Betreten oder Verlassen eines Hauses.

Zwanzig Minuten später saß er mit seinem Vater in einem schattigen Innenhof, trank Bier aus dem Kühlschrank und fühlte sich so recht zu Hause. Die ordentlich in Schuß gehaltenen Gartengeräte, jedes an seinem Platz, die frisch gefegten rosa Steinplatten und die harte Bürste, die zwischen ihren angestammten Zapfen an der Wand hing, der fest zusammengerollte Gartenschlauch auf seiner Trommel und der vorschriftsmäßige Wasserhahn mit seinem Hauch von Messingpolitur – Dinge, die ihn in seiner Jugend bedrückt hatten, machten ihm jetzt den Kopf frei für Wichtigeres. Die drinnen wie draußen sich zeigende Liebe zu Ordnung und Sauberkeit sah er nicht mehr als das gerade Gegenteil von allem Menschlichen, Kreativen und Fruchtbaren – Schlüsselwörter in seinen jugendlich-hitzigen Tagebüchern. Von hier, wo sie mit ihrem Bier saßen, blickten sie auf ähnlich ordentliche Gärten, braune Rasen, imprägnierte Zäune, orangefarbene Dächer, und gleich darüber, vor einem bläulich-schwarzen Himmel, zwei Querträger eines ansonsten nicht sichtbaren Hochspannungsmastes, die das unglückselige Nachbarhaus überspannten.

Er hatte den Kopf frei, um vom Wetter zu reden.

»Junge«, sagte sein Vater, indem er ächzend von seinem Klappstuhl herübergriff, um Stephens Glas nachzufüllen, »ich kann mich in vierundsiebzig Jahren an keinen heißeren Sommer erinnern. Ist das heiß! Ich würde sogar sagen, zu heiß.«

Immer noch besser als zu naß, meinte Stephen, und sein Vater gab ihm recht.

»Mir ist es jederzeit lieber so, egal was die über die Talsperren sagen oder was mit unserm Rasen passiert. Man kann draußen sitzen. Gut, notfalls im Schatten, aber man sitzt draußen, nicht drinnen. Was wir schon fur nasse Sommer hatten – wenn man erst so alt ist wie deine Mutter und ich, taugt das nichts mehr, da schmerzen einem nur die Knochen. Dann doch lieber die Hitze.« Stephen wollte etwas sagen, aber sein Vater fuhr schon etwas unwirsch fort: »Es ist einfach so, die Leute sind nie zufrieden. Es ist zu heiß, es ist zu kalt, es ist zu naß, es ist zu trocken. Zufrieden sind sie verdammt nochmal nie. Sie wissen nicht, was sie wollen. Nein, mir ist es ganz recht so. Früher, da unten, haben wir uns über solches Wetter doch auch nicht beklagt, oder? Jeden Tag am Strand, herrliches Wasser, Schwimmen.« Und da seine gewohnte gute Laune damit wiederhergestellt war, hob er sein Glas und trank einen großen

Schluck, wobei er mit dem Fuß im Pantoffel einen triumphierenden Rhythmus klopfte.

Sie saßen ein paar Minuten in behaglichem Schweigen. Aus der Küche, wo Stephens Mutter einen Braten brutzelte, kamen die beruhigenden Geräusche einer auf- und zugehenden Backofentür, eines Bratensaft schöpfenden schweren Löffels. Später kam sie auf Drängen seines Vaters heraus, um ihren Sherry bei ihnen zu trinken. Sie zog die Schürze aus, bevor sie sich setzte, und legte sie zusammengefaltet auf ihren Schoß. Die zahlreichen kleinen Sorgen, die mit der Zubereitung eines dreigängigen Essens einherzugehen pflegten, belebten ihr Gesicht. Sie lauschte mit einem Ohr immer zum Küchenfenster, was das Gemüse wohl machte.

Sie setzten ihre Unterhaltung übers Wetter fort, diesmal im Hinblick auf seine Folgen für den Garten, dem ihre besondere Liebe galt.

»Es ist so schade«, sagte sie. »Wir hatten soviel gepflanzt. Und es wuchs gerade so schön.«

Stephens Vater schüttelte den Kopf. »Eben habe ich erst zu Stephen gesagt, daß es immer noch besser ist, als den ganzen Tag im Haus zu sitzen und es draußen gießen zu sehen und sich zu sagen, vielleicht wird es ja morgen besser. Und es wird dann nicht besser.«

»Ich weiß«, sagte sie. »Aber ich sehe es so gern wachsen. Ich sehe es nicht gern sterben.« Sie leerte ihr Sherryglas und fragte: »Wie lange bleibt ihr beide noch?«

Stephens Vater sah auf die Uhr. »Wir trinken noch ein Bier.«

»Dann trage ich um halb auf?«

Er nickte.

Ein Schmerz ließ sie beim Aufstehen das Gesicht verziehen, als sie sagte: »Gut. Ich will ja nur Bescheid wissen.« Sie tätschelte ihrem Sohn das Knie und ging rasch wieder ins Haus.

Sein Vater folgte ihr und kam mit zwei frischen Dosen Bier wieder. Sein lautes Stöhnen, kaum daß er wieder saß, war weniger Schmerzenslaut als Selbstironie. Er stellte die Dosen auf die Armlehne, ließ sich lächelnd nach hinten sinken und tat, als hätte die Anstrengung ihn völlig erschöpft. Nachdem ihre Gläser wieder gefüllt waren, fragte er Stephen nach dem Ausschuß und hörte geduldig seinem Bericht über die Sitzungen zu.

Stephens Gespräch mit dem Premier beeindruckte ihn nicht. »Die nehmen alle nur mit, was sie kriegen können, Junge. Ich hab's dir schon mal gesagt, du vertust da nur deine Zeit. Der Bericht ist insgeheim schon längst geschrieben, und das Ganze ist sowieso ein Riesenunfug. Für mein Gefühl sind diese Ausschüsse die reine Augenwischerei. Professor So-und-so und Lord So-und-so! Das ist nur, damit die Leute den Bericht glauben, wenn sie ihn lesen, und die meisten sind so strohdumm, daß sie wirklich daran glauben. Lord So-und-so hat da seinen Namen druntergesetzt, also muß es wahr sein! Und wer ist dieser Lord? Irgendein Hinz und Kunz, der sein Leben lang immer das Richtige gesagt und niemandem weh getan und schönes Geld verdient hat. Das richtige Wort ins richtige Ohr bringt ihn auf die Ehrenliste, und auf einmal ist er ein Gott, sein Wort ist Gesetz. Er ist ein Gott. Lord So-und-so hat dies gesagt, Lord So-und-so denkt jenes. Das ist das Ärgerliche in diesem Land, zuviel Buckelei und Kriecherei, alle hängen an den Lippen der Lords und Sirs, und keiner macht sich eigene Gedanken! Nein, mein Junge, an deiner Stelle würde ich das hinschmeißen. Du vergeudest nur deine Zeit. Setz dich hin und schreib ein Buch. Wird höchste Zeit dafür. Kate kommt nicht wieder, Julie ist weg. Du kannst ebensogut neu anfangen.«

Die Rede war nicht geplant und überraschte beide. Stephen schüttelte den Kopf, aber ihm fiel nichts zu sagen ein. Mr. Lewis ließ sich wieder nach hinten sinken. Die beiden Männer hoben ihre Gläser und tranken einen tiefen Schluck.

Kurz vor dem Essen war Stephen ein paar Minuten drinnen allein. Sein Vater war zum Helfen in die Küche gegangen. Das Zimmer reichte von der Rückseite des Hauses bis ganz nach vorn, die Eßecke nahm das eine Ende ein, die Sitzgruppe das andere. Es war das letzte Haus seiner Eltern, zugleich das erste, das sie nach eigenem Geschmack hatten einrichten können. Überall waren die Andenken, die sie von vielen Stationierungsorten mitgebracht hatten, Dinge, die sie in Kisten gepackt und Jahre aufgehoben hatten, bis »wir unser eigenes Haus haben« – ein Satz, an den er sich von frühester Kindheit erinnerte. Der Aschenbecher mit den Lederriemen stand an seinem Platz, und die Palmensilhouetten und die nordafrikanischen Bronzegefäße. Auf dem Sideboard stand Mutters Sammlung von Kristalltieren, hübsch arrangiert, stachlig und schwer in der Hand. Er balancierte eine Maus mit Perlenaugen und Nylonschnurrbart auf der Hand.

Auf dem Eßtisch standen Weingläser mit langen grünen

Stielen. Er sah in ihnen immer Damen mit langen Handschuhen. Die Tischmatten trugen das Royal-Air-Force-Emblem, die Kaffeelöffel die Wappen von Städten, die Stephen besucht hatte – Vancouver, Ankara, Warschau. Merkwürdig, wie leicht eine ganze Vergangenheit in einem einzigen Zimmer unterzubringen war, aus der Zeit gestellt und zusammengehalten von einer Mischung vertrauter Gerüche, die kein Datum hatten – Lavendelöl, Zigaretten, parfümierte Seife, bratendes Fleisch. Diese Dinge, dieser bestimmte Duft – schon begann ihm seine Absicht, die eigentliche Wichtigkeit seiner Fragen, zu entgleiten. Er hatte Fragen, wollte ein paar Themen zur Sprache bringen, aber nun war ihm so behaglich leer im Kopf von drei Dosen Bier, Hunger hatte er auch, und soeben reichte seine Mutter die zugedeckten Gemüseschüsseln durch die Durchreiche, damit er sie auf die Warmhalteplatte stellte; sein Vater hatte eine Flasche von seinem Wein geholt, in einem Spezialgefäß in vier Wochen selbstgemacht, und füllte gerade die Gläser, mit Hügel, wie es seine Gewohnheit war; der erste Gang kam, Melonenscheiben mit je einer dunkelroten Kirsche. Er setzte sich dankbar hin, und nachdem auch seine Eltern Platz genommen hatten, hoben alle drei ihre Gläser, und seine Mutter sagte: »Willkommen daheim, mein Junge!«

Wenn Stephen die Gesichter seiner Eltern anschaute, sah er weniger das Alter als die Spuren, die Kates Verschwinden hinterlassen hatte. Es wurde jetzt selten von ihr gesprochen, deshalb war er vor zwanzig Minuten auch so überrascht gewesen. Der Verlust des einzigen Enkelkindes hatte seinen Vater in zwei Monaten weißhaarig gemacht und die Augen seiner Mutter in runzlige Höhlen sinken lassen. Ihre alten Tage hatten sich ganz um ihre Enkelin gedreht, für die dieses Zimmer ein Paradies verbotener Gegenstände gewesen war. Eine halbe Stunde konnte sie hier allein zubringen, das Kinn auf dem Sideboard, und planlos unverständliche Dialoge führen, in denen sie mit hohen Quietschern die Stimmen der Glasmenagerie übernahm. Außer diesen äußeren Zeichen hatte Stephen vom Leid seiner Eltern nichts gemerkt. Sie hatten seine Last nicht noch erschweren wollen. Es war kennzeichnend für das Verhältnis der drei zueinander, daß sie nie gemeinsam um Kate hatten trauern können, und ihren Namen zu nennen, wie sein Vater es vorhin getan hatte, war ein Verstoß gegen eine unausgesprochene Regel.

Erst nach dem Essen gab Stephen sich einen Ruck und kam auf die Fahrräder zu sprechen. Er habe diese Erinnerung, sagte er, und könne sie nicht einordnen. Er beschrieb ihnen den Kindersitz, den Weg zum Meer, den Geröllhang und das Donnern dahinter. Sein Vater schüttelte trotzig den Kopf, wie so oft, wenn er mit der unwiederbringlichen Vergangenheit konfrontiert wurde. Aber Mrs. Lewis war flink.

»Das war in Old Romney, in Kent. Da waren wir mal eine Woche.« Sie faßte ihren Mann am Arm. »Weißt du denn nicht mehr? Wir hatten uns die Fahrräder von Stan zurückgeliehen. Diese alten Dinger. Eine Woche sind wir geblieben, und nicht einen Tag hat's geregnet.«

»Ich war mein Lebtag nie in Old Romney«, sagte Stephens Vater, aber er zögerte jetzt, wollte erst noch überzeugt werden.

»Du warst da auf irgendeinem Kurs und hattest eine Woche Urlaub. Wir waren in einer Pension, den Namen weiß ich nicht mehr, aber es war ganz nett und sehr sauber.«

»Ihr habt euch die Fahrräder zurückgeliehen?« fragte Stephen.

»Ja. Wir hatten sie jahrelang gehabt, neu gekauft und dann deinem Onkel Stan gegeben, als wir nach Übersee versetzt wurden.«

Diesmal ließ sein Vater nicht mit sich handeln. »Wir hatten schon Fahrräder aller Art, aber neue noch nie. Hätten wir uns gar nicht leisten können. Damals.«

»Also, ich sage, wir hatten welche, auf Mietkauf, und wir haben sie Stan gegeben und dann zurückgeliehen, um nach Old Romney zu fahren.«

Seine Gewißheit hinsichtlich der Fahrräder hatte seinen Widerstand gegen Old Romney gefestigt. »War nie in dieser Gegend, nicht mal von weitem.«

Seine Mutter stand auf, damit man nicht sah, wie sie sich ärgerte, und sammelte die Teller ein. Sie senkte wütend die Stimme. »Du vergißt, was dir gerade paßt.«

Mr. Lewis füllte die Gläser und warf Stephen einen komischen Blick zu, der hieß: *Sieh mal, was ich mir jetzt eingebrockt habe.*

Die gute Laune stellte sich beim Kaffee ohne weiteres wieder ein, als die Rede auf das Begräbnis eines älteren Verwandten kam, der vor einer Woche auf dem Friedhof von Wimbledon beigesetzt worden war. Stephens Mutter erzählte die Geschichte mit Unterbrechungen, um sich die Tränen abzutupfen. Ein kleiner Junge, ein Urenkel des Verstorbenen, hatte während der Feier einen Teddybären ins Grab geworfen, und da lag er nun rücklings auf dem Sarg und starrte mit nur einem Auge, weil das andere fehlte, zu den Trauernden empor. Der Kleine machte fürchterliches

Theater und übertönte das Geleier des Vikars. Ein paar Leute prusteten los, und die Familie verteilte böse Blicke. Niemand mochte hinuntersteigen und das Ding herausholen, und so wurde es mit dem Toten begraben.

»Und mehr betrauert«, ergänzte Stephens Vater, der sich mit breitem Grinsen die Geschichte noch einmal angehört hatte.

Beim Abwasch folgten sie der alten Gewohnheit. Seine Mutter fing in der Küche schon einmal mit Spülen an, während Stephen und sein Vater abtrugen. Sobald es genug Teller und Schüsseln abzutrocknen gab, ging Stephen in die Küche und machte sich daran. Sein Vater räumte den Tisch fertig ab und wischte ihn sauber. Dann kam er zu den beiden andern in die Küche, um mit abzutrocknen und wegzuräumen. Mrs. Lewis entließ dann immer die Männer, um Pfannen und Töpfe allein auszuwaschen und zu trocknen. Das Ganze hatte etwas Tänzerisches, Rituelles, und etwas von einem militärischen Manöver. Seitdem Stephens Leben so im Chaos versunken war, empfand er diese Prozedur, die ihn früher zur Verzweiflung getrieben hatte, als wohltuend. Während der zweiten Phase, als sein Vater schwungvoll den Eßtisch polierte und Stephen mit seiner Mutter allein in der Küche war, fragte er noch einmal nach den Fahrrädern. Wann waren sie gekauft worden?

Sie war nicht neugierig, warum er das wissen wollte. Die Hände mit den Gummihandschuhen im Spülwasser, legte sie den Kopf schief und dachte nach. »Vor deiner Geburt. Vor unserer Heirat noch, denn in der Verlobungszeit sind wir immer damit herumgefahren. Es waren schöne Räder, schwarz mit goldener Aufschrift, und tonnenschwer.«

»Kennst du bei Otford in Kent einen Pub, der ›The Bell‹ heißt?«

Sie schüttelte den Kopf. »Ist das in der Nähe von Old Romney?« fragte sie, als Mr. Lewis in die Küche kam. Und genau dem Bedürfnis folgend, dem er hatte widerstehen wollen – dem Bedürfnis, einen geruhsamen Abend zu verbringen und keine Mißstimmung zu provozieren, nicht die kleinste –, enthielt Stephen sich weiterer Fragen.

Als alles abgewaschen und an seinen Platz geräumt war, setzten sie sich wieder hin und plauderten, bis es für ihn Zeit zum Aufbruch wurde, damit er den letzten Zug noch erreichte. Sie versammelten sich zum Abschiednehmen vor dem Haus in der warmen Abendluft. Eine altbekannte Traurigkeit kam über seine Eltern; sie sprachen gedämpft, wenn ihre Worte auch fröhlich klangen. Es kam zum Teil wohl daher, dachte er, daß er wieder einmal das Elternhaus verließ, wie so oft in dreißig Jahren, jedes Mal eine unerkannte Wiederholung des ersten; und zum Teil daher, daß er allein ging, ohne Frau oder Tochter, Schwiegertochter oder Enkelin. Aber welcher Grund es auch sein mochte, er blieb unausgesprochen. Wie immer blieben sie auf dem Gartenweg stehen und winkten ihrem Sohn nach, der in die gelbe Dämmerung entschwand, winkten, ruhten ihre Hände aus, winkten wieder, wie damals auf der Wüstenpiste, bis eine leichte Straßenbiegung ihn aus ihrem Gesichtsfeld führte. Es war, als wollten sie mit eigenen Augen sehen, daß er es sich nicht anders überlegte, umdrehte und nach Hause zurückkehrte.

Fünf

»Es war nicht immer so, daß eine große Minderheit, bestehend aus den schwächsten Gliedern der Gesellschaft, besondere Kleidung trug, von Arbeit und vielfacher Reglementierung ihres Verhaltens freigestellt war und ihre Zeit vorwiegend mit Spielen verbringen konnte. Man sollte daran denken, daß Kindheit kein Naturereignis ist. Es gab Zeiten, da Kinder wie kleine Erwachsene behandelt wurden. Kindheit ist eine Erfindung, ein soziales Konstrukt, von der Gesellschaft in dem Maße möglich gemacht, in dem ihr Wissen und Können zuwuchsen. Vor allem anderen ist Kindheit ein Privileg. Kein Kind sollte, wenn es älter wird, vergessen dürfen, daß seine Eltern als Verkörperung der Gesellschaft diejenigen sind, die ihm dieses Privileg garantieren, und zwar auf ihre Kosten.«

Autorisierter Leitfaden zur Kindererziehung, HMSO

Stephen fuhr in einem Leihwagen über eine verlassene Landstraße ostwärts, mitten nach Suffolk hinein. Das Schiebedach war ganz zurückgekurbelt. Er hatte es aufgegeben, im Radio nach erträglicher Musik zu suchen, und begnügte sich mit dem Rauschen der warmen Luft und dem neuen Gefühl, seit über einem Jahr wieder einmal ein Auto zu fahren. In seiner Gesäßtasche hatte er eine Postkarte stecken, die er an Julie geschrieben hatte. Allem Anschein nach wollte sie in Ruhe gelassen werden. Er wußte noch nicht, ob er die Karte einwerfen würde. Die Sonne stand hoch hinter ihm und sorgte für eine Sicht von leuchtender Klarheit. Die Straße war gesäumt von betonierten Entwässerungsgräben und beschrieb große Bögen durch meilenweite Nadelholzplantagen, die von der Straße durch breite Streifen von Baumstümpfen und verdorrtem Gesträuch abgesetzt waren. Er hatte, wie er sich später erinnerte, letzte Nacht gut geschlafen. Er war entspannt und doch einigermaßen wachsam. Seine Geschwindigkeit lag irgendwo zwischen hundertzehn und hundertzwanzig und sank nur ein wenig, als er sich von hinten einem großen roten Lastwagen näherte.

Bei dem, was folgte, wurde die Rasanz der Ereignisse ausgeglichen durch eine Verlangsamung der Zeit. Er setzte gerade zum Überholen an, als sich etwas – er sah nicht genau, was – irgendwo im Bereich der Lastwagenräder ereignete, ein Klaffen, eine Staubwolke, dann schlängelte sich etwas Langes, Schwarzes aus dreißig Metern auf ihn zu. Es klatschte gegen seine Windschutzscheibe, blieb einen Augenblick daran kleben und flog davon, noch ehe er hätte erkennen können, was es war. Und dann – oder passierte das im selben Augenblick? – vollführte das Lastwagenheck eine komplexe Folge von Bewegungen, ein Hüpfen und Schwingen, und schleuderte durch ein Funkengestöber, das selbst im Sonnenschein hell sprühte. Etwas Krummes, Metallenes flog zur Seite weg. Bisher hatte Stephen Zeit gehabt, seinen Fuß auf die Bremse zu setzen, Zeit auch, das an der Heckwand an einem losen Flansch baumelnde Vorhängeschloß und in der Schmutzkruste die Inschrift »Bitte wasch mich« zu sehen. Es folgte ein Wiehern von gekratztem Metall, und ein neuer Funkenregen, dicht genug, um eine weiße Flamme zu bilden, die das Lastwagenheck in die Luft zu katapultieren schien. Er begann das Bremspedal zu treten, als er die staubigen, wirbelnden Räder, die ölige

Wölbung des Differentials, die Kardanwelle und, jetzt in Augenhöhe, die Getriebewanne sah. Der senkrecht stehende Lastwagen hüpfte einmal auf der Nase, vielleicht zweimal, dann vollendete er langsam und träge seinen Purzelbaum und zeigte Stephen den kopfstehenden Kühlergrill, den abwärts gerichteten Blitz einer Windschutzscheibe, dann gab es einen dumpfen Knall, als das Dach auf die Straße krachte, noch einmal einen Meter hochsprang, zurückfiel und auf einem Flammenbett vor ihm her ritt. Dann schleuderte er mit der ganzen Länge herum, so daß er die Straße blockierte, und blieb abrupt liegen, während Stephen aus weniger als dreißig Metern Entfernung und mit einer Geschwindigkeit, die er ganz kühl und unbeteiligt auf siebzig Stundenkilometer schätzte, genau darauf zuhielt.

Die verlangsamte Zeit brachte jetzt ein Gefühl des Neubeginns. Er war in eine viel spätere Epoche eingetreten, in der alle Begriffe und Bedingungen verändert waren. Dies also waren die neuen Regeln, und er empfand so etwas wie Ehrfurcht, als betrete er ganz allein eine große Stadt auf einem frisch entdeckten Planeten. Es blieb auch noch Raum für einen Anflug von Bedauern, richtigem Heimweh nach den alten Zeiten der Schaulust, damals, als ein Lastwagen so eindrucksvoll vor dem unbeteiligten Zeugen Purzelbäume zu schlagen pflegte. Jetzt war eine Zeit, die mehr Mühe und Konzentration verlangte. Er zielte mit dem Wagen genau auf die knapp zwei Meter breite Lücke zwischen einem Straßenschild und der vorderen Stoßstange des reglosen Lastwagens. Er hatte den Fuß von der Bremse genommen, weil er sich überlegte – und es war, als hätte er gerade eine

Monographie zu diesem Thema abgeschlossen –, daß sie den Wagen zur Seite ziehen und sein Vorhaben zunichte machen könnte. Statt dessen schaltete er jetzt durch die Gänge hinunter und lenkte, beide Hände fest, aber nicht zu fest am Steuer, jederzeit bereit, sie hochzureißen und seinen Kopf zu schützen, falls er daneben zielte. Er funkte Botschaften an Julie und Kate, oder die Botschaften funkten von selbst, eigentlich nichts Bestimmtes, nur Signale der Angst und Liebe. Er wußte, daß es noch andere gab, an die er hätte funken sollen, aber die Zeit war so kurz, keine halbe Sekunde, und zum Glück fielen sie ihm nicht ein und konnten ihn nicht aus dem Konzept bringen. Als er in den zweiten Gang schaltete und der kleine Wagen protestierend aufbrüllte, war ihm klar, daß er nicht allzu angestrengt denken durfte, sondern auf entspanntes, dissoziiertes Denken vertrauen, sich hineinprojizieren mußte in die Lücke. Genau bei diesem Wort, das er laut gesagt haben mußte, gab es ein kurzes Krachen von Blech und Glas, und er war hindurch und kam zum Halten, und fünfzehn Meter hinter ihm lagen ein Türgriff und ein Seitenspiegel auf der Straße.

Ehe die Erleichterung, ehe der Schock einsetzen konnte, hoffte er inbrünstig, daß der Lastwagenfahrer Zeuge seiner fahrerischen Meisterleistung geworden war. Stephen saß reglos, die Hände noch am Lenkrad, und beobachtete sich selbst durch die Augen des Mannes in dem Fahrzeug hinter ihm. Wenn nicht der Fahrer, ein Passant täte es auch, ein Bauer vielleicht oder sonst irgendwer, der etwas vom Autofahren verstand und seine Leistung voll ermessen konnte. Er wünschte sich Applaus, er wollte einen Beifahrer neben sich haben, der sich jetzt mit glänzenden Augen zu ihm umdrehen würde. Genaugenommen wünschte er sich Julie. Er begann zu lachen und zu brüllen: »Hast du das gesehen? Hast du das gesehen?« Und dann: »Du hast es geschafft! Du hast es geschafft!« Das Ganze hatte nicht länger als fünf Sekunden gedauert. Julie würde verstehen, was aus der Zeit geworden war, wie die Intensität des Erlebens sich in Dauer verwandelt hatte. Sie würden darüber reden, ganz aufgeregt, daß sie am Leben waren, neugierig zu verstehen, was es bedeuten mußte, welche Bedeutung es für ihre Zukunft hatte. Wieder lachte er, lauter, juchzend. Sie würden sich küssen, eine der Champagnerflaschen vom Rücksitz nehmen, einander auszuziehen beginnen, in der sich setzenden Staubwolke ihr Überleben feiern. Wie sie sich ihres Lebens freuten! Er schlug die Hände vors Gesicht und heulte kurz und hemmungslos. Dann schneuzte er sich kräftig die Nase in ein von dem Autoverleih gestelltes gelbes Staubtuch und stieg aus dem Wagen.

Um Stephen beobachten zu können, hätte der Fahrer ein Loch ins Dach seiner Kabine bohren müssen. Stephen machte sich das nicht gleich klar, als er zu dem Lastwagen zurückging. Das Vorderteil war derart verbeult und verzogen, daß man zuerst nur schwer hätte sagen können, in welche Richtung es überhaupt gezeigt hätte, wenn es unversehrt geblieben wäre. Ordnungsliebend kickte er seinen kaputten Türgriff und Seitenspiegel an den Straßenrand. Die Luft vor ihm wellte sich von verdampfendem Dieselöl. Glas knirschte ihm unangenehm unter den Füßen. Jetzt kam ihm der Gedanke, daß der Fahrer ja tot sein könnte. Vorsichtig näherte er sich der Kabine und versuchte festzustellen, wo denn die Tür sein konnte oder sonst irgendeine Öffnung.

Aber der ganze Aufbau hatte sich einmal über sich selbst gestülpt; er glich einer geballten Faust oder einem zahnlosen, fest geschlossenen Mund. Er stellte einen Fuß auf das Wrack und wuchtete sich hoch, bis sein Gesicht auf Höhe der Windschutzscheibe war. Sie war zu einer milchigen, undurchsichtigen Fläche zersprungen. Als er weiterkletterte und ein Seitenfenster fand, sah er nur ein Stück Kabinenhimmel an das Glas gepreßt. Die Straße war so ordentlich gebaut, daß er erst über den Graben springen und im Gestrüpp suchen mußte, ehe er einen großen Stein fand. Er ging zurück und hieb damit auf das Wrack ein.

Er räusperte sich und rief ohne Sinn und Verstand in die Stille hinein: »Hallo! Können Sie mich hören?« Dann noch einmal lauter: »Hallo!«

Ganz tief unten in der Kabine rührte sich etwas, dann war es kurz still, und dann sprach eine Männerstimme ganz in der Nähe drei unverständliche Silben. Es war eine tote Akustik, ein Flüstern in einem übermöblierten Zimmer. Er rief wieder und verstummte sofort. Er hatte die Stimme überschrien, als sie die Worte wiederholte. Diesmal wartete er ein paar Sekunden und suchte in dem Wust von Chrom und Blech nach einer Öffnung. Als er wieder rief, antwortete die Stimme, wieder drei unverständliche Silben. Hier bin ich? Helft mir doch? Er ging um die Kabine herum und versuchte sich seine Aufregung nicht anhören zu lassen. »Ich verstehe nicht, was Sie sagen. Ich versuche Sie zu finden.«

Er war wieder an seinem Ausgangspunkt. In der Stille malte Stephen sich aus, wie der Mann seine Kräfte sammelte.

Er hörte ein scharfes Einatmen, dann eine Stimme, die laut und deutlich sagte: »Hier unten.«

Stephen sah zu seinen Füßen einen Kopf. Er ragte aus einem senkrechten Riß im Blech. Ein nackter Arm war auch zu sehen, eingeklemmt unter dem Kopf und so gegen das Gesicht gedrückt, daß er den Mund zuhielt. Stephen kniete sich hin. Er hatte keinerlei Hemmungen, den Kopf des Fremden anzufassen. Das Haar war dunkelbraun und dicht. Am Scheitelpunkt war eine Kahlstelle vom Durchmesser einer großen Münze. Der Mann lag mit dem Gesicht auf der Straße, aber Stephen sah, daß mindestens ein Auge geschlossen war.

Der Riß war in Wirklichkeit ein Spalt zwischen zwei zerknautschten Blechteilen. Er sah in der Finsternis ein Stück von der Schulter des Mannes, sein rotschwarz kariertes Arbeitshemd. Er tätschelte dem Mann sanft die Wange, und die Augen gingen auf.

»Haben Sie Schmerzen?« fragte Stephen. »Können Sie warten, bis ich Hilfe geholt habe?«

Der Mann versuchte zu sprechen, aber der unter seinem Kinn eingeklemmte Unterarm machte seine Worte undeutlich. Stephen hob den Kopf mit beiden Händen an und schob mit dem Fuß den Arm weg.

Der Mann schloß mit einem Grunzen die Augen. Als er sie wieder öffnete, sagte er: »Hast du was zu schreiben da, Kollege? Dann kannst du mal was für mich schreiben.« Es war ein Londoner Tonfall, heiser und gutmütig.

Stephen hatte ein Notizbuch mit Bleistift in der Tasche, aber er griff nicht danach. »Wir müssen Sie hier rausholen. Sie verlieren womöglich Blut. Und hier ist alles voll Sprit.«

Der Mann sprach ganz gefaßt. »Ich glaub nicht, daß ich's schaffe. Tu mir'n Gefallen und schreib ein paar Benachrichtigungen für mich. Wenn du mich dann hinterher noch hier rausholst, schadet's ja auch nicht.«

Die Notwendigkeit von Abschiedsbriefen leuchtete Stephen ebenso ein wie jedem anderen.

»Die erste geht an Jane Field, Tebbit House, Anzio Road zwei-drei-eins-sechs, Südwest neun.«

»Das ist nicht weit von mir.«

»›Liebste Jane, ich liebe Dich...‹« Er schloß die Augen und überlegte. »›Ich hab Dich letzte Nacht im Traum gesehen. Ich wollte immer zu Dir zurück. Das weißt Du doch, ja? Ich wußte, daß so was mal passieren würde. Dein Joey.‹ Ach ja, und schreib noch ›Liebe Grüße an die Kinder‹ dazu. Die nächste ist für Pete Tapp, Brixton Road drei-null-neun, Südwest zwei. ›Lieber Pete. Altes Haus, jetzt hat's mich doch zuerst erwischt. Samstag werd ich's wohl nicht schaffen.‹ Mach dahinter ein paar – du weißt schon – Ausrufungszeichen. ›Ich schulde Dir noch immer den Hunderter. Hol ihn Dir bei Jane. Du sollst Bessie haben. Eine ganze Dose am Tag, so gegen sechs, ein paar Zwiebacks reingebrockt und eine Tasse Milch. Und keine Schokolade. Mach's gut, Joe.‹ Ach ja, und schreib noch auf den ersten Brief: ›P. S.: Ich schulde Pete 'nen Hunderter.‹«

Stephen blätterte die Seite um und wartete.

Der Mann starrte den Straßenbelag an. Endlich sagte er verträumt: »Das ist jetzt für Mr. Corner, Stockwell-Manor-Schule, Südwest neun. ›Sehr geehrter Mr. Corner, ich glaube nicht, daß Sie sich an mich erinnern. Ich bin vor vierzehn Jahren abgegangen. Sie haben mich aus Ihrer Klasse geworfen und gemeint, aus mir wird nie was. Bitte, und jetzt hab ich mein eigenes Geschäft, einen eigenen Lastwagen, schon fast abgezahlt, einen roten Zwanzigtonner *Fahrschnell.* Ich habe oft an Ihre Worte gedacht und möchte nur, daß Sie Bescheid wissen. Ihr ergebener Joseph Ferguson, achtundzwanzig Jahre.‹ Das nächste ist für Wendy McGuire, Fox's Road dreizehn, Ipswich. ›Süße –‹ «

Stephen klappte das Notizbuch zu und richtete sich auf. »Das reicht«, rief er, schon auf dem Weg zu seinem Wagen. Er öffnete den Kofferraum und kramte wütend darin herum, bis er den Wagenheber fand, der irgendwo an unsichtbarer Stelle von einem Magneten gehalten wurde.

»Hör mal«, sagte der Mann, als Stephen zurückkam und den Wagenheber seitlich in den Spalt zu zwängen versuchte. »Ich kann vom Hals abwärts nichts mehr fühlen. Das will ich gar nicht erst sehen.«

An den zerknautschten Rändern des Spalts war offenbar nichts zu machen. Aber der Gedanke an weitere Diktate spornte Stephen an, und schließlich fand er einen Halt für den Wagenheber und begann die Kurbel zu drehen.

Er kniete auf dem Boden, den Kopf des Mannes zwischen den Knien. Dessen Wange lag auf der Straße. Der Wagenheber steckte knapp einen halben Meter über seinem Hals schräg in dem Spalt. Jetzt begann das untere Ende das Blech zur Seite zu drücken, und mit jeder Kurbelbewegung wurde der Spalt ein kleines Stückchen breiter. Das Teil, an dem das obere Ende angriff, rührte sich nicht, bildete aber dadurch ein gutes Widerlager. Als der Spalt etwa acht oder zehn Zentimeter breiter war, konnte Stephen den Wagenheber neu ansetzen, diesmal senkrecht, das untere Ende dicht neben dem Hals des Mannes. Mit einem durch Mark und Bein gehenden Quietschen, wie wenn man mit dem Fingernagel über eine Tafel kratzt, bewegte sich ein abgerissenes Stück Wagenblech nach oben. Nach fünfzehn Zentimetern verklemmte es sich an irgend etwas Schwerem. Stephen spähte in die dunkle Höhle und sah den zusammengerollten Körper des Mannes. Er sah kein Blut, auch sonst keinerlei Anzeichen für eine Verletzung. Vorsichtig, um den Wagenheber nicht zu verschieben, faßte er die Schulter des Mannes mit der einen Hand, schob die andere unter sein Gesicht und zog. Der Mann stöhnte auf.

»Sie müssen schon mithelfen«, sagte Stephen. »Heben Sie den Kopf, damit ich die Hand unter Ihr Kinn kriege.« Diesmal bewegte sich etwas, vielleicht einen Daumenbreit. Nachdem sich das ein paarmal wiederholt hatte, konnte der Mann sich mit dem freien Arm hochdrücken, und Stephen bekam ihn unter beiden Armen zu fassen und konnte ihn herausziehen.

Der Mann massierte sich das Handgelenk, als sie zu Stephens Wagen gingen. »Ich glaub, das ist gebrochen«, meinte er betrübt. »Dabei sollte ich am Samstag beim Snooker-Turnier mitmachen.«

Stephen, der jetzt selbst am ganzen Körper bebte und ein flaues Gefühl in den Beinen hatte, kam zu dem Schluß, daß der Mann einen Schock hatte. Er half ihm auf den Beifahrersitz und legte ihm eine Decke um. Aber dann ging die Fahrertür ohne den abgerissenen Griff nicht auf, und Stephen mußte den Mann wieder aus dem Wagen holen, damit er von dieser Seite hinüberklettern und sich hinters Steuer zwängen konnte. Nachdem sie endlich saßen, blieben sie erst einmal eine Minute so sitzen. Die üblichen Rituale – Zündschlüssel einstecken, am Ganghebel wackeln, das Lenkrad anfassen – beruhigten Stephen. Er sah zu dem Mann, der starr durch die Windschutzscheibe blickte und am ganzen Leib zitterte.

»Weißt du, Joe, es ist ein Wunder, daß du noch am Leben bist.«

Joe fuhr sich mit der Zunge über die Lippen und meinte: »Ich hab Durst.«

Stephen angelte eine Flasche vom Rücksitz. »Wir haben aber nur Champagner.«

Der explodierende Korken prallte vom Armaturenbrett ab und traf Joe hart am Ohr. Er grinste, als er die Flasche nahm. Er schloß den Mund um den schäumenden Hals, saugte und machte die Augen zu. Sie reichten die Flasche hin und her und sprachen kein Wort mehr, bis sie leer war. Dann rülpste Joe und fragte Stephen nach seinem Namen. »Du warst Klasse, Stephen. Ganz große Klasse. Auf die Idee mit dem Wagenheber wär ich nie gekommen.« Er betrachtete sein Handgelenk und meinte verwundert: »Ich bin noch am Leben. Und nicht mal 'n Krüppel.«

Sie lachten, und Stephen erzählte aufgeregt die Geschichte von der Zweimeterlücke, durch die er gefahren war, wie die Zeit fast stehengeblieben war und das Straßenschild den Türgriff und den Seitenspiegel abgerissen hatte. »Klasse«, sagte Joe ein paarmal dazwischen, und »ganz große Klasse«, als Stephen nach der zweiten Champagnerflasche griff. Sie begannen den Unfall aus ihrer jeweiligen Sicht zu rekonstruieren. Joe sagte, es sei ein Gefühl gewesen, als hätte ein Riese seinen Lastwagen gepackt und in die Luft geworfen. Er erinnerte sich, wie die Straße auf ihn zugekommen war, dann das kopfstehende Bild des Wagens hinter ihm, und wie sich dann alles um ihn herum zusammengeknautscht hatte. Es sei ein Wunder, sagte er immer wieder, ein verdammtes Wunder. Als die zweite Flasche zur Neige ging, begannen sie aus reiner Lebenslust zu juchzen und zu grölen, und weil ihnen nichts Besseres einfiel, sangen sie »For He's a Jolly Good Fellow«, wobei jeder beim *He* auf den anderen zeigte.

Als sie wegfuhren, fiel Stephen der Wagenheber ein, und er beschloß, ihn dort zu lassen, wo er war. Sie steuerten die nächste Stadt an und diskutierten, ob Joe zuerst ins Krankenhaus oder zur Polizei gehen sollte.

Er war für Letzteres. »Damit für die Versicherung alles seine Ordnung hat.«

Sie fuhren fast hundertfünfzig, als Stephen einfiel, daß er ziemlich betrunken war, und den Fuß vom Gas nahm. Joe schwieg eine Weile, und erst als sie in die Randbezirke der Stadt einfuhren, sagte er leise: »Hab hier mal'n nettes Mädchen gekannt.« Und als sie ins Stadtzentrum kamen und das Polizeirevier suchten, meinte er: »Wie lange war ich eigentlich da drin? Zwei Stunden? Drei?«

»Zehn Minuten. Höchstens.«

Joe brummelte immer noch, wie unglaublich das sei, als Stephen das Polizeirevier fand und anhielt. »Wie denkst du eigentlich darüber, diese Sache mit der Zeit?« fragte er.

Joe sah durch sein Fenster drei bewaffneten Polizisten nach, die soeben in einen Streifenwagen stiegen. »Weiß nicht. Ich war mal fast zwei Jahre drin. Nichts zu tun, nichts passierte, jeden Scheißtag dasselbe. Und weißt du was? Wie der Blitz war sie rum, meine Zeit. War schon alles vorbei, bevor ich richtig wußte, daß ich da war. Ist also völlig klar. Wenn viel auf einmal passiert, kommt einem die Zeit lang vor.«

Sie stiegen aus und standen auf dem Gehsteig. Die Feier war beendet.

»Du bist am Leben«, sagte Stephen, vielleicht zum zehnten Mal in dieser Stunde. »Was meinst du, was das bedeutet? Was ändert das für dich?«

Joe hatte schon nachgedacht, er hatte die Antwort parat. »Es bedeutet, daß ich zu Jane und den Kindern zurückgehe und Wendy McGuire den Laufpaß gebe. Es bedeutet, daß ich mir von dem Versicherungsgeld zwei gebrauchte Brummer kaufe.«

Dadurch an das Nächstliegende erinnert, machte er kehrt und ging auf das Polizeirevier zu, wohl noch zu benommen, dachte Stephen, um an Förmlichkeiten zu denken, sich zu bedanken und zu verabschieden. Während Joe zwei Polizistinnen vorbeiließ, ehe er durch die doppelte Schwingtür trat, fielen Stephen die Abschiedsbriefe in seinem Notizbuch ein, und er fühlte sich durch sie belästigt. Er riß die Blätter heraus, nahm auch die Postkarte aus seiner Gesäßtasche, beugte sich über ein Gulli und vertraute alles zusammen der Kanalisation an.

Vielleicht hatte der Einfluß des Staatssekretärs die Nadelholzplantagen und die Rodungsmaschinen aus der unmittelbaren Nachbarschaft von Ogbourne St. Felix ferngehalten. Der zweihundert Hektar große Wald, entstanden vor der Normannenzeit und im Reichsgrundbuch Englands erwähnt, lag in einer Landschaft, die gern von Berufsfotografen und Filmern aufgesucht wurde, weil sie eine gewisse Ähnlichkeit mit dem landläufigen Inbegriff der englischen Landschaft hatte. Nominell gehörte der Wald einer längst versteinerten Stiftung. De facto gehörte er dem Besitzer des einzigen Hauses auf dem Gelände, der für seinen Erhalt aufzukommen hatte. Das Haus war aus drei nebeneinanderstehenden Holzfällerhütten zusammengefügt worden und stand auf einer kleinen Lichtung am Südrand des Niederwalds. Man erreichte es über eine Landstraße und anschließend einen holprigen, von Ebereschen und Linden gesäumten Feldweg. Nur der erfahrene Besucher wußte, daß ein besonders dichtes Gestrüpp dem Darkesschen Anwesen als Hecke diente und man im Sommer sehr genau nach dem Törchen in dem Dickicht suchen mußte, das den Zugang zu einem grünen Tunnel bildete, der durch ein Rosenspalier in Thelmas Hausgarten führte.

Stephen hatte in dem nahgelegenen Marktflecken angehalten, um den Champagner zu ersetzen. Mit bleischweren Gliedern hatte er seine Einkäufe über einen kleinen Platz zum führenden Hotel am Ort geschleppt. Er wollte sich waschen und einen großen Scotch zu sich nehmen. Auf die Bettlergruppe, die sich vor dem Hoteleingang versammelt hatte, war er nicht gefaßt. Sie sahen nicht so heruntergekommen aus wie die auf den Straßen Londons, wirkten gesünder und selbstsicherer. Es wurde gelacht, als er näherkam, und ein muskulöser alter Mann in einer Strickjacke spuckte auf die Straße und rieb sich die Hände. Hier schienen keine der üblichen Bestimmungen zu gelten. Nach dem Gesetz durften Bettler nicht einmal paarweise auftreten. Sie sollten ständig den Ort wechseln und sich an bestimmte zugelassene Durchgangsstraßen halten. Auf keinen Fall durften sie sich vor Eingängen wie diesem hier herumtreiben und das Publikum belästigen. Nicht einmal ihre Abzeichen trugen sie vorschriftsmäßig. Sie trugen sie um sonnengebräunte, sehnige Unterarme geschnallt, ein paar Mädchen hatten sie sich an bunte Kopfbänder genäht. Ein baumlanger Kerl trug das seine als Augenklappe. Ein junger Mann mit tätowierter Glatze hatte es an einem Ohrring befestigt.

Im Näherkommen wurde Stephen sich bewußt, wie provozierend die Flaschen in seiner Tüte klimperten und ihre mit Goldfolie beklebten Hälse in den Sonnenschein ragten. Die Bettler beobachteten ihn jetzt alle, und an Umkehr war nicht mehr zu denken. Das ist die Regierung mit ihrer gemeinen Politik, dachte er. Dennoch, in London würde eine solche Situation nicht eine Sekunde geduldet, und schon sah er sich nach einem Polizisten um. Er war immer langsamer gegangen, und jetzt war er mitten zwischen ihnen. Er hielt den Blick starr geradeaus und sah keinen von ihnen an. Er hörte eine Stimme sagen: »Na, wie wär's mit 'nem Zehner?«, und ging weiter. Er sah in der Hand eines Mädchens eine Taschenbuchausgabe von Shelleys Werken. Jemand zupfte an seiner Tüte, und Stephen riß sie unwirsch an sich. Eine andere Stimme meinte im parodierten Feineleuteton: »Hmmm, Bollinger. Eine aus-ge-zeichnete Idee!« Es wurde gelacht, während er unbeirrt durch den Grasgeruch von Schweiß und den Patschuliduft weiterging.

Als er den Wagen über den holprigen Feldweg zu den Darkes lenkte, beschäftigte diese kleine Konfrontation ihn mehr als der Unfall. Er fühlte sich des Verrats schuldig.

Hier war der bleiche Mann im weißen Seidenhemd mit seinen Champagnerflaschen, dort die Zigeuner am Tor. Jahrelang hatte er sich eingeredet, im tiefsten Herzen zu den Entwurzelten zu gehören, daß Geld zu haben nur ein netter Zufall sei und er jederzeit wieder mit all seiner Habe in einem einzigen Sack die Straßen treten könne. Doch die Zeit hatte ihn an seinen Platz genagelt. Er war einer von denen geworden, die sich beim Anblick der abgerissenen Armen nach der Polizei umschauten. Er war jetzt auf der anderen Seite. Wenn nicht, warum hatte er dann so zu tun versucht, als wären sie nicht da? Warum hatte er ihre Überzahl nicht anerkannt, ihnen in die Augen gesehen, wie er es vielleicht früher einmal getan hätte, und einen Teil des klimpernden netten Zufalls herausgerückt? Er hatte jetzt den Wagen abgestellt und folgte einem überwachsenen Fußpfad zum Törchen. Der Patschuliduft hatte ihn aufgerüttelt. Es war der Duft eines verträumten, selbstmörderischen Mädchens, das er in Kandahar gekannt hatte, der Duft chaotischer Wohngemeinschaften im Londoner Westen, eines Open-air-Konzerts in Montana. Die Binsenweisheit von der Unumkehrbarkeit der Zeit hatte ihn erschüttert. Er hatte sich einstmals so leichtfüßig gefühlt. Sein Leben war für ihn ein Open-end-Abenteuer gewesen, er schenkte Dinge weg, es amüsierte ihn, wenn das Unerwartete geschah, gütige Zufälle trugen ihn durchs Leben. Wann hatte das alles aufgehört? Wann hatte er zum Beispiel angefangen, Dinge, die er besaß, wirklich als sein unantastbares Eigentum zu betrachten? Er konnte sich nicht erinnern.

Er blieb im schummrigen Tunnel des Sommergestrüpps

stehen, stellte seine Reisetasche und den Champagner ab und bereitete sich auf die Begegnung mit seinen Freunden vor. Seine Hände schimmerten weiß im Dämmerlicht. Er hielt sich die Augen damit zu. Er hatte von seiner jüngsten Vergangenheit derart die Nase voll, als hätte er Schnupfen. Wenn er doch nur in der Gegenwart leben könnte, vielleicht würde er frei atmen können. Aber ich liebe die Gegenwart nicht, dachte er und hob seine Sachen auf. Als er sich aufrichtete, sah er vor dem Himmel die Umrisse einer Gestalt, umrahmt von überhängenden Rosen. Thelma hatte ihn beobachtet.

»Wie lange hältst du dich dort schon versteckt?« fragte sie, als sie sich einen Begrüßungskuß gaben.

Es klang nicht fröhlich, als er »Jahre« antwortete. Zum Ausgleich zeigte er ihr die Flaschen, die schon kalt waren, und meinte, sie sollten sofort eine davon aufmachen – das letzte, wonach ihm zumute war.

Thelma führte ihn zum Haus. Die Tür und alle Fenster standen weit offen, um die Abendsonne hereinzulassen. Sie traten durch ein kleines Eßzimmer ein, dessen Steinboden eine wäßrige Kühle abgab. Stephen wartete hier, während Thelma die richtigen Gläser suchen ging. Auf den Bücherregalen standen ausgestopfte Vögel in überwölbten Kästen, posierend in ihrem natürlichen Lebensraum. Eine braungelbe Eule hatte die Krallen tief in eine ausgestopfte Maus geschlagen. In einem viereckigen Aquarium schlug ein Otter die Zähne in einen verwesenden Fisch. Stephen setzte sich und stützte die Ellbogen auf einen wackligen runden Tisch und wurde langsam munterer. Neben seinem Arm stand eine Flasche Burgunder, frisch entkorkt. Braten- und Knoblauchduft mischte sich mit dem Geruch des Geißblatts, das hinter ihm am Fenstersims entlangkroch. In der Küche füllte Thelma einen Eiskübel, und aus dem Garten tönte kakophoner Vogelgesang.

Sie setzten sich an einen rostigen schmiedeeisernen Tisch, der auf ungemähtem Rasen unter einem Birnbaum stand, umgeben von riesigen Mohnblumen, Löwenmäulchen und Lupinen, wie Stephen meinte, bis er Thelma von Rittersporn reden hörte.

Sie stellte zwei Gläser neben den Eiskübel und schenkte ein. »Charles ist irgendwo im Wald. Du wirst später rausgehen und ihn suchen müssen.«

Stephen mußte sich schütteln, so sauer schmeckte ihm der Champagner, und er dachte an den Rotwein drinnen. Noch ein Scotch wäre ihm auch recht gewesen.

Da es allzu vieles zu bereden gab, redeten sie über den Garten. Das heißt, Thelma erklärte, und Stephen nickte verständig. Erst als er auf eine Kolonie Kornblumen zeigte und fragte, was das sei, begriff sie das volle Ausmaß seiner Unwissenheit. Sie sagte ihm, der Garten sei so angelegt, daß seine Ränder in den Wildwuchs des Waldes übergingen, so daß es zwischen beiden keine sichtbare Grenze gebe, und sie ziehe Wildblumen des Samens wegen, den sie für den Gen-Pool, wie sie es nannte, aufbewahren wolle.

»Sogar Schlüsselblumen gibt es schon fast keine mehr. Als nächstes verschwinden die Butterblumen.«

»Alles wird schlimmer«, sagte Stephen. »Wird nicht irgend etwas auch besser?«

»Du kommst doch aus der großen Welt. Sag du's mir.«

Er dachte angestrengt nach. »Sie bepflanzen die Hügel

von Sussex mit Nadelbäumen. In weniger als zwanzig Jahren sind wir mit Holz autark.«

Darauf tranken sie, dann fragte Stephen sie nach ihrem Buch. Sie vermieden es, von Charles zu sprechen. Die Arbeit gehe gut voran, sagte Thelma. Das Buch sei zu einem Viertel geschrieben, das zweite sei begonnen. Sie fragte, was es im Ausschuß Neues gebe, und das brachte Stephen auf sein Gespräch mit dem Premier.

Thelma war nicht überrascht. »Keine Frage, Charles stand in hoher Gunst. Es wurde wie ein Geheimnis behandelt, wobei ich nie so genau wußte, warum. Vielleicht, damit es keine Eifersüchteleien gab. Es war da auch ein bißchen Liebe und Leidenschaft im Spiel.«

»Leidenschaft?« Für derartiges galt das Regierungsoberhaupt als unempfänglich.

»Es gibt Seltsameres. In der Politik konnte Charles als junger Mann gelten, als Junge.«

»Wolltest du deshalb, daß er hier herauskam?«

Thelma schüttelte den Kopf. »Ich sage gar nichts, bevor du ihn gesehen hast.«

»Aber er ist glücklich?«

»Geh hin und sieh selbst. Geh von der Küche aus immer den Pfad entlang und wende dich da, wo er in den Hauptweg mündet, nach links, dann mußt du ihm früher oder später über den Weg laufen.«

Zwanzig Minuten später machte er sich auf den Weg. Ein breiter Graspfad folgte dem Waldrand und beschrieb ein unregelmäßiges Oval, für dessen Umrundung man laut Thelma etwa eine Stunde brauchte. Streckenweise sah man zu einer Seite offene Felder durch die Bäume. An anderen

Stellen bog der Pfad tiefer in den Wald ab und wurde enger, war kaum noch mehr als ein Trampelpfad. Hier gab es wenig Licht, und das Gras wich einem Efeu, auf das Stephen nur ungern trat, weil die Blätter mit so einem unangenehmen Knacken unter seinen Füßen zerbarsten. Bei seinem letzten Gang durch diesen Wald, noch zu Charles' Zeit als Regierungsmitglied, war hier noch alles kahl und rein gewesen. Der Wechsel der Jahreszeiten geschah gerade so langsam, daß die Verwandlungen immer wieder überraschten. Dies hier schien kaum noch derselbe Ort zu sein. Die Dürre war nicht bis hierher vorgedrungen. Daß Stephen die Namen der Bäume und Pflanzen nicht kannte, ließ ihm alles noch üppiger erscheinen. Der Wald war explodiert; er war von solch wildwuchernder Vegetation umschlungen, daß er an der Überfülle zu ersticken drohte.

Wo der Pfad über einen Bach führte, hatte sich auf einer großen Steinplatte, dem Überrest einer alten Mauer, ein Amazonasgebiet im Kleinformat angesiedelt, ein Dschungel von Moosen, schillernden Flechten und mikroskopisch kleinen Bäumen. Darüber hingen Schlinggewächse, dick wie Seile, und filterten das Licht. Unten auf dem Boden wuchsen Riesenkohlköpfe und Rhabarberstengel, Palmwedel und Gräser, gebeugt unter dem Gewicht ihrer Köpfe. An einer Stelle unter offenem Himmel leuchteten dunkelrote Blumen in verschwenderischer Fülle; an einer anderen Stelle, wo es dunkler war, ließ ein Hauch von Knoblauch ans Abendessen denken.

Dies bedarf eines Kindes, dachte Stephen, sich in das Unvermeidliche schickend. Kate würde nicht an den Wagen denken, der keine tausend Meter weit weg stand, nicht an die Grenzen des Waldes und alles, was außerhalb lag – Straßen, Meinungen, Regierungen. Der Wald, die Spinne hier, die an ihrem Faden rotierte, der Käfer, der mühsam über Grashalme kletterte, sie wären alles, der Augenblick wäre alles. Er brauchte ihren guten Einfluß, ihr Vorbild, um zu lernen, das Eigentliche würdig zu begehen, die Gegenwart auszufüllen und sich von ihr ausfüllen zu lassen bis an den Punkt, wo Identität zum Nichts verblaßte. Er war immer mit einem Teil woanders, nie ganz aufmerksam, nie ganz ernst. War das nicht Nietzsches Idee von wahrer Reife, den Ernst eines Kindes beim Spiel zu erlangen?

Er und Julie waren einmal mit Kate nach Cornwall gefahren. Es war ein kurzer Urlaub zur Feier des ersten öffentlichen Konzertes ihres Streichquartetts gewesen. Ihren Strand erreichte man über einen drei Kilometer langen Fußweg. Spät am Nachmittag begannen sie, nah am Wasser eine Sandburg zu bauen. Kate war ganz aufgeregt. Sie war in einem Alter, in dem alles so und nicht anders zu sein hatte. Die Wände mußten rechtwinklig sein, Fenster mußten darin sein, in regelmäßigen Abständen mußten Muscheln eingesetzt sein, und das Innere mußte mit trockenem Seetang wohnlich gemacht werden. Stephen und Julie hatten sich vorgenommen, ihrem Töchterchen zu Willen zu sein, bis es Zeit zum Aufbruch wäre. Sie waren geschwommen und hatten ihr Picknick verzehrt. Aber bald waren sie, ohne eigentlich zu merken, was geschah, so vertieft, so erfüllt vom Ernst des kleinen Mädchens, daß sie immer weiter arbeiteten und für Zeit, über dem Imperativ der nahenden Flut hinaus, keinerlei Gefühl mehr hatten. Sie arbeiteten in lärmender Eintracht, teilten den Eimer und die zwei Schäufelchen untereinander auf, kommandierten einander erbarmungslos herum, applaudierten oder spotteten einer über des anderen Muscheln oder Fensterformen, rannten – gingen nie im Schritt – den Strand hinauf und hinunter, um neues Material zu holen.

Als alles fertig war und sie ein paarmal um ihr Werk herumgegangen waren, zwängten sie sich zu dritt hinter die Burgmauern und setzten sich, um auf die Flut zu warten. Kate war überzeugt, ihre Burg sei so gut gebaut, daß sie der Flut standhalten werde. Stephen und Julie spielten das Spiel mit und lachten höhnisch, wenn das Wasser nur um die Wälle spülte, buhten, wenn es ein Stück Mauer wegriß. Während sie auf die endgültige Zerstörung warteten, bettelte Kate, die zwischen ihnen saß, sie sollten doch in der Burg bleiben. Sie sollten sie zu ihrer Wohnung machen. Sie sollten das Stadtleben aufgeben und für immer an diesen Strand ziehen und dieses Spiel weiterspielen. Und es war etwa um diese Zeit, daß die Erwachsenen den Bann abstreiften und anfingen, auf ihre Uhren zu sehen und vom Abendessen und ihren zahlreichen anderen Vorhaben zu sprechen. Sie erklärten Kate, daß sie jetzt alle nach Hause gehen und ihre Schlafanzüge und Zahnbürsten holen müßten. Diese schöne Idee leuchtete ihr ein, und sie ließ sich den weiten Weg zurück zum Wagen locken. Noch Tage später, bis die Sache endlich vergessen war, wollte sie immer wieder wissen, wann sie denn nun zurückgehen und ihr neues Leben in der Strandburg beginnen würden. Ihr war es ernst damit gewesen. Stephen dachte, wenn er nur alles mit derselben Hingabe und Selbstvergessenheit tun könnte, mit der er Kate beim Bau der Sandburg geholfen hatte, wäre er ein glücklicher Mensch von außerordentlichen Fähigkeiten.

Er kam an eine Stelle, wo der Weg im rechten Winkel zur Waldmitte hin abbog und sanft in eine Senke hinunterführte. Die Bäume bildeten mit ihren Ästen einen Baldachin über dem Weg, durch den die Abendsonne orangefarbene Formen auf das dunkelnde Gras warf. Wo der Weg wieder eben wurde, stand eine tote Eiche, kaum noch mehr als eine Säule von verrottetem Holz. Zehn Schritte trennten Stephen noch von dem Baum, als dahinter ein Junge hervortrat und dastand und ihm entgegenstarrte. Stephen blieb ebenfalls stehen. Das fleckige Licht bewegte sich mit jedem Windhauch. Er konnte nicht deutlich sehen, aber er wußte, daß dies ein Junge genau von der Sorte war, die ihn früher in der Schule immer fasziniert und geängstigt hatte. Sein Gesicht war hell und von rötlichem Haar umrahmt. Seine Miene war viel zu selbstbewußt, von dieser wohlbekannten Anmaßung. Sein Aussehen hatte etwas Altmodisches – graues Flanellhemd mit hochgekrempelten Ärmeln, weite graue Shorts, gehalten von einem gestreiften Elastikgürtel mit silberner Schlangenschnalle, ausgebeulte Taschen, aus denen ein Stiel ragte, und abgeschürfte Knie. Stephen fühlte sich an Fotos von Evakuierten aus dem Zweiten Weltkrieg erinnert, die sich mit ihren Lehrern auf einem Londoner Bahnsteig aufstellten.

»Hallo«, sagte Stephen im Weitergehen freundlich. »Was hast du denn vor?«

Der Junge lehnte sich an den Baum, hob ein Knie an und kratzte sich mit der abgestoßenen Schuhspitze das Bein über dem Knöchel. »Weiß nicht. Ich warte.«

»Worauf?«

»Auf dich, du Idiot.«

»Charles!« Als Stephen näher auf ihn zuging und die Hand ausstreckte, war er nicht sicher, ob sie auch genommen würde. Sie wurde genommen, dann legte Charles ihm die Arme um den Hals und drückte ihn an sich. Es roch nach Lakritze und vor allem nach feuchter Erde.

Charles riß sich los und sprang über den Weg. »Willst du mal mein Haus sehen?« fragte er nur und ging auf einem von hohen Farnen gesäumten Pfad schon voran. Stephen ging dicht hinter ihm her, den Blick unablässig auf der Zwille, die aus der Hosentasche des Freundes ragte. Das lederne Mittelstück baumelte drohend an den Gummischnüren. Sie überquerten eine Lichtung, wo zwischen Baumstümpfen wilder Mais wuchs, und traten wieder in den Wald, wo die Bäume lauter ausgewachsene Riesen waren. Sie gingen schnell, und hin und wieder mußte Stephen sogar ein paar Schritte laufen, um nachzukommen. Charles sprach in abgehackten, unzusammenhängenden Sätzen, ohne den Kopf zu wenden. Stephen bekam nicht alles mit. Charles schien mit sich selbst zu reden.

»Echt gut... ganzen Sommer daran gebaut... ganz allein... mein Haus...«

Stephen hatte Zeit zu sehen, daß sein Freund gar nicht wirklich geschrumpft war, wie er zuerst gedacht hatte. Er bewegte sich nur leichter und geschmeidiger. Er hatte sich das Haar in die Stirn wachsen lassen und hinter den Ohren kurzgeschoren. Was den Eindruck eines Zehnjährigen erweckte, war seine weitoffene Art, das schnelle Sprechen und der ernste Blick, das unbeschwert impulsive Springen, die Art, wie er Füße und Ellbogen schlenkerte, als sie um eine Ecke bogen und einen anderen, noch schmaleren Pfad einschlugen, die Preisgabe aller Rituale und Formen der Begrüßung zwischen Erwachsenen.

Sie waren erneut an eine Lichtung gekommen, eine noch kleinere, in deren Mitte ein Baum von gewaltigem Umfang stand.

Charles suchte im Gras herum und hob einen Stein auf. »Sieh mal. Siehst du den?« Er ging nicht weiter, bevor Stephen ja gesagt hatte. »Damit hab ich diese Dinger eingeschlagen.« Er zeigte auf einen sechszölligen Nagel, der einen halben Meter über dem Boden in den Baumstamm getrieben war, und einen zweiten, einen halben Meter über dem ersten. Ein rundes Dutzend von ihnen führte spiralförmig um den Stamm herum bis hinauf zum ersten Ast, knapp zehn Meter über dem Gras. Er zog Stephen am Ellbogen zu einem abgetretenen Flecken am Fuß des Stamms. »Da oben!« rief er. »Sieh nur, sieh!« Stephen legte den Kopf zurück und sah nichts als ein schwindelerregendes Gewirr von Ästen, die sich teilten und wieder teilten. Der Baumwipfel war nicht zu sehen. »Nein, nein«, sagte Charles. Er nahm Stephens Kopf zwischen die Hände und bog ihn weiter zurück. Zwischen den allerhöchsten Ästen war ein dunkler Fleck.

»Was ist das?« fragte Stephen. »Ein Nest?«

Er hatte das Richtige gesagt. Charles machte einen Luftsprung. »Das ist kein Nest, Dummkopf! Das ist mein Haus. Mein eigenes Haus!«

»Großartig«, sagte Stephen.

Charles schob die Zwille tiefer in die Tasche. »Fertig?«

Er stellte den linken Fuß auf den ersten Nagel, schwang den rechten auf den zweiten und blieb so stehen, die linke Hand um den dritten Nagel gelegt, und gestikulierte mit der rechten nach Stephen. »Ist ganz leicht. Du mußt nur tun, was ich tue.«

Stephen fuhr mit den Fingern über die Baumrinde. Er zögerte. »Was meinst du – äh – was das für ein Baum ist?«

»Eine Buche natürlich. Weißt du so was nicht? Ein Mordsding, an die fünfzig Meter hoch, schätze ich.« Er kletterte weiter, bis er etwa drei Meter über dem Boden war, dann sah er herab. »Das will ich dir schon lange mal zeigen.« Einst Geschäftsmann und Politiker, jetzt vollendeter Lausbub.

Stephen vertraute probeweise sein Gewicht dem ersten Nagel an. Gern hätte er seinen Freund gefragt, was mit ihm passiert sei, aber Charles war zu versunken in sein neues Ich, war über jeden Anschein der Verstellung weit hinaus, oder des Wissens um die Albernheit seiner Verwandlung, und Stephen wußte nicht, wie er da herangehen sollte. Vielleicht war Charles ja in einem fortgeschrittenen Stadium der Psychose und mußte mit Vorsicht behandelt werden. Andererseits kam Stephen nicht umhin, sich anstecken zu lassen von der Erregung, der abenteuerlichen Atmosphäre und der Bedeutung, die sein alter Freund diesem Augenblick beizumessen schien. Er wollte kein Spielverderber sein. Er war nie gut im Bäumeklettern gewesen, aber er hatte es auch noch nie ernsthaft versucht. Er stieß sich hoch und stand unversehens mit beiden Füßen gleichzeitig auf dem zweiten Nagel. Das war ganz leicht gegangen, aber bei einem Blick nach unten sah er erschrocken, daß er schon ziemlich hoch war.

»Ich weiß nicht, ob das was für mich ist«, wollte er sagen, aber Charles, der inzwischen auf dem untersten Ast stand, die Hände tief in den Taschen, gab ihm von oben Instruktionen. »Faß mit der Hand nach dem Nagel über deinem Kopf und bring den Fuß hoch, dann pack den Nagel mit der andern Hand ...«

Stephen schob die Hand nach oben, bis er den Nagel fand. Anderthalb Meter mochten noch kein tiefer Sturz sein, aber mancher brach sich ja schon das Genick, wenn er nur von einem halb so hohen Stuhl fiel.

Minuten später lag er bäuchlings auf dem ersten Ast. Der fühlte sich fast an wie fester Boden unter den Füßen, und er preßte seinen Körper fest darauf. Ein paar Zentimeter vor ihm ging eine Holzlaus ihren Geschäften nach. Das war ihre Welt. Charles versuchte ihm den Weg voraus zu erklären, aber Stephen wagte nicht, nach oben zu sehen, allerdings auch nicht nach unten. Er wandte keinen Blick von der Laus. »Ich denke, das mache ich schön eins nach dem anderen«, brachte er nur heraus. Charles bot ihm ein Bonbon an, warf eines für sich selbst in die Luft und fing es mit dem Mund, bevor er weiterkletterte.

Der schwierige Teil war jetzt das Aufstehen, den Ast loszulassen. Stephen drückte sich beim Aufrichten fest gegen den Stamm. Als nächstes galt es ein Bein so hoch zu heben, daß er den Fuß in die von dem Ast darüber gebildete Gabel setzen konnte. Nachdem dies getan war, wurde es leichter. Aus dem Stamm wuchsen jetzt so viele Äste, daß es wie ein Aufstieg über eine Wendeltreppe war. Er brauchte nur vorsichtig immer höher zu klettern, ohne nach unten zu sehen. Eine befriedigende Viertelstunde verging. Das war etwas, was er konnte, das hatte er als Junge nur versäumt, und er konnte voll verstehen, warum sich andere Jungen die Mühe machten. Einmal hielt er an, um sich auszuruhen, und warf einen Blick zum Horizont. Er war schon weit über den Wipfeln des Niederwaldes. In der Ferne sah er einen Kirchturm, und etwas näher, in anderthalb Kilometer Entfernung vielleicht, ein Stück rotes Ziegeldach, das Haus der Darkes. Er packte den Stamm fester und sah geradewegs nach unten. Sein Magen machte einen Satz, aber es war gar nicht besonders schlimm gewesen. Er hatte durch klaffenden Raum den Erdboden gesehen und war nicht in Panik geraten. Ermutigt holte er einmal tief Luft, hielt sich noch fester und legte langsam den Kopf zurück. Er hoffte, in nicht mehr allzu weiter Ferne die Unterseite der Baumhütte zu sehen. Vor seinen Augen kreiste die Welt um einen Zentralpunkt, und etwas Heiß-Kaltes plumpste ihm aus dem Magen in die Eingeweide. Er drückte seine Wange an den Baumstamm und schloß die Augen. Aber nein, das war auch nicht das Wahre. Er öffnete sie wieder und starrte die Rinde an. Was er gesehen hatte – und er wagte sich das Bild nicht wieder zu vergegenwärtigen –, war dasselbe endlose, schwindelerregende Ästegewirr, das er schon von unten gesehen hatte, und oben, ganz hoch oben ein kurzes weißes Aufleuchten von Charles' nackten Knien, und darüber Laub und Zweige bis in unsichtbare Fernen; und nicht die Spur von einer Plattform.

Eine Minute brauchte er, sich zu beruhigen. Er entschied, daß es besser sei, zur Erde zurückzukehren. Er wollte seinem Freund ja gern eine Freude machen, aber es hatte schließlich keinen Sinn, sein Leben zu riskieren. Hier nun stellte sich ein anderes Problem. Um unter sich einen Halt für seinen Fuß zu finden, müßte er nach unten schauen, und dazu war ihm der Mut abhanden gekommen. »O Gott«, flüsterte er dem Baum zu, »was mache ich nur?« Er tat gar nichts. Er lauschte angestrengt nach irgendeinem tröstenden Laut von unten. Schon Vogelgezwitscher hätte ihm genügt. Aber hier oben war gar nichts, nicht einmal Wind. Flüchtig schoß es ihm durch den Kopf, daß er hier voll in Anspruch genommen war, im Augenblick gefangen. Ganz einfach, wenn er sich von irgendeinem anderen Gedanken ablenken ließe, würde er vom Baum fallen. Dann dachte er, aber ich habe dazu keine Lust mehr. Ich möchte etwas anderes tun. Holt mich hier raus, macht Schluß damit.

Über ihm war ein Geräusch, aber er sah nicht nach oben. Charles war wieder heruntergeklettert, ihn zu suchen. »Komm schon, Stephen«, rief er, »von ganz oben ist die Aussicht noch viel schöner.«

Stephen sprach verhalten, damit ihn die Wucht seiner Worte nicht rücklings aus dem Baum katapultierte. »Ich sitze fest«, sagte er durch die geschlossenen Zähne zur Rinde.

»Meine Güte«, sagte Charles, als er neben ihm erschien, »du machst vielleicht ein Theater.«

»Zappel doch nicht so herum«, flüsterte Stephen.

»Der Baum ist vollkommen sicher. Ich bin hier dutzendemal rauf und runter, mit Brettern und anderen Sachen, sogar mit Stühlen.« Stephen wankte, und Charles fing ihn am Arm. Der Lakritzgeruch war alles andere als beruhigend.

»Paß mal auf, siehst du dort den Ast? Greif mit der Hand hierher und zieh dich hoch, bis du deinen Fuß da herausbekommst, dann verlagere dein Gewicht aufs Knie und steig hier auf dieses Ding…« Die Instruktionen flossen weiter. Stephen wußte, daß ihm nichts anderes übrig blieb, als buchstabengetreu zu gehorchen. Sinnlos zu sagen, er möchte hinunter, denn jeglicher Disput wäre sein Ende. Er mußte Vertrauen haben. Und so kletterte er langsam immer höher, brachte Hände und Füße immer genau dahin, wo es ihm gesagt wurde, und achtete angestrengt auf jede gefährliche Doppeldeutigkeit. Ein paarmal unterbrach er Charles: »Meinst du jetzt meine rechte oder die linke Hand?«

»Die rechte, Dummkopf!«

Er bemühte sich, nichts anderes zu sehen als Griffe und Tritte. Er wußte nie genau, wo Charles war, und mochte sich auch nicht nach ihm umsehen. Immer war da eine körperlose Stimme irgendwo über ihm, die ihn verächtlich herumkommandierte. »Mein Gott! Nicht die Hand, den Fuß, du Tölpel!«

Es gab während dieses Aufstiegs Augenblicke, da Stephen dachte: Ich tue das ja nicht für alle Zeit. Eines Tages werde ich auch wieder etwas anderes tun. Aber ganz sicher war er nicht. Er wußte, daß er im Moment nichts anderes zu tun hatte, als zu klettern und alles andere sich selbst zu überlassen. Eines Tages würde er vielleicht, vielleicht auch nicht, ins alte Leben zurückkehren. Und da war noch etwas, so entsetzlich und groß, daß es über sein Begriffsvermögen ging. Es kam der Zeitpunkt, da er endlich durch ein rundes Loch auf eine wacklige hölzerne Plattform stieg. Sie maß knapp vier Meter im Quadrat und hatte kein Geländer. Zuerst konnte er nur bäuchlings darauf liegen und gegen das Schluchzen ankämpfen, das ihm in die Kehle steigen wollte.

»Na, was sagst du?« fragte Charles ihn immer wieder, und: »Möchtest du einen Schluck Limonade?«

Nachdem Stephen sich gefangen hatte, hob er ganz langsam, um die Plattform nicht vom Baum zu schütteln, den Kopf und sah sich um. Die Hände ließ er fest auf die Bretter gepreßt. Unter ihm lag der ganze Wald ausgebreitet, dahinter, vielleicht zehn Kilometer Luftlinie über die Felder, das Städtchen, in dem er halt gemacht hatte. Im Westen sank prächtig die Sonne, ein Farbenstrudel, den der Staub über dem hundert Kilometer entfernten Themsetal verschönerte. Charles saß mit ausgestreckten Beinen auf einem Küchenstuhl und beobachtete stolz, wie Stephen den Anblick in sich aufnahm. Die Limonadenflasche, die er zwischen Zeigefinger und Daumen baumeln ließ, war fast leer. Neben ihm stand eine Apfelsinenkiste mit einem Fernglas, einer Kerze im Halter und einer Schachtel Streichhölzer darauf. In der Kiste standen Bücher: zwei über Vogelkunde, mehrere Abenteuerromane für Jungen, ein paar William-Bücher und, wie Stephen ohne besondere Freude sah, sein eigenes erstes Buch. Charles wies auf einen zweiten Stuhl, aber Stephen wollte nicht noch höher hinaus. Er machte sich's statt dessen bequem, indem er vorsichtig von dem Loch wegrutschte, durch das sie gestiegen waren.

Da sein Freund ihn erwartungsvoll ansah, sagte Stephen

endlich: »Sehr schön. Gut gemacht.« Charles reichte ihm die Flasche, und da Stephen sich als gutwilliger Gast zeigen wollte, tat er einen kräftigen Zug. Sein Mund füllte sich mit einer salzigen, faden Flüssigkeit, im Geschmack ein wenig wie Blut, nur kälter und dicker. Der Verstand befahl ihm, das Zeug auszuspucken, doch er zwang es hinunter, vorsichtig, um sich nicht übergeben zu müssen, denn er hatte unter seinem Fuß ein loses Brett entdeckt.

Charles kippte den Rest hinunter. »Selbstgemacht«, sagte er, während er die Flasche zwischen den Büchern verstaute. »Willst du wissen, was drin ist?«

Der Gedanke, der Stephen schon beim Aufstieg in Schrecken versetzt hatte, meldete sich wieder. Es war der Abstieg. »Sag mal«, begann er rasch, während Übelkeit und Angst seine Stimme fast überkippen ließen, »warum führst du dich eigentlich auf wie ein Kind? Was haben wir hier oben verloren?«

Einen Augenblick blieb Charles über die Apfelsinenkiste gebeugt, vielleicht um die Bücher zu ordnen. Stephen konnte es nicht so genau sehen. Hatte er jetzt genau das Falsche gesagt? Er war auf Charles' Hilfe angewiesen, und es war wichtig, nichts zu sagen, was ihn kränkte, jedenfalls nicht, bevor sie wieder unten waren.

Charles kam und kniete sich neben ihn. Er lächelte. »Magst du mal sehen, was ich in den Taschen habe?« Zuerst kam die Zwille zum Vorschein. Er drückte sie Stephen in die Hand. »Walnußholz. Das beste.« Es folgten ein Vergrößerungsglas, der Rückenwirbel eines Schafs und ein vielteiliges Taschenmesser. Charles klappte jedes einzelne Teil heraus und erklärte seinen Zweck, während Stephen den Freund scharf beobachtete, ob er nicht Hinweise auf Komik oder Verlegenheit entdeckte, Spuren des Erwachsenen. Aber die Stimme klang sachlich bei jedem Detail, das Gesicht blieb völlig ernst. Zum Vorschein kamen noch Pfefferminzbonbons, die in der Tüte klebten, ein ungewöhnlich großes Schneckenhaus, ein vertrockneter Molch und ein paar Murmeln. Eine davon legte er Stephen in die Hand; sie war groß und milchig.

Um Interesse zu zeigen, fragte Stephen: »Und wo hast du die her?«

Die Antwort kam trotzig und schnell – »Gewonnen« –, und er mochte nicht fragen, wo. Es kamen ein Kugellager, ein Spielzeugkompaß, ein Stück Schnur und zwei leere Patronenhülsen, ein in einen Korken eingebetteter Angelhaken, eine Feder, zwei ovale Kiesel.

Stephen betrachtete die vor ihm auf den Brettern ausgebreiteten Schätze und wußte nicht, was er als nächstes sagen sollte, aber es beeindruckte ihn, wie gründlich Charles offenbar recherchiert hatte. Wie es aussah, hatte er die Bibliotheken durchstöbert und einschlägige Experten befragt, um zu erfahren, was eine bestimmte Sorte Jungen wohl in den Taschen trug. Es stimmte alles zu genau, um zu überzeugen, war nicht ganz originell genug, vielleicht sogar gefälscht. Momentan siegte Verlegenheit über das Schwindelgefühl.

Welcher Junge hätte außerdem je freiwillig seine Taschen geleert? Stephen warf einen Blick nach Westen. Die Aussicht verlor ihren Glanz, und das Licht trübte sich. Die Blätter in den paar Zweigen über ihnen raschelten. Ihm fiel nichts mehr zu sagen ein. Es wurde ihm unerträglich, diesen neunundvierzigjährigen Schuljungen weiter bei Laune zu halten, er wagte es aber auch nicht, ihn vor den Kopf zu stoßen. Schließlich fragte er: »Bist du glücklich, Charles?«

Charles stopfte gerade die Sachen in ungefähr der Reihenfolge, in der er sie vorgeführt hatte, wieder in seine Taschen zurück. Als er fertig war, richtete er sich auf und beschrieb mit dem Arm einen großen Bogen. Stephen kauerte auf den Brettern und versuchte, sie mit den Händen ruhig zu halten. »Sieh doch mal! Das ist phantastisch. Du verstehst das nicht, es ist einfach phantastisch!«

»Du meinst den Ausblick?«

»Nein, Dummkopf. Sieh doch mal...« Er hatte die Zwille wieder aus der Tasche geholt und tat einen Kiesel in das Mittelstück. »Paß auf.« Er schaute in den Sonnenuntergang und zog die Gummis bis weit hinter den Kopf zurück, streckte sie auf zwei Armeslängen. Ein paar Sekunden verharrte er in dieser Stellung, vielleicht um des Effektes willen. Die Luft um sie herum wurde dick, und Stephen fiel das Atmen schwer. Dann klatschte Gummi auf Holz, es gab einen hohen Heulton, und der Stein jagte davon, stieg immer höher und wurde kleiner, stand einen Augenblick wie ein scharfer schwarzer Punkt vor dem roten Himmel. Noch ehe er zu sinken begann, sahen sie ihn nicht mehr. Stephen schätzte, daß er weit über die Grenze des Waldes hinausgeflogen und in der ersten Wiese dahinter gelandet war, vielleicht vierhundert Meter von ihnen entfernt.

»Guter Schuß«, sagte er begeistert. Ob er jetzt wohl erwähnen sollte, daß es anfing, dunkel zu werden?

Charles hatte die Hände in den Hüften und starrte immer noch der Flugbahn des Steines nach, als durch die

Bäume der dünne Ton einer Handglocke zu ihnen drang. »Abendessen«, sagte Charles und ging zu dem Loch und ließ sich hinunter. Als er wieder sprach, war nur noch sein Kopf über der Plattform. Schwer zu sagen, ob seine Mundfaulheit mühsam einstudiert oder inzwischen schon Gewohnheit war. »Das ist nur... eine Sache... des Loslassens...«

Stephen war so aufgewühlt, so krank vor Angst, während er auf das Loch zukroch, daß er annahm, sein Freund spreche vom Schleuderschießen. Er kam an den Rand und kauerte unglücklich daneben. Seine Hände zitterten, und die Limonade stieg ihm in die Kehle.

Charles ließ sich ein Stückchen tiefer hinunter und wartete. Er konnte sich kaum noch halten vor Lachen. Schließlich fing er sich, wischte sich über die Augen, sah zu Stephen hoch und lachte wieder. »Jetzt tu genau, was ich dir sage, sonst bist du ein toter Mann!«

Zum Ausklang eines Tages, an dem er um ein Haar ein Auto zu Schrott gefahren und einen Menschen zu Tode gequetscht gesehen hatte, von Bettlern belästigt und von einem Baum gefallen war, hatte Stephen das Bedürfnis nach einem heißen Bad. Thelma sagte, sie habe noch einiges zu lesen und könne gern noch mit dem Abendessen warten. Er ließ sich in der langen viktorianischen Wanne, die im Gästebad unter die Dachschräge gequetscht war, genüßlich einweichen. Keine Spekulationen und Erinnerungen plagten ihn. Er dachte nur an die kleinen Wellenringe auf dem Wasser, Stoßwellen seines Herzschlags. Vor ihm erhoben sich seine Knie wie Vorgebirge aus nebliger See. An seinen Fingerspitzen begann sich die Haut zu kräuseln. Er schloß die Augen und döste vor sich hin, nur hin und wieder raffte er sich dazu auf, mit dem Fuß den Warmwasserhahn aufzudrehen.

Als er sich endlich wieder unten blicken ließ, las Thelma in einer Physikerzeitschrift. Sie hatte die Ellbogen auf den Eßtisch gestützt, der nur für zwei gedeckt war. Tür und Fenster standen noch offen, jetzt schwarze Finsternis und Grillengezirp einlassend. Während sie das Essen aus der Küche holte, erklärte sie ihm, Charles habe bereits gegessen und sei zu Bett gegangen, und gewöhnlich schlafe er um neun schon. »Er ist extra für dich lange aufgeblieben.«

Das hätte Stephens Stichwort für eine Reihe von Fragen sein sollen, und für ein Gespräch über Charles' Regression. Aber er war froh, daß Thelma ihm das Tranchiermesser reichte und ihn bat, den Braten aufzuschneiden. Sie sprachen über die beste Zubereitung von Lammbraten. Thelma war guter Stimmung. Wochen in der Landluft, lange Nachmittage bei Gartenarbeit und die Möglichkeit, zu arbeiten, was sie wollte, machten sie euphorisch. Ihre nackten Füße schlurften angenehm raschelnd über die Steinfliesen, während sie mit Salat und Kartoffeln, Essig und Olivenöl zwischen Küche und Eßzimmer hin und her ging. Sie trug ein kragenloses Männerhemd, in einen weiten Rock gestopft. Um ihren Hals hing eine Kette aus bunten Holzperlen, die möglicherweise aus einem Spielzeugladen stammte. Noch immer trug sie den strengen Knoten der Physikerin im Nacken. Etwas von der alten Verständnisinnigkeit kam wieder zwischen ihnen auf. Es war schön, weit draußen auf dem Land zu leben und Besuch von einem Freund zu bekommen. Mehr noch, sie waren gerührt von Charles' Verhalten, fühlten sich befreit. Thelma brauchte nicht mehr allein mit dem Geheimnis zu leben. Sie ließ Burgunder in die Gläser plätschern. Etwas Hochherziges lag in der Luft, und während Stephen einen großzügigen Schluck von dem Wein probierte, der vom langen Stehen warm geworden war, bedauerte er seine mißtrauische Haltung. Wenn er nur wüßte, was er selbst wollte, was er sein wollte, würde er es auch schaffen.

Eine Viertelstunde, nachdem sie zu essen angefangen hatten, setzte Stephen seinen vor vielen Wochen getroffenen Entschluß in die Tat um und berichtete von seinem Erlebnis draußen in Kent. Er ließ den Bericht damit enden, daß er in Julies Cottage in einem Sessel vor dem Kamin zu sich kam. Thelma hatte ihre Trennung nie verstehen können; am liebsten möchte sie ihnen die Köpfe aneinanderschlagen, sagte sie. Er wollte sie nicht noch mehr in Rage bringen, indem er ihr von einer kurzzeitigen, verantwortungslosen Intimität berichtete. Sonst aber hielt er sich getreulich an die Details, das Gefühl, ein anderer Tag habe sich eingedrängt, die Vertrautheit des Ortes, die vor dem Pub aneinandergelehnten Fahrräder – und er ließ sich lang und breit darüber aus, was das für altertümliche Gefährte gewesen seien –, sein Wiedererkennen des jungen Paars am Tisch, die vertrauten Gesten seines Vaters, den Blick, mit dem seine Mutter zu ihm her und durch ihn hindurch geschaut habe, als wäre er nicht vorhanden, und das Gefühl des Fallens, als er wieder auf die Straße gekommen sei, das Gefühl, durch eine Art Schleuse zu stürzen.

Thelma aß beim Zuhören unbeirrt weiter, und als er fertig war, machte sie zuerst noch ihren Teller ganz leer, bevor sie fragte, was denn vor und nach diesem Erlebnis passiert sei, was ihn da beschäftigt habe. Er schilderte ihr die Eisenbahnfahrt, an die er sich nur mühsam erinnerte, und sagte, er habe wohl an den Ausschuß gedacht. Und hinterher? Aber was da geschehen war, ging Thelma nichts an. Er und Julie hätten über dies und jenes gesprochen, sagte er, Tee getrunken und den Kuchen gegessen, den Julie gebacken hatte. Dann sei er zu Fuß zum Bahnhof zurückgegangen, habe den Zug nach Hause genommen und bei Freunden zu Abend gegessen.

»Und was machst du daraus?« fragte Thelma, während sie Wein einschenkte.

Er zuckte die Achseln und sagte, er habe in Erfahrung gebracht, daß seine Eltern einmal neue Fahrräder besessen hätten.

»Erinnern sie sich an den Pub?«

»Meine Mutter nicht. Mein Vater erinnert sich nicht einmal an die Fahrräder.«

»Du hast ihnen von diesem Erlebnis nichts erzählt?«

»Nein. Ich mochte nicht. Es war mir, als hätte ich sie bei einem sehr wichtigen Gespräch belauscht.«

»Vielleicht haben sie gerade über dich gesprochen.«

»Kann sein.«

»Aber du hast mir immer noch nicht gesagt, was du daraus machst«, sagte Thelma.

»Ich weiß es nicht. Es hat etwas mit der Zeit zu tun, das ist klar; daß man etwas aus einer anderen Zeit sieht. Und da du so viele Theorien dazu auf Lager hast...«

Sie schlug die Hände zusammen. »Da fährst du also aufs Land hinaus und hast eine Vision, Halluzination oder was auch immer, und was tust du? Natürlich ziehst du Experten zu Rate. Eine Wissenschaftlerin, nichts minder. Du kommst mit der Mütze in der Hand zum Orakel, das du im stillen verachtest. Warum gehst du nicht hin und fragst einen Modernisten?«

Aber daran war Stephen gewöhnt. »Komm da runter, Thelma. Gib zu, daß du darauf brennst, mir einen Vortrag zu halten. Dir fehlen deine Studenten, sogar die dummen. Laß hören. Was ist in puncto Zeit der Stand der Wissenschaft?«

Trotz ihrer guten Laune schien Thelma nicht darauf zu brennen, ihm den üblichen Nachhilfeunterricht zu geben. Vielleicht verdächtigte sie ihn der Denkfaulheit; vielleicht sparte sie sich ihre Ideen für ihr Buch auf. Zu Anfang sprach sie jedenfalls in wegwerfendem Ton und sehr schnell. Erst später redete sie sich warm.

»Theorien gibt es heutzutage wie im Supermarkt. Du kannst dir's aussuchen. Alles schön für Laien dargelegt in Büchern des ›Denk-mal-an‹-Genres. Nach der einen Version teilt sich die Welt in jedem unendlich kleinen Sekundenbruchteil in unendlich viele mögliche Versionen, die sich laufend weiter verzweigen und auswuchern, und das Bewußtsein sucht sich da schön ordentlich seinen Weg hindurch und schafft die Illusion einer stabilen Realität.«

»Das hast du mir schon mal erklärt«, sagte Stephen. »Ich denke viel darüber nach.«

»Für meinen Geschmack kannst du ebensogut an einen bärtigen alten Mann im Himmel glauben. Dann gibt es die Physiker, die es praktisch finden, die Zeit als eine Art Substanz darzustellen, eine Auskristallisierung nicht nachweisbarer Partikel. Es gibt noch Dutzende anderer Theorien, und eine so verschroben wie die andere. Die machen es sich zur Aufgabe, ein paar Fältchen in einer kleinen Ecke der Quantentheorie zu glätten. Die Mathematik ist in einem punktuellen Sinne ja ganz vernünftig, aber der Rest, die große Theoretisiererei, ist nur ein Pfeifen im Dunkeln. Was herauskommt, ist geschmacklos und pervers. Was Zeit auch immer sein mag, jedenfalls ist die Alltagsvorstellung von ihr als etwas Linearem, Regelmäßigem, Absolutem, das von links nach rechts marschiert, von der Vergangenheit durch die Gegenwart in die Zukunft, entweder Unsinn oder nur ein winziger Teil der Wahrheit. Das wissen wir aus eigener Erfahrung. Eine Stunde kann einem wie fünf Minuten oder wie eine Woche vorkommen. Zeit ist variabel. Das wissen wir von Einstein, der hier noch immer unser Fundament ist. Nach der Relativitätstheorie ist Zeit abhängig von der Geschwindigkeit des Beobachters. Was für den einen gleichzeitige Ereignisse sind, können für einen anderen aufeinanderfolgende Ereignisse sein. Es gibt kein absolutes, allgemein anerkanntes ›Jetzt‹ – aber das weißt du ja alles.«

»Es wird mir jedesmal klarer.«

»In dichten Körpern mit ungeheuren Gravitationsfeldern – schwarzen Löchern – kann die Zeit vollends zum Stillstand kommen. Das kurzzeitige Auftreten von Partikeln in der Nebelkammer ist nur als eine Rückwärtsbewegung der Zeit zu erklären. Nach der Urknalltheorie gilt die Zeit als im selben Augenblick erschaffen wie die Materie, sie ist von ihr untrennbar. Und da liegt zum Teil das Problem – um Zeit als eine Wesenheit zu betrachten, müssen wir sie von Raum und Materie losreißen, wir müssen sie verzerren, um sie untersuchen zu können. Ich habe sagen hören, schon die Art, wie unser Gehirn geschaltet sei, begrenze unser Verständnis von Zeit, genau wie sie unsere Vorstellung auf nur drei Dimensionen beschränkt. Für mich klingt das recht nebulös materialistisch. Und pessimistisch. Aber wir müssen uns nun einmal an Modelle halten – Zeit als Flüssigkeit, Zeit als eine komplexe Hülle mit Kontaktpunkten zwischen allen Momenten.«

Stephen erinnerte sich aus seinem letzten Schuljahr:

> *»Jetzige Zeit und vergangene Zeit*
> *Sind beide vorhanden in künftiger Zeit,*
> *Und Zukunft enthalten im Gestern.«*

»Du siehst, da haben deine Modernisten schließlich doch noch ihre Daseinsberechtigung. Ich kann dir bei deiner Halluzination nicht weiterhelfen, Stephen. Die Physik kann das ganz gewiß nicht. Sie ist da nach wie vor zweigeteilt. Die beiden Säulen heißen Relativitäts- und Quantentheorie. Die eine beschreibt eine kausale und kontinuierliche Welt, die andere eine nichtkausale, diskontinuierliche Welt. Ist es möglich, beide zu versöhnen? Einstein hat es mit seiner einheitlichen Feldtheorie nicht geschafft. Ich halte es mit den Optimisten, wie meinem Kollegen David Bohm, der eine Theorie höherer Ordnung voraussieht.«

An dieser Stelle lebte Thelma auf, und Stephen verstand immer weniger. Ihn erwarteten jedesmal Tantalusqualen: eine lichtvolle Aufzählung dessen, was die besten Geister des Tages über diese ungreifbare, alltägliche Sache namens Zeit dachten, was sie in ihren Laboratorien und Riesenbeschleunigern bewiesen. Aufreizende Paradoxa wurden in Aussicht gestellt, die Bestätigung eigener Intuitionen, schwarz auf weiß. Was die Verheißung durchkreuzte, war die schiere Unverständlichkeit, die Schmach, an die Grenzen des eigenen Intellekts zu stoßen.

Zuerst hatte sie Geduld mit ihm, und er gab sich alle Mühe. Dann begann sie ihn ganz allmählich hinter sich zurückzulassen und redete von Greenscher Funktion, Clifford und fermionischer Algebra, Matrizen und Quaternionen. Bald gab sie allen Anspruch auf Konversation auf. Sie sprach zu einem Physikerkollegen, einem nichtvorhandenen Seelenverwandten. Sie sah nicht mehr ihn an, sondern starrte auf einen Punkt irgendwo links von ihm, und ihre Worte wurden zu einem unaufhaltsamen Wolkenbruch. Sie redete nur noch für ihre eigenen Ohren, sie war besessen. Sie sprach von Eigenfunktionen und Hermiteschen Operatoren, Brownscher Bewegung, Quantenpotential, Poissonscher Klammer und Schwarzscher Ungleichung. War sie den gleichen Weg gegangen wie Charles? Er beobachtete sie besorgt, wußte nicht, ob er über den Tisch hinübergreifen und versuchen sollte, sie zurückzuholen. Aber er sagte sich, sie müsse das wohl loswerden, müsse ihre Geschichte von Fermionen, Unordnung und Fluß erzählen. Sie kehrte dann auch wirklich binnen einer Viertelstunde zurück und schien ihn wieder zu bemerken. Ihr Ton verlor den monotonen Ernst, und bald redete sie wieder in allgemeineren Begriffen, die er verstand.

Er sollte ihre Erregung teilen, wenn sie voraussah, daß sich in fünfzig oder hundert Jahren, vielleicht auch eher, eine Theorie oder ein System von Theorien herausbilden würde, in dem Relativitätstheorie und Quantentheorie nur noch Sonderfälle darstellen würden. Die neue Theorie würde sich auf eine Realität höherer Ordnung beziehen, eine höhere Ebene, die Grundlage alles dessen, was ist, ein ungeteiltes Ganzes, von dem Materie, Raum, Zeit, sogar Bewußtsein, nur komplex aufeinander bezogene Verkörperungen wären, Intrusionen, die unser Verständnis von der Wirklichkeit ausmachten. Es sei nicht reine Phantasie, sich vorzustellen, daß es eines Tages mathematische und physikalische Beschreibungen für Erlebnisse der Art gebe, von der Stephen berichtet habe. Verschiedene Arten von Zeit, nicht nur die lineare, aufeinanderfolgende Zeit des normalen Menschenverstandes, könnten durch Bewußtsein von einer gemeinsamen höheren Ebene aus projiziert werden, von der das Bewußtsein wiederum nur eine Funktion sei, ein Sonderfall, der seinerseits untrennbar sei von der Materie, die sein Objekt bilde, oder dem Raum, in dem es sich ereigne.

Thelma schenkte Stephen den letzten Wein ein. Wenn die Wissenschaft anfangen könne, die Illusionen der Objektivität über Bord zu werfen, indem sie die Unteilbarkeit des gesamten Universums ernst nähe und eine mathematische Sprache dafür fände, und wenn sie anfangen könne, subjektive Erfahrung mit in Rechnung zu stellen, dann sei der kluge Junge auf dem Weg, zu einer weisen Frau zu werden.

»Denk doch einmal, wie menschlich und ansprechbar Wissenschaftler wären, wenn sie, ohne das letzte Wort haben zu müssen, in die wirklich wichtigen Gespräche über Zeit das alles einbeziehen könnten – die mystische Erfahrung der Zeitlosigkeit, die chaotische Entfaltung der Zeit in

Träumen, das christliche Moment der Erfüllung und Erlösung, die ausgelöschte Zeit des Tiefschlafs, die raffinierten Zeitkonstruktionen der Schriftsteller, Dichter, Tagträumer, die unendliche, nie sich verändernde Zeit der Kindheit.«

Er wußte, daß er einen Abschnitt aus ihrem Buch hörte. »Die langsame Zeit der Panik«, ergänzte er ihre Liste und erzählte die Geschichte von seinem Beinahezusammenstoß mit dem Lastwagen und der Befreiung des Fahrers. Von da an wand das Gespräch sich müde hin und her, und erst gegen Ende des Abends kam Thelma wieder auf Stephens Halluzination zurück, der sie inzwischen übereinstimmend diesen Namen gaben.

»Nimm mir mein langes Schwadronieren nicht übel. Das kommt davon, wenn man allein auf dem Land lebt und nur seine eigenen Gedanken zur Gesellschaft hat. Zur Erklärung dessen, was dir da passiert ist, brauchst du keine Physik. Niels Bohr hatte wahrscheinlich völlig recht, als er sagte, Wissenschaftler sollten mit der Realität nichts zu schaffen haben. Ihre Aufgabe sei es, Modelle zu entwerfen, die ihre Beobachtungen erklärten.«

Sie ging durchs Zimmer, um Lampen zu löschen und Fenster zu schließen. Stephen beobachtete sie. Das Wort *allein* brauchte lange, bis es ankam. Das grellere Deckenlicht ging an. Sie sah müde und ein wenig gebeugt aus.

»Aber tun wir das denn nicht alle?« fragte Stephen, als sie die Treppe hinaufgingen. »Ist das nicht überhaupt die ganze Wirklichkeit?«

Sie gab ihm einen flüchtigen Kuß. Ihre Lippen berührten trocken seine Wange. Er fühlte die Hitze ihres Gesichts.

Dann kehrte sie ihm den Rücken und ging über den knarrenden Flur zu ihrem Zimmer, das, wie Stephen bemerkte, als er an seiner Tür stehenblieb, nicht das ihres Mannes war.

Am nächsten Morgen schlief er lange und erwachte vom ungewohnten Lärmen der Vögel. Er blieb noch eine halbe Stunde auf dem Rücken liegen und beschloß, nach London zurückzufahren. Nach zweieinhalb Jahren war es ihm immer noch nicht geheuer, von zu Hause fort zu sein, wenn Kate oder jemand, der wußte, wo sie war, an seine Wohnung klopfen könnte. Außerdem hatte er keine Lust, noch einen Tag mit Charles im Wald zu verbringen. Es war genug passiert für einen Tag. Jetzt wollte er nur noch vor dem Fernseher auf der Couch liegen, umgeben von vertrautem Chaos.

Er ging nach unten und trat ins blendende Licht des Gartens. Thelma saß im Schatten und las ein Buch. Charles sei früh in den Wald gegangen und wolle sich mit ihm bei der Baumhütte treffen. Als er sein Vorhaben erklärte, versuchte sie ihn nicht zum Bleiben zu drängen. Sie tranken zusammen eine Tasse Kaffee, dann begleitete Thelma ihn durch den grünen Tunnel und bewunderte gebührend den abgerissenen Türgriff und Außenspiegel. Stephen öffnete die Beifahrertür, stieg aber noch nicht ein. Um sie herum summten zornige Insekten in den Nesseln.

Thelma war zur Fahrertür herumgegangen. Sie lächelte über das flimmernde Dach zu ihm herüber. »Schon gut, du kannst es ruhig sagen. Er ist völlig verrückt geworden.«

»Sag du mir das.«

»Weißt du, es wäre schlimmer gewesen, wenn wir geblieben wären. Es ist ja nicht plötzlich gekommen. Seit Jahren deutete es sich an. Was meinst du, warum er so wild auf dein erstes Buch war?«

Stephen zuckte die Achseln. Er trug einen vor kurzem gereinigten Leinenanzug und ein frisches weißes Hemd. Der Autoschlüssel war in seiner Hand, die Brieftasche steckte wohlverwahrt in seiner Innentasche – die Requisiten des Erwachsenseins. Er freute sich schon auf die einsame Fahrt. Was ihm gestern abend an Charles' Phantasien so wild und befreiend vorgekommen war, erschien ihm jetzt nur albern, etwas, woraus er sich ganz schnell zurückziehen sollte. Das Metallband seiner Armbanduhr klemmte ihm am Handgelenk die Härchen ein. Er rückte es zurecht und schickte sich an, in den Wagen zu steigen.

Sie hob warnend den Zeigefinger. »Jetzt spiel mir hier nicht den Mann von Welt.«

Er rutschte über den Beifahrersitz und steckte den Schlüssel ins Zündschloß.

Sie sprach durchs offene Fenster. »Er ist glücklich.«

»Das sehe ich. Und du?«

»Ich arbeite.«

»Und ganz allein.«

Thelma schob die Lippen vor und sah weg.

Stephen ärgerte sich über seine Freunde. Immer hatten sie es fertiggebracht, aufregend zu sein und zugleich fest auf dem Boden zu stehen. Jetzt schien es eher, als würden sie alles verpfuschen.

Thelma streckte die Hand durchs Fenster und legte sie auf seinen Arm. »Stephen, sei nachsichtig ...«

Er nickte kurz und ließ den Motor an.

Sechs

»Wem es von Natur aus schwerfällt, seinen Kindern mit Autorität zu begegnen, sollte die systematische Anwendung von Belohnungen ernsthaft in Betracht ziehen. Ein Stückchen Schokolade, etwa für braves Zubettgehen, ist unterm Strich die minimalen Schäden an den Zähnen wert, die ja ohnehin bald nachwachsen. In der Vergangenheit wurde den Eltern allzuviel abverlangt, wenn es hieß, sie sollten ihre Kinder um jeden Preis zur Selbstlosigkeit erziehen. Ansporn ist schließlich die Grundlage unserer Wirtschaftsordnung und prägt notwendigerweise unsere Moralbegriffe; nichts auf der Welt spricht dagegen, daß ein Kind, wenn es sich gut benimmt, dabei auch Hintergedanken haben darf.«

Autorisierter Leitfaden zur Kindererziehung, HMSO

Der Regen kam Ende September, herangepeitscht von Stürmen, die in einer knappen Woche fast alle Bäume entlaubten. Das Laub verstopfte die Gullis, und manche Straßen wurden zu schiffbaren Flüssen; alte Leute wurden von Polizisten in Wasserstiefeln aus Kellerwohnungen gerettet, und es herrschte aufgeregte Krisenstimmung, jedenfalls im Fernsehen. Die Wetterexperten waren gefordert, zu erklären, warum es keinen Herbst gebe, warum aus dem Sommer von einer Woche zur andern Winter geworden sei. An tröstlichen Theorien herrschte kein Mangel – nahende Eiszeit, schmelzende Polkappen, Ozonloch durch Fluorkohlenwasserstoffe, die Sonne im Todeskampf. Aus innerstädtischen Kasernen, von deren Existenz niemand gewußt hatte, kamen Soldaten mit Hochleistungspumpen. Das Fernsehen zeigte einen Militärhubschrauber, der einen gestrandeten Jungen aus einem Baum rettete, und in den Nachrichtensendungen zeigten Polizeichefs und Militärkommandanten mit Stöcken auf Landkarten. Den Innenminister, Charles' ehemaligen Chef, sah man beim Besuch der am schlimmsten betroffenen Gebiete. Die Regierungspressestelle tat die persönliche Betroffenheit des Regierungsoberhauptes kund. Aus wohlinformierten Kreisen hieß es, das Wetter sei gut für die Regierung, denn obschon noch niemand wisse, wie man dem Regen Einhalt gebieten könne, sehe man eben doch, daß etwas getan werde. Es regnete fünfzig Tage am Stück. Dann hörte es auf, das normale Leben nahm wieder seinen Gang, und es war nicht mehr lange bis Weihnachten.

Das Wetter hatte wenig Einfluß auf Stephens Lethargie. Durch die Olympiade hatte er Geschmack an Vor- und Nachmittagsfernsehen bekommen. Ein neues Ganztagsprogramm, gesponsert von der Regierung und spezialisiert auf Sport und Talkshows, Werbung und Zuschaueranrufe, war auf Sendung gegangen. Stephen lag in Schlafanzug und dickem Wollpullover, einen Whisky in der Hand, lang auf der Couch ausgestreckt und sah sich mit der glasigen Geduld des Süchtigen die Sportsendungen an. Ein Eiskübel fing in einer Zimmerecke das von der Decke tropfende Wasser auf. Die Moderatoren der einzelnen Sendungen glichen einander so sehr, daß er sich richtig für sie zu erwärmen begann. Sie waren Profis, die sichtlich ihre Pflicht taten und sich an die Konventionen hielten, auf deren formale Beschränkungen sie gelegentlich mit einem zynischen Seitenhieb hinwiesen. Und er fand Gefallen an den rührend verletzlichen Paaren, die da auf die Bühne gerufen wurden und einander nie von den Händen ließen, den pompösen Fanfaren, mit denen wieder ein neues Fertiggericht feierlich enthüllt wurde, den halbnackten Assistentinnen mit ihren tapferen, festgewachsenen Lächeln.

Nur das Publikum ließ ihn zeitweise zum rasenden Misanthropen werden. Diese hündische Lust, dem Showmaster zu gefallen und an ihm Gefallen zu haben, diese Bereitschaft, auf Kommando zu klatschen und zu jubeln und mit Plastikfähnchen zu winken, auf denen das Motto der jeweiligen Show stand; die Leichtigkeit, mit der ihre Stimmung zu steuern war, eben noch aufgeputscht zu ausgelassenem Gebrüll, gleich darauf in ernste Stille gewiegt – ein bißchen frech, ein bißchen rührselig und nostalgisch; betreten, vom Showmaster in Verlegenheit geredet und schon wieder fröhlich. Es waren Erwachsenengesichter, die sich da ins Scheinwerferlicht reckten, sie gehörten Eltern, arbeitenden Menschen, und doch waren es die aufgerissenen Augen von Kindern bei der Nachmittagsvorstellung eines Zauberkünstlers. Eine geradezu religiöse Ehrfurcht schien sie zu lähmen, wenn der Showmaster herabstieg und unter ihnen wandelte, sich anbiedernd, tadelnd, schmeichelnd. *Kriegst du auch genug von ihr, Henry? Zu essen, meine ich. Ja? Ja? Nun sag schon. Kriegst du genug?* Und da saß Henry, ein weißhaariger Mann mit Lesebrille, der in einem besser geschnittenen Anzug ohne weiteres als ein Staatsoberhaupt hätte auftreten können, und kicherte und sah seine Frau bedeutungsvoll an, bevor er die Hände vors Gesicht schlug und ringsum alles johlte und klatschte. War es ein Wunder, daß die Welt von Schwachköpfen regiert wurde, wenn diese einfältigen Seelen an die Wahlurnen gingen, diese »normalen Leute« – ein Wort, das bei den Showmastern hoch im Kurs stand –, diese Kleinkinder, die sich nichts sehnlicher wünschten, als gesagt zu bekommen, wann sie zu lachen hatten? Stephen kippte seine Flasche und nuckelte und hätte ihnen allesamt am liebsten das Wahlrecht entzogen. Mehr noch, Prügel sollten sie bekommen, den Hintern verdroschen; nein, sie gehörten gefoltert. Was unterstanden sie sich, Kinder zu sein! Er wollte sich ja, tolerant und verständig wie er war, gern anhören, wozu diese Leute nützlich waren und warum man sie am Leben lassen sollte.

Solche Anfälle – des Demokraten Pornographie – hatten für Stephen etwas so wohlig Entwürdigendes wie nur irgend etwas. Sie erreichten ihren Höhepunkt, kurz bevor er sich zu erinnern geruhte, daß seine eigenen Eltern – und Mutters Schwester Phyllida, und ihr Gatte Frank, und ihre erwachsene Tochter Tracy – auch einmal zu einem solchen Studiopublikum gehört und den Spaß ihres Lebens gehabt hatten. Alle hatten sie von dort ein Medaillon mitgebracht, das auf der einen Seite den Showmaster im Profil zeigte, lorbeerbekränzt wie ein Kaiser, und auf der Rückseite zwei in Freundschaft fest verschlungene Hände.

Vielleicht wurde es dann einmal Zeit, aufzustehen und den Eiskübel zu leeren, sich in der Küche ein Sandwich zu machen oder einen neuen Drink einzuschenken oder einfach eine Zeitlang aus dem offenen Fenster hinunterzusehen auf die überflutete Straße. Er hatte alles mögliche dort zu tun, und wenn er es überdrüssig wurde, konnte er auch wieder vor den Fernseher zurückkehren. Der Parmenter-

Ausschuß hatte noch fast einen Monat Ferien, und er stellte ärgerlich fest, daß er die wöchentlichen Sitzungen und das Gerüst, das sie seinem Grübeln gaben, vermißte. Es störte ihn, daß er von Julie nichts hörte und es nicht über sich brachte, ihr ohne Ressentiment zu schreiben. Trotz festen Vorsatzes hatte er seine Eltern nicht wieder besucht. An Charles konnte er nur mit Wut im Bauch denken. Aber mehr als das alles beschäftigte ihn Kates Geburtstag. Nächste Woche würde sie sechs, wo immer sie war.

Seit Tagen war er drauf und dran, einen Spielzeugladen nicht weit von seiner Wohnung aufzusuchen. Die Idee war zum Lachen. Sie parodierte sozusagen seinen Schmerz. Das gewollte Pathos machte ihn nur laut stöhnen. Es wäre bloßes Theater, die Zurschaustellung eines Irrsinns, den er nicht wirklich empfand. Aber die Idee wuchs weiter. Er könnte ja mal ein Stückchen in die Richtung spazieren, sich vorstellen, was er ihr wohl gekauft haben würde. Es war töricht, es war Schwäche, es würde ihm unnötig weh tun. Doch die Idee wuchs immer noch weiter, und eines Morgens schnappte er sich beim Zeitschriftenhändler eine Rolle buntes Geschenkpapier und warf es dem Verkäufer hin, bevor er es sich noch anders überlegen konnte. Ein Spielzeug zu kaufen, würde zwei Jahre der Anpassung zunichte machen, es wäre unvernünftig, unbeherrscht, selbstzerstörerisch; und schwach, vor allem schwach. Es waren die Schwachen, die zwischen der Welt, wie sie war, und der Welt, die sie sich wünschten, die Grenze nicht zu ziehen wußten. Du darfst nicht schwach sein, sagte er sich, du mußt zu überleben versuchen. Wirf dieses Papier weg, gib deinen Phantasien nicht nach, geh nicht diesen Weg. Womöglich kommst du nie mehr zurück. Es ging nicht, aber er konnte nicht aufhören, es zu wollen.

Die Einsamkeit hatte einen kleinen Hang zum Aberglauben in ihm genährt, eine Neigung zu magischem Denken. Das schlug sich in seinen alltäglichen Ritualen nieder, die er in der ewigen Stille seiner eigenen Gesellschaft immer starrer befolgte. So rasierte er immer zuerst seine linke Gesichtshälfte, begann sich nie die Zähne zu putzen, bevor er die Kappe wieder auf die Zahnpastatube geschraubt hatte, betätigte die Toilettenspülung mit der linken Hand, obwohl das unpraktisch war, und achtete dieser Tage peinlich darauf, mit beiden Beinen gleichzeitig aus dem Bett zu steigen. Das magische Denken fand denn auch rationale Gründe für den Gang zum Spielzeugladen.

Vor allem anderen wäre dies ein Akt des Glaubens an die Weiterexistenz seiner Tochter. Da sie diesen Tag gewiß nicht feiern würde, wäre es eine Bestätigung ihres vorherigen Lebens, ihrer rechtmäßigen Abstammung, der Wahrheit über ihre Geburt – er hatte sich schon die Lügen ausgemalt, die man ihr bestimmt darüber erzählt hatte. Die Begehung eines Mysteriums würde ungeahnte Strukturen von Zeit und Zufall freilegen, die Zahlenmagie der Geburtsdaten aktivieren, Ereignisse in Gang setzen, die sonst nicht eintreten würden. Mit dem Kauf eines Geschenks würde er demonstrieren, daß er noch nicht geschlagen war, daß er das Überraschende, Aufregende zu tun vermochte. In Freude eher als in Trauer würde er das Geschenk für sie kaufen, im Geiste liebevoller Verschwendung, und indem er es nach Hause brächte und verpackte, würde er dem Schicksal ein Angebot machen oder einen Handel vorschlagen –

Sieh, ich habe das Geschenk gebracht, nun bring du das Mädchen wieder. Wenn der Kauf ihm Schmerz bereitete, so war dieser Schmerz ein notwendiges Opfer. Da er alle Möglichkeiten der materiellen Ebene ausgeschöpft, die Straßen abgesucht, Anzeigen in die regionalen Zeitungen gerückt, für Informationen großzügige Belohnungen ausgesetzt und vergrößerte Fotos an Bushaltestellen und Häuserwände geklebt hatte, konnte er jetzt sinnvoll nur noch auf der Ebene des Symbolischen und Übersinnlichen handeln, sich mit jenen unerkannten Mächten verbünden, die sich mit Wahrscheinlichkeiten befaßten, Atome so verteilten, daß Festes fest war, und zugleich alle physikalischen Ereignisse bestimmten, letztlich sogar alle persönlichen Geschicke. Was hatte er denn zu verlieren?

Der Spielzeugladen nahm einen Abschnitt eines umgebauten Lagerhauses ein und war angelegt wie ein Supermarkt. Drei geräumige Gänge unter hohen Leuchtstofflampen führten hindurch, und an der Tür befand sich eine Kassenreihe mit Einkaufswagen und gestapelten Einkaufskörben daneben. Der Fußboden war aus federndem schwarzem Gummi, das nach Modernität und Tüchtigkeit roch. An der Wand warnte eine in imitierter Kinderschrift mit Leuchtfarben bemalte Tafel, daß für Beschädigungen bezahlt werden müsse. Aus Lautsprechern über Lampenverkleidungen kam kindgemäße Musik – eine muntere Klarinette, ein Glockenspiel, eine Schnarrtrommel. Kate hatte Geburtstag. Da es früher Montagmorgen war und regnete, als Stephen hinkam, waren keine Kunden im Laden. An der einzigen geöffneten Kasse saß ein junger Mann mit sehr kurzem Haar und schwarzem Ohrstecker und schrieb etwas in ein Notizbuch. Ehe Stephen durch das gummigepolsterte Drehkreuz ging, blieb er stehen, um seinen Mantel auszuziehen und den Schirm auszuschütteln.

Die Anordnung war simpel. Am einen Ende des Ladens dominierten olivfarbenes Kriegsgerät und silbergenietete, waffenstarrende Raumschiffe, am anderen das zarte Pastell von Babysachen und das schimmernde Weiß kleinformatiger Küchen. Stephen ging mit seinem nassen Mantel über dem Arm einmal durch den ganzen Laden, vom Schlachtfeld zur Tretmühle, und entdeckte die interessanteren Sachen genau dazwischen, wo die Imitate der Erwachsenenwelt dem reineren Vergnügen wichen – einen aufziehbaren Gorilla, der an einem Wolkenkratzer hochkletterte, um eine Münze abzuliefern, einen Apparat zum Farbenspritzen, ein Furzkissen, eine Knetmasse, die leuchtete und quietschte, wenn man sie formte, einen unberechenbar hüpfenden Ball.

Das alles legte er zögernd eins ums andere in die Hände einer Sechsjährigen, die er so gut kannte wie sich selbst. Er mußte ihre Reaktionen testen. Sie war ein zurückhaltendes Mädchen, in Gesellschaft zumindest, mit geradem Rücken und dunklem Pony. Sie war eine Phantastin, eine Tagträumerin, die fremdartig klingende Wörter liebte, heimliche Tagebücher führte, unerklärliche Gegenstände hortete. Die ersten Sachen, die er auswählte, waren harmlos: ein Satz Buntstifte und eine Holzkiste voll kleiner Kühe und Pferde. Sie liebte Plüschtiere mehr als Puppen, also legte er eine lebensgroße graue Katze in den Einkaufskorb. Sie war eine Kichergans und spielte gern Streiche. Er nahm das Kissen und eine Blume, die Wasser verspritzte. Damit konnte sie ihre Mutter plagen. Er blieb vor einem Regal mit Puzzlespielen stehen. Er war nicht verrückt, er wußte, was Realität war. Er wußte, was er tat, er wußte, daß sie fort war. Er hatte sich das alles ganz genau überlegt und machte sich nichts vor. Er tat das alles nur für sich, und ohne Illusionen. Dann fuhr er fort. Für die abstrakte, enge Welt der Puzzles hatte sie nicht viel übrig. Ihre Intelligenz nährte sich von menschlichem Kontakt, den regeren Verwicklungen der Phantasie und Verstellung. Sie verkleidete sich gern. Er griff nach einem Hexenhut, dann ging er zurück und tauschte die graue Katze gegen eine schwarze aus. Jetzt glaubte er sein Thema gefunden zu haben. Immer schneller riß er Sachen von den Regalen. Er schnappte sich ein paar Zauberkugeln, die sich bei Berührung mit Wasser in Blumen verwandelten, ein Buch mit Zaubersprüchen und Hexenrezepten, ein Fläschchen unsichtbare Tinte, eine Tasse, in der das hineingegossene Wasser verschwand, einen Nagel, der aussah wie durch den Kopf seines Trägers gestoßen.

Er verlief sich in die Jungenabteilung. Zweifellos war sie ein anmutiges Kind, aber mit einem Ball wußte sie nichts anzufangen, und es wurde Zeit, daß sie es lernte. Er nahm einen Plastikstrumpf mit Tennisbällen von den Regalen. Er wog einen Cricketschläger in der Hand, Kindergröße und gut gearbeitet, echt Weidenholz. War das allzu betont gegen das Rollenspiel? Er nahm ihn trotzdem mit – gut für den Strand. Jetzt war er mittendrin im Jungenrevier, ging an Pistolen, Messern, Flammenwerfern, Strahlenkanonen und Spielzeughandschellen vorbei und fand endlich, was er augenblicklich als das Richtige erkannte: *das* Geschenk für Kate. Ein Satz Sprechfunkgeräte, batteriebetrieben, Kurzwelle, frequenzmoduliert. Auf der Packung unterhielten ein Junge und ein Mädchen sich damit fröhlich über einen kleinen Gebirgszug hinweg, der aussah wie eine Mondlandschaft. Aus den Antennen ihrer Handapparate sprühten bogenförmige weiße Blitze, Sinnbilder für Funkwellen und Aufregung.

Er nahm eine von den rund fünfzig aufgestapelten Schachteln. Im Korb war kein Platz mehr dafür. Als er zur Kasse ging, hatte er es plötzlich eilig, mit seinen Schätzen nach Hause zu kommen, sie auszubreiten und für jedes einzelne Stück seine Kaufgründe zu rekapitulieren. Besser noch, Julie hätte sie mit ihm durchgehen können; sie hätte eigene Ideen dazu gehabt, eine reichere Auswahl an Möglichkeiten aufgezeigt, dem Schicksal ein größeres Angebot gemacht... Aber ich weiß ja, was Realität ist, dachte er, als er eine erstaunlich hohe Summe hinblätterte. Er wußte, daß Julie mit ihren Partiten, den Notenheften und spitzen Bleistiften in ihrem feuchten Cottage saß und ihn gewissenhaft aus ihrem Leben strich. In seiner Hast vergaß er seinen Schirm am Eingang, aber er fühlte sich in seinen kühnen Eingebungen bestätigt, als es zu regnen aufhörte, sowie er den leeren Parkplatz vor dem Laden überquerte.

Zu Hause packte er die Funkgeräte zuletzt aus. Als er die Batterien einsetzte, fiel ihm ein rechteckiges Papier in die Hand. »Die maximale Reichweite dieser Geräte«, hieß es darauf, »entspricht den amtlichen Bestimmungen.« Er legte den einen Apparat ans Ende seines langen Flurs, gleich bei der Haustür. Dann machte er ein paar Schritte rückwärts, hob den anderen Apparat vor den Mund und drückte auf den Sendeknopf. Er hatte »eins, zwei, drei« sagen wollen, aber da niemand da war, der sich etwas dabei hätte denken können, und weil er genau wußte, was er tat und daß er nicht verrückt war, stimmte er in krächzendem Bariton »Happy Birthday« an und ging dabei immer weiter über den Flur zurück. Was er vom anderen Ende vernahm, war die krude Imitation einer Stimme, blechern, kratzig, mit raschelnden Konsonanten und gedämpften Vokalen. Es hätte wahrhaftig eine Übertragung vom Mond sein können. Aber es funktionierte, es würde Spaß machen. Als er ein gutes Dutzend Schritte entfernt und bei der vorletzten Zeile seines Ständchens war, setzte die Übertragung aus. Er machte einen Schritt vorwärts, und sie war wieder da, also blieb er dort stehen, genau in Höchstreichweite, um die letzte Zeile zu singen. Dieses Gerät zwang zur Nähe. Das paßte in den Plan.

Es war am frühen Nachmittag, beim Einwickeln der Geschenke, als seine Munterkeit sich legte und er den ersten Stich der Sinnlosigkeit spürte. Er hatte vor sich hingepfiffen, als er plötzlich abbrach, in der Hand einen langen, mit falschem Blut beschmierten Nagel. Aller Sinn versickerte im Nu. Er wollte nicht die Hälfte der Geschenke uneingepackt lassen. Schnell und weniger sorgfältig arbeitete er weiter. Der Schwanz der schwarzen Katze lugte aus dem Papier hervor und verriet sie. Er ging in die Küche, um sich eine neue Flasche Scotch zu holen, und kehrte ins Wohnzimmer zurück. Gut fünfzehn mißgestaltete Päckchen in rotem Papier lagen auf dem Boden verstreut. Was ihn bestürzte, war die Menge. Er hatte *ein* Geschenk im Sinn gehabt, einen einzigen symbolischen Gegenstand, um damit gegen ihre Abwesenheit zu protestieren, seine Verspieltheit zu bekräftigen, das Schicksal zu erpressen. Nun schalt dieser Stapel ihn einen Schwachkopf. Eine traurige Überfülle. Er kramte die Päckchen auf den Tisch und schob sie dicht zusammen, damit sie nach weniger aussahen.

Er fand sich an seinem gewohnten Platz am offenen Fenster wieder. Das Naheliegende wäre gewesen, an Kates Geburtstag Julie zu besuchen. Dabei könnte er ja noch einmal zu dem Pub gehen, »The Bell«, und warten, ob etwas passierte. Um sich zu beschäftigen, verbrachte er eine Viertelstunde am Telefon und erkundigte sich nach Zugverbindungen, wechselte die Schuhe, verriegelte die Tür zur Feuerleiter. Er steckte sich ein Notizbuch samt Füller in die Jackentasche. Dann ging er ans Fenster zurück. Verkehr, stetiger Nieselregen, geduldig wartende Einkäufer am Fußgängerüberweg – es war ein Wunder, daß es die ganze Zeit soviel Bewegung geben konnte, soviel Zielstrebigkeit. Ihm selbst ging sie ab. Er wußte, daß er nicht fahren würde. Er fühlte, wie die Luft geräuschlos aus ihm entwich, wie sein Brustkorb und Rückgrat schrumpften. Schon fast drei Jahre vergangen und immer noch auf Grund, gefangen im Dunkeln, eingehüllt in seinen Verlust, von ihm geformt, den normalen Gefühlsströmen entzogen, die hoch über ihn hinwegzogen und ausschließlich anderen gehörten. Er rief sich die Dreijährige in Erinnerung, ihren geschmeidigen Körper, der sich so behaglich an ihn schmiegte, den reinen Ernst ihrer Stimme, das feuchte Rot und Weiß von Zunge und Lippen und Zähnen, ihr bedingungsloses Vertrauen. Das Erinnern wurde schwieriger. Sie verblaßte, und die ganze Zeit schwoll seine nutzlose Liebe, beschwerte und entstellte ihn wie ein Kropf. Er dachte: Ich will dich haben.

Ich will dich wiederhaben. Ich will dich jetzt zurückgebracht bekommen. Nichts anderes will ich. Ich will nichts anderes mehr als wollen, daß du wiederkommst. Es wurde zu einer Zauberformel, deren Rhythmus sich zu einem Pochen verdichtete, einem körperlichen Schmerz, bis alles, was vorher war, in den Worten lag: Es schmerzt. In sich zusammengesunken stand er am Fenster, das leere Glas in der Hand, und ließ seine Gedanken zusammenschrumpfen auf diese beiden Worte.

Reglos stand er da und merkte nicht, wie die Zeit verging. Der Regen setzte eine Weile aus, dann fing es um so stärker an zu gießen. Endlich hörte er aus einer anderen Wohnung das ferne Bimmeln einer Uhr, die zwei schlug und ihn an etwas erinnerte, was er nicht verpassen wollte. Er kam vom Fenster, wandte den Blick von dem Stapel auf dem Tisch und schaltete den Fernseher ein. Sekundenbruchteile vor dem Bild kam der Ton, das dynamische Gedröhn eines bekannten Showmasters. Er machte sich's bequem und griff nach der Flasche.

In dieser Zeit der Untätigkeit riefen Freunde an, heimgekehrt von sommerlichen Auslandsreisen, und wollten wissen, wie es Stephen ging und ob er mit ihnen zu Mittag oder zu Abend essen wolle. Dann stand er im Schlafanzug am Telefon und versuchte hellwach und freundlich zu klingen, aber bestimmt. Er habe ein Buch angefangen, einmal etwas ganz anderes, und arbeite Tag und Nacht und wolle auf keinen Fall aus dem Tritt kommen. Diese Lüge tischte er in zwei Wochen gleich ein halbes dutzendmal auf und brachte sie mit der Zeit so überzeugend vor, daß er sich allmählich wünschte, es sei die Wahrheit. Täglich ein bestimmtes Pensum an Wörtern in die Maschine zu tippen, abends unter der Schreibtischlampe zu sitzen und das Geschriebene mit schwarzer Tinte zu überarbeiten, es noch einmal abzutippen und am nächsten Tag dann weiterzumachen, etwas nur Halbgewußtes aufzuknoten – er glaubte fast schon selbst daran, wenn er sich am Telefon damit entschuldigte. Aber er wußte, daß er nicht die Ausdauer, den unentbehrlichen Optimismus hatte, der die Mühsal des Schreibens erst ermöglichte. Und Ideen – allein das Wort machte ihn gähnen. Seine Freunde waren verständnisvoll und freuten sich rührend für ihn, und an diesem Punkt schämte er sich dann immer ein wenig seiner Fabel und versuchte, das Gespräch so schnell wie möglich zu beenden. Dies wurde wiederum als Arbeitseifer ausgelegt. Wenn er dann zu seiner Couch, zu Whisky und Fernsehen zurückkehrte, war er für die nächste Stunde so abgelenkt, daß er sich nicht konzentrieren konnte.

Ein Anruf jedoch war anders. Eine um sorgfältige Aussprache bemühte Stimme fragte, ob sie mit Stephen Lewis spreche, und stellte sich dann mit einem ellenlangen Titel vor, von dem er nur die Schlüsselwörter mitbekam – Abteilungsleiter, Kabinett, Ministerium, Protokoll. Alle drei Monate, so der Abteilungsleiter, würden einige Leute, Nichtpolitiker, die auf ihrem Gebiet etwas zu sagen hätten, zu einem Lunch nach Downing Street eingeladen. Es handle sich um informelle Treffen im kleinen Kreis, von denen nicht viel Aufhebens gemacht werde. Was da gesprochen werde, gelte als inoffiziell. Journalisten würden nicht oft eingeladen. Die Herren kämen im dunklen Anzug mit

Krawatte, nichts Auffallendem. Schuhe mit Stahlkappen seien nicht zugelassen. Geraucht werden dürfe nach dem Lunch, aber nicht vorher. Die Gäste, nur vier bei jedem Lunch, sollten sich eine volle Stunde vorher im Kabinettsbüro einfinden und sich bei der Rezeption anmelden. Sie sollten Verständnis und Geduld aufbringen, wenn sie von jeweils zwei Angehörigen des eigenen Geschlechts gründlich durchsucht würden. Tonbandgeräte und Fotoapparate würden konfisziert und vernichtet. Persönliche Gegenstände wie Nagelscheren und -feilen, Stahlkämme, metallene Schreibwerkzeuge, Brillenetuis und Münzgeld würden eingezogen und hinterher zurückgegeben. Die Gäste sollten bei der Rezeption zwei farbige, auf der Rückseite unterschriebene Paßbilder aus neuerer Zeit vorlegen. Eines davon werde in den Besucherausweis eingeschweißt, der die ganze Zeit am linken Revers zu tragen sei. Das zweite Foto sei für amtliche Zwecke bestimmt und werde nicht zurückgegeben. Die Essen seien zwanglos, es gebe keine feste Tagesordnung für die Gespräche, die meist beliebige Themen von allseitigem Interesse behandelten. Folgende Themen seien indessen nicht angebracht, da sie sowohl im Unterhaus als auch in regierungsamtlichen Erklärungen und Presseverlautbarungen hinreichend abgehandelt würden: Verteidigung, Arbeitslosigkeit, Religion, das Privatleben der Kabinettsmitglieder und der Termin der nächsten Unterhauswahl. Der Lunch würde um ein Uhr beginnen, Ende etwa zehn Minuten nachdem der Kaffee serviert worden sei.

Der Abteilungsleiter machte eine Pause. Stephen hatte sich schon seine Entschuldigung zurechtgelegt: die begonnene Arbeit, das Neuland, in das er aufbrechen wolle und so weiter. Aber je mehr die Auflagen zu diesem Ereignis ins Kraut schossen, desto mehr wuchs perverserweise sein Interesse.

»Verstehe ich richtig, daß Sie mich einladen?« fragte er schließlich.

»Hm, nicht ganz. Ich rufe an, um festzustellen, wie Sie reagieren würden, wenn, und ich sage nur, wenn Sie eine Einladung bekämen.«

Stephen seufzte. Aus dem Wohnzimmer kam Gelächter, dann tosender Applaus. Ein besonders hilfloses junges Pärchen saß in getrennten schalldichten Kabinen und plauderte seine gegenseitigen sexuellen Schrullen aus. Er zog die Telefonschnur ins Zimmer, hatte den Apparat aber erst am Tag zuvor verstellt, so daß er gerade außerhalb seines Gesichtsfelds stand.

Der Abteilungsleiter ließ sich von Stephens Zaudern nicht beeindrucken. Er sagte wie zu einem Kind: »Der Premier liebt es nicht, Absagen zu bekommen, und ich habe unter anderem dafür zu sorgen, daß es keine gibt. Es bekommen nur solche Personen eine Einladung, die sie wahrscheinlich annehmen werden. Unser Gespräch ist indessen nicht als Einladung zu verstehen. Ich möchte nur wissen, wie Sie dazu stünden, falls Sie eine erhalten sollten.«

»Ich komme«, sagte Stephen, während er um den Türpfosten herum auf den Bildschirm spähte. Das Paar war aus den Kabinen heraus. Der Mann schluchzte hinter vorgehaltenen Händen und wollte von der Bühne. Der Showmaster hielt ihn jedoch energisch am Ellbogen fest.

»Sie meinen, Sie würden kommen, wenn Sie eine Einladung bekämen.«

»Richtig.«

»Dann könnte vielleicht eine Einladung an Sie unterwegs sein«, sagte der Abteilungsleiter und legte auf. Stephen eilte ins Wohnzimmer.

Es war eine Freude, als es endlich Mitte Oktober wurde und Zeit, wieder einmal durch die lauten Straßen nach Whitehall zu gehen, den Kragen hochgeschlagen, den Schirm hoch über dem Kopf. Die Luft war frisch und staubfrei; es war Stoßzeit, und die Passanten gingen schnell und zielstrebig ihrer Wege. Das Jahr neigte sich schneller als je zuvor seinem Ende entgegen, nachdem es eine Jahreszeit übersprungen hatte, und es herrschte allgemeine Aufbruchstimmung. Stephen schritt kräftig aus und wich, wenn nötig, zum Überholen in den Rinnstein aus. Ein Ziel zu haben, einen Ort, wo man erwartet wurde, einen Fetzen Identität, war eine Wohltat nach einem Monat Fernsehen und Scotch. Dem altbekannten, schweigsamen Wächter seinen Paß zu zeigen, zwischen gutgekleideten, von ihrer Wichtigkeit überzeugten Leuten durch die Marmorhalle zu schreiten, tief in das Gebäude vorzudringen, auf Anhieb zu wissen, welchen Flur, welche Treppen man nehmen mußte, genau im richtigen Zimmer anzukommen und mit Kollegen zu plaudern, Kaffee aus Plastikbechern zu schlürfen, die den Stempel des Ministeriums trugen und aus einem Automaten auf dem Flur stammten, der durch dieselbe Tülle auch Zwiebelsuppe austeilte – kleine Wiederholungen wie diese waren es, weswegen Menschen an ihren Jobs klebten, egal wie stumpfsinnig. Stephen konnte es sich gerade noch verkneifen, lauthals zu singen.

Statt dessen klimperte er mit den Hausschlüsseln in seiner Tasche. Da war Emma Carew, die über alles lachte, was er sagte, deren Halssehnen vor Fröhlichkeit jeden Moment zu zerreißen drohten; und Colonel Tackle, der Stephen mit männlichem Handschlag begrüßte und von Tomatenanbau in einem regenlosen Sommer sprach. Hermione Sleep, die einen Seidenschal um den Kopf trug und sich noch an seine allerhöchste Audienz erinnerte, lotete ihn nach einem Abendessen aus. Er fing einen fragenden Blick von Rachael Murray auf, die sich auf der anderen Seite des Zimmers hielt, abseits von dem Geschnatter. Am Ende der letzten Sitzung vor der Pause hatten sie ihre Telefonnummern ausgetauscht, aber weder er noch sie hatte angerufen. In seiner Hochstimmung bereute Stephen das jetzt und beschloß, sich mit ihr zu treffen. Am großen Fenster eröffneten die drei Akademiker und ein paar andere ein lautes Privatseminar. Dann kam Lord Parmenter, eine winzige rote Rose am Revers seines grauen Nadelstreifenanzugs. Er blieb bei der Tür stehen, den prächtig gebräunten Kopf gesenkt wie zu einem kurzen Moment stillen Gebets. Dann gurgelte er die Anwesenden zur Ordnung.

Es folgten die Eröffnungsformalitäten. Endlich räusperte Canham sich laut und stand auf, um ein paar Entwürfe für ihren Abschlußbericht zu verlesen. Darauf gab es zwanzig Minuten vielstimmigen, gedämpften Protest, bis Parmenter einschritt. Man könne darüber später diskutieren, denn nun sei es Zeit für weitere Anhörungen, und man solle Gäste nicht warten lassen. Der Ausschuß hörte sich also zwei weitere langweilige Expertenerklärungen an, und Stephen gab sich einmal mehr dem Luxus strukturierten Tagträumens hin.

Der Verfall der modernen Ehe war Gegenstand Dutzender Romane gewesen, die er in den letzten zwanzig Jahren gelesen hatte, Thema von Filmen, an die er sich nicht mehr erinnerte, von losem Gerede und ernster Diskussion unter betroffenen Freunden; er war mit den Protagonisten in die Kneipe gegangen, hatte ihnen die Hand gehalten und zugehört oder sie bei sich aufgenommen. Einmal, als er kaum zwanzig war, hatte er sich so tief verstrickt, daß er ins Haus des Mannes seiner Geliebten eingebrochen war und die Waschmaschine gestohlen beziehungsweise sichergestellt hatte – ein alberner Liebesbeweis. Er hatte lange Artikel in Zeitungen und Zeitschriften diagonal gelesen: Die Ehe sei eine sterbende Institution, denn mehr Leute denn je ließen sich scheiden; oder sie erlebe eine Hochblüte, denn mehr Leute denn je heirateten immer öfter – sie hätten höhere Erwartungen, wollten es diesmal richtig machen. Nachdem Stephen der Schar nun beigetreten war, glaubte er nach soviel Lesen und Reden und Zuhören Experte zu sein, wie alle anderen. Es war aber, als versuchte er ein Buch noch einmal zu schreiben, das längst geschrieben war. Der Boden war so gut bereitet und mit Mythen und Klischees bepflanzt, die Tradition so fest etabliert, daß er über seine eigene Situation ebensowenig klar nachdenken konnte, wie ein Maler des Mittelalters durch Nachdenken die Perspektive hätte erfinden können.

Zum Beispiel hielt er Julie in Gedanken lange, wortreiche Vorträge, die er über die Monate immer wieder revidierte und ergänzte. Sie gründeten auf der wenig hilfreichen Vorstellung einer endgültigen Wahrheit, einer unwiderleglichen Beweisführung, die auf ein Verdikt hinauslief, das – wenn man es ihr nur zumuten könnte – Julie mit seiner Klarheit und Folgerichtigkeit unfehlbar davon überzeugen mußte, daß ihr Verständnis der Situation und ihr daraus resultierendes Verhalten grundverkehrt waren. Dieses Denken mußte er sich beim langen Anhören der Beteuerungen Gekränkter angewöhnt haben. In jeder anderen Frage nahm er es resigniert hin, daß Menschen die Dinge nun einmal so sahen, wie sie selbst waren, wie sie geprägt worden waren, wie sie es sich wünschten; sie waren mit rhetorischen Tricks nicht umzustimmen.

Ebenso gab es vorgefertigte Rollen, die er für beide übernehmen konnte, viele davon widersprüchlich, einander ausschließend. Zeitweise dachte er zum Beispiel, Julies Problem sei Schwäche – sie habe einfach nicht die Charakterstärke, eine schwierige Zeit mit ihm gemeinsam durchzustehen. In diesem Fall wäre es ganz gut, daß sie fort war. Sie war einer Prüfung unterzogen worden und durchgefallen. Aber das war noch nicht genug; er wollte ihr auch sagen, daß sie schwach war; mehr noch, sie sollte es wissen, so wissen wie er. Sonst würde sie ja weiter so dahinleben, als ob sie stark wäre. Zu anderen Zeiten, wenn seine Stimmung ganz unten war, sah er sich dann wieder als das unschuldige Opfer (das Wort *schwach* verwendete er hier nicht gern). Dann mißfiel es ihm, wie sein eigenes Leben zu einem Nichts geschrumpft war, während das ihre in so zufriedener Selbstgenügsamkeit verlief. Das kam, weil sie ihn benutzt hatte, bestohlen. Er war hinausgegangen, ihre Tochter zu suchen, während sie zu Hause saß. Als er sie nicht fand, hatte Julie ihm die Schuld gegeben und war weggezogen, den Kopf voll hohler Phrasen über die richtige Art zu trauern. Die richtige Art! Wer war sie, darüber bestimmen zu wollen? Hätte er Kate gefunden, wären seine Methoden nie in Zweifel gezogen worden, wenn Julie auch sicher einen Dreh gefunden hätte, es zu ihrem eigenen Verdienst zu machen. *Durch meine Untätigkeit*, hörte er sie sagen, *habe ich dich zu tatkräftigem Handeln bewegt.*

Von da war es nicht weit zu einem anderen, gut ausgetretenen Pfad, dem Streit aus Bosheit. Julie hatte nur auf einen Vorwand gewartet, aus der Ehe auszubrechen, weil sie moralisch zu feige war, dies aufgrund eigener Kränkung zu tun. Sie hatte Kates Verschwinden dazu benutzt, ihr eigenes zu bewerkstelligen. Oder noch raffinierter: Sie hatte ihn nur aus dem Weg haben wollen, und Kate lebte heimlich bei ihr, die Entführung im Supermarkt war ein zynisches Komplott gewesen, wahrscheinlich mit Hilfe eines alten Liebhabers geplant. Oder eines neuen. Von alledem glaubte er zwar kein Wort, aber so zu denken bereitete ihm eine selbstquälerische, sentimentale Freude, half ihm, sich in die Wut zu steigern, die ihn eine seiner vorbereiteten Reden halten, eines seiner abschließenden Urteile verkünden ließ, das dann plötzlich, wie sich zeigte, einer erneuten Bearbeitung bedurfte, stärkerer Worte, härterer Wahrheiten.

Auch von Legende und Symbologie, der großen, allumfassenden Tradition ehelichen Scheiterns, war kein Beistand zu erhoffen, denn wie so viele vor ihm, hielt er seinen eigenen Fall für einzigartig. Seine Probleme kamen nicht von innen heraus, wie bei anderen Leuten, sie erwuchsen nicht aus Banalitäten wie sexueller Langeweile oder finanziellem Druck. Es hatte eine böswillige Intervention gegeben, und – darauf kam er immer wieder zurück – Julie war gegangen. Er war noch da, in derselben alten Wohnung, und Julie war fort.

Viel später sollte ihm klar werden, daß er nie wirklich über seine Situation nachgedacht hatte, denn Denken bedeutete etwas Aktives und Kontrolliertes; statt dessen paradierten Bilder und Argumente an ihm vorbei, eine höhnische, boshafte, paranoide, widersprüchliche, selbstmitleidige Horde. Er hatte keinen klaren Blick, keinen Abstand, suchte nie den Weg hinaus. Sein Grübeln war nicht zielgerichtet. Er war das Opfer, nicht der Urheber seiner Gedanken. Am besten konnten sie über ihm zusammenschlagen, wenn er ihnen etwas zu trinken anbot, oder wenn er müde war oder aus tiefem Schlaf erwachte. Es gab Zeiten, da ließen sie ihn tagelang in Frieden, und wenn sie wieder loslegten, wurde er zu unvermittelt überspült, um die simple Frage zu stellen: Was bedeutet diese Voreingenommenheit? Jeder Betrunkene in einer Bar hätte Stephen sagen können, daß er seine Frau noch immer liebte, aber dafür war Stephen ein bißchen zu gescheit, zu verliebt ins Denken.

Während ein Mann mit schmuckem schwarzem Lippenbärtchen erklärte, warum Kinderbücher nicht illustriert werden sollten, starrte Stephen in seinen Schoß und ließ seine Gedanken wandern. An irgendeinem Punkt trieb Verlangen sein Denken, aber bewußt war dieses Element selten im Spiel. Wenn er sich an seinen letzten Besuch bei Julie erinnerte, fiel ihm nur die beklemmende Verlegenheit am Ende ein, dieses Gefühl, alles ausgereizt zu haben. An Intimität und Freude konnte er sich nicht aufhalten, sie paßten nicht in das Selbstschutzgespinst seiner Voreingenommenheiten. Heute war er glücklicher, wenn auch nur oberflächlich. In dem Blick, den er mit Rachael Murray gewechselt hatte, war für den allerkürzesten Moment ein Hauch von Spannung enthalten gewesen. So war er heute milderen Strömungen des vagen Sehnens und Bedauerns geneigt. Er hörte Julies Stimme, nicht beim Sprechen von Wörtern und Sätzen, sondern die Stimme an sich – ihre tiefe Tonlage, ihren Rhythmus, die Melodie ihrer Sprache. Wenn sie auf etwas beharrte oder erregt war, konnte sie so hübsch die Register wechseln. Er versuchte diese Stimme zu veranlassen, etwas zu ihm zu sagen, aber keines der Worte klang nach ihr. Dann war sie um so intimer durch die Wortlosigkeit, ein um so reinerer Ausdruck ihres Charakters. Sie flüsterte; er hörte es wie durch eine dicke Mauer. Der Ton war weder liebevoll noch aggressiv. Es war Julie in ihrer nachdenklichen Stimmung, bei der Erläuterung eines Vorhabens, das sie in Angriff nehmen sollten, etwas, was sie gemeinsam tun könnten. Urlaub machen, ein Zimmer renovieren, oder etwas Anspruchsvolleres?

Er strengte sich an, sie zu hören. Er sah sie in typischer Pose in einem Sessel sitzen, einen Fuß auf dem Boden, das andere Knie gehoben, um die gekreuzten Arme zu stützen, auf denen wiederum das Kinn ruhte. Sie schlug ein schwieriges Unterfangen vor. Sie schien aufgeregt, während sie ihren Vorschlag machte, aber ihre Stimme klang ruhig und bestimmt. Jetzt sah er sie mit untergeschlagenen Beinen, die Hände über dem Bauch gefaltet. Sie sah ihn unverwandt an, stumm, zufrieden, geheimnisvoll. Sie trug eine geflickte Kordhose und ein loses Hemd mit bauschigen Ärmeln und vielen Falten. Sie war pummelig und zufrieden, sie sah schwanger aus. Er sah ihr Gesäß mit den sanften Grübchen. Er sah seine Hand dort ruhen, und plötzlich glitten seine Gedanken aus unerfindlichen Gründen fort, und er dachte an ihre zwei Brüder, beides Ärzte, besessen von ihrer Arbeit und ihren großen Familien. Er dachte an das kleine Heer ihrer Neffen und Nichten, an die Geschenke, die er und Julie jede Weihnacht für sie kauften; jetzt sah er ihre barsche, grauhaarige Mutter, die bei einer karitativen Organisation arbeitete und ihre kleine Wohnung mit Fotos und Erinnerungsstücken vollgestopft hatte – altem Spielzeug, kaputten Puppen, Kollektionen von Steinen, Briefmarken, Eiern und Federn, sowie dicken, nach Jahrgängen geordneten Alben mit Bildern von Julie mit Haarband, ein zahmes Kaninchen leidenschaftlich an sich gedrückt, je einen Fuß auf den Schultern ihrer Brüder. Und Julies Vater, der gestorben war, als seine Kinder halbwüchsig waren, und in der Familienmythologie am Leben blieb und von Julie und ihrer Mutter noch immer gelegentlich beweint wurde.

Die Inventur führte ihn weiter nach außen, in die ferneren Verzweigungen von Julies Familie: zu einem Onkel, Architekt von Beruf, der im Gefängnis gewesen war; ihren Freundinnen, ihren Exverehrern, von denen er einen sehr gern mochte; ihrer Arbeit, der französischen Familie, die sie als junges Mädchen adopiert hatte und sie immer noch in ihr tristes Château einlud; und nach innen zu der Duftkugel, die sie in der Schublade mit Pullovern hatte, ihrer Vorliebe für exotische Unterwäsche und knallbunte Wollsokken, der Hornhaut an ihren Fersen und dem Bimsstein, mit dem sie ihr zu Leibe rückte, dem pockigen Halbkreis von einem Hundebiß an ihrer Hand, dem ungezuckerten Kaffee, dem Honig im Tee, ihrer Aversion gegen rote Bete, Fischrogen, Zigaretten, Hörspiele ... Sein Kummer galt der Nutzlosigkeit all dieses Wissens. Er hatte sich zum Experten auf einem Gebiet gemacht, das es nicht mehr gab; seine Kunst hatte sich überlebt.

Er sah über den Tisch zu Rachael Murray. Mit einer Hand kniff sie ihre Stirn mit Daumen und Zeigefinger, mit der anderen machte sie sich Notizen. Ab und zu strich sie sich mit einer abrupten, ärgerlichen Bewegung die Haare aus den Augen. Er hörte den hochtrabenden Schwulst, der ihm schon sein ganzes Erwachsenenleben lang in den Ohren tönte, verblasene Formulierungen, mit denen die Leitartikler sich zum Thema des nationalen Niedergangs auszulassen pflegten: Es gelte eine neue Rolle in der Welt zu finden, der Erwerb neuen Wissens sei eine Herausforderung der Zukunft, alte Fertigkeiten müßten durch neue Fertigkeiten ersetzt werden. Ob er sich dieser Aufgabe gewachsen sehe? Unwillkürlich schüttelte er den Kopf.

Er sah seine Hand auf Julies Schenkel, kurz bevor sie vom Bett aufstand und nackt durchs Zimmer ging. Die blanken Dielen knarrten. Es war kalt, er sah ihren Atem, als sie eine Schublade öffnete und sich ein Hemd anzog. Sie stand am Fußende des Bettes und sah ihn an, während sie sich in ihr Höschen zwängte. Sie warf sich einen dicken Winterrock über, und während sie ihn an der Taille zuknöpfte, lächelte sie ihn halb an und sagte etwas. Es schien wichtig.

An einem milden Morgen kurz vor Weihnachten stand Stephen in Unterwäsche vor dem Kleiderschrank und musterte seine Anzugkollektion, und in einer Anwandlung von politischem oder kindischem Trotz wählte er den schäbigsten und schmuddeligsten aus. Am Jackett hingen ein paar schwarze Fäden, wo ein Knopf sitzen sollte, und ein paar Zentimeter über dem Knie war eine Brandstelle, ein kreisrundes braungerändertes Loch. Er wählte ein weißes Hemd, das auf der Brust einen verblaßten, drei Jahre alten, sichelförmigen Soßenfleck hatte. Sein Mantel, teuer und relativ neu, beeinträchtigte die Wirkung, aber er konnte ihn ja ausziehen, wenn er ankam. Er setzte sich damit in die Küche und las bei einer Tasse Kaffee die Zeitung, bis es läutete. Dann ging er hinunter und fand vor der Tür einen uniformierten Chauffeur, rundlich und blaß, der sich mißfällig umsah.

»Wohnen Sie etwa hier?« fragte der Mann ungläubig. Stephen antwortete nicht, und sie gingen um Matsch und Pfützen voller Abfall herum zu einem Wagen, der mit allen vier Rädern auf dem Gehsteig stand, sämtliche Blinker in Aktion. Es war das gleiche schäbige Modell, das Charles immer vom Eaton Square abgeholt hatte.

Zur Vergeltung rief Stephen übers Dach dem mit dem Türschlüssel fummelnden Chauffeur zu: »Das ist er doch wohl nicht!« Er stieg vorn ein. Bei der Dicke seines Mantels und dem Umfang des Chauffeurs wurde es eng, und sie saßen Schulter an Schulter aneinandergequetscht.

Der Chauffeur hantierte schwer atmend am Zündschloß. Es klang fast abbittend, als er sagte: »Wird alles zugeteilt, verstehen Sie? Ist nicht meine Schuld. Heute ein Rolls Royce, morgen so ’ne Rostlaube.« Der Motor sprang an, und er fügte hinzu: »Kommt immer drauf an, wen man abholt, verstehen Sie?«

Sie schwenkten in den Verkehr ein, der mit etwas über Schrittgeschwindigkeit dahinfloß. Ein sehr heißer Luftstrom blies Stephen gegen das Hosenbein, dem ein Duftgemisch entstieg. Stephen griff in der Enge nach vorn und schob die Belüftungshebel hin und her; sie bewegten sich frei, mit nichts verbunden. »Nix«, sagte der Chauffeur kopfschüttelnd und kurbelte sein Fenster hinunter. Aber inzwischen war der Verkehr ganz zum Stehen gekommen, und die Temperatur im Wagen stieg ständig. Während Stephen sich unter angestrengtem Ächzen aus dem Mantel zu befreien versuchte, begann der Chauffeur ihm etwas von Splinten und Flügelmuttern und Doppelpleueln zu erklären, und als Stephen, erhitzt und übellaunig, den Mantel endlich über die Schulter auf die Rückbank warf, umfaßte der Vortrag bereits die Unzulänglichkeiten der Fahrdienstleitung, die obligatorischen Überstunden und die Schikanen gegenüber Chauffeuren wie ihm, die weder Benzinquittungen fälschten noch Einsätze fingierten, noch alles, was sie zufällig mithörten, an die Zeitungen verkauften.

Stephen kurbelte sein Fenster hinunter und lehnte sich hinaus, beide Ellbogen auf der Leiste.

Der Chauffeur kam mit seinem Monolog immer mehr in Fahrt. »Nehmen Sie mal einen gewissen Mr. Symes«, sagte er, wobei er mit ausgestreckten Zeigefingern aufs Lenkrad trommelte. Der Verkehr kam wieder in Bewegung. Sie zockelten langsam über die Ampel und mußten wieder anhalten, wo zwei Verkehrsströme ineinanderflossen. Sie nahmen Stephens morgendliche Route nach Whitehall. Er hätte zu Fuß gehen sollen. Wieder ruckelten sie ein Stückchen vorwärts und näherten sich einer Grundschule. »Wissen Sie, wann der seine letzte Fahrt gemacht hat? Wollen Sie mal raten?« Da Stephens Kopf halb aus dem Fenster hing, blieb seine Verneinung unbeachtet, aber den dicken Chauffeur störte sie sowieso nicht. Es war gerade Pause, und auf dem Schulhof ging es lebhaft zu. Sie kamen an einem Fußballspiel vorbei. Sieben- und Achtjährige, an die fünfundzwanzig auf jeder Seite, spielten mit rauhbeiniger Kompetenz. Das Spielgeschehen wogte auf dem Asphaltplatz hin und her; unter dem Rufen und Schimpfen aufgeregter Falsettstimmen wurde in der Luft um hohe Bälle gekämpft, bediente das Mittelfeld den Sturm und hing zurück. »Neunzehnhundertfünfundachtzig. Jawohl. Hat seitdem keinen Einsatz mehr gefahren. Neunzehnhundertfünfundachtzig. Und wissen Sie, wen er da gefahren hat, das ist nämlich der Clou, wissen Sie's?«

»Nein«, sagte Stephen in die kühlere Luft. An dem Hofeingang, vor dem sie jetzt waren, stand eine Gruppe Mädchen um ein langes Sprungseil, das zu rhythmischem Gesang in mächtigen Bögen über die Köpfe zweier Mädchen hinwegsauste, die mit flinken Seitwärtssprüngen darunter hindurchtanzten und so spät und so wenig wie möglich die Füße hoben, um das Seil darunter durchzischen zu lassen. Ein drittes kam hinzu, dann ein viertes, und der Gesang wurde hektischer, bis das Seil sich verfing und ein Stöhnen gutmütiger Enttäuschung erscholl. Zwischen diesen beiden lärmenden Gruppen, den Fußballspielern und den Seilspringerinnen, sah man ein paar einsame Figuren – ein Mädchen, das mit der Schuhspitze einen Strich nachzog, etwas weiter weg ein rothaariger Junge mit einer braunen Tüte, in der sich etwas bewegte.

»Den Außenminister«, sagte der Chauffeur. »Den hat er gefahren. Nicht mal unsere Zuständigkeit. Symes wurde ausgeliehen. Dabei hat das Außenministerium fast so viele Fahrer wie wir.« Sie hielten jetzt genau neben dem Eingang. Unter den Kindern war ein Streit ausgebrochen. Es schien darum zu gehen, welches Paar das Seil schwingen sollte, denn soeben wurde es dem einen Mädchen aus der Hand gerissen. Schließlich räumte das Mädchen am anderen Ende seinen Platz freiwillig und ging seine Partnerin trösten. Zwei größere Mädchen traten an ihre Stelle. »Und wissen Sie, wohin er ihn gefahren hat? Und das ist die reine Wahrheit.« Stephen schüttelte den Kopf. »Zu einem Bordell, draußen am Flughafen Northolt. Da haben sie so ein Ding für Diplomaten eingerichtet.«

»Tatsächlich?« Das Seil kreiste wieder, der Gesang setzte von neuem ein. Eine ungeduldige Schlange hatte sich gebildet, und jetzt wurde das erste Mädchen nach vorn geschubst. Es bezog einen Meter neben der Stelle, wo das Seil auf den Boden klatschte, Aufstellung und nickte zum Rhythmus des Liedes, suchte ihn in die Füße zu bekommen. Die Mädchen sangen im Chor, aber ein paar hielten den Ton nicht, und die Disharmonien schrillten. Sie skandierten jeweils zum Abschlag des Seils: *Vater, Vater, ich bin krank, ruf den Doktor Wurzeltrank.* »Sie können sich's denken. Eine Hand wäscht die andere; fürs Maulhalten ein gutes Wort bei der Fahrdienstleitung, und Symes braucht nie mehr einen Schlag zu arbeiten. Bei vollem Lohn. Bis an sein Lebensende.«

Stephen beobachtete das wartende Mädchen. Es fummelte an seinem Rocksaum. Jetzt täuschte es kurz an, dann war es drinnen, zuckte lebhaft wie beim Highland, und das nächste Mädchen machte sich bereit. *Doktor, Doktor, sterbe ich? Ja, mein Kind, du dauerst mich. Wie viele Rappen ziehn meinen Wagen? Eins, zwei, drei, vier...* Die beiden hüpften einander zugewandt. Sie klatschten die Hände aneinander, links gegen rechts, rechts gegen rechts, beide zugleich, dann links gegen rechts. Das erste Mädchen hüpfte mit dem Rücken zu ihm. Er beobachtete das schnelle Auf und Ab der Schultern, das Werfen des Kopfes, die hellen Kniekehlen. Beim Übergang in den Refrain sprangen beide höher, drehten sich in der Luft, landeten Rücken an Rücken. Das Gesicht des ersten Mädchens war verdeckt von den singenden Mädchen, die sich immer näher herandrängten. Stephen war halb aus dem Wagen gekrochen, um besser sehen zu können. Vorn kam der Verkehr wieder in Bewegung. Sie schoben sich weitere zwei, drei Meter vor, bis sie wieder standen, und plötzlich hatte er freiere Sicht. Fünf Mädchen sprangen jetzt im Seil, eine festgefügte Reihe, die sich hob und senkte zum Pulsieren des Gesangs. Das erste Mädchen war ihm am nächsten. Ein dichter Pony tanzte ihm auf der weißen Stirn, es hatte das Kinn gehoben und einen verträumten Ausdruck im Gesicht. Er sah seine Tochter. Er schüttelte den Kopf, öffnete den Mund, ohne einen Ton herauszubekommen. Das Mädchen war nur fünfzehn Meter weit weg und unverwechselbar. Der Chauffeur erwachte aus seinen Ungerechtigkeitsträumen und legte den Gang ein.

Sie fuhren wieder, nahmen Tempo auf. Stephen verdrehte sich auf seinem Sitz, um aus dem Rückfenster zu sehen. Das Seil hatte sich wieder verfangen, und in dem Gewimmel waren Gesichter schwer zu erkennen. Er hatte Kate aus dem Blick verloren, dann sah er sie kurz wieder, als sie sich bückte, um etwas vom Boden aufzuheben.

»Anhalten«, flüsterte er, räusperte sich und sagte es noch einmal lauter: »Halten Sie an.«

Sie fuhren mit gleichmäßigen fünfzig Stundenkilometern. Vor ihnen waren die Ampeln grün, und die in die trokkene Hitze einströmende kühlere Luft erfrischte den Chauffeur, erzeugte forschen Optimismus. »Aber so schlecht ist es nun auch wieder nicht. Eigentlich ist man sein eigener Chef. Ist jedem selbst überlassen, was er daraus macht.« Die Schule lag schon fast einen Kilometer hinter ihnen.

»Halten Sie an!«

»Was gibt's denn?«

»Tun Sie, was ich sage.«

»Bei dem Verkehr?«

Stephen griff ins Steuer, und als der Wagen nach links ausscherte, blieb dem Fahrer nichts anderes übrig, als scharf zu bremsen. Mit fünf bis zehn Sachen schrammten sie an der ganzen Länge eines geparkten Lieferwagens entlang. Hinter ihnen gab es ein Hupkonzert. »Jetzt sehen Sie sich das an!« jammerte der Chauffeur, aber Stephen war schon auf dem Gehsteig und setzte sich in Trab.

Bis er ankam, war der Schulhof leer. Daß hier vor Minuten noch Kinder gelärmt hatten, machte die Leere noch kompletter, rückte die Umfriedungsmauern noch weiter auseinander. Restwärme hing noch über dem Asphalt. Die Schulgebäude waren spätviktorianisch, mit hohen Fenstern und spitzen Giebeln an vielen Ecken. Es waren weniger Geräusche, die von dort herausdrangen, als eine Ausstrahlung von Kindern, die in Klassenzimmer gepfercht waren. Stephen blieb am Eingangstor stehen, alle Sinne angespannt. Die Zeit an sich hatte etwas Abgeschlossenes, Verbotenes; er spürte den Kitzel der Missetat, die gesteigerte Wichtigkeit, die es mit sich brachte, im falschen Moment draußen vor der Schule zu stehen. Über den Schulhof näherte sich von der anderen Seite ein Mann mit einem Zinkeimer, deshalb ging Stephen jetzt zielstrebig auf die rote Tür zu und öffnete sie. Er hatte keinen bestimmten Plan, ihm war nur klar, daß es ein Leichtes sein müsse, seine Tochter zu finden, wenn sie hier war. Er war gar nicht mehr aufgeregt, nur noch friedlich entschlossen.

Er stand neben einem Feuerwehrschlauch, der auf einer roten Trommel an der Wand eines Korridors hing, der nach zwanzig Metern an einer doppelten Schwingtür endete. Der Korridor war ihm aus Schultagen vertraut; der Boden war aus rotem Linoleum, die Wände cremeweiß und abwaschbar. Er ging langsam den Korridor entlang. Er würde das ganze Gebäude methodisch absuchen, es weniger als Schule betrachten denn als Gelände zum Versteckspiel. Die erste Tür auf diesem Korridor war verschlossen, hinter der zweiten lag eine Besenkammer, hinter der dritten ein Kesselraum, wo auf einer umgedrehten Kiste Teegeschirr stand. Zwei weitere Türen waren verschlossen, und inzwischen hatte er die Schwingtür erreicht. Als er sie aufstieß, warf er einen Blick über die Schulter und sah den Mann mit dem Eimer auf den Korridor treten und sich umdrehen, um die rote Tür hinter sich abzuschließen. Stephen eilte weiter.

Er kam in einen hellerleuchteten Empfangsbereich, wo zwei weitere Korridore, breiter und ohne Verbindungstüren, zusammenliefen. Hier standen Topfpflanzen auf Regalen, und an den Wänden hingen Kinderbilder. An einer offenstehenden Tür hing ein Schild: SCHULGELD UND AUSKUNFT. Dahinter hörte man jemanden langsam maschineschreiben. Es roch nach Kaffee und Zigaretten, und als er vorbeiging, ohne sich hören oder sehen zu lassen, rief eine Männerstimme: »Aber Wassermolche sind ja gar nicht ausgestorben!« worauf eine Frau beschwichtigend antwortete: »Nun gut, aber fast.«

Stephen ging weiter über einen der breiteren Korridore, angezogen von einem rhythmischen, widerhallenden Donnern. Das Linoleum zu seinen Füßen war bis auf den Beton durchgetreten und bildete eine vor ihm herlaufende Längsrinne. Er blieb vor einer Tür mit halbkreisförmigem Drahtglasfenster stehen. Als er da hindurchschaute und weit und breit nur Holzboden sah, drückte er die Tür auf und trat in eine Turnhalle, an deren gegenüberliegender Seite etwa dreißig Kinder stumm in einer Reihe standen und darauf warteten, sich von einem Federbrett über ein hölzernes Pferd katapultieren zu lassen. Ein kompakt gebauter älterer Mann, von dessen Hals eine Brille am Silberkettchen baumelte, stand auf einer Gummimatte, um sie bei der Landung aufzufangen. Bei jedem Kind, das sprang, gab er ein abgehacktes »Hopp!« von sich. Er sah uninteressiert zu Stephen, der sich ans andere Ende der Matte stellte, um die Kinder herüberfliegen zu sehen.

Nach kurzer Zeit wurden die auf und ab tanzenden Gesichter zu kleinen Monden, runden Klecksen mit dem gesamten Comic-Repertoire an Mienenspiel – Angst, Gleichmut, Entschlossenheit. Die halbe Klasse hatte er schon gesehen, bevor ihm die Idealform dieser Übung klar wurde. Die Kinder sollten mit geschlossenen Füßen auf der Matte landen, etwa eine Sekunde völlig reglos in Habachtstellung verharren und dann zurücklaufen, um sich wieder in die Reihe zu stellen. Da keines das schaffte, schien der Lehrer sich mit dem zweitbesten zu begnügen – jedes Kind stand, nachdem es über die Matte getorkelt war, einen kurzen Augenblick militärisch stramm. Nicht ein einziges Mal kam dem Lehrer, einem Zirkusdompteur, ein Wort der Ermunterung oder Belehrung über die Lippen. Sein *Hopp* kam stets im gleichen Ton. Es sah nicht aus, als ob er noch irgend etwas anderes vorhätte, denn andere Geräte waren nicht zu sehen. Die Kinder liefen von der Matte sofort wieder ans Ende der Reihe, ohne miteinander zu reden oder einander zu berühren. Wie dieser Vorgang einmal beendet werden sollte, war schwer zu erkennen. Als Stephen die ersten Gesichter zum zweitenmal sah, ging er. Im Rückblick war seine ganze Durchsuchung des Schulhauses vom Klatsch-Bumm des Federbretts und dem eintönigen, halberstickten *Hopp* des Lehrers begleitet.

Minuten später stand er an der Rückwand eines überfüllten Klassenzimmers und sah eine gesetzte Lehrerin die letzten Striche zu einem mittelalterlichen Dorf an die Tafel malen. Die Straßen liefen zu einem dreieckigen Dorfanger zusammen, um den sich primitive Hütten gruppierten. Eine überdimensionale Dorfpumpe war auch da, und in der Ferne, liebevoll gezeichnet, das Herrschaftshaus. Unter leisem Summen holten die Kinder ihre Buntstifte hervor und begannen abzumalen. Die Lehrerin winkte Stephen auf einen leeren Platz in der Mitte der Klasse, von wo aus er, in die Bank geklemmt, die Gesichter in Augenschein nahm, die sich über ihre Arbeit beugten.

Jetzt erschien die Lehrerin neben ihm und flüsterte mit überschwenglicher Begeisterung: »Es freut mich so sehr, daß Sie an dem Programm teilnehmen können. Wenn Sie nicht genau wissen, was Sie tun sollen, heben Sie einfach die Hand und fragen.« Fürsorglich breitete sie ein Blatt Papier vor ihm aus und bot ihm eine Handvoll Buntstifte. Stephen begann sein Dorf zu zeichnen. Die Anordnung war noch die gleiche wie vor dreißig Jahren. Es war etwa das vierte mittelalterliche Dorf seines Lebens, das er zeichnen sollte, und die Arbeit ging ihm rasch von der Hand, wobei er seiner Hüttenreihe sogar eine gewisse perspektivische Verkürzung geben konnte, die sie bei früheren Versuchen nie gehabt hatte; auch die lebensechte Pumpe neben dem Anger war höchstens halb so groß wie die nächststehende Hütte. Das Herrschaftshaus, das er sich mindestens tausend Meter weit weg vorstellte, machte ihm mehr Mühe, und er wurde langsamer und begann immer öfter zur Tafel zu sehen, wo er ein paar nützliche architektonische Anregungen zu finden hoffte. Um diese jedoch unterzubringen, mußte er die Proportionen verlassen, und so bekam sein Werk doch noch die Züge naiver Malerei, die alle seine früheren Versuche ausgezeichnet hatten.

Während er zeichnete, versuchte er sich umzuschauen. Zum Glück saßen alle Mädchen auf einer Seite des Klassenzimmers, aber er konnte nur die Gesichter derer sehen, die hinter und unmittelbar links von ihm saßen. Als er sich verrenkte, um mehr zu sehen, knarrte die viel zu kleine Holzbank unter ihm vernehmlich. Schon rief die Lehrerin drohend, ohne von ihrem Buch aufzusehen: »Hier hat wohl jemand die Zappelkrankheit.« Er zog den Kopf ein und malte weiter. Jetzt ging die Tür auf, und der Mann mit dem Eimer schaute herein, lächelte die Lehrerin abbittend an, sah sich im Klassenzimmer um und verschwand wieder. Drei dunkelhaarige Mädchen saßen links von Stephen. Sie waren schwer zu sehen, weil sie die Köpfe so tief über ihre Arbeit gesenkt hielten. Ganz vorsichtig, um sich nicht wieder zu schnell in seiner Bank zu bewegen, drehte er sich nach ihnen um. Das nächstsitzende Mädchen bemerkte es und legte den Kopf schief, und ein hübsches, verstohlenes Lächeln spielte um den Stift, an dem es kaute. Vorn scharrte ein Stuhl auf dem Boden. Die Lehrerin sprach zur Klasse im allgemeinen.

»Niemand braucht bei seinem Nachbarn abzumalen. Es ist alles hier vorn auf der Tafel.«

Sie kam mit lässiger Autorität durch die Gänge geschlendert und blieb da und dort stehen, um Kritik oder Lob zu flüstern. Sie war noch immer gut fünf Meter hinter Stephen; nichtsdestoweniger registrierte sein ganzer Hinterkopf schon ihr Nahen. Er strich das Papier auf seinem Pult glatt und versuchte, sein Bild durch ihre Augen zu sehen. Würde sie von den Details seiner Pumpe, den künstlerisch unregelmäßigen Abständen zwischen seinen Hütten, dem Pferd, das er von sich aus neben das Herrschaftshaus gestellt hatte, beeindruckt sein? Er roch ihr Parfüm, kurz bevor sie neben ihm war. Einen Moment ruhten ihre lackierten Fingernägel auf seinem Dorfanger, dann war sie schon weitergegangen, ohne Kommentar. Er kannte das kurze Gefühl der Enttäuschung. Daß sie ihm jetzt den Rücken kehrte, machte er sich zunutze, um aufzustehen und Mädchengesichter zu studieren. Überhaupt machte sich allgemeine Entspannung breit, aufgestauter Bewegungsdrang entlud sich, das Murmeln nahm an Lautstärke zu. Die Lehrerin war jetzt auf der anderen Seite des Klassenzimmers, in die Arbeit eines Jungen vertieft. In einem Anfall von Kühnheit sprang Stephen nach vorn. Die Mädchen ließen sich von seinen forschenden Blicken nicht stören. Ihr Geplapper erreichte den Lautpegel einer Cocktailparty, aber aufgestanden war sonst niemand. Die Lehrerin hatte sich bisher taub gestellt.

Jetzt richtete sie sich auf, und streng ertönte der alte Spruch: »Habe ich jemandem zu sprechen erlaubt?« Augenblicklich trat mißmutige Stille ein. Eine Antwort hatte niemand. Stephen blieb vorn neben dem Pult der Lehrerin stehen, um ein letztesmal in alle Gesichter zu sehen.

Die Lehrerin sah ihm in die Augen und fragte ohne jede Spur von Humor: »Und habe ich Ihnen erlaubt, Ihren Platz zu verlassen?«

Ganz hinten wurde gekichert. Die Zeit, die Stephen brauchte, um durch das Klassenzimmer zur Tür zu gehen, waren Sekunden des Hochgenusses; aus dem Land der Phantasie herauszutreten, der Autorität der Lehrerin die Mitwirkung zu versagen, einfach den Rücken zu kehren und nach Belieben wegzugehen, seiner Immunität gewiß –

davon hatte er als Schuljunge geträumt, manch öde Stunde lang, und endlich, mit dreißig Jahren Verspätung, wurde der Traum wahr.

An der Tür drehte er sich um und sagte höflich: »Entschuldigen Sie bitte die Störung.« Dann ging er hinaus auf den Korridor.

Unter donnerndem Getrappel von Schuhen auf hartem Boden nahte mit der gestauten Energie einer Springflut eine Klasse Kinder, vielleicht auch zwei; sie wagten nicht zu rennen, vermochten aber auch nicht ganz im Schritt zu gehen. Halb hüpfend, halb spurtend rissen sie in ihrem Vorwärtsdrang einander zurück. Die Vorfreude auf irgendeinen Spaß zerrte an ihren Gesichtern. Ein Mann, den man noch nicht sah, rief wütend: »Gehen, habe ich gesagt, gehen!« Wie eine Brandung rollte die Woge heran, und als sie Stephen erreichte, der aus gutem Grund in der Mitte des Korridors die Stellung hielt, teilte sie sich und schlug hinter ihm wieder zusammen, als wäre er nichts weiter als ein zufälliges Hindernis, ein Stein, ein Baum, ein Erwachsener. Er sah tanzende Köpfe, die meisten dunkelbraun bis mausgrau, quirlende Haare und kurz aufscheinende Gesichter, händchenhaltende Pärchen, die kaum merkten, wie sie sich kurz trennten, um rechts und links an ihm vorbeizugehen. Sie rochen nicht unangenehm nach Hitze. Ein jedes flötete im Monolog, denn Zuhörer schien es nicht zu geben. Obwohl sie so nah an ihm vorbeigingen, konnte er dem Geplapper keinen einzigen verständlichen Satz entnehmen. Manche Kinder schauten einmal kurz auf, wie man vielleicht aufschaut, wenn man unter einem Bogen von geringem architektonischem Interesse hindurchgeht, und dann blitzte aus dem stumpfen Haargewirr um so lebendiger ein klares Grün, ein fleckiges Braun, ein milchiges Blau. Die Farben der Murmeln, mit denen sie spielen, dachte er. Hatte er bei dem Geschenkekauf an Murmeln gedacht? Und wie zur eindeutigen Rechtfertigung dieses irren Vertrauensaktes sah er im selben Augenblick, als die Frage ihm durch den Kopf schoß, in zwei wohlvertraute dunkle Augen unter dickem Pony, und schon sank er zu ihr hinunter, auf beide Knie, legte ihr sanft die Hände auf die Schultern und sprach eins ums andere Mal ihren Namen, während die anderen Kinder einen wirbelnden, festen Wall der Neugier um sie bildeten, der nie ganz still, nie ganz stumm war.

Innerhalb der Mauer war es warm und feucht und ein bißchen düster. Er schien zwischen eine neue Spezies intelligenter, neugieriger Tiere geraten zu sein. Sie waren nicht unfreundlich; eine Hand legte sich auf seine Schulter, jemand berührte sein Haar. Er hörte Keuchen und Flüstern, fühlte ihren Atem, als er fragte: »Weißt du, wer ich bin? Hast du mein Gesicht wohl schon einmal gesehen?«

Das Gesicht des Mädchens war ernst, sein Blick wanderte vorsichtig über Stephens Gesicht. Im Gegensatz dazu war ihre Stimme keck und keineswegs feindselig. »Nein. Und ich heiße gar nicht Kate, ich heiße Ruth.«

Er versuchte ihre Hände zu ergreifen, aber das ging wohl zu weit. Sie verschränkte sie hinter dem Rücken.

»Du hast mich einmal sehr gut gekannt«, sagte er ruhig, während er wünschte, sie wären allein. »Aber das ist schon zwei Jahre her. Du hast es vergessen, aber es wird dir wieder einfallen.«

Sie dachte angestrengt nach oder tat so als ob, sie spielte

mit. »Warst du mal bei uns zum Lunch, mit so einem großen roten Hund?«

Er schüttelte den Kopf. Er studierte Kates Gesicht, versuchte in ihm zu lesen, was für ein Leben sie geführt hatte. Nichts deutete auf Mißhandlung hin. Überraschend neu war ein brauner Leberfleck hoch auf ihrem rechten Wangenknochen. Ihre Zähne waren ein bißchen schief; sie müßte eine Klammer tragen, er würde sie sofort bei einem Zahnarzt anmelden, ehe es zu spät war. Es galt vieles in Ordnung zu bringen. War sie zum Beispiel in dieser schäbigen, ehemals staatlichen Schule am richtigen Platz? Bekam sie den Gitarrenunterricht, den er ihr immer versprochen hatte? Kate knabberte grübelnd an ihrem Daumennagel. Ihre Fingernägel waren überhaupt alle abgebissen.

»Du bist doch auch nicht Onkel Pete«, meinte sie schließlich, »der sich mal den Rücken gebrochen hat?«

Stephen hätte am liebsten so laut, daß alle Kinder es hören konnten, durch den Korridor gebrüllt: *Ich bin dein Vater, dein richtiger Vater. Du bist meine Tochter, meine, und ich bin gekommen, um dich zu holen!* Aber es war eine heikle Situation, er mußte Herr der Lage bleiben. Darum flüsterte er nur: »Du hast vergessen, wer ich bin. Aber das macht nichts.«

Er tat gut daran. Die Mauer geriet von außen in Bewegung, und ein runder, stoppliger Erwachsenenkopf schaute über sie hinweg in den düsteren Kreis.

»Kann ich Ihnen helfen?« Die Worte klangen halb erstickt vor Mißtrauen.

»Geh nicht fort«, flüsterte Stephen vertraulich. Kate nickte. Sie war schon immer für Geheimnisse zu haben gewesen. Er bahnte sich zwischen den Kindern behutsam einen Weg zu dem Lehrer, der ein Stückchen zur Seite getreten war. In seiner immer noch ernsten und vertraulichen Stimmung wollte Stephen den Mann am Ellbogen fassen und weiter von den Kindern wegführen, doch dieser stemmte die Hände in die Hüften und rührte sich nicht vom Fleck.

»Sind Sie ein Vater oder Erziehungsberechtigter?« fragte der untersetzte, muskulöse kleine Mann, den Rücken gerade, um sein bißchen Körpergröße zu betonen.

»Sehen Sie, genau darum geht es«, begann Stephen und stockte, als er den krankhaften Eifer in seiner eigenen Stimme vernahm. Er setzte neu an, diesmal so sachlich wie möglich. »Unsere Tochter ist vor zwei Jahren geraubt worden, entführt. Und ich glaube sie gefunden zu haben. Dieses Mädchen dort, das sich Ruth nennt, ist meine Tochter. Sie erkennt mich natürlich nicht.«

Der Mann fiel Stephen müde ins Wort. »Wir brechen gerade zu einem Klassenausflug auf. Aber ich bringe Sie zum Rektor. Er soll das klären. Meine Sache ist das nun wirklich nicht.«

Während die übrigen Kinder hinausgeschickt wurden, um draußen auf dem Schulhof zu warten, gingen der Lehrer, Stephen und Kate über den Korridor dorthin zurück, wo die Topfpflanzen und Bilder waren. Sie hielt Abstand. Vielleicht fürchtete sie, Stephen könne wieder versuchen, ihre Hand zu nehmen. Aber interessiert war sie, aufgeregt sogar, und während sie schweigend weitergingen, tat sie einmal einen kleinen Hüpfer und sah rasch auf, ob er es auch gemerkt hatte. Als er lächelte, schaute sie weg. Sie blieben vor der Tür mit dem krummen Schild stehen, und der Lehrer bedeutete ihnen, hier zu warten, dann ging er hinein. Bevor er jedoch die Tür aufmachte, ließ er rasch noch etwas Luft aus den Lungen, um sich ein bißchen kleiner zu machen. Stephen glaubte, er könne jetzt zwei Minuten mit seiner Tochter allein sein, und wollte sich ihr gerade zuwenden, aber der Lehrer kam sofort wieder heraus, schickte sie mit einer Kopfbewegung hinein und eilte sogleich über den Korridor davon, ohne von Stephens Dank Notiz zu nehmen.

Eine ganze Wand im Zimmer des Rektors bestand aus Fensterglas, voll Schmutz- und Regenschlieren, durch das man ein Stück Schulhof und einen Streifen turbulenten grauen Himmel sah. Der Effekt war ein hartes, flaches Licht, das den Gegenständen Farbe und Tiefe verweigerte und den Rektor, einen hageren Kommißtyp, hinter seinem Schreibtisch wirken ließ wie aus Pappkarton geschnitten. Der Eindruck wurde dadurch verstärkt, daß der Mann sich nicht rührte, als Stephen und das Mädchen eintraten, nicht einmal mit der Wimper zuckte oder sprach oder irgend etwas sonst tat, außer ins Zimmer zu starren. Stephen wollte sich gerade vorstellen, doch Kate hielt ihn zurück, indem sie ihm eine Hand auf den Arm legte.

Sie warteten etwa zwanzig Sekunden, bis der Rektor seine Züge entspannte und schneidig sagte: »Entschuldigung. Mußte hier noch schnell was durchgehen. Also . . .«

Stephen stellte sich vor und entschuldigte sich, daß er die kostbare Zeit des Rektors in Anspruch nehme. Er hatte seinen Spruch schon halb aufgesagt, als er merkte, daß er sich eigentlich nicht weiter erklären mochte, solange Kate mit im Zimmer war. Wenn er ihr sagte, wer sie war, wollte er frei reden und sie trösten können, ohne daß ein Fremder dabei war. Es würde gewiß ein heikler Moment. Er unterbrach sich und fragte sie, ob es ihr etwas ausmache, ein paar Minuten draußen zu warten. Er hielt ihr die Tür auf und sah ihr nach, wie sie den Korridor überquerte und sich drüben auf einen Stuhl setzte.

Der Rektor war mürrisch. »Mir ist nicht ganz klar, wozu Sie das Mädchen überhaupt mit hierherbringen mußten.«

Stephen erklärte, daß er ganz durcheinander sei. »Aber jetzt wissen Sie wenigstens, von welchem Mädchen die Rede ist«, sagte er und erklärte noch einmal mit kurzen, schlichten Sätzen, was er vorhin schon erklärt hatte.

Der Rektor stand auf und stellte sich mit verschränkten Armen ans Fenster. Er war ein gesetzter Mann, der sich langsam bewegte und den Eindruck machte, als wäre er kürzlich erst von schwerer Krankheit genesen. Kritisch musterte er Stephens Anzug, die fehlenden Knöpfe, das Brandloch, die ungeputzten Schuhe, das bekleckerte Hemd. Er sah den Menschen in seinem Äußeren.

»In einem Supermarkt, sagen Sie.« Er ließ in dem Wort alles mitschwingen, was höflich und unehrlich war. »Sie haben die Sache der Polizei gemeldet, nehme ich an?«

Stephen versuchte, sich seine Verärgerung nicht anhören zu lassen, als er erklärte, wie nach ihr gesucht worden und der Fall durch Presse und Fernsehen gegangen war.

Der Rektor kehrte hinter seinen Schreibtisch zurück und stützte sich auf die Fingerknöchel. »Mr. Lewis«, sagte er, die Betonung auf *Mister*, um Stephens niederen Rang zu verdeutlichen, »ich kenne Ruth Lyle schon, seit sie ein kleines Kind war. Mit ihrem Vater, Jason Lyle, bin ich seit vielen Jahren bekannt, wir waren eine Zeitlang sogar Geschäftspartner. Er gehörte zu der Gruppe prominenter Geschäftsleute am Ort, die der Schulbehörde diese Schule abgekauft hat. Er und seine Frau haben zusammen fünf Kinder, und ich versichere Ihnen, daß nicht eines davon gestohlen ist.«

Stephen hätte sich so gern hingesetzt, aber dies war ein Augenblick zum Stehen. »Ich kenne meine Tochter. Das Mädchen da draußen ist meine Tochter.«

Stephens ruhiger Ton ließ die Stimme des Rektors sanfter werden. »Zwei Jahre sind eine lange Zeit. Kinder verändern sich nämlich. Außerdem wünschen Sie sich wohl sehr, sie wäre es. Die Psyche spielt einem ja manchmal Streiche.«

Stephen schüttelte den Kopf. »Ich würde sie überall herauskennen. Sie heißt Kate.«

Der Rektor nahm wieder seine vorige Haltung ein. Er stand neben seinem Schreibtisch stramm, eine Hand auf der Stuhllehne, als posierte er für ein Porträt für die Offiziersmesse. Stephen sah erleichtert die Fettflecken auf der Regimentskrawatte. »Hören Sie zu, Mr. Lewis. Ich sehe zwei Möglichkeiten. Entweder unterliegen Sie einem bedauerlichen Irrtum, oder Sie sind einer von diesen Journalisten, die der Schule wieder einmal Scherereien machen wollen.«

Stephen sah sich um, wo er sich anlehnen könnte. Wäre er allein gewesen, er hätte sich vielleicht ein paar Minuten auf den Boden gelegt. Er sprach mit einer Einsichtigkeit, die er nicht empfand. »Ich denke, es wird nicht schwer sein, die Sache zu klären. Die Polizei hat ihre Fingerabdrücke, und es gibt Blutuntersuchungen, Chromosomen und so wei...«

»Zwei Jahre, sagten Sie. Schön.« Er schnippte mit den Fingern zur Tür. »Lassen wir sie in Gottes Namen hereinkommen. Ich habe heute noch anderes zu tun.«

Stephen ging zur Tür und öffnete sie. Das Mädchen saß noch da, wo er es zurückgelassen hatte, und schrieb etwas mit grüner Tinte auf seinen Handrücken. Er hätte gern mit ihr gesprochen, eine Beziehung zwischen ihnen hergestellt, bevor sie wieder hineingingen. Er brauchte irgend etwas, womit er der ätzenden Selbstgewißheit des Rektors begegnen konnte. Sie stand auf und kam zu ihm. Sein schwacher Auftritt angesichts der Sicherheit des anderen, die Ungeheuerlichkeit seiner Behauptung, der Mangel an unmittelbaren Beweisen und sein Bedauern über die schlechte Anzugswahl – das alles zusammen wirkte sich körperlich aus, ging ihm in die Beine, schlug sogar bis auf die Netzhaut durch, bis hinein in die Stäbchen und Zäpfchen, denn das Mädchen, das da über den Flur kam, war größer, eckiger, vor allem um die Schultern, und hatte schärfere Gesichtszüge. Sie sah unbeteiligt zu ihm auf. Es waren noch dieselben Augen unter dem Pony, dieselbe Blässe. Er klammerte sich an diese Details, konzentrierte sich so voll auf sie, daß er außerstande war, etwas zu ihr zu sagen. Jetzt waren sie wieder im Rektorzimmer, und die Vernehmung ging weiter.

»Ruth«, sagte der Rektor, »nenne mir deinen vollen Namen und dein Alter.«

»Ruth Elspeth Lyle, neuneinhalb Jahre alt.«

»Sir.«

»Sir.«

»Und wie lange gehst du schon zur Schule?«

»Den Kindergarten mitgezählt, seit ich vier bin, Sir.«

»Wie lange ist das genau?«

»Fünf Jahre.«

»Sir.«

»Sir.«

Stephen schüttelte den Kopf. Sie übte Verrat an ihm. Ihre Geradheit, ihr Übereifer, ihre Gefallsucht begannen ihn zu irritieren. Sie hielt nichts zurück, sie trug kein Geheimnis in sich. Von da, wo er stand, konnte er ihre Nase im Profil sehen, und das stimmte nicht, es stimmte vorn und hinten nichts. Sie entfernte sich von ihm, ließ ihn im Stich.

Der Rektor sah an Stephen vorbei in die andere Zimmerecke. »Mrs. Briggs, suchen Sie bitte einmal die Einschulungsakte von vor fünf Jahren heraus, und bringen Sie mir den Kindergartenteil.«

Stephen sah erst jetzt, daß hinter ihm in einer Nische noch ein Schreibtisch stand, an dem eine Frau in einem geblümten Kleid saß, unpassend an so einem kalten Tag; sie erhob sich und zog eine Schublade in einem Stahlschrank auf. Der Rektor nahm den Ordner und klappte ihn vor Stephen auf, der nicht hinsah und nicht hinhörte, als der Rektor ihm eine getippte Namensliste vorlegte und mit dem Finger von oben nach unten fuhr. »Lyle, Ruth Elspeth, eingeschult zum Sommerhalbjahr, kurz nach ihrem vierten Geburtstag...«

Stephen sah in Gedanken Kates Geist hoch oben über

London schweben, einer herrlich bunten Libelle ähnlich, fähig zu unvorstellbarer Geschwindigkeit, doch nun stand sie still in der Luft und wartete darauf, herabzuschießen auf einen Spielplatz, an eine Straßenecke, und in den Körper eines jungen Mädchens zu fahren und ihn mit ihrem ureigensten Wesen auszufüllen, um ihm ihre fortdauernde Existenz zu demonstrieren, ehe sie weiterflog und die leere Hülle, ihren Wirt, zurückließ.

Der Rektor blätterte, wartete mit weiteren Beweisen auf. Das Mädchen sah zu, über die Maßen mit sich selbst zufrieden. Stephens Sorgen begannen um Praktischeres zu kreisen: wie bald er aus der Schule wieder hinauskonnte; daß sein Mantel im Wagen geblieben war; daß er den Lunch in Downing Street verpaßt hatte.

Als er Minuten später aus dem Zimmer ging, hörte er den Rektor laut und zweifellos für seine Ohren bestimmt zu dem Mädchen sagen, es solle ihm unverzüglich melden, wenn dieser Mann es noch einmal anspreche. Das Mädchen versprach es mit Begeisterung.

Der Mann mit dem Zinkeimer geleitete Stephen vom Schulgelände. Stephen warf, als sie über den Hof gingen, rasch einen Blick in den Eimer. Er war leer. »Wozu schleppen Sie eigentlich diesen Eimer mit sich herum?«

Der Mann, der Stephen soeben zum Hoftor hinausführte, schüttelte nur den Kopf und gab mit gezwungenem Lächeln zu verstehen, daß dies nun wirklich eine dumme Frage sei, so dumm, daß er sich gewiß nicht die Mühe machen werde, darauf zu antworten.

Dieses wahnwitzige Durchleben genau der Wiedervereinigung, die ihn unablässig beschäftigte, gab Stephen das Gefühl, seine Besessenheit zwar noch nicht gebannt, aber doch geschwächt zu haben. Er begann der schwierigen Wahrheit ins Auge zu sehen, daß Kate kein lebendiges Sein mehr war, kein unsichtbares Mädchen an seiner Seite, das er sehr genau kannte; wenn er daran dachte, wie Ruth Lyle seiner Tochter ähnlich und auch wieder nicht ähnlich gesehen hatte, verstand er, wie viele Wege es gab, die Kate gegangen sein konnte, auf wieviel ungezählte Weisen sie sich in zweieinhalb Jahren verändert haben konnte, und daß er keine davon kannte. Er war verrückt gewesen, jetzt fühlte er sich geläutert.

Er war nach Hause gegangen und hatte bis in den frühen Abend geschlafen, einen tiefen, traumlosen Schlaf. Dann war er ans Umräumen seiner Wohnung gegangen. Er hatte die Couch wieder an die Wand gerückt und den Fernseher in eine dunkle Ecke gestellt. Er hatte ein ausgiebiges Bad genommen. Danach widerstand er nicht der Versuchung, sich einen großen Drink einzuschenken. Aber diesmal trug er ihn an seinen Schreibtisch, den er aufräumte, dann setzte er sich daran und beantwortete Briefe. Er schickte eine liebevolle Karte an Julie, worin er keine Forderungen stellte und ihr nur schrieb, er habe an Kates Geburtstag an sie gedacht, und wenn sie irgendwann die Zeit für richtig halte, solle sie sich bei ihm melden. Er nahm einen Notizblock und schrieb ein paar Ideen nieder, und das ermutigte ihn, die Staubhülle von der Schreibmaschine zu nehmen und zwei Stunden lang zu tippen. Spät in der Nacht lag er noch wach im Bett und traf im Dunkeln einige wohlüberlegte Entscheidungen, bevor er sich einem zweiten ungestörten Schlaf hingab.

Als am Morgen darauf das Telefon klingelte und der Abteilungsleiter sich meldete, hörte Stephen ihm geduldig zu, obwohl seine Entscheidung schon feststand. Der Mann drückte zunächst sein Bedauern darüber aus, daß Stephen aus dem nach ihm geschickten Wagen gesprungen war. Stephen erklärte, er sei ausgestiegen, weil er seine seit langem vermißte Tochter gesehen zu haben glaubte.

»Hat dieser Chauffeur übrigens meinen Mantel abgegeben?«

»Nein. Wenn Sie ihn liegengelassen hätten, hätte er das ganz bestimmt gemeldet.« Offenbar war noch niemals jemand zu diesem Lunch nicht erschienen, ohne einen guten Grund dafür anzugeben. Es war eine nicht zu verzeihende Ungezogenheit, aber aus unerfindlichem Grunde – und der Abteilungsleiter ließ keinen Zweifel an seiner Mißbilligung – wurde Stephen eine zweite Chance, eine zweite Einladung angeboten.

»Hm«, meinte Stephen, »das ist wirklich Pech. Ich will gar keine zweite Einladung.«

Der Abteilungsleiter blieb umgänglich auch in der Verachtung. »Dummes Zeug! Warum denn nicht, in aller Welt?«

»Weil ich erstens zu tun habe. Ich habe eine Arbeit angefangen, die für mich eine Art Abschied –«

»Das hindert Sie doch nicht am Essen.«

»Zweitens – und nehmen Sie's bitte nicht persönlich – stört es mich sehr, was diese Regierung seit Jahren mit unserem Land anstellt. Es ist eine Schande, ein Sumpf.«

»Warum haben Sie denn die erste Einladung angenommen?«

»Da steckte ich selbst im Sumpf, bis zum Hals in Depressionen. Jetzt bin ich heraus.«

Es blieb eine Weile still, während der Abteilungsleiter sich auf die neue Lage einstellte. Dann sprach er mit Trauerstimme, als beklagte er ein unaufhebbares physikalisches Gesetz. »Bedaure, Mr. Lewis, ich kann da nicht viel machen. Der Premier legt großen Wert darauf, Sie zu sehen.«

»Bitte sehr, Sie wissen ja, wo ich wohne«, sagte Stephen und legte auf.

Er ging in die Küche, um sich Kaffee zu kochen, und als er zehn Minuten später die Tasse über den Flur trug, klingelte wieder das Telefon. Es meldete sich ein sehr verdrießlicher Abteilungsleiter.

»Wie es so geht, Ihre Adresse scheint hier abhanden gekommen zu sein.«

Stephen nannte sie ihm, legte auf und eilte mit seinem Kaffee an den Schreibtisch.

Sieben

»Erziehungswissenschaftliche Autoren der Nachkriegszeit haben es aus Sentimentalität oft übersehen, daß Kinder im Herzen egoistisch sind, und dies aus gutem Grund, denn sie sind zum Überleben programmiert.«

Autorisierter Leitfaden zur Kindererziehung, HMSO, aus dem Vorwort

Während der ersten Monate des folgenden Jahres kam der Parmenter-Ausschuß einer Einigung über die Endfassung seines Berichtes langsam näher. Der Weg dorthin wurde geebnet durch Verschleiß, Ermüdung und vage Formulierungen überall da, wo die Differenzen unüberwindlich waren. Canhams Vorschlag, sich nur noch zweimal im Monat zu treffen, sowie der eine oder andere nette Lunch, zu dem Parmenter einzelne Ausschußmitglieder einlud, ermöglichten nützliche Positionsumkehrungen und plötzliche Preisgaben exzentrischer Ansichten ohne allzu großen Gesichtsverlust. Zudem wurde dem Ausschuß bedeutet, es sei, wenngleich wünschenswert, vielleicht nicht möglich, als erster Unterausschuß der Kommission einen Abschlußbericht vorzulegen, aber der letzte zu sein, gehe nun wirklich nicht an.

Stephen tat das Seine dazu. In einem Plädoyer, das er für ausgewogen hielt, redete er einerseits einem gewissen Maß an Disziplin und der Einübung bestimmter Grundregeln das Wort – Schreiben sei ein sozialer Akt, ein öffentliches

Medium – andererseits der Phantasie –, Schreiben bereichere das Privatleben; Idiosynkrasien sollten nicht auf ihre Kosten unterdrückt werden. Diese harmlose Erklärung, der erste Teil zumindest, war leicht verdaulich, und er wurde vom Vorsitzenden nicht zum Lunch gebeten. An dem Morgen, als Stephen sie abgab, war dem Ausschuß mehr daran gelegen, alle Verweise auf das phonetische Alphabet zu tilgen und einen der Akademiker an der Verlesung einer späten Vorlage – »Klassenherrschaft und präskriptive Grammatik« – zu hindern. Mitte März wurde der Bericht des Parmenter-Ausschusses für Lesen und Schreiben der Kommission für Kindererziehung unterbreitet. Die meisten Mitglieder glaubten ihr Mandat dadurch erfüllt zu haben, daß sie ein im Ton verbindliches und in der Sache autoritäres Dokument vorlegten. Die Presse gratulierte dem Vorsitzenden zum nichtvorhandenen Minderheitsvotum. Es gab eine Abschlußparty in einem abgelegenen und selten benutzten Anbau des Ministeriums, wo der dreißig Jahre alte geblümte Teppich seine nichtsnutzige Lebendigkeit dadurch unter Beweis stellte, daß er jedem, der Türklinken oder Fenstergriffe berührte, einen belebenden Elektroschock verpaßte.

Stephen kam spät zu diesem Treffen und ging früh wieder. Seit Weihnachten bedeuteten die Ausschußsitzungen ihm keine Oasen geordneter Zeit mehr im Chaos vertaner Tage. Sie langweilten ihn jetzt und bedrohten seine empfindliche Tagesroutine aus Arbeiten, Lernen und Körperertüchtigung. Er lernte bei Mr. Cromarty, einem pensionierten Hochschullehrer, der allein in der Wohnung unter ihm lebte, klassisches Arabisch. An vier Vormittagen in der Woche ging er dazu hinunter in Mr. Cromartys karges, kaltes Studierzimmer, dessen einzige Wärmequelle, ein alter Gasofen mit schwacher gelber Flamme, ebendie narkotischen Dämpfe zu verströmen schien, von denen in den Gedichten, die der alte Herr ihm übersetzte, die Rede war.

Stephen interessierte sich nicht für die Sprache selbst oder ihre Literatur. Wenn Mr. Cromarty Griechisch oder Tagalog angeboten hätte, wäre Stephen ebenso zufrieden gewesen. Es ging ihm nur darum, sich durch das Lernen von etwas Schwierigem wachzurütteln, sich auf Regeln und ihre Ausnahmen und stures Auswendiglernen zu konzentrieren. Wie es so ging, schlug ihn das Alphabet sofort in seinen Bann. Er kaufte sich ein Fäßchen Tinte und eine Spezialfeder, um Kalligraphie zu üben. Nach einem Monat fesselte ihn die Grammatik, ihre stolze Unabhängigkeit von der englischen Sprache, die erstaunliche Dominanz der Verben, deren Ableitungen durch kleinste Veränderungen neue Bedeutungen bekamen: Bedauern *(nadam)* wurde zum Zechkumpan *(nadim)*, ein Granatapfel zur Handgranate, Alter zu Freiheit.

Sein Lehrer, ein stiller Mensch von strengem Wesen, gab ihm das Gefühl, daß er richtig ärgerlich würde, wenn sein Schüler je zu spät käme oder das tägliche Pensum nicht lernte. Zum Unterricht trug Mr. Cromarty einen dunklen Anzug, aus dessen Weste er dann eine silberne Taschenuhr zog, um seine Schlußworte an deren Zifferblatt zu richten. Seine Wohnung hatte eine säuerliche Atmosphäre von altmodischer Armut – blanke Dielen, vergilbte Wände mit öligen Nässeflecken, abblätternde braune Farbkrusten auf Türen und Wandleisten, auf dem Flur ein rußiger Petroleumofen unter einer nackten Glühbirne. Kein Zierat, keine Bilder, keine Polstersessel, keine Spuren einer Vergangenheit. Sein ganzer Luxus waren die formstrengen, sinnlichen Verse, die er liebte und ausgiebig zitierte, zuerst auf Arabisch, dann in schottischem Englisch, wobei er die Augen schloß und den Kopf hob, als rufe er an ein anderes Leben zurück: »Schlank war ihre Taille, zart und rund ihre Fesseln, wohlgestrafft ihr Bauch und ohne Falten.« Mr. Cromarty ging Stephen auf der Straße aus dem Weg und mied vor und nach dem einstündigen Unterricht jegliche Konversation. Seinen Vornamen erfuhr Stephen nie.

Stephens andere neue Verpflichtung war dreimal wöchentliches Tennis in der Halle. Er spielte seit über zwanzig Jahren mehr schlecht als recht, hatte seit Jugendtagen, als er in der Schulmannschaft gespielt hatte, ohne sich hervorzutun, allmählich immer mehr nachgelassen. In der ersten Stunde bekam er Unterricht, in der zweiten spielte er ein Match mit dem Trainer, einem feisten Amerikaner mit hoher Stirn, der ihm nach der ersten Stunde unverblümt gesagt hatte, was für Arbeit in der nächsten Zeit auf sie zukomme. Seine Vor- und Rückhand gelte es auszumerzen und von Grund auf neu zu lernen. Gleiches gelte für seine Beinarbeit. Seinen Aufschlag könne man vorerst vergessen. Das sei aber alles nicht so vordringlich wie Stephens Einstellung. Sie standen sich nah am Netz gegenüber, als er das sagte. Stephen wußte nicht recht, was er für ein Gesicht machen sollte, während er sich von dem Mann beschimpfen ließ, dem er ein ansehnliches Honorar bezahlte.

»Sie sind völlig passiv. Sie haben keinerlei inneren Antrieb. Sie lassen die Dinge einfach auf sich zukommen und hoffen, daß sie in Ihrem Sinne sind. Sie fühlen sich für den Ball nicht verantwortlich, machen sich keinerlei Gedanken über Ihren nächsten Schritt. Sie sind faul und ohne Rückgrat, Sie schlafen halb und können sich selbst nicht leiden. Ihr Schläger muß früher zurück, Sie müssen in den Schlag hineingehen, tief hineingehen, die Bewegung genießen. Sie sind ja gar nicht ganz da. Nicht einmal jetzt, während ich mit Ihnen spreche, sind Sie ganz da. Sind Sie sich zu gut für dieses Spiel? Wachen Sie auf!«

Neben Arabisch und Tennis hatte Stephen noch seine Arbeit, und wenn er nicht arbeitete, las er wahllos backsteindicke Romane, internationale Bestseller, Bücher, deren wahrer Zweck es war, zu erklären, wie ein U-Boot, ein Orchester, ein Hotel funktionierte. Er sah sich wieder zu begrenzter abendlicher Geselligkeit imstande, beschränkte sich aber ausdrücklich auf bewährte, anspruchslose Freundschaften mit Männern. Vor Weihnachten hatte seine Mutter sich mit einer langen Krankheit hingelegt. Er besuchte sie oft, zuerst im Krankenhaus, dann zu Hause, und obwohl sie nicht in Gefahr war, reichte ihre Kraft nur zu ganz kurzen Unterhaltungen. Er war in diesen Monaten zwar nicht glücklich, aber auch nicht mehr von Katatonie befallen. Manchmal hatte er das Gefühl, für ein noch unbekanntes Ereignis zu trainieren; er erwartete eine Veränderung – ohne eine klare Vorstellung von ihrer Art zu haben –, vielleicht gar Aufruhr, und hielt Ausschau nach den ersten Zeichen, dem ersten kleinen Hinweis darauf, daß sein Leben sich ändern sollte. Die dicken Bücher, die er las, lieferten seinem Denken die nützlichen Klischees wie Schicksalswende, Segel vor dem Wind und Morgenröte. Er zweifelte jedoch nicht, daß er zur Zeit noch in der Flaute dümpelte; immerhin bezahlte er noch bar für seine regelmäßigsten menschlichen Kontakte.

Es gab Veränderungen, aber sie kamen ohne Vorwarnung, kein großer Plan verriet sich durch klar erkennbare Details. Statt dessen setzte eine Reihe plötzlicher und scheinbar unzusammenhängender Entwicklungen ein, und die erste begann eines Abends ganz unvermittelt mit einem zweimaligen kurzen Klingeln an seiner Wohnungstür. Er hatte gerade zu Abend gegessen und wollte darangehen, mit Tinte und Feder einen Gedichtteil abzumalen, den er morgen Mr. Cromarty vortragen sollte. Es hatte den ganzen Tag leicht geschneit, und Stephen hatte, als er vom Tennis nach Hause kam, ein Feuer angezündet, das jetzt schön brannte. Er hatte die schweren Samtvorhänge zugezogen, sich ein Gläschen Armagnac eingeschenkt – er war herunter auf einen Schuß Alkohol täglich – und im Radio getragene Orchestermusik gefunden. Er hatte die Buchstaben schon mit Bleistift vorgezeichnet und wischte voll Vorfreude die Goldfeder an einem Baumwollappen ab, um den ersten, einen Bogen unter einem gepünktelten Dreieck, auszumalen. Als es klingelte, schnalzte er unwirsch mit der Zunge, und im Aufstehen nahm er sich erst noch die Zeit, sein Tintenfäßchen wieder zuzuschrauben. Dabei stellte er sich die Frage, ob er wohl schon anfing, mit seinen uneiligen Bewegungen, seinem Ärger über Störungen, Mr. Cromarty ähnlich zu werden.

Als erstes sah er Blut, das im trüben Licht des Treppenhauses fast schwarz wirkte und das Gesicht eines Mannes, der ein braunes Päckchen an die Brust gedrückt hielt, vollkommen unkenntlich machte. Woher das Blut kam, war nicht zu erkennen. Es schien ihm aus allen Poren zu quellen und ließ von dem ganzen Gesicht nur noch das Weiß der Ohren sehen. An der Kinnspitze bildeten sich Tropfen, die auf das Päckchen fielen.

Mit kultiviertem Stocken sagte der Mann rasch in das kurze, schockierte Schweigen hinein: »Es tut mir schrecklich leid, Sie um diese späte Stunde zu stören. Ich – hätte vorher anrufen sollen ...« Seine Stimme, die Stephen bekannt vorkam, klang nicht nach Schmerzen. Der Mann hielt ihm eine blutverschmierte Hand hin. »Harold Morley, Sie erinnern sich – vom Ausschuß.«

»Ach so, ja«, sagte Stephen, indem er die Tür weiter öffnete und zur Seite trat. »Kommen Sie lieber mal rein.« Erst als die Tür wieder zu war, identifizierte er Morley als den Mann mit dem phonetischen Alphabet, das im Abschlußbericht mit keiner einzigen Silbe mehr erwähnt worden war.

Morley starrte seine Hand an, fuhr sich behutsam übers Kinn und betrachtete seine Fingerspitzen. »Ich bin auf Ihrer Treppe gestolpert.«

Stephen führte ihn schon ins Bad. »Sie sind nicht der erste.«

Morley lehnte sich an den Türrahmen, während Stephen das Becken vollaufen ließ und sich die Ärmel aufkrempelte. »Sagen Sie, ich muß ein paar Sekunden völlig weg gewesen sein.«

»Sie sind auch übel zugerichtet«, sagte Stephen. »Lassen Sie mich mal sehen.«

»Ich weiß noch, wie ich hingefallen bin«, sagte Morley

verwundert, »und dann weiß ich erst wieder, wie ich aufgestanden bin, aber dazwischen muß ganz bestimmt einige Zeit vergangen sein.«

Stephen schüttete ein Antiseptikum ins Wasser. Der Geruch ließ ihn sich noch kompetenter fühlen. Morley zog sein Hemd aus. Die Platzwunde war ganz oben an der Stirn, höchstens zwei Zentimeter lang, und das Blut darauf begann schon zu gerinnen. Morley redete unzusammenhängend in das sich rötende Wasser hinein, während Stephen ihm mit einem Schwamm den Kopf und das Gesicht abwusch, und wiederholte seine Schilderung des Sturzes. Ehe Stephen fertig war, begann der schmale, picklige Rücken des Mannes zu zittern. Als er sich aufrichtete, verlor er prompt das Gleichgewicht. Stephen setzte ihn auf den Badewannenrand, gab ihm ein Handtuch und legte ihm eine improvisierte Kompresse auf. Inzwischen zitterte Morley am ganzen Körper. Stephen gab ihm einen dicken Pullover, wickelte ihn in eine Decke, führte ihn ins Arbeitszimmer und setzte ihn in einen Sessel beim Feuer. Er brachte ihm eine Tasse starken Kaffee, in den er ein halbes Dutzend Löffel Zucker rührte, aber Morley konnte nicht einmal selbst die Tasse halten. Stephen hielt sie ihm an den Mund und hörte die Zähne gegen den Rand klappern. Nach zehn Minuten hatte sich Morley beruhigt und setzte zu einer umständlichen Entschuldigung an. Stephen riet ihm, sich auszuruhen. Fünf Minuten darauf war sein Besucher eingeschlafen.

Stephen kippte seinen Armagnac in einem Zug hinunter, schenkte sich ein neues Glas ein und stellte erstaunt fest, daß er mit seiner Vorbereitung für den morgigen Unterricht ohne weiteres fortfahren konnte. Hin und wieder warf er einen Blick zu Morley. Die ausgefranste Kompresse saß komisch auf seinem Schädel, nur vom geronnenen Blut gehalten. »Sie zeigt mir eine Taille, schlank und rank wie des Kameles Nasenriemen, und Waden so geschmeidig wie des Papyrus biegsames Rohr...« Als er hinterher sein fertiges Werk begutachtete, hätte er zu gern gewußt, ob außer Mr. Cromarty wohl jemand in der Lage wäre, aus den winzigen Kringeln, Strichen und Schnörkeln, die frei über den Linien mit ihren grausam unvermittelten Haken schwebten, etwas Sinnvolles herauszulesen. Waren sie am Ende eine private Geheimschrift, ein raffiniertes Spiel, das der alte Mann sich ausgedacht hatte, um die Jahre zu verbringen?

Nach einer Viertelstunde Schlaf begann Harold Morley sich wieder zu regen. Er richtete sich plötzlich kerzengerade im Sessel auf, das Gesicht vorwurfsvoll verzerrt. »Wo ist es?« fragte er aufgeregt, dann schloß er, von einer Sekunde auf die andere verwandelt, die Augen und schlug sich mit der offenen Hand an den Kopf. »Mein Gott! Das Taxi. Ich hab's darin liegenlassen.«

Stephen ging ins Bad und hob das braune Päckchen vom Boden auf. Dann ging er in die Küche und holte die Kaffeekanne. Als er ins Arbeitszimmer zurückkam, hatte Morley inzwischen sein Gedächtnis wiedergefunden. Er stand am Feuer und begutachtete das Knäuel Verbandsmull, das er sich von der Wunde gerissen hatte. »Ganz schönes Ding«, meinte er beeindruckt.

»Es müßte vielleicht genäht werden«, sagte Stephen. »Sie sollten da noch heute abend etwas unternehmen, wirklich.« Er reichte Morley das Päckchen.

Sein Gast schaute zu den Getränken. »Machen Sie's mal auf und werfen Sie einen Blick hinein. Ich könnte einen Scotch vertragen, wenn's Ihnen recht ist.«

Stephen schenkte für beide ein. Unter Morleys bohrendem Blick setzte er sich dann und betrachtete das Buch, das er dem blutverschmierten Päckchen entnommen hatte. Auf dem gewöhnlichen Pappeinband stand das Wort *Leseexemplar*, darunter klebte schief ein weißes Etikett mit der Aufschrift: STRENG VERTRAULICH, CODE E-8. KOPIE NR. 5. Die ersten Seiten waren leer. Stephen blätterte bis zum Vorwort und las: »Erziehungswissenschaftliche Autoren der Nachkriegszeit haben es aus Sentimentalität oft übersehen, daß Kinder im Herzen egoistisch sind, und dies aus gutem Grund, denn sie sind zum Überleben programmiert.« Er blätterte das Buch von hinten nach vorn durch und las ein paar Kapitelüberschriften – »Disziplinierung des Verstandes«, »Jugend passé«, »Gehorsam gibt Sicherheit«, »Jungen und Mädchen – vive la différence«, »Ein gehöriger Klaps spart deren neun«. In diesem Kapitel las er: »Wer sich dogmatisch gegen jede Form der körperlichen Züchtigung wendet, wird unversehens zu allerlei psychologischen Repressalien gegen das Kind raten müssen – Vorenthaltung von Lob oder Vergünstigungen, Demütigung durch frühes Zubettgehen und so weiter. Es deutet nichts darauf hin, daß diese verlängerten Formen der Bestrafung, die für vielbeschäftigte Eltern großen Zeitaufwand bedeuten können, langfristig weniger Schaden anrichten als eine prompte Kopfnuß oder ein gehöriger Klaps hintendrauf. Der gesunde Menschenverstand legt das Gegenteil nahe.

Wer einmal die Hand hebt und zeigt, daß er es ernst meint, wird sie wahrscheinlich nie wieder erheben müssen.«

Morley wartete und stand nur einmal auf, um sich ein neues Glas einzuschenken. Stephen blätterte ein paar weitere Seiten um. Eine Zeichnung zeigte zwei kleine Mädchen beim Spiel. Darunter der Text: »Was ist gegen das kleine Bügeleisen einzuwenden? Mädchen sollen ruhig wissen, daß sie einmal Frauen werden!« Schließlich tat Stephen das Buch wieder in das Päckchen und warf es auf den Tisch. Die Kommission sammelte immer noch die Berichte ihrer vierzehn Unterausschüsse ein, und mit dem Abschluß ihrer Arbeit war frühestens in vier Monaten zu rechnen. Am liebsten hätte er jetzt seinen Vater angerufen und ihm zu seinem Durchblick gratuliert. Aber das konnte er immer noch tun, wenn er ihn im Laufe der Woche sah.

»Ich sollte Ihnen vielleicht erzählen, wie ich darangekommen bin«, meinte Morley. Ein mittlerer Beamter, dessen Namen er nicht kenne, habe ihn in seiner Dienststelle angerufen und um ein Treffen in einer nahen Arbeiterkneipe gebeten. Es stellte sich heraus, daß der Mann mit Publikationen der Regierung zu tun hatte. Er gehörte zu einem Heer unzufriedener Beamter; alle Jahre kamen zwei oder drei von ihnen wegen Verrats oder Ähnlichem vor Gericht. Aber das war nicht der Hauptgrund dafür, daß er das Buch weitergeben wollte; er konnte es vielmehr ungestraft tun. Die Nacht zuvor war in seine Dienststelle eingebrochen worden. Die Diebe hatten sich vor allem für Büromaschinen interessiert. Sie hatten auch den Kaffee- und Suppenautomaten mitgenommen. Am darauffolgenden Morgen war Morleys Mann als einer der ersten auf der

Szene gewesen. Er hatte das Buch schnell in seiner Aktentasche verschwinden lassen und es als Teil des Inhalts eines kleinen Safes deklariert, den die Diebe irgendwie abtransportiert hatten.

Das Buch war vor drei Monaten in die Regierungsdrukkerei gegangen, und zur Zeit kursierten zehn gebundene Exemplare auf höchster Beamtenebene und bei drei oder vier Kabinettsmitgliedern. Der Verbleib eines jeden Exemplars wurde so sorgfältig registriert und überwacht, wie es sonst nur mit militärischen Geheimpapieren geschah. Daß dieses eine Exemplar sich nicht tatsächlich in dem gestohlenen Safe befunden hatte, war nur ein Versehen gewesen. Laut Morleys Beamtem war vermutlich geplant, das Buch etwa zwei Monate nach Abschluß des Kommissionsberichts zu veröffentlichen und so zu tun, als werde die Arbeit der Kommission darin verwertet. Warum die Korrekturexemplare schon so früh in Umlauf gekommen waren, ließ sich nicht so genau sagen.

»Kann sein«, meinte Morley, »daß Downing Street aus politischen Gründen ein paar Minister einweihen mußte.«

Stephen sagte: »Ich verstehe nicht, wieso sie der Kommission nicht zugetraut haben, genau das Buch aufzutischen, das sie haben wollten. Sie haben doch den Vorsitzenden und die Vorsitzenden aller Unterausschüsse selbst ernannt.«

»Beides auf einmal ging wohl nicht«, sagte Morley, »obwohl sie's versucht haben. Sie konnten es nicht darauf ankommen lassen, daß alle die Guten und Edlen, die vor den Augen der Öffentlichkeit zusammengerufenen Experten und Honoratioren ihnen genau das richtige Buch bescheren würden. Die Erwachsenen wissen's ja immer besser.« Morley fuhr sich mit den Fingerspitzen über die Wunde. Er verzog das Gesicht. »Jedenfalls zeigt das, wie ernst es ihnen damit ist. Das haben Sie doch sicher schon alles gehört – wie das Land durch eine Reform der Kindererziehung regeneriert werden soll.«

Er sagte, er bekomme Kopfschmerzen und wolle nach Hause. Er sei gekommen, um darüber zu reden, was man tun könne. Mit seiner Frau könne er nicht darüber sprechen, sie arbeite als Ärztin im öffentlichen Dienst, und er wolle sie nicht kompromittieren. »Sie wird sich um meinen Kopf kümmern, wenn ich zu Hause bin.«

Da sie kaum mehr als für eine kleine Peinlichkeit sorgen konnten, war das Thema rasch erledigt. Stephen sollte, nachdem sie zum Schutz des Beamten die Kennummer entfernt hätten, das Buch für eine Zeitung kopieren und dann bei sich aufbewahren. Stephen bestellte ein Taxi, und während sie darauf warteten, erzählte Morley ihm von seinen Kindern. Er hatte drei Jungen. Sie zu lieben sei nicht nur Freude, sondern lehre einen die eigene Verletzlichkeit kennen, sagte er. Während der Olympiakrise hätten er und seine Frau die ganze Nacht wachgelegen, sprachlos vor Angst um die Jungen, erschrocken über ihr eigenes Unvermögen, sie vor Schaden zu bewahren. Sie lagen nebeneinander, unfähig, ihre Gedanken auszusprechen, mochten sich nicht einmal dazu bekennen, daß sie wach waren. Am frühen Morgen war ihr Jüngster wie gewohnt zu ihnen ins Bett gekrochen, und da hatte seine Frau zu weinen angefangen, so verzweifelt, daß Morley den Jungen schließlich wieder in sein Zimmer getragen und dort bei ihm geschlafen hatte.

Später hatte sie ihm gesagt, das absolute Vertrauen des Kindes habe ihr den Rest gegeben; der Junge habe sich unter der Decke, an seine Mutter geschmiegt, sicher geglaubt, und da er es nicht war, da er jede Sekunde ausgelöscht werden konnte, habe sie das Gefühl gehabt, ihn zu verraten. Stephen schüttelte in der Erinnerung an seine eigene damalige Wurstigkeit den Kopf und sagte nichts.

Nachdem Morley fort war, ging er in das leere Zimmer seiner Tochter und knipste das Licht an. Noch immer lag der mit ihren Sachen gefüllte Müllsack auf dem hölzernen Bettgestell. Es roch feucht im Zimmer. Er kniete sich hin und drehte die Heizung an. Einen Augenblick blieb er so auf dem Boden hocken, um seine Gefühle zu ergründen; er sah sich jetzt nicht mit einem Verlust konfrontiert, sondern mit einer Tatsache, hoch wie eine Mauer. Aber unbelebt, neutral. Eine Tatsache. Er sprach das Wort laut aus, wie einen Fluch. Ins Arbeitszimmer zurückgekehrt, setzte er sich in Morleys Sessel ans Feuer und dachte über dessen Erzählung nach. Er sah sie vor sich, Mann und Frau, nebeneinander auf dem Rücken liegend wie Steinfiguren auf einem mittelalterlichen Sarkophag. Atomkrieg. Er hatte plötzlich eine kindliche Angst davor, sich auszuziehen und zu Bett zu gehen. Die Welt außerhalb dieses Zimmers, schon außerhalb seiner Kleider, erschien ihm so hart und grausam, daß es alle Vernunft überstieg. Seine zerbrechliche, mühsam wiedererrichtete Normalität war bedroht. Seit zwanzig Minuten saß er still da und sank. Die Stille wurde immer lauter. Er mußte sich überwinden, sich zum Feuer vorzubeugen und Kohle nachzulegen. Er räusperte sich laut, um seine eigene Stimme zu hören. Als die Flammen auf die neuen Klumpen übergriffen, lehnte er sich wieder zurück, und ehe er einschlief, gab er sich selbst das Versprechen, nicht aufzugeben. Morgen früh um zehn hatte er Unterricht, und um drei sollte er in der Tennishalle sein.

Stephens Mutter hatte im Februar zu genesen begonnen. Sie durfte nachmittags bis zum frühen Abend das Bett verlassen. Sowie es wärmer würde, dürfte sie die vierhundert Meter zur Post gehen. Sie hatte während ihrer Krankheit fünfzehn Pfund abgenommen und auf einem Auge fast alle Sehkraft verloren. Beim Stricken, Lesen oder Fernsehen begann ihr das gesunde Auge weh zu tun, und so waren Radio und Reden jetzt ihre Hauptunterhaltung. Wie viele Frauen ihrer Generation sprach sie nicht gern von ihren Beschwerden. Als sein Vater einen halben Tag aus dem Haus mußte, um seine Schwester zu besuchen, die auch krank war, wurde Stephen gebeten, seiner Mutter solange Gesellschaft zu leisten. Er folgte der Aufforderung nur zu gern. Er sah seine Eltern gern einzeln, denn dann konnte er leichter aus dem gewohnten Schema ausbrechen, fühlte sich weniger auf seine Sohnesrolle beschränkt. Und vielleicht wäre es sogar möglich, an das vor einem halben Jahr in der Küche begonnene Gespräch wieder anzuknüpfen.

Es überraschte ihn, von ihr schon an der Tür empfangen zu werden, sie wieder einmal in Alltagskleidung statt in ihrem knallrosa Bettjäckchen zu sehen. Ihre Gesichtshaut hatte sich durch das Abnehmen gestrafft und gab ihr oberflächlich ein jugendliches Aussehen, das die verwegene Augenklappe noch betonte. Sie umarmten sich kurz, er gratulierte ihr zu ihren Fortschritten und erzählte einen albernen Piratenwitz, während sie ihn ins Wohnzimmer führte.

Dort entschuldigte sie sich für die nur ihr sichtbare Unordnung. Das Haus einmal wieder gründlich in Ordnung zu bringen, sagte sie, sei einer der Gründe, warum sie unbedingt wieder zu Kräften kommen wolle. Stephen sah zwar nicht ein einziges Ding am falschen Platz, sagte aber, diese Einstellung sei ein gutes Zeichen. Wie schwach sie noch war, erkannte er unter anderem daran, daß sie ihm nach nur symbolischem Protest gestattete, ihnen in ihrer eigenen Küche eine Kanne Tee zu machen. Aber sie gab ihm durch die offene Durchreiche immerzu Anweisungen, und als er einmal nicht hinsah, zog sie die kleinen Kaffeetischchen hervor und stellte sie auf, damit das Tablett und die Tassen Platz hatten. Während Stephen in der Küche wartete, daß der Wasserkessel kochte, sah er sich die aufgereihten Pillenfläschchen an. Ihr knalliges Rot und Gelb ließ ihn ahnen, daß machtvolle Technologie am Werk war und tief ins System eingriff. Neu war ansonsten noch die große Tafel neben dem Wandtelefon, auf der in der Handschrift seines Vaters die Nummern des Notarztes und einiger privater Krankentransporte standen.

Mrs. Lewis ließ sich das Einschenken nicht nehmen, obwohl ihre Hand vom Gewicht der Kanne zitterte. Sie übersahen geflissentlich die Tropfen auf dem ganzen Tablett. Sie redeten vom Wetter; laut Vorhersage hatten sie noch starke Schneefälle zu erwarten, bevor der Frühling seine ersten Boten schickte. Den Fragen ihres Sohnes nach dem letzten Besuch des Arztes wich Mrs. Lewis geschickt aus. Sie sprachen statt dessen von Stephens kranker Tante, und ob Mr. Lewis wohl gefahrlos in öffentlichen Verkehrsmitteln durch den Westen Londons komme. Sie sprachen über die Vorzüge von Großdruckbüchern. Zwanzig Minuten vergingen, und Stephen begann sich Sorgen zu machen, daß seine Mutter müde würde, bevor er das Gespräch in die von ihm gewünschte Richtung lenken konnte. Er fragte deshalb nach der nächsten kurzen Gesprächspause: »Erinnerst du dich noch, wie du mir von diesen neuen Fahrrädern erzählt hast?«

Sie schien schon darauf gewartet zu haben, denn sie lächelte sofort. »Dein Vater hat schon seine Gründe, warum er das lieber vergessen möchte.«

»Du meinst, er tut nur so vergeßlich?«

»Das ist sein militärischer Drill. Was nicht sauber ist oder nicht paßt, weg damit.« Sie sagte es liebevoll. Dann fuhr sie fort: »Der Tag, an dem wir die Fahrräder gekauft haben, war für uns beide ein schwieriger Tag. Er denkt gern, daß seitdem immer alles so gekommen ist, wie es einfach kommen mußte, daß es eine Wahl nie gegeben hat. Er sagt, er erinnert sich nicht, also sprechen wir nicht mehr darüber.« Ihr Ton war immer noch nachdenklich und ohne Vorwurf, aber die letzten Worte klangen so entschieden, als gäben sie einen Vorwand zur Indiskretion. Außerdem blieb sie bewußt bei bloßen Andeutungen und setzte sich ein wenig in Szene. Sie ließ sich, die Teetasse ein paar Zentimeter über der Untertasse balancierend, in den Sessel zurücksinken und schien auf ihr Stichwort zu warten.

Stephen hütete sich, allzu interessiert zu erscheinen; er wußte, wie rasch ein schlechtes Gewissen ihre Loyalität wieder wecken konnte. Er ließ erst ein paar Sekunden verstreichen, ehe er sagte: »Na ja, vierzig Jahre sind doch wohl auch eine lange Zeit.«

Sie schüttelte heftig den Kopf. »Erinnerungen haben nichts mit den Jahren zu tun. Man erinnert sich, woran man sich erinnern will. Der Augenblick, als ich deinen Vater zum erstenmal sah, ist mir heute so deutlich in Erinnerung wie eh und je.« Die Geschichte, wie seine Eltern sich kennengelernt hatten, war Stephen schon halb und halb bekannt. Aber er wußte auch, daß sie mit diesem Beweis für die Zeitlosigkeit des Gedächtnisses nur zu der Geschichte überleitete, die sie eigentlich erzählen wollte.

Die ersten drei Jahre nach dem Krieg arbeitete Claire Temperly, Stephens Mutter, in einem kleinen Kaufhaus in einem Marktstädtchen in Kent. Die sozialen Folgen des Krieges, zumal das Verschwinden einer ganzen Schicht von Haushaltshilfen und die damit verbundenen Auswirkungen auf den Lebensstil der weniger begüterten Mittelschicht, mußten sich erst noch voll bemerkbar machen, und das Kaufhaus – eine Art ländliches Harrod's auf zwei Etagen – konnte seinen Vorkriegsstandard immer noch halbwegs wahren.

»Meine Mutter hätte in so einem Haus sicher nicht gern eingekauft. Da hätte sie sich fehl am Platz gefühlt.« Pagen in dunkelblauen Uniformen mit Silberlitzen und Mützen mit dem Firmenemblem nahmen an den Drehtüren die Kundinnen in Empfang und geleiteten sie über den pflaumenfarbenen Teppich in die richtige Abteilung. Wenn die dortigen Verkäuferinnen gerade zu tun hatten, wurden den

Kundinnen bequeme Sessel angeboten. Die Pagen sagten »Ma'am« und tippten immerzu an ihre Mützen, aber Trinkgeld bekamen sie nie.

Die Verkäuferinnen – Verkäufer gab es nicht – trugen ebenfalls Uniform und waren dafür persönlich verantwortlich. Jeden Morgen mußten sie, bevor das Geschäft öffnete, vor Miß Bart, einer ältlichen Personalchefin, zum Kleiderappell antreten. Sie achtete besonders auf die gestärkten weißen Schleifen, die »ihre Mädchen« sich hinter dem Rükken binden mußten. Wem es nicht in die Wiege gelegt war, »fünfzig« statt »fuffzich« zu sagen, mußte es lernen, ebenso wie beim Sprechen die Lippenmuskeln zu spannen. Wer gerade keine Kundin zu bedienen hatte, hielt sich hinter einem der Mahagonitische auf, ohne sich herumzulümmeln oder unnötigerweise zu reden; sie hatten immer aufmerksam und freundlich dreinzublicken, nie aber »dreist« – »das hieß, wir durften die Kunden nicht ansehen, bevor sie uns angesehen hatten. Um das zu lernen, brauchte man ein bis zwei Monate.«

Claire war fünfundzwanzig und wohnte noch bei den Eltern, als sie in dem Kaufhaus anfing. Sie war eine seltene Mischung aus Schüchternheit und Unabhängigkeit. »Zwei Heiratsanträge habe ich abgewimmelt, aber das Reden mußte meine Mutter übernehmen.« Familie und Freunde machten sich jedoch allmählich Sorgen wegen ihres Alters und meinten, sie habe nur noch ein bis zwei Jahre Zeit. Sie war hübsch, wie ein bunter Vogel hübsch ist. Nicht Ehrgeiz, sondern nervöse Energie und Angst vor Kritik lagen ihrem Arbeitseifer zugrunde. Sogar Miß Bart, die alle fürchteten, hatte sie wegen ihrer Pünktlichkeit mit der Zeit richtig gern und sagte, sie habe die sauberste und am schönsten gebundene Schleife. Sie lernte zu reden, wie es von den Verkäuferinnen erwartet wurde (»Wenn Madam sich hierher bemühen möchten ...«), und gehörte zu den wenigen, die jedes Halbjahr in eine andere Abteilung versetzt wurden, »wahrscheinlich hatten die da oben Pläne mit mir«.

So landete sie denn eines Tages – nach den Weißwaren, deren Abteilungsleiterin wie eine zweite Mutter zu ihr gewesen war und ihr die Angst vor dem Ledigbleiben etwas genommen hatte – in der Uhrenabteilung. Ihr Chef war dort Mr. Middlebrook, ein langer, dünner Mann, der mit seiner kurz angebundenen, sarkastischen Art Untergebene und Kunden gleichermaßen einschüchterte. Er hatte ein auffallendes dunkelrotes Muttermal auf der Stirn, und unter den Mädchen ging die Mär, »wenn du nur eine Sekunde darauf schaust, fliegst du auf der Stelle raus«. Mr. Middlebrook war nicht unnahbar, verhielt sich aber kühl gegenüber den Mädchen und verstand es, sie sich dumm fühlen zu lassen.

Männer sah man unter der Kundschaft des Kaufhauses nicht oft. Es war ein Ort für Frauen, still und voller Wohlgerüche. Hin und wieder mochte einmal ein älterer Herr erscheinen, der für seine Frau ein Geschenk zum Hochzeitstag suchte und sich etwas außerhalb seines Fahrwassers fühlte, weshalb er dann froh war, wenn eines der Mädchen sich seiner annahm und ihn respektvoll beriet. Und junge Ehe- oder Brautpaare kamen, die »ihr Nest bauten«, und darüber wurde dann in der halbstündigen Mittagspause unter den Verkäuferinnen ausgiebig geklatscht. Aber daß ein junger Mann, auch noch gutaussehend, mit schwarzem

Schnurrbart und kühl-blaugrauer Uniform der Royal Air Force allein dort auftauchte, mußte geradezu ein Beben auslösen. Die Kunde von seinem Nahen wurde durchs ganze Erdgeschoß weitertelegraphiert. Die Mädchen schauten hinter ihren Verkaufstischen hoch, aufmerksam und freundlich. Von einem Pagen gefolgt, nicht geführt, ging er über die stille Weite des pflaumenblauen Teppichs auf Claires Abteilung zu, eine Mütze unter dem einen Arm, unter dem andern eine Uhr, und verlangte Mr. Middlebrook zu sprechen. Während dieser aus seinem Büro geholt wurde, stellte der Mann die Uhr, eine Schlaguhr mit Rosenholzgehäuse, auf den gläsernen Verkaufstisch, legte seine Mütze daneben und blieb in lässiger Haltung stehen, die Hände hinter dem Rücken, den Blick starr geradeaus. Er sah stark aus und hatte einen auffallend geraden Rücken. Seine knochige, stahlharte Erscheinung entsprach dem damaligen Ideal. Sein welliges schwarzes Haar war kräftig pomadisiert, sein Schnurrbärtchen bis in die dünnen Spitzen gewachst. Claire war etwa vier Meter weiter weg beim Staubwischen, was Mr. Middlebrook den Mädchen nächst dem Nichtstun gerade noch gestattete. Da sie gelernt hatte, daß unbotmäßiger Blickkontakt sich nicht gehörte, beschäftigte sie sich mit den Standuhren, in deren Deckgläsern sich der wartende Mann in Uniform spiegelte. »Aber weißt du, ohne mich umzudrehen, fühlte ich so eine Wärme von ihm ausgehen, so etwas wie ein Glühen.«

Es war der Sache nicht unbedingt förderlich, daß Mr. Middlebrook sich mit dem Kommen Zeit ließ und auch noch, als er endlich hinter dem Verkaufstisch erschien – und vermutlich sofort registrierte, daß der Mann mit einer Reklamation gekommen war –, zuerst einen braunen Umschlag zur Hand nahm, ein Blatt Papier herauszog und auseinanderfaltete, eine Zahlenkolonne abschrieb, das Blatt wieder zusammenfaltete und in den Umschlag zurückschob und diesen an seinen Platz auf dem Regal tat. Erst dann geruhte er die schier unglaubliche Tatsache zur Kenntnis zu nehmen, daß da ein Kunde seiner Aufmerksamkeit harrte. Er richtete sich zu seiner vollen Größe auf, beugte sich leicht nach vorn, sein Gewicht mit gespreizten Fingern auf die Glasplatte gestützt, und fragte: »Und was hätten wir für Probleme?«

Die ganze Zeit hatte der Mann in Uniform sich nicht gerührt, hatte nicht einmal den Blick gewandt, bevor er angesprochen wurde. Jetzt trat er einen halben Schritt vor, nahm seine Mütze und zeigte damit auf die Uhr. »Kaputt«, sagte er nur. »Schon wieder.« Claire wischte sich näher an den Schauplatz heran.

Mr. Middlebrook ging gleich zur Sache. »Dann gibt es kein Problem, Sir. Sie haben noch sieben Monate Garantie.« Seine Hand lag auf der Uhr, die er gerade nehmen und weiterreichen wollte. Aber der Mann streckte seinerseits die Hand aus und legte sie fest auf die von Mr. Middlebrook und hielt sie gefangen, während er sprach. Claire sah die kurzen, kräftigen Finger dieser zweiten Hand und das dichte schwarze Haar auf dem Handrücken. Die Körperberührung verstieß gegen sämtliche ungeschriebenen Gesetze für den Umgang mit Kunden. Mr. Middlebrook war erstarrt. Sich zur Wehr zu setzen hätte den Kontakt noch verstärkt, also blieb ihm nichts anderes übrig, als sich die kurze Rede des Mannes anzuhören. »Mir gefiel seine Art zu reden. Geradewegs zur Sache. Nicht grob und nicht ungezogen, aber auch kein Larifari.«

Der Mann sagte: »Sie haben mir versichert, die Uhr sei zuverlässig und den höheren Preis jederzeit wert. Entweder haben Sie mich angelogen oder sich geirrt. Das will ich nicht beurteilen. Aber ich will jetzt mein Geld wiederhaben.«

Hier zumindest wußte Mr. Middlebrook sich auf vertrautem Grund. »Bedaure, Sir, aber für Waren, die vor fünf Monaten gekauft wurden, können wir den Kaufpreis nicht erstatten.«

Der Rückgriff auf die Firmenpolitik hatte Mr. Middlebrook wieder selbstsicher gemacht, und nun versuchte er seine Hand zu befreien. Doch der Mann umfaßte mit seiner größeren Hand sein Handgelenk und drückte immer fester zu.

Und er wiederholte, als sagte er es zum erstenmal: »Ich will jetzt mein Geld wiederhaben.« Und dann kam die Überraschung. Der Mann wandte sich an Claire. »Was meinen denn Sie? Diese Uhr ist jetzt schon zum drittenmal kaputt.« Bevor er sie fragte, hatte sie gar keine Meinung gehabt. »Ich schaute doch nur zu, um zu sehen, was passierte. Aber ehe ich mich besonnen hatte, sagte ich mit der größten Selbstverständlichkeit: ›Ich meine, Sie sollten Ihr Geld zurückbekommen, Sir.‹ «

Der Mann nickte zur Kasse hin und hielt Mr. Middlebrook schön fest. »Also, mein Kind. Sieben Pfund und dreizehneinhalb Shilling.« Claire öffnete die Kasse und legte damit den Grundstein zu einem Leben häuslichen Gehorsams. Mr. Middlebrook versuchte nicht, sie zurückzuhalten. Schließlich kam er so aus einer peinlichen Situation heraus, ohne klein beigeben zu müssen. Douglas Lewis nahm das Geld, machte auf dem Absatz kehrt und stolzierte hinaus, die kaputte Uhr auf der Theke zurücklassend. »Ich werde nie vergessen, daß die Zeiger auf Viertel vor drei standen.«

In der Mittagspause bekam Claire die Kündigung, nicht von Mr. Middlebrook, der zum Arzt gegangen war, um sich das Handgelenk bandagieren zu lassen, sondern von einer mißbilligenden Miß Bart. Als Claire auf die Straße trat, staunte sie nicht schlecht, den Mann dort auf sie warten zu sehen. Er führte sie ins Hotel George und lud sie zu einem feudalen Essen ein.

»Es war gar keine Frage«, sagte Mrs. Lewis, indem sie ihm ihre Tasse auf der Untertasse zum Nachschenken ausreichte, »er war ein guter Fang. Als er zum Tee kam, machte er alles genau richtig. Er hatte seine beste Uniform an, brachte Blumen mit, sagte zu meinem Vater Nettes über den Garten und nahm zur Begeisterung meiner Mutter dreimal von ihrem Kuchen. Mich behandelten von da an alle mit Respekt.«

Als Douglas drei Monate später von seiner Versetzung nach Norddeutschland erfuhr, verlobte sich das Paar. Claire war bei dem Lunch im George ein ganz klein wenig enttäuscht gewesen, als sie erfuhr, daß er kein Kampfpilot war. Er hatte noch nie in einem Flugzeug gesessen. Er war im Innendienst, hatte die Schreibstube unter sich. Jetzt war sie sehr erleichtert, daß er in Deutschland nichts Gefährlicheres zu tun hatte, als jede Woche den Sold für seine Staffel von der Bank zu holen. Sie fuhr nach Harwich, um seinem Schiff nachzuwinken, und weinte im Zug nach

Hause. Sie schrieben sich regelmäßig, manchmal Wochen hintereinander jeden Tag. Douglas, dem es leichter fiel, von Bombenkratern in zerstörten Städten und Schlangen vor Lebensmittelgeschäften zu schreiben als von seinen zartesten Gefühlen, ließ sich jedoch von seiner Verlobten anleiten, und so brachten sie es fertig, brieflich eine immer größere Vertrautheit zu schaffen. Als er zu Weihnachten auf Heimaturlaub kam, waren sie ein bißchen verlegen, und trauten sich kaum, sich bei den Händen zu halten, denn die kühnen Worte in ihren Briefen waren ihnen ein ganzes Stück vorausgeeilt. Aber bis zum zweiten Weihnachtstag hatten sie damit gleichgezogen, und als sie mit dem Zug zu seinen Eltern nach Worthington fuhren, sagte Douglas ihr in einer kurzen Rede, die so leise war, daß sie im Klappern der Räder fast unterging, wie sehr er sie liebte.

Die Verhältnisse in Deutschland waren noch zu unstabil, als daß man den Soldaten erlaubt hätte, ihre Frauen nachkommen zu lassen; deshalb beschlossen sie, erst zu heiraten, wenn Douglas wieder nach England versetzt würde. Er kam erst im Frühjahr wieder auf Urlaub, und auch da nur für ein langes Wochenende. Es war schönes Wetter, und da sie drinnen nirgendwo allein sein konnten, verbrachten sie die Tage mit Spaziergängen in den Downs und schmiedeten Pläne. Sie wanderten unbeschwert auf den Spuren von Chaucers Pilgern. Vor ihnen lag das stille Weald ausgebreitet, mit Wiesenblumen und Lerchen und soviel Einsamkeit, wie sie nur wollten. Sie waren berauscht vor Glück, und es war ein berauschendes Wochenende; an der Wortwahl merkte Stephen, daß seine Mutter einen gewissen Leichtsinn zu entschuldigen versuchte.

So blieb es nicht aus, daß Claire im Juli, als Douglas zu einem längeren Urlaub nach Hause kam, eine Neuigkeit von großer Tragweite für ihn hatte. Den richtigen Moment dafür hatte sie sich schon ausgesucht, nämlich zu warten, bis sie wieder auf den Hügeln wären, zwischen den Wiesenblumen, und ihre glückliche Vertrautheit sich wieder eingestellt hätte. Wenn sie sich den Augenblick ausmalte, hörte sie schon förmlich die Filmmusik und sah die Szene von der Mittsommersonne angestrahlt – Douglas sprachlos vor Stolz, das Gesicht verklärt von Ehrfurcht und Bewunderung und einer Zärtlichkeit ganz neuer Art. »Ich kam aber nicht auf die Idee, daß es kalt und windig sein könnte.« Schlimmer noch, Douglas kam ihr ganz anders vor. Er war nervös und geistesabwesend und ließ sie kaum an sich herankommen. Zeitweise wirkte er gelangweilt. Immer wenn Claire ihn fragte, ob etwas los sei, nahm er nur ihre Hand und drückte sie ungestüm. Fragte sie es zu oft, wurde er ärgerlich.

Am Ende seines letzten Urlaubs hatten sie beschlossen, sich Fahrräder zu kaufen, um von den unzuverlässigen Bussen unabhängig zu sein, und da es ihre erste gemeinsame Anschaffung wäre, die erste Ausstattung für das kleine Reich, das sie für sich zu gründen gedachten, erschien es ihnen angemessen, neue zu kaufen. Sie hatten ihre Wahl schon getroffen und eine Anzahlung geleistet, und am dritten Tag dieses Juliurlaubs brachen sie mit einem schon fertig gepackten Picknickkorb auf, um ihre Fahrräder abzuholen und dem Wetter zu trotzen. Claire hatte inzwischen beschlossen, ihm an diesem Tag die Neuigkeit beizubringen, obwohl es regnete und Douglas schweigsamer war denn je.

Aber kaum saßen sie auf ihren Fahrrädern, wurde er munterer und begann sogar zu singen, was er in ihrer Gegenwart noch nie getan hatte. Claire packte also die Gelegenheit beim Schopf und platzte mit ihrem Geheimnis heraus, als sie die belebte Hauptstraße entlangwackelten.

Reden war schwierig. Erst als sie auf einem Feldweg waren und absteigen mußten, um einen Bahnübergang zu überqueren und die Räder einen steilen Hügel hinaufzuschieben, konnten sie die Sache besprechen. Es regnete jetzt unablässig, und sie mußten sich gegen den Wind stemmen. Es war alles so anders, als Claire es sich vorgestellt hatte, und so gemein, denn gar so unwahrscheinlich hatte es nicht geschienen, daß die Stimmung jenes berauschenden Wochenendes bis in den Sommer vorhalten könnte. Douglas machte ein sorgenvolles Gesicht. Wie lange sie es schon wisse? Woher sie es wisse? Warum sie so sicher sei?

»Aber freust du dich denn nicht?« fragte Claire unter Tränen, die man im Regen nicht sah. »Bist du nicht glücklich?«

»Natürlich bin ich glücklich«, sagte Douglas schnell. »Ich versuche nur Klarheit zu bekommen. Mehr tue ich nicht.«

Als sie auf dem Berg waren, wo der Regen etwas nachließ und der Wind sich plötzlich legte, wischte Douglas sich mit einem Taschentuch übers Gesicht. »Weißt du, das kommt alles ein bißchen plötzlich.«

Claire nickte. Sie hatte das Gefühl, sich entschuldigen zu müssen, aber ihr Hals war wie zugeschnürt.

»Und es bedeutet, daß wir alle unsere Pläne ändern müssen.«

Das hatte sie als selbstverständlich angesehen. Und der kleine Skandal, etwa ein halbes Jahr nach der Hochzeit ein Kind zu bekommen, wäre doch gar nichts gegen ihr Glück. Sie nickte verbissen.

Die Straße führte einladend bergab auf den Wald zu, aber es schien nicht recht, in so einem ernsten Moment wieder aufzusteigen und loszubrausen, darum führten sie die Räder schweigend zu Fuß den Berg hinunter, die Hände an den Bremsen. Unterwegs beschlich Claire das Gefühl, daß etwas ganz und gar Unaussprechliches auf sie zukam, etwas, woran sie nicht eine Sekunde gedacht hatte. »Es war sein Schweigen. Mir war, als könnte ich es riechen, die Dinge riechen, die er nicht sagte. Mir wurde schlecht. Du weißt, wie einem üble Gerüche zusetzen können, wenn man schwanger ist.«

Sie mußten dann auch wirklich anhalten, während Claire sich in die Hecke übergab. Douglas hielt ihr Fahrrad. Als sie weitergingen, hatte sie das Gefühl, seine Argumente schon gehört und eine jämmerliche Schlappe erlitten zu haben; Douglas langweilte sich, bereute die Verlobung, hatte in Deutschland eine andere Frau. Was auch immer, er wollte jedenfalls das Kind nicht. Das ging ihm die ganze Zeit im Kopf herum. Abtreibung – »und das Wort hatte damals einen ganz anderen, sehr bösen Klang« – Abtreibung, und die Schwierigkeit, darauf zu sprechen zu kommen, das war der Grund für seine Schweigsamkeit.

Die Wut ließ sie wieder klar denken. Sie fühlte sich wie befreit. Wenn er das Kind nicht wollte, sie wollte es auch nicht. Das Kind in ihr war noch kein eigenständiges Wesen, das es um jeden Preis zu verteidigen galt. Es war noch etwas

Abstraktes, nur die eine Seite ihrer Liebe; war diese erledigt, dann auch das Kind. Sie würde nicht die lebenslange Schmach unehelicher Mutterschaft auf sich nehmen. Wenn Douglas nur eine Episode war, wollte sie nicht auf alle Zeit daran erinnert werden. Sie mußte frei sein, sie mußte diesen Trottel loswerden, der ihr die Zeit gestohlen hatte. Sie mußte von vorn anfangen.

Sie kamen in den Wald, wo das Licht von einem wäßrigen Grün war und von gewaltigen Buchen friedlich Wasser auf die noch eingerollten Wedel der wuchernden Farne tropfte. Sie war wütend. Sie zog in ihrer Wut die Bremse an und mußte um so kräftiger schieben. Sollte es doch gleich ein Ende haben, hier neben der Straße, auf dem Boden, im Dreck, unter diesem Baum, sofort und schnell. Der Schmerz wäre ein Nichts, er würde sie läutern, von Schuld freisprechen. Dann würde sie sich auf ihr Rad schwingen und kräftig in die Pedale treten. Wind und Regen würden ihr Gesicht kühlen, sie erfrischen und heilen. Sie würde auch bergauf nicht absteigen. Sie würde weiterstrampeln und diesen Schwächling weit hinter sich lassen, dessen Schweigen so stank, daß ihr schlecht davon wurde.

Ja, sie hatte ihre Entscheidung getroffen, es war bereits Tatsache. Es gehörte schon fast der Vergangenheit an. Aber genau wie zu Weihnachten, als ihre Vertrautheit erst mit ihren Briefen gleichziehen mußte, so galt es jetzt erst den Einstieg in das Miteinanderreden zu finden, das schwierige Thema anzuschneiden, sich mit Lügen und geheuchelten Gefühlen und vermeintlicher Logik da hindurchzuquälen, ehe sie zu dem Schluß gelangen konnten, den sie längst akzeptiert hatte. Vorher mußten sie das noch alles durchmachen, ehe sie frei sein konnte. Ihre Ungeduld war so groß, daß sie schreien wollte, ihr dummes Fahrrad hochheben und auf die Straße knallen. Statt dessen hob sie die Hand zum Gesicht und biß sich hart auf die Fingerknöchel.

Sie gingen weiter. Eine Verdichtung in Claires Schweigen machte Douglas sein eigenes Schweigen bewußt. Er legte den Arm um ihre Schultern und fragte, ob es ihr nun besser gehe. Sie antwortete nicht. Er wurde ganz fürsorglich vor lauter schlechtem Gewissen, als er sah, daß sie geweint hatte. Er entschuldigte sich für seine Verzagtheit. Es sei wunderbar, daß sie schwanger sei, ein Grund zum Feiern. Er könne sich erinnern, daß weiter vorn ein Pub sei. Ein Glas Bier sei jetzt das Richtige, sie kämen aus dem durchnässenden Nieselregen heraus, und vor allem könnten sie an einem Tisch sitzen und sich gründlich alles überlegen. Da wußte Claire, daß der Prozeß begonnen hatte, denn wenn das Kind zur Welt kommen sollte, wäre gründliches Überlegen jetzt weniger angezeigt gewesen als schwelgerisches Fühlen. Sie nickte tapfer und stieg auf ihr Fahrrad, um vorauszufahren. Sie bogen nach rechts auf eine breitere Straße ab und kamen an den Pub. Sie stellten die Räder unters Vordach, damit sie aus dem Regen waren. Es war kaum zwölf, und sie waren an diesem Tag die ersten Gäste. Innen war es dumpf und düster, und Claire zitterte am ganzen Leib, während sie dasaß und wartete, daß Douglas mit dem Bier von der Theke kam. Sie rieb sich die Beine, damit sie zu zittern aufhörten – sie kam sich vor, als warte sie im Krankenhaus auf eine Operation. Sie nahm es übel, daß ihr Exverlobter sich so dumm und fröhlich mit dem Wirt unterhielt. Berührte ihn das Ganze überhaupt nicht? Ihre Wut kehrte zurück, und mit ihr die Entschlossenheit. Das Zittern hörte auf. Sie brauchte nichts zu tun als langsam ihr Bier zu trinken, während Douglas ihnen beiden die einzig richtige Entscheidung einredete. Sie wollte ihn bezahlen lassen für den Verrat, und danach wollte sie ihn nie mehr wiedersehen.

Er setzte sich mit einem ergebenen kleinen Seufzer neben sie in die Nische. Sie hoben die Gläser und sagten: »Prost.« Dann schwiegen sie, während Claire rhythmisch mit dem Fuß klopfte und Douglas sich mit den Fingern durch die nassen, pomadisierten Haare fuhr. Er räusperte sich und erzählte ihr, wann er zuletzt in diesem Pub gewesen war, knapp eine Woche vor Kriegserklärung. Wieder gespanntes Schweigen, und dann fing er auf einmal an. Es sei wunderbar, daß sie schwanger sei, nicht zuletzt, weil sie nun ganz sicher wüßten, daß sie jederzeit eine Familie gründen könnten. Wir *haben* sie schon gegründet, dachte Claire, aber sie sagte nichts. Unbeweglich saß sie da und versuchte, nicht allzu genau hinzuhören. Wenn sie nur durchhielt, wäre es vorbei, sowie sie ihm die schuldbewußte Verpflichtung entlockt hätte, alles in die Wege zu leiten und zu bezahlen. Andere Paare, sagte Douglas soeben, versuchten es Monate, Jahre, manchmal ohne Erfolg. Es sei ein Beweis für ihre Liebe, für deren Richtigkeit, daß sie so leicht ein Kind bekommen könnten. Dafür liebe er sie nur noch mehr, habe grenzenloses Vertrauen in sie und in ihre gemeinsame Zukunft. Sie hatte ihn noch nie soviel an einem Stück reden hören. Er nahm ihre Hand und drückte sie, und sie drückte ermunternd zurück. »Ich dachte bei mir: ›Mach schon zu, du Tölpel. Ich will nach Hause.‹« Dann sprach er davon, wie schwierig ihre Situation sei. Er habe bisher noch nichts von einer Rückversetzung in die Heimat gehört, und in Deutschland hätten sie gerade erst angefangen, Familienunterkünfte zu bauen. Seine Verlegenheit machte sich weniger deutlich bemerkbar, wenn er von den persönlicheren Fragen abkam und sich mit Allgemeinerem befaßte. Er sprach von der Wohnungsnot in England, der internationalen Lage, der Berliner Luftbrücke, dem neuen kalten Krieg und der Atombombe.

Er hatte sein Bier längst ausgetrunken, ihres war kaum angerührt. Sie wurde ungeduldig, sie fand, sie müsse die Sache etwas beschleunigen. Sie unterbrach ihn. »Wenn du damit sagen willst, daß du meinst, wir sollten das Kind nicht bekommen, dann laß uns doch anfangen –«

Douglas wehrte entsetzt mit beiden Händen ab. »Das wollte ich überhaupt nicht sagen, Schatz. Wirklich nicht. Ich sage nur, wir sollten alles in Betracht ziehen, die Sache von allen Seiten besehen und uns fragen, ob der Zeitpunkt wirklich der geeignetste ist, und ob es ...«

Sie bereute ihr Eingreifen. Sie hatte Douglas von seinem Thema abgeschreckt, und jetzt erzählte er ihr wieder von vorn, wie wundervoll sie sei, wie groß seine Liebe für sie. Wenn sie jetzt über alles sprächen, würde jede Entscheidung, die sie träfen, sie für die Zukunft stärken. So redete er weiter, ängstlich das »jede« betonend, um nach und nach wieder seine anfängliche Position einzunehmen.

Und während dieser Rede war es, daß Claire, sich immer noch zusammenreißend, immer noch mit den Gedanken woanders, durch den Raum zu dem Fenster bei der Tür blickte. »Ich sehe es noch so deutlich, wie ich jetzt dich sehe.

Da war ein Gesicht am Fenster, das Gesicht eines Kindes, und es schien dort irgendwie zu schweben. Es sah in den Pub herein. Es hatte so etwas Flehendes im Blick, und es war ganz weiß, so weiß wie ein Aspirin. Es sah geradewegs zu mir. Wenn ich über die Jahre daran zurückdenke, wird mir klar, daß es wohl nur das Söhnchen des Wirts war oder ein Junge von einem der umliegenden Höfe. Aber für mich allein war ich damals überzeugt, nein, *wußte* ich, daß ich mein eigenes Kind ansah. Wenn du so willst, sah ich dich an.«

Während Douglas redete und redete und das Kind weiter zum Fenster hereinsah, ging in Claire eine Wandlung vor sich. Welch ungeheuerlicher Gedanke, dieses Kind vernichten zu wollen, nur weil sie sich von ihrem Verlobten gekränkt fühlte. Das Kind, ihr Kind, war plötzlich Fleisch und Blut. Es hielt sie mit seinem Blick gefangen, beanspruchte sie. Es war völlig unabhängig geworden von allem, was sich zwischen diesem Mann und ihr abspielte. Zum erstenmal kam ihr der Gedanke an ein eigenständiges Wesen, ein Leben, das es mit ihrem eigenen zu verteidigen galt. Es war keine bloße Abstraktion mehr, keine Verhandlungsmasse. Es war jetzt dort am Fenster, ein vollgültiges Ich, das darum bat, existieren zu dürfen, es befand sich in ihr, entfaltete sich auf raffinierte Weise, lebte vom Puls ihres Blutes. Sie sollten hier nicht über eine Schwangerschaft diskutieren; es ging um einen Menschen. Sie liebte diesen Menschen, wer immer er war. Eine Liebesgeschichte hatte begonnen.

Dann war das Kind fort. Sie sah es nicht weggehen. Es entschwand einfach. Nun wandte sie sich wieder Douglas zu, der weiter und weiter um die Sache herumredete, und sie glaubte ihn schützen zu müssen. Milde rief sie sich ihre Liebe ins Gedächtnis, das Abenteuer, das sie zusammen begannen. Was sie hier erlebte, war nicht Doppelzüngigkeit oder Feigheit. Vielmehr bot ein Mann all seine männliche Logik und Vernunft auf, sein ganzes beträchtliches Wissen um den Lauf der Welt, weil er in tiefer Panik war. Woher sollte er wissen, was es hieß, ein Kind zu haben? Es war ja nicht in ihm, war in keiner Weise Teil von ihm, und er fühlte doch ganz zu Recht, daß es sein Leben für immer verändern konnte. Da mußte er natürlich in Panik geraten. Wie sollte er wissen, daß er das Kind erst lieben würde, wenn er es sähe, wenn er sehen könnte, wer es war? Douglas zählte irgend etwas an den Fingern seiner linken Hand ab und wußte nicht, daß sein Schicksal schon besiegelt wurde. Sie rief sich in Erinnerung, wie großartig er damals im Kaufhaus gewesen war, wie stark. Es war ihr Fehler gewesen, anzunehmen, daß er oder überhaupt irgendein Mann immer und unter allen Umständen stark sein könne. Sie hatte ihm die Neuigkeit in passiver Haltung beigebracht und erwartet, daß er genauso reagierte wie sie, daß er die Dinge für sie in die Hand nahm. Und dann hatte sie geschmollt, sich in masochistischer Weise selbst bemitleidet. Wo Douglas schwach gewesen war, hatte sie selbst sich noch schwächer gemacht. Dabei war sie doch in Wahrheit einen Schritt voraus, denn sie liebte das Kind schon und wußte etwas, was Douglas gar nicht wissen konnte. Darum war sie hier zuständig, dies war ihre Stunde. Es war jetzt an ihr, zu entscheiden. Sie würde das Kind bekommen, das stand längst außer Frage, und sie würde diesen Mann zum Gatten haben. Sie legte ihm die Hand auf den Arm und unterbrach ihn zum zweitenmal.

Mrs. Lewis schloß die Augen und lehnte den Kopf in ein Kissen zurück. Sie saßen im dunkelnden Zimmer und schwiegen. Ihr ruhiges Atmen klang nach Schlaf, doch endlich flüsterte sie, ohne die Augen zu öffnen oder den Kopf zu bewegen: »Jetzt erzähl du.« Ohne Zögern begann er mit seiner Geschichte, ließ nur alles weg, was mit Julie zu tun hatte. Er sei durch die Landschaft gewandert, sagte er; und am Ende, nach einem Erleben, wie wenn er durchs Unterholz gestürzt wäre, ließ er sich neben der Straße, hundert Meter von dem Pub, wieder zu sich kommen. Während er die Fahrräder beschrieb, sehr genau beschrieb, behielt er seine Mutter scharf im Auge. Sie ließ keine Reaktion erkennen, auch nicht bei seiner Schilderung der Gesten, der Kleidung, der Haarklammer. Erst als er geendet hatte, sagte sie mit einem kurzen Seufzer: »Ach ja ...« Es bedurfte keiner weiteren Diskussion. Nachdem sie kurz nachgedacht hatte, sagte sie, daß sie müde sei. Stephen half ihr aus dem Sessel und brachte sie nach oben, und sie sagten sich auf dem Treppenabsatz gute Nacht. »Es stimmt beinahe«, sagte sie. »Beinahe.« Sie machte kehrt und ging, sich immerzu mit der Hand an der Wand abstützend, in ihr Schlafzimmer.

Nach einer Stunde kam sein Vater zurück, so erschöpft, daß er kaum noch das Gewicht seines Mantels aushielt oder die Hände heben konnte, um ihn aufzuknöpfen. Stephen half ihm und führte ihn zu dem Sessel, auf dem seine Mutter gesessen hatte. Erst nachdem ein Bier geholt war und Mr. Lewis ein Viertelstündchen still dagesessen und getrunken hatte, vermochte er seine Strapazen zu schildern. Ein Tag bangen Wartens, verpaßter Busverbindungen, des Drängelns und der Abhängigkeit von Fremden hatte ihn die letzten Kräfte gekostet. Der ungewohnte Schmutz an öffentlichen Orten und die Aggressivität der Bettler hatten ihn schockiert.

»Dieser Dreck auf den Straßen, die zotigen Sprüche an den Wänden, die Armut – mein Junge, es hat sich in zehn Jahren alles verändert. Da hatte ich Pauline zuletzt besucht, vor zehn Jahren. Es ist ein anderes Land geworden. Schlimmer als in Fernost. Dafür habe ich die Kraft nicht mehr, oder den Mumm.«

Er trank sein Bier. Stephen sah das Glas zittern. In der Hoffnung, seinen Vater damit etwas aufzumuntern, sagte er ihm, daß er von Anfang an recht gehabt habe, das Erziehungsbuch sei längst geschrieben, Monate bevor die Kommission auch nur alle Fakten dafür gesammelt habe. Aber Mr. Lewis hob nur die Schultern. Was sollte ihn daran freuen? Ächzend stand er auf, ohne sich von Stephen helfen zu lassen, und sagte, er wolle zu Bett gehen. Mr. Lewis, der es sich noch nie hatte entgehen lassen, mit Stephen einen Abend beim Bier zu verplaudern, gab ihm jetzt nur einen müden Klaps auf die Schulter und ging mit einem ungehaltenen kurzen Japser auf jeder Stufe die Treppe hinauf. Es war noch nicht halb zehn, als Stephen, nachdem er Teegeschirr und Biergläser weggeräumt hatte, die Lichter löschte und leise aus dem Haus ging, in dem seine Eltern schliefen.

Acht

»Bei solchen Anlässen mögen geplagte Eltern sich ein wenig an der ehrwürdigen Analogie zwischen Kindheit und Krankheit trösten – ein Zustand körperlicher und geistiger Behinderung, die das Fühlen, Wahrnehmen und Denken verzerrt, und das Erwachsenwerden ist dann die langsame und schwierige Genesung davon.«

Autorisierter Leitfaden zur Kindererziehung, HMSO

Daß Downing Street heimlich einen Leitfaden zur Kindererziehung in Auftrag gegeben habe, wurde in der einzigen Zeitung, die nicht aktiv die Regierung unterstützte, in einem Einspalter auf Seite zwei berichtet. Die Meldung war von heimtückischer Kürze und berief sich lediglich auf Gerüchte aus »meist zuverlässigen Quellen«, was das Regierungsoberhaupt vielleicht mit dazu ermutigte, zwei Tage später in der parlamentarischen Fragestunde die Existenz eines solchen Buches glatt abzustreiten. Die Meldung rückte daraufhin auf die untere Hälfte der Titelseite und wartete mit peinlichen Zitaten auf, ließ aber noch immer nichts vom physischen Besitz des Buches verlauten. Übers Wochenende fand die Kopie einer Kopie den Weg zum Oppositionsführer, und am Montag prophezeite die Zeitung im Aufmacher heraufziehendes Unwetter und zitierte darunter ausgiebig die aus der Oppositionszentrale erhobenen Vorwürfe von »Zynismus sondergleichen« und »ekelhaftem Versteckspiel« und »infamem Verrat an Eltern, Parlament und Prinzipien«. Mitte der Woche griffen andere

Zeitungen das Thema auf. Hinterbänkler der Regierungspartei gaben sich »beunruhigt« oder »empört«. Eine Sondersitzung wurde beantragt und gewährt, jedoch um eine Woche hinausgezögert.

Seit Charles Darkes Amtszeit hielt Stephen sich gern für kundig, was den Ablauf derartiger Dinge betraf, und bisher schien auch alles nach Plan zu gehen. Eine eingeschüchterte Opposition legte sich gehörig ins Zeug, dem Thema drohte momentan keine Verdrängung durch andere, und nach all den Jahren schien immer noch ein Quentchen Anstand und Ehrlichkeit im hohen Amt gefragt zu sein.

Die Woche Verzögerung war wichtig. Am Mittwoch hieß der Premier im Interesse offener Regierung und sachkundiger Diskussion zweitausend Exemplare des anstoßerregenden Buchs drucken und an die Presse und andere Interessenten verteilen. Die Staatsdruckerei legte eine Nachtschicht ein, und im Morgengrauen lief die Auslieferung auf Hochtouren. Journalisten lasen den ganzen Tag und schrieben den ganzen Abend, um zum mitternächtlichen Redaktionsschluß fertig zu sein. Anderntags erschienen die Rezensionen, zum mindesten freundlich, im übrigen begeistert. Ein Boulevardblatt füllte die ganze Titelseite mit »Hinsetzen! Mund halten! Zuhören!« Ein anderes befahl: »In Linie angetreten!« Die seriöse Presse nannte das Buch »meisterhaft und maßgeblich«. Es bedeute »Abschied von Verwirrung und moralischer Verderbtheit in der Erziehungsliteratur«, und für die Zeitung, die zuerst mit der Meldung herausgekommen war, hatte das Buch »mit seinem ehrlichen Bemühen um Gewißheiten den Geist der Zeit erfaßt«. Das Buch, wie auch immer zustande gekommen, sei beispielhaft und verdiene weite Verbreitung. Ein paar ungenannte Beamte hätten Dampf gemacht und Maßstäbe gesetzt, an denen die offizielle Kommission nicht vorbeikomme. In ihrer Weisheit oder Arglosigkeit habe die Regierung genau den Leitfaden vorgelegt, den Eltern respektieren würden.

Damit war das Buch an sich kein Thema mehr, und die verbleibende Frage lautete schlicht: Hatte der Premier in der Fragestunde das Parlament belogen? Diese klare Frage wurde augenblicklich durch Gerüchte aus schwer lokalisierbarer Quelle vernebelt, wonach das Buch gar nicht von Downing Street initiiert worden sei, sondern irgendwo auf mittlerer Beamtenebene im Innenministerium. Zwei Tage vor der Sondersitzung waren Buch und Lüge aus der öffentlichen Diskussion verschwunden. Es ging jetzt um die Darbietung – hatte der Premier die Situation im Griff und konnte im Unterhaus einen Auftritt hinlegen, der die Hinterbänke mitriß und das Vertrauen in die Führung wiederherstellte? Wahre Aussagen mochten in Maßen erwünscht sein, entscheidend waren von Herzen kommende Überzeugungen.

Stephen saß mit einer Dose Bier vor dem Radio und erlebte mit, wie die Sache sich vor einer durchgehenden Kulisse aus Beifall und Unmut auflöste. Die bekannte Stimme, irgendwo zwischen Tenor und Alt, stockte nicht bei einer Silbe, als sie zu überzeugen anhob. Downing Street habe bis vor einer Woche noch nichts von der Existenz des Buches gewußt. Daß es ungeachtet des Bestehens einer offiziellen Kommission in Auftrag gegeben worden sei, wolle man nicht verurteilen. Es habe sich um ein internes Papier gehandelt, das für die damit befaßte Abteilung die Fragen präzisieren sollte. Es habe anscheinend nur in drei Exemplaren existiert, die nicht in Umlauf gegangen seien. Strenggenommen habe der Innenminister nicht ganz korrekt gehandelt, indem er es versäumt habe, das Kabinett zu informieren, und dies sei zwar bedauerlich, aber kein Verstoß gegen wichtige Grundsätze. Die Unterstellung, die Regierung habe das Buch anstelle des offiziellen Kommissionsberichts publizieren wollen, sei kindischer Unfug. Was wäre denn damit zu gewinnen gewesen? Es sei zutiefst bedauerlich, wenn die Arbeit der Kommission nun durch die Notwendigkeit, das Buch zu veröffentlichen, überflüssig geworden wäre, aber daran sei der pflichtvergessene Beamte schuld, der das Dokument der Presse zugespielt habe. Diesen Kriminellen werde man ausfindig machen und bestrafen. Eine offizielle Untersuchung werde es nicht geben, dafür sei die Sache zu trivial. Die Namen der Buchautoren würden nicht bekanntgegeben, und die betreffenden Beamten stünden für eine Befragung durch irgendwelche interessierten parlamentarischen Sonderausschüsse nicht zur Verfügung.

Man habe gesehen, daß ein allgemeiner Verfall der Verhaltensnormen und Mangel an staatsbürgerlichem Verantwortungsbewußtsein in vielen Teilen der Bevölkerung, zumal der jungen Generation, Eltern und Erzieher zutiefst beunruhige. Dabei spiele die Erziehung eine wichtige Rolle, und in der Vergangenheit seien Eltern fraglos durch törichte und modische Erziehungstheorien irregeleitet worden. Rückkehr zum gesunden Menschenverstand sei gefordert, und es sei Aufgabe der Regierung, damit voranzugehen. Dies tue sie und werde sie weiter tun und sich vom Wehgeschrei und den unverantwortlichen Verleumdungen durch ihre politischen Gegner nicht beirren lassen.

Die tremulierende Stimme des Oppositionsführers kam gegen das loyale Geschrei und Getrappel nicht an, als Stephen das Radio ausschaltete. Der Innenminister, an höchster Stelle nie beliebt, würde seinen Rücktritt einreichen. Die offizielle Kommission zur Kindererziehung hatte ihr verschlüsseltes Todesurteil bekommen. Das war saubere, eindrucksvolle Arbeit. Stephen starrte die Aluminiumrippen des Lautsprechers an und fragte sich, wie unschuldig er selbst war. Bei solchen Gelegenheiten hatte er oft das Gefühl, nicht ganz erwachsen geworden zu sein und über den wahren Lauf der Welt doch kaum etwas zu wissen; zwischen Wahrheit und Lüge verlief ein kompliziertes Kanalsystem; die öffentlichen Überlebenskünstler navigierten darauf mit sicherem Instinkt und ohne allzuviel von ihrer Würde einzubüßen. Nur manchmal machte ein taktischer Fehler es nötig, eine dicke Lüge oder aber eine wichtige Wahrheit auszusprechen. Meist lavierte man jedoch trittsicher zwischen den beiden Extremen. War es im Privatleben nicht so ähnlich?

Stephen machte sich einen späten Lunch und brachte ihn an seinen Schreibtisch. Ein scharfer Wind trieb ein paar vereinzelte Flocken durch die graue Luft zwischen seinem Fenster und den zwei Hochhäusern gegenüber. Der prophezeite Märzschnee nahte. Stephen hatte dilettantisch gehandelt und alles verpfuscht. Es genügte nicht, ein Buch an eine Zeitung zu schicken, etwas anzustoßen und sich dann zurückzulehnen. Politische Kultur war etwas Theatralisches, sie verlangte nach ständiger, aktiver Regie in einem Maße, das seine Fähigkeiten überstieg. Hoffentlich rief jetzt nicht Morley an. Er malte sich gerade das Gespräch aus, das sie führen könnten, als tatsächlich das Telefon neben seinem Ellbogen klingelte und ihn zusammenfahren ließ. Es war Thelma.

Seit seinem letzten Besuch im Sommer hatten sie losen Kontakt gehalten. Sie schickte ihm vorwurfsvoll-humorige Postkarten. Sie war oder gab sich amüsiert, daß ihn Charles' Verhalten so erschreckt haben sollte, und nannte es ein Zeichen beginnenden Alters. »Du warst doch selbst einmal ein großer Experimentierer«, schrieb sie. »An unserer Tafel hast Du Dada propagiert. Jetzt wärmt Dada seine Pantoffeln am Feuer.« Sie tat gern so, als sei er persönlich für Charles verantwortlich, schuld an allem sei nur sein erstes Buch. »Lieber Gerontophiler, schreib bitte schnell für Charles einen Roman, der die Freuden und Tugenden der Senilität preist. Oder setz die Schere an Deine längste Hose und komm uns besuchen.« Sie hatte an der Schilderung seiner Kletterpartie zur Baumhütte ihren Spaß gehabt. »Charles will einen Kühlschrank einbauen. Könntest Du ihm nicht beim Rauftragen helfen?« Hinter dem scherzenden Ton, der mitunter schon recht angestrengt klang, stand der Vorwurf, er habe sie beide im Stich gelassen. Ob Charles nun eine mutige Reise in seine Vergangenheit unternommen hatte oder auf nette, harmlose Weise schlicht verrückt geworden war, er, Stephen, hätte auf jeden Fall zur Stelle sein müssen, um seinem Wohltäter beizustehen. Er hatte sich viel zu zimperlich angestellt.

Solange Stephen selbst am Boden lag, waren seine Gefühle ganz unkompliziert gewesen. Charles und Thelma hatten ihm einmal als Inbegriff frischer Reife gegolten. In ihrem Haus ging es solide und aufregend zu. Vor dem Hintergrund kostspieliger Vornehmheit redeten die Leute um die Wette, trugen Physiker und Politiker die ausgefallensten oder albernsten Theorien vor, tranken und lachten viel und gingen nach Hause, um anderntags wieder aufzustehen und Verantwortung zu tragen. In der ersten Zeit hatte Stephen manchmal gedacht, daß er gern in so einem Haus aufgewachsen wäre. Ersatzweise hatte er in Thelmas geschmackvollem Gästezimmer seinen Zusammenbruch erlitten, zu ihren Füßen gesessen und ihr zugehört oder so getan als ob, oder sich von Charles in Weltkenntnis unterweisen lassen.

Nachdem sie nun ihr Leben umgekrempelt hatten und nach Suffolk gezogen waren, und zumal er mit eigenen Augen gesehen hatte, welch weiten Weg Charles gehen mußte, hatte Stephen sich selbst als den Betrogenen gesehen. Den gesamten Verlust trug er allein. Und dagegen wappnete er sich mit rationalem Widerspruch: daß Charles den kleinen Jungen spielte und Thelma ihn dazu ermunterte, war eine private Ehegeschichte. Sie brauchten Stephen, wie manche Paare einen Zuschauer zur Steigerung ihrer sexuellen Erregung brauchten, oder um ihren Streit vor Zeugen auszutragen und sich bestätigt zu fühlen. Sie benutzten ihn. Sie hatten ihm beide nicht erklären wollen, was sie eigentlich taten, und so konnte er unmöglich wissen, wie er sich verhalten sollte. Und wenn Charles, was er über kurz oder lang gewiß tun würde, in sein altes Leben zurückkehren wollte, bliebe ihm manche Peinlichkeit erspart, wenn Stephen jetzt Abstand hielt. Ihre Freundschaft könnte dann wieder aufleben.

Jetzt, da er seine Arbeit, sein Arabisch und sein Tennis hatte, war er nicht mehr so sicher. Immer noch zuckte er innerlich zusammen bei der Vorstellung, Charles erneut in kurzen Hosen zu sehen und seinen aufgesetzten Schuljungenjargon zu hören; aber nun wuchs Stephens Neugier ebenso wie sein Pflichtgefühl. Als er selbst sich noch mühsam von einem Tag zum anderen schleppte, hatte er sich gegen anderer Leute Verrücktheiten schützen müssen. Jetzt fand er, daß er mehr riskieren und großzügig sein könne. Unternommen hatte er jedoch noch nichts. Er hing an seinem täglichen Trott und wollte ihn sich nicht durcheinanderbringen lassen, nicht einmal für ein, zwei Tage. Er wartete, daß sich etwas änderte, daß eine Entwicklung wie diese eintrat; daß Thelma anrief.

Ihre Stimme klang gepreßt und atemlos. Die Telefonakustik verstärkte das trockene Klicken ihrer Zunge am Gaumen.

»Stephen. Kannst du sofort herkommen? Heute noch?«

»Was gibt's?«

»Ich kann es dir jetzt nicht sagen. Kannst du versuchen, so schnell wie möglich herzukommen? Bitte.« Er quetschte die leere Bierdose in der Hand zusammen, so daß sie ein knackendes Geräusch machte und Thelma erschrocken fragte: »Mein Gott! Was war denn das? Stephen, bist du noch da?«

»Paß mal auf«, sagte er. »Ich laufe zum Bahnhof und nehme den ersten Zug. Aber wann der fährt, weiß ich nicht.«

Thelma schien die Sprechmuschel vom Mund wegzuhalten. »Ich kann dich nicht abholen kommen. Du wirst ein Taxi nehmen müssen.« Sie legte auf.

Er trug die Reste von seinem Lunch in die Küche, wusch den Teller ab und fing an, die Wohnung abzuschließen. Als er die Fenster verriegelte, sah er, daß die Schneeflocken vor der dunkelnden Luft immer dichter und weißer wurden. Er ging ins Schlafzimmer und packte genug Sachen für eine Woche ein. Dann schrieb er im Arbeitszimmer eine kurze Mitteilung an Mr. Cromarty, die er auf dem Weg nach unten bei ihm einwerfen wollte, und einen Brief an den Tennistrainer, den er am Bahnhof aufgeben konnte.

Er hatte schon den Mantel an und drückte an den Knöpfen des Anrufbeantworters, als das Telefon wieder klingelte.

Eine Frauenstimme sagte militärisch knapp: »Fahrbereitschaft, ich möchte Mr. Lewis sprechen.«

»Am Apparat.«

»Sind Sie allein in Ihrer Wohnung? Gut. Gehen Sie in den nächsten zehn Minuten bitte nicht aus dem Haus. Und halten Sie diese Leitung frei. Sie bekommen Besuch.«

Noch während Stephen eine Erklärung verlangte, wurde aufgelegt. Er ging an ein Fenster und sah auf die breite Straße hinunter, verstopft von den Autoschlangen des Feierabendverkehrs. Der Schnee, den man nur sah, wo er durch die roten und gelben Lichtkegel gaukelte, löste sich ebenso schnell auf, wie er in diese fremdartige Umwelt aus Asphalt und heißem Blech fiel. Am liebsten wäre er sofort zum Bahnhof gerannt, aber die Neugier schickte ihn im Flur auf und ab. Gut zehn Minuten vergingen. Seine gepackte Reisetasche stand neben der Wohnungstür, und gerade wollte er sich umdrehen und darauf zugehen, als er einen Schatten über das Milchglas huschen sah, und dann klingelte es auch schon.

Die vier Männer vor der Tür hätten Zeugen Jehovas sein können. Sie lächelten kurz und abbittend und drängten sich an ihm vorbei, die Augen geradeaus und auf Details gerichtet – das Oberlicht im Flur, den Kasten mit dem Stromzähler, Wandleisten, Fußleisten, Türen. Sie ignorierten sein »Was soll das!« und verteilten sich über die ganze Wohnung. Er wollte ihnen nach, als weitere Schritte zu hören waren und er ins Treppenhaus hinausging, um nach unten zu sehen.

Ein junger Mann mit Brille, den Arm voller Telefonapparate, kam heraufgeeilt, gefolgt von zwei Frauen, eine mit einer Schreibmaschine, die andere mit einem tragbaren Vermittlungskasten. Unten waren noch mehr Leute. Er hörte jemanden auf der lockeren Stufe stolpern und einen dezenten Fluch hauchen. Die ersten drei hasteten nacheinander an ihm vorbei, ohne ihn überhaupt zur Kenntnis zu nehmen, und verschwanden arbeitsbeflissen in seiner Wohnung. Er wartete, ob die übrigen noch heraufkämen, aber im Moment war nichts zu hören. Er beugte sich übers Geländer und sah sechs Meter tiefer die polierte Spitze eines schwarzen Schuhs. Man wartete.

Das kleine Eßzimmer neben seiner Küche wurde zum Büro. Ein rotes, ein schwarzes und zwei weiße Telefone wurden an den Vermittlungskasten angeschlossen, auf dem stecknadelkopfgroße Lämpchen flimmerten. Der bebrillte Mann sagte etwas in den roten Apparat und gab einen langen Code durch. Die eine Frau schrieb schon auf der Maschine, mit allen zehn Fingern und ohne auf die Tasten zu schauen, ein Kunststück, das Stephen lange bewundert hatte. Einer der vier Sicherheitsbeamten kam über die Feuerleiter herein. Allmählich wurde es gemütlich. Eine Sekretärin verteilte Kästen für ein- und ausgehende Post, einen dicken Stapel Papier und eine flache Schale mit bunten Büroklammern, Reißzwecken und Gummibändern nebst tomatenförmigem Bleistiftspitzer auf dem Tisch. Jemand brachte noch einen Stuhl und sagte »Vorsicht« zu Stephen. Nachdem er einmal begriffen hatte, was hier gespielt wurde, versuchte er sein Gesicht zu wahren, indem er sich belustigt gab. Er verschränkte die Arme über der Brust und lehnte sich an den Türrahmen, um dem Treiben zuzusehen, als er hinter sich eine Bewegung und dann eine Stimme an seinem Ohr hörte.

»Wir hatten auf dem Weg aus der Stadt eine noch nie dagewesene Terminlücke, und der Premier wollte es so. Man wird alles wieder aufräumen, das verspreche ich Ihnen.«

Stephen fühlte sich am Ellbogen gefaßt und von einem Herrn mit Glatze und Halbmondbrille im Schneckentempo durch den Flur geführt. Aus dem Wohnzimmer kam das Zischen und Knistern eines Kurzwellenempfängers.

»Wir fanden, daß Sie es im Arbeitszimmer sicher am bequemsten hätten.« Sie blieben vor der Tür stehen, und der Herr zog ein vorgedrucktes Formular nebst Füllfederhalter aus seiner Innentasche und reichte beides Stephen. »Geheimhaltungsverpflichtung. Unterschreiben Sie zwischen den Bleistiftkreuzen, wenn es recht ist.«

»Und wenn nicht?«

»Dann gehen wir wieder und lassen Sie in Ruhe.«

Stephen unterschrieb und reichte Papier und Füller zurück. Der Herr klopfte leise an die Arbeitszimmertür, und als eine Stimme sich vernehmen ließ, hielt er Stephen die Tür auf und machte sie leise wieder hinter ihm zu.

Der Premier hatte sich schon in dem Sessel beim Feuer niedergelassen und nickte, als Stephen, noch immer im Mantel, einen Stuhl heranzog und sich setzte. Nur einen halben Meter über dem Sessel, gerade noch im Schatten des Lampenschirms, lag auf einem Regal Morleys Buch. Stephen versuchte, nicht hinzusehen. Man sprach ihn an.

»Ich hoffe, Sie verzeihen mir das. Wie Sie sehen, reise ich nicht mit leichtem Gepäck.« Eine Sekunde trafen sich ihre Blicke, dann sahen beide wieder weg. Stephen hatte nicht geantwortet, und der nächste Satz klang kühl und gar nicht nach Frage. »Kommen wir ungelegen?«

»Ich war gerade auf dem Weg zum Bahnhof.«

Der Premier hatte, wie man wußte, für Eisenbahnen nichts übrig und schien erleichtert. »Macht nichts. Die Fahrbereitschaft bringt Sie hin.«

Eine Weile verging, in der die förmliche Verbindlichkeit sich langsam verflüchtigte. Sie räusperten sich abwechselnd. Stephen, den Körper nach vorn gebeugt und den Mantel wie zum Schutz fest um sich gezogen, starrte in die Flammen, zum Zuhören bereit.

Die Stimme setzte in unpersönlichem Ton zu einer einstudierten Rede an. »Mr. Lewis – oder Stephen, wenn ich darf –, ich möchte gern über eine sehr heikle, sehr persönliche Angelegenheit mit Ihnen sprechen. Ich weiß sehr wenig über Sie, aber Sie empfehlen sich mir in zwei Punkten, die mich hoffen lassen, einen Gleichgesinnten in Ihnen zu haben, der die Welt mit ähnlichen Augen sieht wie ich.«

Stephen widersprach nicht. Er wollte mehr hören.

»Sie haben in einem der Unterausschüsse mitgewirkt, und meines Wissens haben Sie sich zum Schlußbericht nicht abweichend geäußert. Außerdem sind Sie mit Charles Darke eng befreundet. Ich bin unter hohem Risiko der Bloßstellung und Lächerlichkeit zu Ihnen gekommen, um über Charles zu reden. Ich muß Ihnen vertrauen. Ich liefere mich Ihnen ziemlich aus. Für den Fall allerdings, daß Sie über unser Gespräch, oder nur schon über meine Anwesenheit in Ihrer Wohnung, etwas verlauten lassen möchten, sollte ich Sie warnen, daß es Ihnen sehr schwerfallen würde, sich Glauben zu verschaffen. Dafür ist vorgesorgt.«

»Das nenne ich Vertrauen«, sagte Stephen, doch er wurde ignoriert.

»Ich habe mir lange und sehr genau überlegt, was ich tun soll. Ich bin nicht spontan hierhergekommen. Eigentlich hatte ich ja gehofft, wir könnten uns ganz natürlich und offiziell treffen, und ich könnte Ihnen dabei wenigstens andeuten, was ich im Sinn habe. Ich habe es bedauert, daß Sie nicht zum Lunch kommen konnten.«

In der Küche klingelte das Telefon. Stephen wollte aus Gewohnheit aufspringen, dann ließ er sich wieder in seinen Mantel sinken.

»Bevor ich fortfahre, sollte ich Ihnen für den Fall, daß Sie darüber nie nachgedacht haben, vielleicht erklären, welch einzigartige Beschränkungen meine Position mir auferlegt. Ich möchte gern mit Charles Verbindung aufnehmen, das heißt privat. Die Klischees stimmen alle. Führung bedeutet Isolation. Von der Sekunde, in der ich geweckt werde, bis spät in die Nacht bin ich umgeben von Beamten, Beratern, Kollegen. Gefühle zu pflegen und auszudrücken ist in meinem Beruf eine Belanglosigkeit, und ich kann mit keinem dieser Leute je ein persönliches Wort wechseln. Früher war das für mich kein Problem. Erst jetzt, wo ich etwas auszudrücken hätte, sehe ich mich beengt und sonderbar hilflos. Unpräpariert. Andere mögen ihre Gedanken auf Briefpapier schreiben und der Post anvertrauen. Das kommt aus naheliegenden Gründen nicht in Betracht. Das Telefon wird überall, wo ich bin, so kompliziert überwacht, abgeschirmt, gefiltert, kontrolliert, daß ein persönliches Gespräch undenkbar ist. Natürlich habe ich schon versucht, über offizielle Kanäle mit Charles in Verbindung zu treten, aber so etwas ignoriert er einfach. Ich glaube, seine Frau bekommt das zuerst in die Finger. In letzter Zeit bin ich fast verzweifelt.«

»Ihre Unterhausrede vorhin klang nicht sehr danach«, meinte Stephen.

Der Premier fuhr in ruhigerem Ton fort. »Charles wurde mir bei einem Lunch vorgestellt, den ich für Parlamentsneulinge gab, irgendwann in einem Oktober, vor vielen Jahren. Sein Tatendrang und Witz – er schien es darauf anzulegen, mich zum Lachen zu bringen –, sein Charme, seine Begeisterung für alles, was die Partei vertrat, kam mir unwahrscheinlich vor. Ich dachte, er wolle mich aufziehen, irgend etwas parodieren, was ich nicht ganz verstand, und darum hielt ich ihn für intelligent, wenn auch vielleicht nicht ganz vertrauenswürdig. Bei den wenigen Zusammentreffen treffen danach zerstreute sich dieser Eindruck, und ich hatte ihn mit der Zeit richtig gern. Er war so jugendlich und fröhlich, so lustig, und hatte schon auf einer ganzen Reihe von Gebieten nützliche Erfahrungen gesammelt. Wenn ich ihn sah – und ich sah ihn natürlich nie allein –, gab mir das immer Auftrieb. Ich stellte mir eine Zukunft für ihn vor, irgendwo in der Öffentlichkeitsarbeit. Ich sah ihn als einen künftigen Parteivorsitzenden, der etwas hermachen würde.

Ich nahm ihn unter die Fittiche, riet ihm, seinen Namen unter die Leute zu bringen, damit es leichter wäre, ihm ein Amt anzubieten. Ich dachte, er brauche Erfahrung und nochmals Erfahrung, dann könne ihn nichts mehr aufhalten. Als ich das Erziehungsprojekt in Gang brachte, sorgte ich dafür, daß Charles die Zuständigkeit für ein paar Unterausschüsse bekam. Das gab uns Gelegenheit, hin und wieder unter vier Augen zusammenzutreffen. Er steckte so voller Ideen, und ich freute mich auf diese Begegnungen. Mit der Zeit berief ich sie etwas öfter ein, als notwendig gewesen wäre. Vielleicht finden Sie es ja unerhört und widernatürlich, daß ich Zuneigung zu einem jüngeren Mann faßte –«

»Aber nein«, sagte Stephen, »keineswegs. Aber er ist verheiratet, und wo Sie doch die Familie so hochhalten –«

»Ach, das«, wurde er wegwerfend unterbrochen. »Er hat keine Kinder, und was er da mit seiner Frau hat, kann man wohl kaum Familie nennen. Jedenfalls ist da sehr viel Unglück im Spiel.«

»Wirklich?«

»Selbst nachdem Charles im Innenministerium war und

das Projekt lief und das Kabinett regelmäßig zusammentrat, bekam ich sehr wenig von ihm zu sehen. Nach langem Nachdenken habe ich darum MI 5 eingeschaltet und ihn, nun ja, beschatten lassen, tagaus, tagein, rund um die Uhr. Natürlich hegte ich keinen Verdacht gegen ihn. Er war gegenüber dem Land und der Regierung so loyal wie ich. Ich habe mit allen Mitteln verhindert, daß eine Akte über ihn angelegt wurde. Daß ich ihn überhaupt beschatten ließ, sehen Sie, das war nur eine Möglichkeit, immer und überall bei ihm zu sein. Können Sie das verstehen?«

Stephen nickte.

»Jeden Abend um sieben bekam ich einen detaillierten Zusammenschnitt aller seiner Bewegungen und Kontakte im Lauf der voraufgegangenen vierundzwanzig Stunden. Ich las die Berichte spät nachts im Bett, nach der üblichen Diplomatenpost und den Depeschen des Auswärtigen Amtes. Ich dachte mich an seine Seite, lernte seine Gewohnheiten kennen, seine Lieblingsorte, seine Freunde. Sie selbst tauchten recht häufig auf. Ich kam mir fast vor wie sein Schutzgeist.

Die Berichte stapelten sich im Lauf der Monate, und ich blätterte gern darin zurück wie in einem Liebesroman, der einem besonders gut gefällt – nicht etwa, daß ich so etwas lese. Ich stellte fest, wie selten seine Frau ihn begleitete, wie betont sie sich aus seiner politischen Karriere heraushielt, jedenfalls außer Haus.«

»Sie hatte ihren Beruf«, sagte Stephen.

»Ganz recht. Es zeigten sich andere beunruhigende Züge in Charles' Verhalten. Er suchte unwahrscheinliche Privatadressen in Stratham, Shepherd's Bush, Northolt auf.

Glauben Sie mir, es war nur Sorge, nicht Eifersucht, daß ich MI 5 veranlaßte, genauer nachzuforschen. Vielleicht können Sie meinen Schock nachempfinden, als ich erfuhr, daß er zu Prostituierten ging. Dann stellte sich heraus, daß diese Etablissements sehr speziellen Wünschen entgegenkamen.«

»Was für Wünschen?«

»Die Kunden pflegten sich recht ausgefallen zu kleiden. Mehr wollte ich darüber gar nicht wissen. Allerdings wußte ich, daß dies ein klarer Beweis für tiefes Unglück in seiner Ehe war. Jedenfalls war es das Verhalten eines sehr einsamen Mannes. Er blieb ja nicht einmal einem dieser Etablissements treu. Ich glaubte ihm helfen zu müssen, mit ihm reden, ihm Sicherheit geben. Ich dachte mir gerade einen Vorwand für ein Treffen aus, da bekam ich sein Rücktrittsschreiben. Ich war aufgebracht – mehr als aufgebracht, ich war wütend. Ich wollte ihn in Suffolk weiter überwachen lassen, aber MI 5 klagte über Personaleinsatz ohne rechtfertigende Resultate. Leute ohne überzeugenden Grund dort hinauszuschicken, hätte Verdacht erregt. Seitdem bin ich also von Charles völlig abgeschnitten. Ich habe nichts mehr außer den alten Berichten, und den Protokollen unserer Projektsitzungen natürlich.«

Stephen bemühte sich sehr um einen neutralen Ton. »Sie könnten sich doch einen Tag frei nehmen und ihn persönlich besuchen.«

»Ich kann nirgends allein hingehen. Abgesehen von den Leibwächtern, muß ich immer das rote Telefon bei mir haben, und das bedeutet mindestens drei Techniker.

Und einen Chauffeur dazu. *Und* einen Offizier vom Verbindungsstab.«

»Abrüsten«, meinte Stephen. »Dem Herzen zuliebe.«

Das Regierungsoberhaupt hatte die Gabe, irrelevante Bemerkungen zu ignorieren. »Ich wüßte gern, wie es ihm geht, was er tut. Sie wollten mich anrufen, erinnern Sie sich?«

»Ich war nur einmal einen Abend da und habe mehr mit seiner Frau gesprochen. Ich denke, es geht ihm gut, er ist sehr gelöst und will vielleicht ein Buch schreiben.«

»Hat er von seiner politischen Laufbahn gesprochen? Hat er mich überhaupt einmal erwähnt?«

»Nein, bedaure.«

»Sicher finden Sie das alles ziemlich lächerlich, wo er doch jung genug wäre, um mein Sohn zu sein.«

»Natürlich nicht.« Schon wieder klingelte sein Telefon.

Der Premier sah nach der Uhr auf Stephens Schreibtisch. »Ich würde Sie gern bitten, Mr. Lewis, Charles eine ganz einfache Nachricht zu überbringen. Ich möchte mit ihm reden, persönlich, nicht am Telefon. Wenn er lieber in Ruhe gelassen werden will, werde ich diesen Wunsch respektieren, nach einem letzten Zusammentreffen. Er kann mich leichter erreichen und weiß, wie das geht. Werden Sie ihn demnächst sehen?«

Stephen nickte.

Obwohl keiner aufstand, war die Unterredung beendet. Mit dem Oberhaupt der Regierung allein zu sein, wäre eine Gelegenheit gewesen, den inneren Monolog von sich zu geben, an dem er seit Jahren formulierte, sich die verantwortliche Person vorzuknöpfen und einiges in Frage zu stellen, zum Beispiel die instinktive Parteinahme für die Starken in allen Angelegenheiten, die Verklärung des Eigennutzes, den Verkauf der Schulen, die Bettler und so weiter; aber das alles erschien zweitrangig neben dem, worüber sie gesprochen hatten, nur mehr verschwommene Diskussionspunkte, auf die es zweifellos routinierte Antworten gab.

Stephen dachte an Thelma. »Ich will Ihre Nachricht sehr gern weitergeben.«

Der Premier erhob sich in einer feinen Wolke Eau de Cologne und lächelte, als sie sich die Hand gaben. »Sie haben die Verpflichtung unterschrieben?«

»Ja.«

»Gut. Ich weiß, daß ich Ihnen völlig vertrauen kann.«

Der Mann mit der Halbmondbrille hörte das Scharren des Holzstuhls; die Tür ging auf, noch ehe sein Besuch sie erreicht hatte. Stephen sah den Rücken sich entfernen, und kaum war er allein, fuhr er mit den Reisevorbereitungen fort. Er machte das Feuer aus und verriegelte das Arbeitszimmerfenster. Auf dem steinernen Sims blieb der Schnee immer dicker liegen. Er zog eine Schreibtischschublade auf und entnahm einem leeren Notizblock sechs Fünfzigpfundnoten, die er für Notfälle dort aufbewahrte.

Er ging in den Flur und sah gerade noch den Mann mit den Telefonen zur Wohnungstür hinausgehen. Die übrigen folgten ihm auf dem Fuß. Als letzter ging einer der Sicherheitsbeamten, der Stephen mit theatralischer Geste aufforderte, sein Eßzimmer zu inspizieren. Es war alles wieder an seinem Platz, sogar die schmutzigen Tassen und die alten Zeitschriften. Auf dem Tisch lag ein Polaroidfoto von dem Zimmer kurz vor seiner Beschlagnahme. Stephen drehte sich um und wollte dem Mann zur gründlichen Arbeit seiner Kollegen gratulieren, aber da war auch er schon weg.

Er löschte die Lichter, nahm seine Reisetasche und schloß mit drei verschiedenen Schlüsseln die Wohnungstür ab. Eine Etage tiefer lag Mr. Cromartys Wohnung im Dunkeln. Stephen mußte stehenbleiben und in der Tasche nach dem Zettel kramen, den er geschrieben hatte, und als er ihn gerade unter die Tür schob, hörte er oben wieder sein Telefon klingeln. Er zögerte kurz und rechnete seine Chancen aus. Vielleicht so gerade noch, wenn er losrannte und gleich die richtigen Schlüssel fand. Aber man hatte ihn schon genug aufgehalten. Er nahm die Reisetasche wieder auf und sprang drei Stufen auf einmal die Treppe hinunter. Er stürzte hinaus in das Verkehrsgetöse, auf die Straße, den Arm schon nach dem Taxi gehoben, das er noch gar nicht sah.

Er mußte keine halbe Stunde auf seinen Zug warten. Er war zu rastlos, zu ängstlich auf Abschirmung seiner willkürlich umherirrenden Gedanken bedacht, um sich in die Feuchte und den ohrenbetäubenden Lärm des Bahnhofrestaurants zu quetschen. Im Pub nebenan standen die Zecher in Dreierreihe vor der Theke, und jemand brüllte herum. Er kaufte sich einen Apfel, warf den Brief ein und ging, mit den Füßen stampfend gegen die Kälte des glitzernden Betons, auf dem Bahnsteig auf und ab. Er näherte sich einem soeben eingelaufenen Dieseltriebwagen. In der Kabine hantierte der Lokführer an Schaltern und Hebeln, und das Monster kam zur Ruhe. Stephen wünschte sich noch immer, er würde einmal heraufgebeten. Als Junge hatte er nie einen Lokführer darauf anzusprechen gewagt. Jetzt war es noch schwerer. Da stand er und aß seinen Apfel, Dampfwolken vor dem Mund, und bemühte sich, nicht so ein lächerlich hoffnungsvolles Gesicht zu machen, aber weggehen konnte er auch nicht, denn es hätte dem Lokführer ja noch einfallen können, ihn einzuladen. Doch der Mann hatte sich eine zusammengefaltete Zeitung unter den Arm geklemmt und stieg soeben herunter. Er ging an Stephen vorbei, ohne ihn auch nur anzusehen.

Abseits der Bahnsteige, neben den großen Türen der Schalterhalle, drängte sich eine Horde Bettler um einen demolierten Fotoautomaten. Es waren über hundert, von der Straße hereingetrieben durch die Kälte. Viele trugen ausrangierte Militärmäntel. Da er noch zehn Minuten Zeit hatte, ging er näher. Sie übten ihr Gewerbe jetzt nicht aus. In Bahnhöfen war das verboten, und da sie so viele waren, hätte ja auch niemand ihnen etwas zu geben gewagt. Ein paar Optimisten unter ihnen sprachen vom Rand des Knäuels dennoch Passanten an, ohne sichtbar die Lippen zu bewegen. Die übrigen blieben stumm. Nur Erwartung konnte sie alle in einer Bahnhofsecke so friedlich halten. Vielleicht war eine Suppenküche unterwegs, oder es sollten Essensmarken verteilt werden.

Der süßliche Gestank ungewechselter Kleider und vergällten Spiritus drang selbst durch die Eiseskälte. Ein zwölf Meter langer Heißluftschacht war zum überfüllten Schlafsaal geworden. Stephen schritt ihn einmal in ganzer Länge ab. Wenn sie noch zwei Monate durchhielten, bis es wärmer wurde, hatten sie eine gute Chance, bis in den nächsten Herbst zu überleben, wenn das Aussieben von neuem begann. Heute nacht würden die wenigen, die keine Mäntel hatten, es schwer haben. Stephen war am Ende der Reihe angekommen und sah auf ein bekanntes Gesicht hinunter. Es war hart, zartknochig, im Augenblick alterslos. Es gehörte zu einem Körper, der zusammengerollt auf dem Eisenrost lag, die Knie angezogen, um für einen grobschlächtigen alten Mann Platz zu lassen. Die stumpfen Augen waren weit geöffnet und starrten an ihm vorbei. Stephen dämmerte langsam, daß es eine alte Bekannte aus Studientagen sein konnte, oder eine Gestalt aus einem Traum. Er hatte immer gewußt, daß er früher oder später einem bekannten Gesicht über einem Bettlerabzeichen begegnen würde. Dann sah er sie – es war das Mädchen, dem er letztes Jahr, vor zehn Monaten, Geld gegeben hatte. Er erkannte die gelbe, jetzt graue Bluse unter dem Nylonanorak. Das Gesicht war unverkennbar, obwohl es sich verändert hatte. Die spöttische Lebendigkeit war nicht mehr darin. Die Haut war pockennarbig und grob und um die abwehrend verkrampften Gesichtszüge herum gedunsen. Sie hatte die Arme über der Brust gekreuzt.

Er hatte beschlossen, ihr seinen Mantel zu geben. Es war ein alter Mantel, und er würde ja gleich in einen warmen Zug steigen. Er zog ihn aus, stellte seine Tasche hin und ging in die Hocke, um in ihr Gesichtsfeld zu kommen, denn sie schien zu müde oder zu gleichgültig, um die Augen zu bewegen. Er versuchte sich zu erinnern, wie er in diesem Mädchen Kate gesehen hatte. Er legte ihr die Hand auf die schmale Schulter. Der Mann neben ihr hatte sich auf den Ellbogen gestützt. Seine Stimme war dünn für so einen großen Körper und von bedrückender

Fröhlichkeit. »Ojojoi! Guck mal einer an! Sie ist aber gar nicht interessiert.« Er lachte.

Stephen legte den Mantel über das Mädchen und berührte ihre Hand. Sie war so kalt wie die umgebende Luft. Er berührte ihr Gesicht, und die Augen starrten weiter, bekräftigten ihre Teilnahmslosigkeit in absoluten Begriffen. Er nahm seine Tasche und richtete sich auf. Den Mantel wieder an sich zu nehmen, war jetzt nicht mehr möglich. Er erinnerte sich nicht, ob er die Taschen geleert hatte. Hinter ihm schrillte ein Pfiff, ein Zug setzte sich quietschend in Bewegung. Auf der Bahnhofsuhr sah er, daß er keine anderthalb Minuten mehr hatte.

Der Mann beobachtete ihn und den Mantel. »Los, lauf«, sagte er verschlagen, »sonst kriegst du ihn nicht mehr.«

Stephen wußte, daß er London heute abend nicht mehr verlassen würde, wenn er die Sache meldete. Er blieb einen Moment unschlüssig stehen, dann machte er einen Schritt zurück, drehte sich um und ging schnell weg, und als er einen Schaffner den Zug entlanggehen und Türen zuschlagen sah, fing er an zu laufen. Er schaute erst wieder zurück, als seine Hand sicher den eiskalten Türgriff umfaßte. Auf hundert Meter Entfernung, kurzzeitig verdeckt von einem vorbeifahrenden Postkarren, sah er den Mann auf den Knien liegen, den Mantel hochhalten und die Taschen durchsuchen. Ein Zittern durchlief den Zug. Stephen drehte energisch den Griff, stieg ein und begann die gewohnte Suche nach dem einsamsten Platz.

Nur vier Leute stiegen zwei Stunden später an der unbemannten Station in Suffolk aus. Während Stephen den schlecht beleuchteten Bahnsteig und dann die Vorderseite des Bahnhofs nach einem Telefonhäuschen absuchte, verließen seine drei Mitreisenden in drei Autos den Parkplatz. Es fiel kein Schnee mehr, aber er lag schon fünf Zentimeter hoch und streute das dunstige Licht des Mondes, der sich in flauschige Wölkchen gehüllt hatte. Der Bahnhof lag am Dorfrand, eigentlich mitten in der Landschaft und an einer Straße, deren Beleuchtung aussah wie einzeln an hohen Stangen aufgehängte Haushaltsglühbirnen. Stephen blieb einen Moment verdutzt stehen, so neu wirkte auf ihn die völlige Stille. Dann schlug er seinen Rockkragen hoch und machte sich auf den Weg zum Hotel in der Dorfmitte. Aus der leeren Bar telefonierte er nach einem Taxi, dann setzte er sich an ein elektrisches Kaminfeuer und trank.

Die Taxifahrerin war freundlich und mütterlich und ließ es sich nicht nehmen, ihm den Sicherheitsgurt eigenhändig anzulegen. Sie habe den Betrieb von ihrem Mann übernommen, der Weihnachten vor zwei Jahren seinen Führerschein verloren habe. Jetzt führe er den Haushalt, und es mache ihm – laut seiner Frau – sogar Spaß. Und sie selbst habe ein neues Leben entdeckt. Sie redete und redete und fuhr so übertrieben vorsichtig, daß sie für die fünfundzwanzig Kilometer fünfundvierzig Minuten brauchten. Stephen badete in der warmen Luft, die ihm um Gesicht und Beine strömte. Er ließ sich tiefer in das Nylonfell sinken und von dem unablässigen, anspruchslosen Gerede und dem Fellwürfel hypnotisieren, der am Rückspiegel baumelte.

Die Fahrerin war bereit, ihn über den zerfahrenen Feldweg zu den Darkes zu bringen. Es war halb neun, als sie ihn am Rand des Wäldchens absetzte. Wieder blieb er in der Stille stehen. Er sah den davonholpernden Rücklichtern nach und nahm die Ruhe und die überraschende Kahlheit der Bäume in sich auf. Thelma und Charles hatten den Wagen sicher gehört, und er wartete auf ein Licht zwischen den Bäumen, eine Stimme, die nach ihm rief. Er wartete, aber es kam nichts. Er hob seine Tasche auf und ging auf das Törchen zu, das sich nicht mehr versteckte. Der Schnee davor war unberührt, und auch auf dem Pfad, der zwischen zwei Reihen hoher nackter Sträucher hindurchführte – dem dunkelgrünen Tunnel des Sommers –, waren keine Fußspuren.

Das Cottage war dunkel, nur aus einem Fenster im Erdgeschoß fiel ein gelblicher Schimmer. Er klopfte ruhig, und als er nichts hörte, drückte er die Tür auf. Thelma saß im Schein zweier Kerzen am Eßtisch und sah ihn an. Ihr Gesichtsausdruck änderte sich nicht.

»Tut mir leid, daß ich so lange gebraucht habe.« Das Zimmer war kalt. Er setzte sich neben sie. »Was ist los? Wo ist Charles?«

Thelma sog mit einem nassen Ton, der laut durch die ländliche Stille drang, an ihrer Unterlippe. Eine Minute verging, für Stephen Zeit genug, es zu bereuen, daß er seinen Mantel weggegeben hatte. Er begann zu frieren; es mußte etwas geschehen, und sei es nur, um ihn warm zu halten. Er legte seine Hand auf die ihre. Es war, als hätte er einen Schalter betätigt. Sie warf den Kopf hin und her, wie von Sinnen, dann hielt sie inne und begann zu weinen. Eine ältere Frau in Tränen verstörte das Kind in ihm. Sie wollte keinen Trost von ihm. Sie hatte ihre Hand weggezogen, um sie vors Gesicht zu schlagen, und zuckte mit der Schulter, als er diese berührte.

Er nahm eine Decke von einem Sessel und legte sie ihr um. Im Wohnzimmer fand er ein Heizgerät und brachte es herein. Thelma schluchzte weiter, während er daranging, den Holzofen anzuzünden, dessen Asche noch heiß war. Er fand eine Flasche Scotch und zwei Gläser und holte einen Krug Wasser aus der Küche. Bis sie sich beruhigt hatte, war das Zimmer warm. Sie ließ aber die Hände noch vorm Gesicht. Dann stand sie abrupt auf und eilte mit einem geflüsterten »Entschuldige« nach oben. Er hörte sie im Bad. Er schenkte sich einen Drink ein, setzte sich neben den Ofen und wappnete sich für die schlechte Nachricht.

Zwanzig Minuten später kam sie mit einer dicken Strickjacke über dem Arm und einer Taschenlampe wieder. Sie legte beides auf den Tisch, kam zu ihm, setzte sich neben seinen Sessel, nahm seine Hände und preßte sie zwischen die ihren. Sie sah wieder ganz ruhig aus, nur müde und verbraucht.

»Ich bin froh, daß du da bist«, sagte sie.

Er wartete.

Um zu sagen, was sie ihm sagen mußte, stand sie auf, stellte sich halb von ihm abgewandt an den Tisch. Sie preßte die wollenen Falten der Strickjacke mit Daumen und Zeigefinger zusammen. Sie sprach schnell und mit monotoner Stimme, als versuchte sie, vor ihren Worten wegzulaufen. »Charles ist tot. Er ist tot. Er ist draußen im Wald. Ich muß ihn holen. Ich kann ihn nicht die ganze Nacht da draußen liegen lassen. Du mußt mir tragen helfen.«

Stephen stand auf. »Wo ist er?«

»Bei seinem Baum.«

»Ist er gestürzt?«

Sie schüttelte nur den Kopf. Die knappe Bewegung signalisierte, daß sie sich nur in der Gewalt haben konnte, solange sie nicht sprach.

»Ich brauche eine Jacke«, sagte Stephen, »und ein Paar Stiefel.«

Die nächsten Minuten waren sie schweigend beschäftigt. Sie führte ihn in die Waschküche, wo eine alte Jacke und ein Pullover an einem Nagel hingen. Auch ein Paar Gummistiefel stand dort, schwer von angetrocknetem Matsch. Er fand einen Strick auf dem Fußboden und steckte ihn ein, ohne recht zu wissen, was er damit wollte. Bevor sie aus dem Haus gingen, versorgte er noch den Ofen.

Der Mond war über die Wolken gestiegen, und sie brauchten die Taschenlampe nur, wo der Weg durch Schatten führte. Stephen behielt seine Fragen für sich. So waren die einzigen Geräusche das Quietschen des Schnees unter den Füßen und das Rascheln ihrer Kleider.

Dann sagte Thelma: »Er ist heute morgen fortgegangen und zum Lunch nicht nach Hause gekommen, was ungewöhnlich war. Ich bin ihn suchen gegangen und habe ihn gefunden, kurz vor Einbruch der Dunkelheit. Wie ich nach Hause gekommen bin, weiß ich nicht mehr. Ich bin gerannt, glaube ich. Dann habe ich dich angerufen.«

Sie gingen weiter, und als ihm klar wurde, daß Thelma von sich aus nichts weiter sagen würde, fragte Stephen vorsichtig: »Wie ist er gestorben?«

Ihre Stimme klang unsicher. »Ich glaube, er hat sich einfach hingesetzt.«

Bei einem zugefrorenen Bach kamen sie an der Steinplatte vorbei, auf der unter dem Schnee, tief in den Ritzen, der Tropenwald im Kleinformat wuchs. Selbst im Mondlicht sah man noch die dicken, klebrigen Knospen und die unscheinbaren Bodenpflanzen wie winzige Speere die Schneedecke durchstoßen. Hier durchdrang die eine Jahreszeit die andere. Unter glatten Flächen zwischen Bäumen harrte die Überfülle. Der Weg wandte sich zur Waldmitte hin. Sie kamen in die Senke mit dem hohlen Eichenstamm, unverändert seit dem letzten Sommer. Sie bogen nach rechts auf den Pfad ein, der hier mit dem Weg zusammenlief. Thelma war immer langsamer geworden, bevor sie an die Lichtung kamen. Auf der anderen Seite, ununterscheidbar im Schatten, ragten die ausgewachsenen Bäume empor wie ein riesiges Haus. Sie hatte die Taschenlampe eingesteckt und wärmte sich die nackten Hände an ihrem Atem, dann legte sie die Arme überkreuz und schob sie in ihre Mantelfalten. Stephen wußte nichts zu sagen, was nicht wieder eine Frage gewesen wäre. Er fand eine Murmel in der Jackentasche und drehte sie zwischen den Fingern, wobei er unsinnigerweise ihre Farbe zu erraten versuchte. Es war ein tröstlicher Gedanke, daß sie sich hier nicht in der Wildnis befanden; das nahe Städtchen warf einen bräunlichen Lichtschimmer an einen Teil des Himmels; unweit fuhren auf der Straße zwei Autos vorbei; die Landschaft, durch die sie fuhren, war intensiv bebaut, umzäunt und genutzt. Nur die Temperatur war, wie sie gewesen wäre, wenn niemals jemand existiert hätte.

Die hohe Wand von Bäumen, die sich über die Lichtung beugte, schien zu wissen, was sie beherbergte und warum sie gekommen waren. Thelma gab Stephen die Taschenlampe, als sie in ihren Schatten traten. Sie selbst blieb immer weiter zurück. Ehe sie auf Höhe der ersten Buchen kamen, war sie ein paar Schritte hinter ihm stehengeblieben. Sie hob die Hand und gab ihm zu verstehen, daß er allein weitergehen müsse.

Stephen hatte, wie so viele in seiner Generation, wenig Erfahrung mit dem Tod. Während er sich heute seiner zweiten Leiche näherte, bildete er sich ein, er rieche, er schmecke im Hals einen dumpfigen Salon, schwarzes Tuch, zwischen Organen gefangene Gase, die durch die Poren gefetteter Haut drangen. Es war ein Gefühl ohne die Grundlage einer Erinnerung oder Tatsache, und doch war es schwer zu verdrängen. Er blies den Geruch in die reine Luft hinaus. Um sich selbst einzureden, er sei nur gekommen, um eine Arbeit zu tun, einer alten Freundin eine schwere Last tragen zu helfen, zog er den Strick aus der Tasche und versuchte ihn im Weitergehen ordentlich aufzurollen.

Er kam schneller auf die kleine Lichtung, als ihm lieb war. Der gelbliche Schein der Taschenlampe fiel auf etwas Blaues. Er blieb stehen und ließ den Strahl zurückwandern. Dampfwolken quollen ihm aus dem Mund. Er sah ein Hemd, einen Rumpf, den Bund einer Kordhose, gnädigerweise mit langen Beinen. Er war noch nicht soweit, daß er den Lichtstrahl nach oben hätte richten können, auf das Gesicht, also leuchtete er zuerst nur die Beine an, dann die nackten Füße, deren Zehen aufwärts gerichtet und auseinandergespreizt waren. Auf einer Seite lag ein Häufchen Kleider, ein Pullover über einer Jacke, und halb neben dem Stapel Schuhe und Socken.

Die Abhängigkeit von einem kleinen Lichtkegel war ihm unheimlich. Er knipste die Lampe aus und ging einmal um die Lichtung herum, stets mit dem Rücken zu den Bäumen, die verschwommene Form auf der anderen Seite im Blick. Deren Reglosigkeit machte ihm Angst, ebenso aber die Vorstellung, sie könnte sich bewegen. Charles saß mit dem Rücken an den Baum gelehnt, in dem seine Baumhütte war. Einen Fußbreit über seinem Kopf war undeutlich der erste Nagel zu erkennen. Als er wieder auf einen knappen Meter heran war, knipste Stephen die Lampe an. Ungeschmolzener Schnee lag etwa fünf Zentimeter dick auf Charles' Schultern und in den Falten seiner Hemdsärmel. Er bildete eine dicke Wehe auf seinem Schoß und einen Keil auf seinem Kopf. Er lag dünn auf seiner Nase und Oberlippe. Die Wirkung war komisch, aber abstoßend. Stephen fegte den Schnee mit hohler Hand weg, wischte ihn von Kopf und Schultern und schnippte ihn mit dem Zeigefinger von Nase und Lippe.

Der kurze Kontakt mit dieser Lippe ließ ihn zurückfahren. Sie war zu geschmeidig, glitt übers Zahnfleisch, und er glaubte Wärme gefühlt zu haben. Er stand zwei Meter vor dem Freund und richtete den Lichtstrahl auf sein Gesicht. Die Augen waren geschlossen. Das war beruhigend. Der Kopf lehnte am Baum, und soweit das Gesicht einen Ausdruck zeigte, war es ein Ausdruck von Müdigkeit. Charles hatte die Beine von sich gestreckt, seine Arme hingen gerade herunter, die Hände lagen flach auf dem Schnee, zum Teil von ihm zugedeckt. Die oberen drei Hemdknöpfe waren offen.

Stephen leuchtete den Kleiderstapel mit der Taschenlampe ab. Wenn ein Abschiedsbrief darin gewesen wäre, hätte Thelma ihn gefunden. Er stand herum und zögerte den Augenblick hinaus, da er den Toten hochheben müßte. Er nahm den Strick wieder aus der Tasche, hätte aber keine Verwendung dafür gewußt. Endlich kniete er sich zu Füßen des Freundes hin, legte ihm die Hände um die Hüften und zog ihn zu sich. Im Aufrichten kippte er Charles hoch und packte seine Schenkel, um sich den Leichnam über die Schulter zu legen.

Als er stand und sich schwerfällig umdrehte, um den Weg zu finden, hörte er hinter sich, wo Charles' Kopf sein Kreuz berührte, einen langen Seufzer der Enttäuschung, ein geflüstertes *Oh*. Stephen kreischte auf und machte einen seitlichen Satz über die Lichtung, wobei er Charles in den Schnee fallen ließ. Jetzt mußte er den Toten wieder zurückschleifen, an den Baum lehnen und den schwierigsten Teil wiederholen, nämlich mit dem Gesicht ganz nah an das des Freundes herangehen. Als er sich erneut mit seiner Last aufrichtete, kam kein Ton.

Wenn er zu plötzlich die Richtung änderte, kam er ins Taumeln. Sonst aber war die Last durchaus zu tragen, da sie gleichmäßig verteilt war. Er war vom Tennis in guter Kondition. Er betrat den Pfad, und als er die relative Helligkeit der Lichtung verließ, merkte er, daß er die Lampe in der Tasche stecken hatte und nicht herankam. Aber der Mond stand fast unmittelbar über ihm, die Schatten waren geschrumpft. Anfangs war es weniger das Gewicht der Leiche, das ihn bedrückte, als die Kälte, die sich von ihr auf seine Schulterknochen und das ganze Rückgrat übertrug. Sie entzog ihm gierig alle Körperwärme, als sollten sie demnächst die Plätze tauschen und der zum Leben aufgewärmte Leichnam nun Stephens kalten Körper zum Cottage tragen.

Er fror und schwitzte zugleich. Vorn sah er durch die Bäume die Helligkeit der größeren Lichtung. Thelma stand noch immer da, wo er sie zurückgelassen hatte. Als er näherkam, dachte er daran, ihr Charles vor die Füße fallen zu lassen. Wenn er sich ausgeruht hätte, könnte sie ihm helfen, ihn sich richtig aufzuladen. Aber kaum war er da, drehte sie sich um und begann den Weg zurückzugehen, den sie gekommen waren. Sie ging schnell und sah nicht zurück. Ihm blieb nichts übrig, als ihr zu folgen.

Bis sie in den Niederwald kamen und durch die sanft ansteigende Mulde hinaufgingen, verursachte das Gewicht ihm heftige Schmerzen, hauptsächlich in den Beinen, im Nacken und an den Stellen der Arme, die Charles' Knie umschlangen. Thelma hatte nur einmal kurz angehalten, um die Lampe aus Stephens Tasche zu nehmen. Bisher hatten sie nicht gesprochen.

Als die Schmerzen immer stärker wurden, nahm er sich vor, Charles nicht eher abzulegen, als bis sie das Cottage erreicht hatten. Er wollte Buße tun, weil er als Freund so versagt hatte. Schon einmal hatte er Charles fallenlassen; er wollte es jetzt nicht wieder tun. Solch heroische Gedanken halfen Stephen, die Schmerzen zu ertragen. Als aber Thelma ihn endlich durch den Garten in die Waschküche führte und ihm bedeutete, daß sie den Toten hier abgelegt haben wolle, vermochte er die entsprechenden Muskeln nicht zu aktivieren, sie hatten sich so verhärtet, daß sie ihm nicht mehr gehorchten. Taumelnd stand er in der erhellten

Enge und konnte seine Bürde nicht abschütteln. »Zieh«, rief er. »Um Gottes willen, zieh ihn von mir runter!«

Weniger aus hygienischen Gründen, als um die Trennung zwischen den Lebenden und den Toten wiederherzustellen, ging Stephen sofort in die Küche und wusch sich über dem Spülbecken die Hände. Es war jetzt viel zu warm und beengt in der Küche. Er ging weiter ins Wohnzimmer. Vor Jahren war hier eine Wand entfernt worden, so daß eine lange Galerie entstand. Die Möblierung war spärlich, die Luft kühl und unverbraucht. Thelma war schon da und stand, noch immer im Mantel, an ein Fensterbrett gelehnt. Er ging zu einem Sessel, konnte sich aber nicht setzen. Seine Hände sahen ganz ruhig aus, und doch schien sein ganzes Ich mit Hochfrequenz zu vibrieren. Ein Wehklagen, gerade noch im Bereich des Hörbaren, füllte seine Ohren, oder das Zimmer. Er ging von dem Sessel über die gebohnerten Dielen zur gegenüberliegenden Wand und zurück. Am liebsten wäre er gerannt. Auf dem Tennisplatz hätte er sich jetzt ungeheuer stark gefühlt. Thelma ging quer durchs Zimmer bis zu dem angrenzenden Fenster und kehrte um. Er ging, laut mit den Absätzen aufstampfend, über die Dielen zurück. Thelma stand am leeren Kamin. Als er sie etwas flüstern zu hören glaubte, sah er auf, aber er hatte sie nur die Hände aneinander reiben hören. Er holte den Scotch und Gläser aus der Küche. Das Einschenken war schwierig.

Der Whisky schmeckte salzig. »Tun die da Salz hinein?« fragte er. Sie sah ihn verdutzt an, und er wiederholte die Frage nicht. Nach einer Weile nickte sie trotzdem. Das Glas in beiden Händen haltend, ging sie auf Stephens Spuren durchs Zimmer. Als sie trank, stand sie mit dem Rücken zu ihm.

»Du solltest wissen«, sagte sie endlich, ohne sich umzudrehen, »daß es nicht überraschend gekommen ist. Er hat's schon in London versucht, öfter als einmal. Ich hatte mir von unserem Umzug hierher die Rettung erhofft. Es war in Wirklichkeit nur ein Aufschub.«

»Ich hatte geglaubt, ihn gut zu kennen«, sagte Stephen. »Aber das war wohl ein Irrtum.«

»Es geht ja meist so. Die manische Seite, die tatkräftige und erfolgreiche Seite war für die Öffentlichkeit, und das übrige, die Depressionen, waren nur für mich. Unser Umzug hierher sollte die beiden Seiten versöhnen ...« Sie kam zurück zu Stephen.

»Nur daß ich hier draußen das einzige Publikum war«, sagte er.

Sie sah ihn an, ohne Vorwurf. »Das stimmt, er hat sich sehr aufgeregt, als du damals ohne ein Wort wieder abgereist bist, während er auf dich wartete. Er erwartete ja gar keinen Beifall von dir, obwohl ihn das gefreut hätte. Er wünschte sich nur, daß du keinen Anstoß nähmst.«

Stephen fühlte sich leergepumpt; seine Arme waren schwer. Er sah hinter sich und setzte sich. »Ich glaube, ich habe Anstoß genommen«, sagte er traurig.

Thelma setzte sich zu ihm auf die Sessellehne. »Versteh mich bitte nicht falsch. Letzten Endes hätte es doch nichts geändert. Es hing jedenfalls nicht von deiner Haltung ab. Das wollte ich damit nicht sagen. Ich hätte dir ja mehr erzählen können, damit du gewußt hättest, was dich erwartete. Aber Charles war dagegen. Wir sollten nicht in dieser

Art über ihn reden, er wollte kein Fall sein. Und seinerzeit«, fügte sie hinzu, »dachte ich, er hätte recht.«

Eine Uhr in der Zimmerecke begann elf zu schlagen. Erst als der letzte Widerhall verklungen war, konnten sie den Faden wiederaufnehmen.

Thelma war jetzt in einem Stadium emotionaler Neutralität. »Er kam nicht damit zu Rande«, stellte sie nüchtern fest. »Er wollte berühmt sein und von Leuten gesagt bekommen, daß er eines Tages Premierminister sein würde, und er wollte der kleine Junge sein, den die Welt nichts anging, der keine Verantwortung hatte, von der Welt da draußen nichts wußte. Das war keine exzentrische Laune. Es war eine überstarke Phantasie, die sein ganzes Privatleben beherrschte. Er hat darüber nachgedacht, er wünschte sich das so sehr, wie andere sich Sex wünschen. Es war tatsächlich eine sexuelle Seite im Spiel. Er zog sich kurze Hosen an und ließ sich von einer als Gouvernante verkleideten Prostituierten den Hintern versohlen. Das darfst du ruhig wissen, es gehörte zu den Dingen, über die er mit dir reden wollte. Unter Internatszöglingen sind solche Bedürfnisse nicht ganz selten.

Aber wichtiger war die emotionale Seite, die er an sich selbst schwerer verstand, worüber er schwerer sprechen konnte. Er wünschte sich die Sicherheit des Kindseins, die Machtlosigkeit, den Gehorsam, auch die Freiheit, die damit einhergeht – Freiheit von Geld, Entscheidungen, Plänen, Forderungen. Er sagte immer, er möchte aus der Zeit fliehen, weg von Verpflichtungen, Kalendern, Terminen. Kindsein bedeutete für ihn Zeitlosigkeit; er sprach davon, als ob es etwas Mystisches wäre. Das alles hat er sich gewünscht, dauernd hat er mit mir darüber gesprochen, er wurde depressiv, und zur gleichen Zeit verdiente er draußen Geld, wurde bekannt, halste sich Hunderte von Verpflichtungen in der Erwachsenenwelt auf, flüchtete vor seinen Gedanken. *Limonade* war ein sehr wichtiges Buch für ihn. Da spräche ein Teil von ihm zum andern, sagte er. Dadurch sei ihm bewußt geworden, daß er eine Verantwortung gegenüber seinen Wünschen hatte, daß er etwas mit ihnen tun mußte, bevor die Zeit ihm die Gelegenheit nahm. Es habe ihn an die Sterblichkeit gemahnt. Er mußte ganz schnell etwas tun oder es für immer bereuen.«

Sie schneuzte sich die Nase. Sie blieb bei ihrem objektiven, analytischen Ton.

»Aber er tat nichts. Konventioneller Ehrgeiz ist schwer abzulegen. Er unternahm einen Selbstmordversuch – ziemlich halbherzig. Er wechselte den Beruf und war weiter erfolgreich, wie du weißt. Die Jahre verflogen, ganz wie er befürchtete. Die Spannungen nahmen zu. Er ging in die Politik, bekam seinen Regierungsposten. Er nahm sich wieder dein Buch vor. Das war wegen dieses Erziehungsprojekts. Der Premier trug ihm an – und das heißt in diesen Kreisen: trug ihm auf –, unter der Hand einen Leitfaden zur Kindererziehung zu verfassen, ebendas Buch, um das es diesen Wirbel gab. Sie haben zusammen daran gearbeitet. Charles wurde angeschwärmt, ich meine sexuell. Er fühlte sich abgestoßen, konnte aber das Flirten nicht lassen. Er wollte vorwärtskommen, und gegen dieses Wollen kam er nicht an. Er schrieb das Buch unter höchstpersönlicher Anleitung, und dabei las er dein Buch von neuem. Es wurde alles wieder aufgerührt, und er wollte seine Pläne machen. Er sagte, er sei verzweifelt. Die Zeit laufe ihm davon. Er brauche das unbedingt, er flehte mich an, es für ihn wahr zu machen, ihn einen kleinen Jungen sein zu lassen. Und schließlich habe ich eingewilligt, ich dachte, er müsse das haben, sonst würde er zerbrechen. Natürlich paßte es mir selbst ja auch, und das war gut so, denn wenn ich dagegen gewesen wäre, hätte es nie klappen können. Ich wollte weg aus London, ich hatte das Lehren satt und wollte mein Buch schreiben, und ich liebe dieses Haus und die Gegend.

Wir haben uns oft darüber unterhalten, woher diese fixe Idee wohl kam, ob das etwas aus seiner Vergangenheit war, was er noch einmal durchleben oder abschließen mußte, oder ein Ausgleich für irgend etwas, was ihm entgangen war. Charles wollte dem eigentlich nie auf den Grund gehen. Ich glaube aus Angst vor dem, was er da finden könnte. Vielleicht war das ein Schutzmechanismus seiner Manie. Du weißt, daß ihm mit zwölf Jahren die Mutter gestorben ist, so daß man sagen könnte, er assoziierte die Vorpubertät mit ihr. Und er besaß ein Foto, ein gräßliches Ding. Da steht er als Achtjähriger neben seinem Vater, der ein hohes Tier bei einer Versicherung war – ein Dummkopf, soweit ich mich erinnere, aber ein Tyrann. Auf dem Foto sieht Charles wie eine verkleinerte Ausgabe seines Vaters aus – gleicher Anzug und Krawatte, gleiche aufgeblasene Pose, gleiche Erwachsenenmiene. Kann also sein, daß ihm die Kindheit vorenthalten wurde. Aber andere Leute verlieren auch jung ihre Mütter oder haben Väter mit schrecklichen Ambitionen und wachsen trotzdem ohne die sexuellen und emotionalen Begierden auf, wie Charles sie hatte. Soviel wir darüber geredet haben, glaube ich nicht, daß wir der Sache auch nur annähernd an die Wurzel gekommen sind.

Jedenfalls haben wir alles hingeworfen und sind hierher gezogen. Eine Zeitlang, solange wir das heiße Wetter hatten, war es schön – mehr als schön, es war eine Idylle. Was auf Außenstehende lächerlich und grotesk hätte wirken können, wurde zwischen uns ganz normal. Ich war die Mutter eines kleinen Jungen, der den lieben langen Tag im Wald spielte und nur zum Essen und Schlafen nach Hause kam. Ich habe ihn nie so glücklich gesehen, so leicht zufriedenzustellen. Er entdeckte, daß er die Einsamkeit liebte. Er lernte die Pflanzennamen, obwohl ich ihn nie mit Büchern sah. Wenn er nach Hause kam, war er einfach fröhlich und herzlich. Nachts schlief er zehn Stunden am Stück. Früher kam er immer mit vier bis fünf aus. Dann kamst du, und das war zwar enttäuschend, aber kein Unglück.

Aber das Wetter schlug um, auch noch ziemlich plötzlich, und Charles fing an, sich das Hirn darüber zu zermartern, was wohl in London los war. Er wollte Zeitungen kommen lassen, und ich lehnte ab. Er versuchte ein altes Radio zusammenzuflicken und bekam einen Wutanfall, als es ihm nicht gelang. Dann fing er damit an, uns würde das Geld ausgehen, wenn er nicht wieder arbeitete, was Unsinn war. Am schlimmsten aber waren die Briefe, die ihn nach Downing Street einluden und von einem Sitz im Oberhaus munkelten, also einem Adelstitel, und einem Regierungsposten, dem noch bessere Posten folgen könnten.

Die ganze Nacht blieb er wach und quälte sich ab, und tagsüber spielte er weiter im Wald und versuchte seine Unschuld zu wahren. Aber es wurde immer schwieriger. Er saß in kurzen Hosen in seiner Baumhütte und grübelte, ob er sich Lord Eaton nennen solle und ob wohl schon jemand anders diesen Namen angenommen hatte. Entschuldige, mir ist eigentlich gar nicht zum Lachen, Stephen. Es war tragisch, aber es war auch durch und durch lächerlich. Nein, ich weine nicht. Ich will nicht weinen. Wir redeten natürlich viel miteinander. Unter manch anderem riet ich ihm auch zu einer Psychoanalyse, aber dagegen hatte er die typisch englische Aversion. Als ich zu ihm sagte, ich fände es ungeheuerlich, daß ein Mensch, der in derartigen Konflikten lebe, sich gegen jede Selbstprüfung sperre, bekam er einen furchtbaren Wutanfall, einen regelrechten Koller. Er warf sich richtiggehend auf den Boden und trommelte mit den Fäusten darauf.

Danach wurde er immer depressiver. Er saß in der Zwickmühle. Wenn er wieder nach London ging, zurück in sein altes Leben, würden erfahrungsgemäß die alten Begierden, die alten Zwänge ihn langsam hinunterziehen, und er würde sich nach dem einfachen, sorglosen Leben sehnen, das er sich hier eingerichtet hatte. Und wenn er hierblieb, würde ihn ewig die Sorge um seine zunehmende Bedeutungslosigkeit in der sogenannten wirklichen Welt auffressen. Meine Geduld ging zu Ende. Meine Arbeit litt, die ganze Geschichte hatte mich fertiggemacht. Nach langem Nachdenken kam ich zu dem Schluß, daß er wieder in die Politik gehen sollte. Dort hatte er schon Jahre überlebt, und sollte er unglücklich sein, wäre es nicht mehr als das Unglück eines Kindes, das nicht alles haben kann.

Nachdem ihm das beigebracht und durchgesprochen war, sank er nur noch tiefer, und dann bekamen wir Streit.

Das war heute morgen. Er warf mir vor, ich wolle ihn hinausschicken in die Kälte, ihn von dem abschneiden, was er sein möchte. Ich fürchte, mir sind die Nerven durchgegangen. Ich sagte ihm, ich hätte ihm auf alle erdenkliche Art zu helfen versucht. Jetzt müsse er sein Leben selbst in die Hand nehmen. Und genau das hat er getan. Er wollte mich verletzen, indem er sich selbst verletzte – depressive Logik durch und durch. Er ging in den Wald und setzte sich hin. Er hat sich selbst in die Kälte hinausgeschickt. Trotzig und kindisch, wie die meisten Selbstmorde. Und so leid es mir immer tun wird, ich glaube nicht, daß ich ihm das je ganz vergeben kann.«

Thelmas Zorn hatte sie aufstehen lassen. Stephen sah ihr nach, wie sie auf und ab ging. Hektik war ins Zimmer zurückgekehrt.

»Wenn Charles dieses Handbuch zur Kindererziehung geschrieben hat«, meinte er endlich, »wieso war das dann so schroff? Was ich davon gelesen habe, sah mir nicht danach aus, als hätte das jemand schreiben können, der sich selbst als Kind fühlte.«

»Ich habe es ganz gelesen«, sagte Thelma. »Es illustriert Charles' Problem auf perfekte Weise. Sein Phantasieleben zog ihn zu der Arbeit hin, und sein Bedürfnis, sich lieb Kind zu machen, ließ es ihn so schreiben, wie er es geschrieben hat. Damit kam er nicht zu Rande, und daran ist er zerbrochen. Nie konnte er seine Kindereigenschaften – und du hättest ihn wirklich sehen sollen, Stephen, so fröhlich und offen und nett – von alledem konnte er nichts in sein öffentliches Leben einbringen. Statt dessen war alles nur hektische Kompensation für etwas, was er für ein Übermaß an Verletzlichkeit hielt. Dieses ganze Streben und Schreien, das Manipulieren und Debattieren, alles nur, um seine Schwäche nicht herauszulassen. Und ganz ehrlich, wenn ich an meine Berufskollegen denke, das wissenschaftliche Establishment und die Männer, die darin den Ton angeben, und wenn ich an die Wissenschaft selbst denke, wie sie über die Jahrhunderte konzipiert wurde, muß ich sagen, Charles' Fall war nur die Extremform eines allgemeinen Problems.«

»Das ist sicher richtig«, sagte Stephen.

Ihr Zorn richtete sich jetzt gegen ihn. »Das sagst gerade du. Aber denk doch mal zurück an das letzte Jahr, an *dein* ganzes Unglück, dieses ganze Herumgezappel, die Katatonie, während genau vor deiner Nase – bitte, dann siehst du den Unterschied zwischen sagen und wissen, daß etwas richtig ist.«

Stephen war aufgestanden. »Wovon redest du?« fragte er. »Was war genau vor meiner Nase?«

Sie zögerte und wollte gerade antworten, als das kurze Schweigen im Schrillen des Telefons zerbarst. Noch ehe sie den Hörer abgenommen hatte, wurde ihm klar, daß er den ganzen Abend Telefone hatte klingeln hören und niemand herangegangen war.

Sie sagte: »Ja bitte? Aber er ist hier, bei mir. Gut. Ja, verlaß dich darauf, das tue ich ...« Sie streckte ihm den Hörer hin und legte dabei die freie Hand über die Sprechmuschel. Sie machte deutlich, daß sie keineswegs von der Beantwortung seiner Frage abgelenkt war. »Julie«, sagte sie. »Julie war vor deiner Nase. Sie möchte dich sprechen.«

Er nahm den Hörer und lauschte.

Jetzt lächelte Thelma übers ganze Gesicht und blickte ihn aus zusammengekniffenen, tränenvollen Augen an.

Neun

»Mehr als Kohle, mehr noch als Atomkraft, sind Kinder unser größter Reichtum.«

Autorisierter Leitfaden zur Kindererziehung, HMSO

Es traf sich, daß ein Nachtzug aus Schottland auf dem Weg nach London durch Norfolk und Suffolk ostwärts brauste und morgens um zwanzig nach eins an der örtlichen Station einen kurzen Aufenthalt hatte. Stephen lieh sich Thelmas Wagen, ließ den Schlüssel wie verabredet unter dem Sitz und traf eine Minute vor der planmäßigen Ankunft des Zuges auf dem Bahnsteig ein. Er bezahlte beim Schaffner ein Schlafabteil und bat, bei der Ankunft sofort geweckt zu werden. Dann legte er sich mit den Füßen ans Kopfende und beobachtete durch den Spion im Milchglasfenster, wie der Schatten des Waggons mit der Vorderkante eine Aschenwolke zerschnitt. Aus dem Abteil nebenan kamen rhythmische Beischlafgeräusche. Zwanzig Minuten lang dachte Stephen über die unwandelbare Beharrlichkeit, die eindrucksvolle Zielstrebigkeit der Leidenschaft nach. Würde er sich je wieder so ganz vergessen können? Als der Zug vor der nächsten Station langsamer wurde, verlangsamte sich auch der Rhythmus; er hatte nur irgendein loses Teil gegen die Trennwand schlagen hören.

Er schlief ein, als sie durch die ersten Vororte fuhren, und wurde abrupt von einem lauten Klopfen an seiner Tür geweckt. In seiner Verwirrung mißverstand er dieses Drängen und eilte zu schnell mit seiner Reisetasche auf den Bahnsteig hinaus, denselben, von dem er am Abend vorher abgefahren war. Etwas unsicher, schwankend stand er da und erinnerte sich. Außer Bahnarbeitern, die auf einem benachbarten Bahnsteig Post und Zeitungen in einen Zug luden, war der Bahnhof menschenleer. Noch schlaftrunken machte er sich auf die Suche nach einem Taxi. Der Stand war leer, und auf der Straße vor dem Bahnhof herrschte überhaupt kein Verkehr. Er ging in Richtung St. Paul's, den Kragen von Charles' Jacke wegen der Kälte und des beißenden Windes hochgeschlagen. Er ging schon eine halbe Stunde, ehe ein Taxi mit abgeschaltetem Leuchtschild ihn mitnahm. Der Fahrer war auf dem Heimweg und ließ sich bereden, Stephen noch zur Victoria Station zu bringen.

Minuten später schob Stephen die Trennscheibe zur Seite und bot zweihundertfünfzig Pfund für eine Fahrt nach Kent.

Der Fahrer schüttelte sogleich den Kopf. »Nee, das könn'se vergessen. Nichts für ungut, aber ich brauch meinen Schlaf.«

»Dann dreihundert.«

»Bedaure.«

»Zweieinhalbtausend?«

Das Taxi hielt an, und der Fahrer drehte sich um. »Die will ich erst mal sehen.«

Stephen zeigte ihm seine leeren Hände. »Ich wollte nur wissen, ob Sie nicht doch einen Preis haben.«

Der Mann fuhr lachend wieder an. Am Fahrziel lächelte er immer noch vor sich hin, als er Stephens Geld nahm.

Teils wegen der nahen Suppenküche war in diesem Bahnhof mehr los als in dem anderen. Vor den geschlossenen Schaltern gab's eine Party, man trank Apfelwein und Sherry, aber für so viele schwankende Gestalten in langen Mänteln ging es ruhig zu. Drei schwarze Frauen auf riesigen Kehrmaschinen arbeiteten sich aus verschiedenen Richtungen unaufhaltsam auf die Gruppe zu. Auf den Bahnsteigen waren Dutzende Männer mit dem planlosen Beladen von Zügen beschäftigt. Vom fernen Dach hallte dann und wann ein schwacher Ruf wider. Stephen entnahm dem Fahrplan, daß der nächste Personenzug auf der Dover-Strecke erst in drei Stunden fuhr, um Viertel vor sieben.

Er folgte einem klappernden, mit Bündeln halbpornographischer Zeitschriften beladenen Karren. Als dieser stehenblieb, ging er um ihn herum nach vorn und fragte den Fahrer, ob demnächst ein Postzug nach Dover gehe. Der Mann zuckte die Achseln und gab die Frage an die Bahnarbeiter weiter, die den Karren zu entladen begannen. Zwei zwanzig, brummelten sie nacheinander – vor anderthalb Stunden. Stephen wollte schon weggehen, als einer von ihnen, ein junger Bursche, mit dem Eifer des Eisenbahnfans hinzufügte:

»Da fährt jetzt bloß der Bauwagen hin.«

»Wo?«

»Da komm'se nich' rauf.« Trotzdem zeigte er nach vorn, wo sich die Bahnsteigrampe in die Nacht senkte.

Stephen bedankte sich und ging weiter, ohne das laut hinter ihm hergerufene »Oi!« zu beachten, dem zu seiner Ermutigung jedoch lautes Lachen folgte.

Wo das Bahnhofsdach endete und ein Warnschild dem

Publikum das Weitergehen verbot, neigte der Bahnsteig sich abwärts und führte zwischen Schienenbündeln neben einem schmalen Aschenpfad entlang weiter. Die Gleise schimmerten milchig im Mondlicht und verströmten einen bitteren Geruch von Kälte. Zweihundert Meter weiter stand auf einem von hohen Bogenleuchten erhellten Rangiergleis eine Diesellok mit nur einem Waggon, beide knallgelb. Stephen ging ohne bestimmte Absicht näher. Neben dem Führerstand angekommen, hob er den Kopf und sah einen Mann in seinem Alter, der auf dichten schwarzen Locken ein Barett balancierte. Für Stephen war das Barett ein gutes Zeichen, es zeugte von einem gewissen Humor.

Er mußte schreien, um das Donnern der Maschine zu übertönen. »Sind Sie der Lokführer?«

Der Mann nickte.

»Kann ich Sie mal sprechen?«

»Komm rauf.«

Er schwang sich mit seiner Tasche mühsam hinauf. Oben sah er in der warmen, engen Kabine weniger Armaturen, weniger Hebel als erwartet. Der Boden vibrierte angenehm unter seinen Füßen. Er sah zwei Romanhefte, eine Thermosflasche, eine Dose Tabak, ein Fernglas, ein zusammengerolltes Paar dicker Wollsocken. Schäbig und gemütlich sah es hier aus, wie in einer Studentenbude. Der Lokführer war an die andere Tür gerutscht, um Platz zu machen. Stephen widerstand der Versuchung, auf einem der Führersitze Platz zu nehmen. Es wäre unverschämt gewesen.

Statt dessen legte er die Hand auf die Lehne und sagte: »Ich hab mir gedacht, ob Sie mich vielleicht auf der Strecke nach Dover irgendwo absetzen könnten.« Dabei griff er in seine Gesäßtasche und holte die Fünfzigpfundnoten heraus. »Ich weiß, daß es gegen jede Vorschrift ist, darum ...«

»Bist du auf der Flucht oder was?«

Da er nicht damit gerechnet hatte, sich erklären zu müssen, fiel Stephen nur die Wahrheit ein. »Ich bin dringend von meiner Frau gerufen worden, meiner Exfrau.« Er setzte sich, denn jetzt hatte er das Gefühl, sich ein Recht darauf erworben zu haben.

»Wann hast du sie denn zuletzt gesehen?« Der Lokführer sprach in einem Ton, als kenne er die Frau, von der die Rede war.

»Vorigen Juni.«

Der Mann grinste breit und meinte: »Paßt.«

Stephen wartete auf eine Erklärung oder eine Entscheidung, aber der Lokführer, immer noch auf den einen Ellbogen gestützt, spielte mit der freien Hand an den Hebeln und sagte nichts. Stephen nahm das Geld in die andere Hand. Er wollte es nicht wieder einstecken, weil das so ausgesehen hätte, als ziehe er sein Angebot zurück. Er überlegte sich gerade eine andere Vorgehensweise, als er durch die Windschutzscheibe sah, wie die Lichter sich langsam seitlich verschoben. Die Lok fuhr, bewegte sich kaum mit Schrittgeschwindigkeit vorwärts. Etwa vierhundert Meter vor ihnen zeigten die Lichtpünktchen auf einer Signalbrücke ein verändertes Muster, aber er hätte nicht sagen können, welche Farben hinzugekommen waren oder gewechselt hatten. Der Lokführer lehnte sich jetzt in seinem Sitz zurück. Sie rumpelten mit zunehmender Geschwindigkeit durch ein komplexes System dicht aufeinanderfolgender Weichen quer über die ganze Gleisanlage zur anderen Seite hinüber.

Stephen wartete, bis der Lärm vorbei war, und sagte: »Danke.« Der Lokführer sah ihn nicht an, er rückte nur sein Barett zurecht, was wohl als eine Art von Bestätigung zu verstehen war.

Es war unvergleichlich schöner, nach vorn zu sehen als zur Seite, nicht auf Böschungen und Hintergärten zu blikken, sondern auf lange, sich aufspulende Metallstränge und allerlei Eisenbahninventar, das auf Kollisionskurs herankurvte und dann doch millimetergenau vorbeihuschte. Während sie immer schneller durch den Londoner Süden glitten, begann es zu schneien, was Stephens Genuß an der Vorwärtsbewegung noch steigerte; sie rasten mitten hinein in einen Strudel von Schneeflocken, dessen offenes Ende sie umwirbelte, sich immer enger um den Zug zu schrauben schien.

Der Lokführer ließ die Zunge gegen die Zähne schnalzen und sah auf die Uhr. »Wo willst du eigentlich hin?«

Stephen nannte die Station.

»Da wohnt sie, ja?«

»Ein paar Kilometer südlich.«

Zum erstenmal, seit sie fuhren, sah der Lokführer jetzt Stephen an. »Wir brauchen uns nämlich nicht nach Stationen zu richten.«

Stephen versuchte ihm die Kiefernplantage zu beschreiben, die Straßenbiegung, dann fiel ihm der Pub ein.

»Den kenn' ich«, sagte der Lokführer. »Da kann ich dich gut absetzen.«

Sie ließen den orangeroten Schimmer der Randbezirke hinter sich und fuhren durch die dunklen Landschaftsreste zwischen Schlafsiedlungen. Der Schnee ließ nach und hörte ganz auf. Sie wurden noch schneller. Stephen hatte noch immer das Geld in der Hand. Er bot es dem Lokführer von neuem an, doch dieser wandte keinen Blick von der Strecke vor ihnen und ließ die eine Hand an seiner halbmondförmigen Messingkurbel, die andere in der Hosentasche.

»Gib das deiner Ex. Ich denke, sie kann's brauchen.«

Stephen steckte das Geld wieder ein und fand, er könne sich wenigstens vorstellen.

»Edward«, antwortete der Lokführer, und dann erklärte er ihm, daß er eine mobile Werkstatt plus Kantine an eine Baustelle bringe, wo morgen ein Trupp zu arbeiten anfange. Sie müßten in einem Tunnel das Schotterbett erneuern, weil es unterspült worden sei. Ein schöner alter Tunnel, einer der besten im Süden des Landes. Erst letzte Woche hätten sie im Schein von Taschenlampen das Mauerwerk der Decke und die Widerlager am Eingang bewundert.

»Das ist eine Kathedrale da drinnen. Ein Palmengewölbe nennt man das, was die da oben haben, glaub ich, und nie kriegt ein Mensch das zu sehen.« In zwei Jahren werde die Strecke stillgelegt. »Die kriegen das nie zurück«, sagte Edward nach einer Weile. »Die verkaufen das Gelände und kriegen es nie mehr zurück.«

»Unklug«, sagte Stephen.

Edward schüttelte den Kopf. »Viel zu klug, mein Freund. Das ist es ja. Da liegt eine Kathedrale im Dunkeln. Was soll die da? Also dichtmachen. Eine Autobahn bauen. Aber Autobahnen haben kein Herz. Du siehst keine Kinder auf Brücken stehen und Autonummern aufschreiben, oder?«

Es war eine Fahrstunde bis zu der kleinen Station. Kaum waren sie daran vorbei, begann Edward zu bremsen. »Ich setz dich an einem beschrankten Übergang ab. Verlaufen kannst du dich nicht. Du gehst den Berg rauf, auf der andern Seite wieder runter und durch einen Wald, bis zu einer Kreuzung. Bieg dort nach rechts ab, dann siehst du rechter Hand schon den Pub.«

Sie hielten hinter der automatischen Schranke. Stephen drückte Edward die Hand. »War sehr nett von dir.«

»Mach schon, daß du runterkommst. Ich will nicht rausfliegen, und du hast noch was zu erledigen.«

Stephen kletterte auf den Bahndamm hinunter, und Edward warf ihm seine Tasche hinterher. Es folgte ein Spektakel wie auf einem Volksfest. Die große Maschine brüllte auf, als sie sich langsam in Bewegung setzte, und hinter ihm bimmelte die Glocke und blinkten rote Lampen, während die Schranken wieder der Straße freie Fahrt gaben. Eine Minute später war alles still.

Nach dem Bahnübergang stieg die Straße steil an. Seit dem letzten Schneefall war hier kein Auto mehr gefahren, und vor ihm lag ein Band von ungebrochenem Weiß zwischen den Hecken. Der Mond schien von vorn, sank jetzt langsam tiefer. Es war eine gespenstische Straße. Stephen ging still am Rand entlang, des jungen Paares neben sich gewahr, das seine Fahrräder durch Wind und Regen schob, ganz vertieft in seine unausgesprochenen, unharmonischen Gedanken. Wo waren sie jetzt, diese beiden jungen Leute? Was trennte sie von ihm, außer den dreiundvierzig Jahren? Ihr Hiersein war ein verhallendes Echo. Er hörte das starre Ticken ihrer Hinterräder, den abwechselnd gleichen und wieder ungleichen Takt ihrer verschiedenen Schrittlängen. Er kam mit ihnen auf der Kuppe an und blieb stehen, wie sie stehengeblieben waren.

Die glitzernde Straße wand sich anderthalb Kilometer weit zum Wald hinunter. Stephen setzte seine Tasche ab und fummelte an den Riemen, um ihre Länge zu verstellen, damit sie über seine Schulter paßten, und zog mit der nervösen Sachkunde eines Sprinters in den Startlöchern einen Schnürsenkel fest. Im Aufrichten holte er ein paarmal tief Luft. Er fühlte den Imperativ des an ihn ergangenen Rufs als Anspannung der Bauchdecke, als kalten Schauer. Ein letztesmal kostete er die gestaute Energie der Höhe, bevor er sich nach vorn kippen und das Gefälle ihn hinunterziehen und sein Tempo bestimmen ließ, ein fast müheloser Sprint über den Schnee. Nach zweihundert Metern hatte er seine Atemfrequenz dem Rhythmus seiner Schritte angeglichen. Er hatte das Gefühl, er brauchte nur die Reisetasche fallen zu lassen, um durch die Lüfte segeln zu können. Seine Füße trommelten die Erde und wollten ihre Drehung beschleunigen, damit die Dinge ebenso ihm entgegenrasten wie er ihnen. Er kam zwischen die ersten Bäume, in den Wald, wo der Straßenbelag durch den Schnee schimmerte. Er bestimmte den Baum, an dem seine Mutter seine Auslöschung beschlossen hatte. Er lief noch schneller, obwohl er jetzt auf ebener Strecke war und sein Atem schwerer ging. Es waren noch vierhundert Meter bis zur Kreuzung, und er kürzte querfeldein ab, stolpernd über versteckte Maulwurfshügel.

Die zweite Straße war breiter, er erinnerte sich, wie sie aussah, und an die hohen Bäume, die sich bis an ihren Rand drängten. Vorn war das Telefonhäuschen, die Steigung und die scharfe Straßenbiegung, wo der Fußweg in die Felder führte, und näher bei ihm, zur rechten Hand, der Pub, bei diesem Licht wie eine gestochene Bleistiftskizze. Jetzt war er auf gleicher Höhe mit dem Eingang und warf einen Blick hinüber. Und in dieser Sekunde begriff er, daß sein damaliges Erlebnis nicht nur das Gegenstück zu dem seiner Eltern gewesen war, sondern eine Weiterführung, eine Art Wiederholung. Er hatte eine Vorahnung, der augenblicklich die Gewißheit folgte, bestätigt durch Thelmas Lächeln und Edwards sofortiges Verstehen der Monate, die Gewißheit, daß alles Leid und leere Warten eingekleidet war in sinnvolle Zeit, in eine reicher nicht denkbare Entwicklung. So atemlos er war, rannte er mit einem Jauchzer des Wiedererkennens die Straße hinauf und schlug den Pfad ein, der zu Julies Cottage führte.

Die Haustür war nicht abgeschlossen. Sie führte unmittelbar ins Wohnzimmer, dessen Wärme und feiner Brot- und Kaffeeduft von Wachsein zeugten. Als er die Tür schloß, roch er Julies Parfüm an dem Mantel und Schal, die dahinter hingen. Ein Kohlenfeuer goß seinen Lichtschein über den Boden aus; das übrige Zimmer lag im Halbdunkel. Auf dem gescheuerten Arbeitstisch stand neben Notenheften und einer Geige auf gelbem Staubtuch eine Keramikvase mit Stechpalmenzweigen. Auf einem Stuhl lag ein Stapel gebügelter Wäsche, auf dem Boden daneben ein Buch über den Nachthimmel und eine Tasse mit Untertasse. Er war halb durchs Zimmer, als er von oben das vertraute Knarren des Bettes vernahm, dann Schritte über seinem Kopf.

Er ging zur Treppe und rief: »Ich bin's.« Die Schatten des Geländers verneigten und verdichteten sich an der Wand. Sie stand an der oberen Treppenstufe. Er glaubte das Weiß eines Nachthemds zu sehen, aber richtig deutlich sah er nur ihr Gesicht im Schein der Kerze, die sie vor sich hielt. Er fragte sich, ob sie wohl im Ausland gewesen sei. Sie sah so sonnengebräunt aus.

»Du warst aber schnell«, flüsterte sie. »Komm rauf.«

Sie war schon wieder im Bett, als er ins Zimmer trat. Sein Atem mußte sich erst beruhigen, und er versuchte das vor ihr zu verbergen. Sie sollte nicht wissen, daß er gerannt war. Außer der Kerze brannte noch eine Lampe auf der Kommode und ein Feuer im Kamin. Um sie herum lagen Bücher, Zeitungen, eine Illustrierte und lose Notenblätter auf der ganzen Bettdecke verstreut. Neben dem Bett standen Blumen und ein Pappbehälter mit Fruchtsaft. Sie hatte ein halbes Dutzend aufgeschüttelter Kissen hinter sich aufgestapelt. Er blieb am Fußende stehen und stellte seine Tasche ab. Im Augenblick mochte er noch nicht nähergehen.

Sie zog die Decke zu sich. Irgendwo im Schatten rutschte etwas zu Boden. »Ich glaube, ich hatte den Anfang einer Wehe, gleich nachdem ich mit dir gesprochen hatte. Aber keine Angst, das kann noch Tage so gehen. Es dürfte erst in einer Woche soweit sein.«

Stephen sagte verlegen: »Ich wußte ja nichts.«

Sie schüttelte den Kopf und lächelte. Das Weiß ihrer Augen schimmerte im sanften Licht, als sie zu ihm aufsah und den Blick wieder abwandte. Sie hatte sich eine Strickjacke um die Schultern gelegt, darunter trug sie ein baumwollenes Nachthemd, aufgeknöpft bis zu dem Einschnitt zwischen ihren schweren Brüsten. Ihre Haut war dunkel und sah erhitzt aus. Sie hatte die Hände geziert auf dem geschwollenen Bauch liegen. Er fand sogar ihre Finger dicker. Sie löste die Hände voneinander und klopfte aufs Bett.

»Komm, setz dich.«

Aber er war noch so erhitzt vom Laufen. Das verschwitzte Hemd klebte ihm am Rückgrat. Er mußte sich erst an die Wärme und Enge des Zimmers gewöhnen, ehe er sich so nah zu ihr, in dieses Kraftfeld setzen konnte. Um seine Weigerung zu mildern, sagte er das erste, was ihm in den Sinn kam: »Ich bin auf einer Lok hierhergekommen, auf dem Führerstand.«

»Davon hast du schon als Junge geträumt.«

»Der Lokführer hat mich am Bahnübergang abgesetzt. Er schien sich in der Gegend auszukennen.« Er wollte gerade anfangen, ihr Edward zu beschreiben, ihr sagen, wie sehr er ihr gefallen hätte, doch dann fand er es zu schwierig, zu nebensächlich. Er fragte: »Warum hast du mir nichts gesagt, Julie?«

»Komm, setz dich her.«

Er zögerte, dann hängte er Jacke und Pullover über einen Stuhl und stellte seine Schuhe mit den Socken zum Trocknen ans Feuer. Als er ums Bett ging und die warmen Dielen unter den Füßen fühlte, bekam er erstmals wieder eine Ahnung von Zuhausesein, von unvorstellbaren Freuden. Er setzte sich auf die Bettkante, nicht ganz da, wohin sie gezeigt hatte. Doch sie zog ihn energisch zu sich. Sie faßte ihn an beiden Händen. Er konnte nichts sagen, fühlte mehr Liebe in sich, als er ertragen zu können glaubte. Von ihrem Bauch strahlten Licht und Wärme aus. Er fühlte sich schwerelos und wie von Sinnen. Sie lächelte ihn an, war dem Lachen nahe. Es war die triumphale gute Laune eines Menschen, der seine schönsten Hoffnungen erfüllt sah. Er hatte sie noch nie so schön gesehen. Ihre Haut war feiner gemasert, wie bei einem Kind. Was da in ihr wuchs, beschränkte sich nicht auf ihren Schoß, sondern lag zusammengerollt in jeder Zelle. Ihre Stimme war melodisch und ernst, als sie auf seine Frage antwortete.

»Ich mußte warten, ich brauchte Zeit. Als ich es vorigen Juli zum erstenmal merkte, war ich wütend auf mich und auf dich. Ich fühlte mich betrogen. Es erschien mir ungerecht. Ich hatte hier draußen allein sein wollen, um stärker zu werden. Der Zeitpunkt schien mir genau der falsche zu sein, und ich dachte ernsthaft an Abtreibung. Aber das war nur ein Moment der Anpassung, zwei bis drei Wochen. Freiwilliges Alleinsein kann einen sehr klar denken lassen. Ich wußte, daß ich nicht noch einen Verlust verkraften konnte. Und je länger ich darüber nachdachte, desto unglaublicher erschien mir die Leichtigkeit, mit der alles gegangen war. Weißt du noch, wie lange wir gebraucht haben, um Kate zu bekommen? Mir wurde klar, daß ich mit der falschen Zeit eigentlich nur eine ungelegene Zeit gemeint hatte. Ich fing an, das Ganze als ein Geschenk zu sehen. Es mußte für Zeit einfach tiefere Strukturen geben, ihre falschen und richtigen Momente konnten nicht derart eingeengt sein.

Ich hätte dir da sofort schreiben können. Ich wußte ja, daß du kommen würdest. Es wäre wieder gut gewesen zwischen uns, wir hätten alles geregelt und geglaubt, das Schlimmste liege hinter uns. Aber genau das wäre für mich gefährlich gewesen, das wußte ich. Wichtiges wäre begraben worden, wenn ich dich damals schon gerufen hätte. Ich war hierhergekommen, um mit Kates Verlust fertig zu werden. Das war meine Aufgabe, meine Arbeit, wenn du willst, wichtiger für mich als unsere Ehe oder meine Musik. Es war wichtiger als das neue Baby. Wenn ich mich dem nicht stellte, würde ich untergehen, dachte ich. Es gab ein paar ganz, ganz schlimme Tage, an denen ich sterben wollte. Wenn dieser Gedanke wiederkam, war er jedesmal stärker und attraktiver. Ich wußte, was ich zu tun hatte. Ich mußte aufhören, im Geiste immer hinter ihr herzulaufen. Ich mußte aufhören, mich nach ihr zu verzehren, sie jeden Moment an der Wohnungstür zu erwarten, sie im Wald zu sehen oder ihre Stimme zu hören, sooft ich Wasser aufsetzte. Ich mußte sie weiter lieben, aber aufhören, mich nach ihr zu sehnen. Dafür brauchte ich Zeit, und wenn es länger dauerte als die Schwangerschaft, dann war das eben so. Ganz gelungen ist es mir nicht ...«

Ihr Blick wanderte in eine Zimmerecke. Der alte Gram schnürte ihr die Stimme ab. Er fühlte ihn in der Nase brennen. Sie warteten, daß es vorbeigehe. Die Vorhänge waren weit zurückgezogen, und in den oberen Scheiben schimmerte es weißlich vom Nahen des Mondes an der Seite des Cottages. Auf dem Tisch unterm Fenster stand ein Karton mit medizinischen Utensilien für die Hebamme. Daneben, im Schatten eines Kleiderschranks, stand eine Vase mit Narzissen.

»Aber gewisse Fortschritte habe ich gemacht. Ich habe versucht, dem Gedanken an sie nicht auszuweichen. Ich habe über sie, über ihren Verlust nachzusinnen versucht statt zu grübeln. Nach einem halben Jahr fing ich an, im Gedanken an das neue Baby Trost zu finden. Das steigerte sich, aber es ging so langsam, Stephen. Es gab noch immer Tage, an denen ich das Gefühl hatte, noch keinen Schritt weitergekommen zu sein. Eines Tages kam das Quartett zu mir heraus. Sie hatten einen alten Studienkollegen mitgebracht, einen Cellisten, und wir haben Schuberts C-Dur-Quintett gespielt oder zu spielen versucht. Als wir an das Adagio kamen, du weißt wie herrlich das ist, habe ich nicht geweint. Ich war sogar glücklich. Das war ein wichtiger Schritt. Ich fing wieder ernsthaft zu spielen an. Das hatte ich aufgegeben, weil es zu einer Flucht geworden war. Ich hatte mir die schwierigsten Stücke vorgenommen und wie besessen daran gearbeitet – alles nur, um nicht denken zu müssen. Jetzt spielte ich um des Spielens willen, ich freute mich auf das Kommen des Babys und begann auch an dich zu denken, mich zu erinnern, richtig zu fühlen, wie sehr wir einander liebten. Ich fühlte, wie alles wiederkam. Es tut mir leid, daß es so gehen mußte, aber ich weiß, daß es richtig war. Jetzt kann ich weitermachen. Ich mußte darauf vertrauen, daß auch du stärker würdest, deinen eigenen Weg gingst. Also habe ich endlich bei dir angerufen, gestern den ganzen Nachmittag. Ich ertrug es nicht, als du nicht da warst...«

Er wollte ihr zeigen, wieviel stärker er war. In seinem Überschwang wäre er am liebsten vom Bett gesprungen und hätte ihr seine wiedererstarkte Rückhand demonstriert, oder einen Federhalter genommen und seine Kalligraphie vorgeführt, ein Gedicht in klassischem Arabisch für sie komponiert. Aber er konnte ihre Hände nicht loslassen. Ihre klaren grauen Augen wanderten von seinem linken zum rechten Auge, dann zu seinem Mund und wieder zurück. Ihr Mund war reif von zurückgehaltenem Lächeln. Sie stieß die Decke zurück und führte ihm die Hand. Der Kopf war eingetreten, die Haut über dem Haargestrüpp war heiß und hart, fast wie Knochen. Weiter oben, unter ihrer rechten Brust, fühlte er ein Zittern unter seiner Hand, das Strampeln eines Fußes.

Er wollte etwas sagen und sah sie an. Sie sagte leise: »Sie war so eine hübsche Tochter, so ein hübsches Mädchen.«

Er nickte wie betäubt. Und jetzt, nach drei Jahren, weinten sie endlich zusammen um das verlorene, unwiederbringliche Kind, das für sie nicht älter wurde, dessen ureigenstes Aussehen und Tun nie von der Zeit verwischt würden. Sie klammerten sich fest aneinander, und als es leichter und weniger bitter wurde, begannen sie unter Weinen miteinander zu reden, so gut es ging, unter Weinen ihre Liebe zu versprechen, sich, dem Kind, ihren Eltern, Thelma. In der ungehemmten Mitteilsamkeit ihres Leides unternahmen sie es, alle und alles heilen zu wollen, die Regierung, das Land, den Erdball, doch anfangen wollten sie damit bei sich selbst; und obgleich sie den Verlust ihrer Tochter nie wettmachen könnten, sie wollten sie durch das neue Kind lieben und nie ihren Sinn verschließen vor der Möglichkeit ihrer Wiederkehr.

Während dieser ganzen Zeit lagen sie mit den Gesichtern aneinander auf dem Bett. Julie stieß jetzt die Bettdecke von ihren Füßen. Sie hob ihr Nachthemd, drehte sich um und kauerte sich auf alle viere. Sie spreizte die Ellbogen und preßte ihr Gesicht tief ins Kissen. Er flüsterte ihren Namen, als er ihr hochgerecktes Gesäß sah, umrändert vom gestickten Saum des Nachthemds, die süße Hilflosigkeit dieses würdevollen, kraftvollen Körpers. Die Stille hallte nach von all ihren Versprechungen und mengte sich in das Rauschen der Milliarden Nadeln im Wald. Er drang sanft in sie. Etwas wuchs um sie herum, wurde lauter, süßer, wärmer, heller; alle Sinne wirkten zusammen, schlugen sich nieder in der Idee des Wachsens. Sie stieß leise Töne aus, immer wieder, gedehnte *Ohs*, sinkend und steigend im Ton wie eine verdutzte Frage. Später schrie sie etwas, freudig, was er aber nicht verstand, so unzugänglich war er für Sinn und Bedeutung. Sie löste sich von ihm, wollte auf dem Rücken liegen. Sie streckte sich lang aus und atmete scharf ein. Sie legte die Fingerspitzen einer Hand auf den Unterleib und massierte sich leicht. Ihm fiel das hübsche Wort ein: *effleurage*. Ihre andere Hand umklammerte die seine, drückte mit der Steigerung der Kontraktion immer fester zu und teilte auf diese Weise ihren Verlauf mit. Sie war bereit, sie kontrollierte ihren Atem, beschleunigte das rhythmische Ausatmen zu einem flachen Hecheln, als der Höhepunkt nahte. Sie war allein auf dieser zweiten Reise, er konnte nur am Ufer mitlaufen und ihr Mut zurufen. Sie entfernte sich von ihm, ganz dem Geschehen hingegeben. Sie grub die Finger in seine Hand. Sein Puls hämmerte ihm in den Schläfen, trübte seine Sicht. Er versuchte die Angst aus seiner Stimme zu verbannen. Er mußte sich den Text ins Gedächtnis rufen: »Laß dich treiben, von der Welle tragen, wehr dich nicht, nur treiben lassen, treiben ...« Dann hechelte er mit ihr, betonte das Ausatmen, wurde langsamer, als der Griff um seine Hand sich lockerte. Er hatte den Verdacht, daß die Mediziner diese Art der Mitwirkung nur als Mittel gegen die Panik väterlicher Hilflosigkeit ersonnen hatten.

Als die Wehe vorbei war, holten sie gemeinsam tief Luft. Julie legte sich die hohle Hand auf den Mund, um der Übelkeit der Hyperventilation zu begegnen. Sie sagte etwas, aber ihre Worte wurden erstickt. Er wartete. Sie ließ die Hände sinken und lächelte schelmisch. Sie kehrten ins Zimmer zurück, zu sich selbst, als kämen sie nach einem Unwetter wieder unter dem Schutzdach hervor. Sie wußten nicht mehr, worüber sie gesprochen hatten, ob sie überhaupt gesprochen hatten. Es war auch nicht wichtig.

»Weißt du noch alles?« fragte Julie. Sie wollte keine Erinnerungen von ihm hören, sondern fragte, ob er noch wußte, was er zu tun hatte.

Er nickte. Gern hätte er sich jetzt eines von Julies Büchern vorgenommen. Soweit er sich erinnerte, gab es bei den Wehen klar definierte Stadien und die jeweils dazugehörige Atemtechnik, gab es Zeiten zum Verhalten und Zeiten zum Gehenlassen. Aber sie hatten noch einen langen Tag vor sich. Er würde dafür noch Muße finden. Und deutlich genug erinnerte er sich auch an das letzte Mal. Da war er Stirnabwischer, Telefonist, Blumenbote, Sekteinschenker und Hebammenknecht gewesen, und er hatte sie hindurchgeredet. Hinterher hatte sie zu ihm gesagt, er sei sehr nützlich gewesen. Er selbst hatte den Eindruck, daß sein Nutzen mehr symbolisch war.

Er zog sich an, dann suchte er sich ein Paar von Julies Socken. »Wo hast du die Nummer der Hebamme?«

»In meiner Manteltasche, hinter der Tür. Setz den Wasserkessel auf, bevor du gehst. Und wenn du wiederkommst, mach mir zwei Wärmflaschen. Und ein Kännchen Jasmintee. Die Feuer müssen beide versorgt werden.« Auch an diese heiser gesprochenen Kommandos erinnerte er sich, dieses absolute Recht der Mutter, in ihrer Domäne zu befehlen.

Draußen war die Morgendämmerung noch auf den östlichen Himmel beschränkt. Die Wolken hatten sich ganz verzogen, und zum erstenmal sah er Sterne. Noch immer war der Mond die eigentliche Lichtquelle. Er ging in seinen nassen Schuhen rasch über den Ziegelweg und merkte jetzt auch, daß Julie ihn vorsorglich von Schnee geräumt hatte. Das Telefonhäuschen an der Ecke hatte keine Innenbeleuchtung, so daß er die Ziffern ertasten mußte. Als er Verbindung bekam, stellte er fest, daß er mit der Telefonistin einer Sanitätsstation im nächsten Ort sprach. Er solle sich keine Sorgen machen. Die Hebamme werde benachrichtigt und sei in einer Stunde draußen.

Auf dem Rückweg, dem kurzen Straßenstück, auf dem er vor kaum einer Stunde noch gerannt war, ging er jetzt immer langsamer und versuchte das ganze Ausmaß der Veränderungen zu erfassen; doch er war zum Überlegen nicht fähig, er konnte nur noch an Details denken – Tee, Brennholz, Wärmflaschen.

Im Cottage war es still, als er wiederkam. Er bereitete das Teetablett vor, holte von draußen Holz aus dem Schuppen, versorgte das Feuer unten und füllte einen Korb für das andere im Obergeschoß. Er suchte erfolglos auf Julies Regalen nach Büchern zum Thema Geburt. Um sich selbst zu beruhigen, sich seine Kompetenz zu beweisen, schrubbte er minutenlang seine Hände über der Küchenspüle.

Das Teetablett auf dem Holzkorb, die Wärmflaschen unterm Arm, wankte er nach oben. Julie lag auf dem Rücken. Ihr Haar war feucht und klebte ihr an Hals und Stirn. Sie war erregt und streitbar.

»Du hast gesagt, du brauchst nicht lange. Wo hast du denn gesteckt?«

Er wollte schon einen Disput mit ihr anfangen, da fiel ihm ein, daß Reizbarkeit dazugehörte, ein Meilenstein am Weg sein konnte. Aber das alles kam doch erst später. Hatten sie ein paar Stadien verpaßt? Er gab ihr den Tee und bot ihr eine Massage an. Sie ertrug jedoch keine Berührung. Er zupfte ihr Bettzeug zurecht. Da er sich erinnerte, wie wütend sie seinerzeit gewesen war, weil die Hebamme mit ihr gesprochen hatte wie mit einem Kind, schlug er den Ton eines geduldigen Fußballtrainers an. »Leg das Bein mal hierher. Gut. Sieht alles prima aus. Wir sind genau auf Kurs.« Und so weiter. Sie war nicht wirklich besänftigt, fügte sich aber und trank ihren Tee.

Er blies die Glut an und dirigierte ein Flämmchen über eine Handvoll Reisig, als er sie seinen Namen rufen hörte. Er eilte hin. Sie schüttelte den Kopf. Sie machte eine Bewegung, wie um die Hände auf den Bauch zu legen, und gab es auf.

»Ich war die ganze Nacht auf. Ich bin zu müde dafür, ich bin nicht soweit.«

Seine ermutigenden Worte wurden abgeschnitten von einem langen Schrei. Sie rang nach Luft, und es folgte ein zweiter, noch längerer Aufschrei der Verwunderung.

»Laß dich treiben, von der Welle tragen –«, fing er an. Und wieder wurden ihm die Worte abgeschnitten. Er hatte seinen Platz verloren. Ermahnungen zu rhythmischem Atmen waren jetzt sinnlos. Ein Sturm hatte ihm seine Instruktionen weggerissen. Sie hielt mit beiden Händen seinen Unterarm hart umklammert. Ihre Zähne waren entblößt, die Muskeln und Sehnen ihres Halses zum Zerreißen gespannt. Er war ratlos. Er hatte ihr nichts zu bieten als seinen Arm.

»Julie«, rief er, »Julie, ich bin doch bei dir!«

Aber sie war allein. Sie holte Luft und schrie von neuem, wild, wie ausgelassen, und als sie keine Luft mehr in den Lungen hatte, machte das gar nichts, der Schrei mußte weitergehen, weiter. Die Wehe riß sie vom Rücken und warf sie auf die Seite. Das Laken, noch bis zur Hüfte reichend, hatte sich um sie verknotet. Er fühlte das Bettgestell zittern von ihrer Anstrengung. Aus ihrer Kehle, von ganz hinten, kam ein letztes Schnalzen, und wieder holte sie Luft und warf den Kopf hin und her. Sie sah zu ihm, an ihm vorbei, die Augen ganz hell und weit aufgerissen vor Entschlossenheit. Schon war die kurze Verzweiflung verflogen. Sie hatte sich wieder in der Gewalt. Er glaubte, sie wolle etwas sagen, aber da spannten ihre Hände sich erneut um seinen Arm, und wieder war sie fort. Ihre Lippen zitterten und spannten sich über ihren Zähnen, und ein ersticktes Ächzen kam ganz tief aus ihrer Brust, ein unterdrückter, gurgelnder Laut gewaltiger, äußerster Anstrengung. Der Ton verklang, und sie ließ den Kopf aufs Kissen zurücksinken.

Sie atmete in tiefen Zügen und sagte mit überraschend normaler Stimme: »Ich brauche etwas Kaltes zu trinken, ein Glas Wasser.« Er wollte aufstehen, da hielt sie ihn zurück. »Aber ich will nicht, daß du weggehst. Ich glaube, es könnte jetzt kommen.«

»Nein, nein, die Hebamme ist noch nicht da.«

Sie lächelte, als hätte er ihr einen Witz erzählt. »Sag mir mal, was du sehen kannst.«

Er mußte unter sie greifen, um das Laken freizubekommen.

Mit einem Schock, einem schrillen Mißton, einer Verzögerung betrat er die Traumzeit. Stille hüllte ihn ein. Er war vor eine Erscheinung getreten, eine Offenbarung. Er starrte hinunter auf einen vorstehenden Hinterkopf. Vom übrigen Körper war nichts zu sehen. Das Gesicht zeigte nach unten ins nasse Laken. In seinem Schweigen, seiner völligen Reglosigkeit lag eine Anklage: *Hattest du mich vergessen? Hast du nicht erkannt, daß ich es war, die ganze Zeit? Hier bin ich. Und ich bin nicht am Leben.* Er sah einen Wirbel nasser Haare auf der Schädelwölbung. Keine Bewegung, kein Puls, kein Atem. Es lebte nicht, es war ein Kopf auf dem Richtblock, und doch war seine Forderung klar und eindringlich. *Ich habe meinen Schritt getan. Welchen tust jetzt du?* Eine Sekunde war vielleicht vergangen, seit er das Laken weggezogen hatte. Er streckte die Hand aus. Was sie berührte, war eine blauweiße Marmorskulptur, leblos und zielstrebig zugleich. Sie war kalt, die Nässe war kalt, darunter Wärme, aber zu schwach, geborgte Restwärme von Julies Körper. Daß es so plötzlich da war und so offensichtlich, ein Wesen nicht aus einer anderen Stadt, einem anderen Land, sondern aus dem Leben selbst, allein die Einfachheit dieser Tatsache gab ihm ein Gefühl einer klaren, präzisen Zielrichtung. Er hörte sich etwas Beruhigendes zu Julie sagen, während er selbst Trost fand in einer Erinnerung, kurz und hell wie ein Feuerwerk, die Erinnerung an eine sonnenbeschienene Landstraße, ein Autowrack und einen Kopf. Seine Gedanken lösten sich in simple, elementare Formen auf: Dies ist wahrhaftig alles, was wir haben, dieses Wachsen, diese Lebensmaterie, die sich selbst liebt; alles was wir haben, kann nur von dort kommen.

Julie war noch nicht zu pressen bereit. Sie sammelte ihre Kräfte. Er schob die Hand um den Kopf herum, fand das Gesicht, den Mund, und holte mit dem kleinen Finger den Schleim heraus. Kein Atem. Er schob den Finger tiefer, unter die Lippe von Julies straff gespannter Haut, suchte die verborgene Schulter. Er fühlte die Nabelschnur, dick und derb, ein pulsendes Wesen, zur zweifachen Schlinge um den Hals gewunden. Er zwängte den Zeigefinger darunter und zog behutsam. Die Nabelschnur kam leicht und üppig, er zog sie über den Kopf, und Julie gebar – er sah sogleich, wie aktiv dieses Verb war, wie stark –, sie bot ihren Willen und alle Kraft ihres Körpers auf und gebar. Mit einem wächsernen Quietschton glitt das Kind in seine Hände. Er sah nur den langen Rücken, kraftvoll und glitschig, mit höckrigen, starken Wirbeln. Die Nabelschnur, immer noch schlagend, lag quer über der Schulter und war um einen Fuß gewickelt. Er war nur der Fänger, nicht das Mal, und sein einer Gedanke war, das Kind der Mutter wiederzugeben. Als er es hinüberreichte, hörten sie ein Schnüffeln, dann einen einzigen hellen Schrei. Das Kind lag mit dem Gesicht nach unten, ein Ohr am Herzen der Mutter. Sie zogen die Decke darüber. Da die Wärmflaschen zu schwer und zu heiß waren, stieg Stephen zu Julie ins Bett, und sie wärmten das Baby zwischen sich. Sein Atem fand einen Rhythmus, und eine wärmere Farbe, ein Hauch von tiefem Rosa, überflutete seine Haut.

Erst da begannen sie zu jubeln, sich zu freuen, und sie küßten und liebkosten den wächsernen Kopf, der wie ein frisch gebackenes Milchbrötchen roch. Minutenlang vermochten sie keine Sätze zu bilden, konnten nur Laute des Triumphierens und Staunens von sich geben und einander laut beim Namen rufen. Da lag das Kind, an seiner Nabelschnur verankert, den Kopf zwischen geschlossenen Fäusten. Ein schönes Kind. Seine Augen waren offen, blickten hinauf zu dem Gebirge, das Julies Brust war. Durch das Fenster hinter dem Bett sahen sie den Mond in eine Kluft zwischen den Kiefern sinken. Gleich über dem Mond stand ein Planet. Das sei der Mars, sagte Julie. Er gemahne an eine grausame Welt. Für den Augenblick aber waren sie immun, sie lebten vor Anbeginn der Zeiten und lagen da und sahen, wie Planet und Mond an einem Himmel niedersanken, der sich blau zu färben begann.

Sie wußten nicht, wieviel später es war, als sie das Auto der Hebamme vor dem Cottage anhalten hörten. Sie hörten die Tür schlagen und harte Schuhe auf dem Ziegelweg klappern.

»Und?« fragte Julie. »Mädchen oder Junge?« Und es war wie ein Bekenntnis zu der Welt, in die sie wieder einzutreten gedachten, in die sie ihre Liebe mitzunehmen hofften, als sie unter die Decke griff und nachfühlte.